Der Autor

Jan Weiler, 1967 in Düsseldorf geboren, ist Journalist und Schriftsteller. Er war viele Jahre Chefredakteur des SZ Magazins. Sein erstes Buch »Maria, ihm schmeckt›s nicht!« gilt als eines der erfolgreichsten Debüts der letzten Jahrzehnte. Es folgten unter anderem »Antonio im Wunderland«, »Mein Leben als Mensch«, »Das Pubertier«, »Die Ältern« und die Kriminalromane um den überforderten Kommissar Martin Kühn. Auch sein jüngster Roman »Der Markisenmann« stand monatelang auf der Bestsellerliste. Neben seinen Romanen verfasst Jan Weiler zudem Kolumnen, Drehbücher, Hörspiele und Hörbücher, die er auch selbst spricht. Er lebt in München und Umbrien.

«Eine beklemmend realistische – und hoffentlich nicht prophetische – Vorstellung.» (FAZ)

«Irre komisch – bis man realisiert, dass diese Gesellschaft gar nicht komisch ist.» (Hamburger Morgenpost)

«Eine herrliche Groteske.» (Hessische Allgemeine)

«Eine sezierende Parodie auf die deutsche Medienwelt.» (SZ)

« Ein tolles Buch! » (NDR)

«Witzig und skurril.» (Hamburger Abendblatt)

JAN WEILER

Drachensaat

Roman

WILHELM HEYNE VERLAG
MÜNCHEN

Penguin Random House Verlagsgruppe FSC® N001967

Neuausgabe 11/2023
Copyright © 2008 by Jan Weiler
Copyright © 2023 dieser Ausgabe by
Wilhelm Heyne Verlag, München,
in der Penguin Random House Verlagsgruppe GmbH,
Neumarkter Straße 28, 81673 München
DRACHENSAAT erschien erstmals 2008
im Rowohlt Verlag, Hamburg
Umschlaggestaltung: t.mutzenbach design, München,
nach einer Vorlage und Motiven von: any.way, Barbara Hanke /
Cordula Schmidt (Foto: Arnold Odermatt: Dallenwil, 1977.
© Urs Odermatt, Windisch / VG Bild-Kunst, Bonn 2023)
Druck und Bindung: Nørhaven A/S, Viborg
Printed in Denmark
ISBN: 978-3-453-42916-1

www.heyne.de

DRACHENSAAT

Teil 1

HAUS UNRUH

1. Mein triumphaler Einzug ins Haus Unruh

Die meisten Menschen würden sagen, man hört es nicht. Sie glauben, es ginge einfach zu schnell. Man setzt die Mündung an seine Schläfe, drückt ab, und dann dauert es nicht einmal eine tausendstel Sekunde, bis das Projektil im Schädel ankommt. Der Schall dringt langsamer ins Ohr als die Kugel in den Kopf. Und danach ist ja sowieso Ruhe. Mag sein, dass das Trommelfell platzt, aber gleichzeitig fliegt das Hirn durchs Zimmer. Du wirst ganz sicher nicht mehr zum Ohrenarzt gehen. Jedenfalls sind die meisten Leute der Ansicht, man könne den Knall nicht hören. Das stimmt aber nicht. Ich habe ihn gehört.

Nun können Sie natürlich mit einigem Recht behaupten, dass ich, wenn ich den Schuss gehört habe und sogar noch davon erzählen kann, auch nicht tot bin. Das ist richtig. Zwar drang die Kugel in meinen Kopf ein, aber eben nicht so, wie sie hätte eindringen sollen. Sie flog haarscharf am Hirn vorbei. Eigentlich hat sie bloß das Stirnbein gestreift und den Knochen zertrümmert. Bleibende Schäden sind nicht entstanden, wenn man einmal davon absieht, dass ich wegen eines von dem Schuss verursachten Knalltraumas auf dem rechten Ohr nichts mehr höre außer einem Tinnitus. In meinem Kopf rauscht es, ich bin so eine Art Mensch gewordener Niagarafall. Die Ärzte waren der Meinung, dass mein Gemüt gelitten habe, doch die kannten mich vorher nicht, die können das nicht beurteilen. Aber sagen Sie so etwas mal einem Arzt. Er wird gleich beleidigt sein, und Ihre Beurteilung fällt schlechter aus. Solange man bloß in der Sprechstunde eines Urologen sitzt, ist das nicht so schlimm, aber wenn Sie darum kämpfen, aus einer Landesklinik entlassen zu werden, würde ich Ihnen empfehlen, nicht zu widersprechen, wenn Ihr Therapeut Vermutungen über Sie anstellt.

Ich hätte mir die Geschichte, die nach dem Knall passiert ist, erspart, wäre ich beim Abdrücken aufmerksamer gewesen. Im Grunde genommen hätte ich mir schon diesen blamablen Kopfschuss ersparen können, wenn ich vorher mein Leben nicht versaut hätte. Dann wäre es gar nicht zu dieser peinlichen Vorstellung gekommen, und ich würde vielleicht wie Sie gemütlich auf der Couch sitzen und ein Buch lesen.

Nichts hat auf eine derart vermurkste Biographie hingedeutet, als ich zwanzig Jahre alt war. Ich stand damals, vor über dreißig Jahren, noch ziemlich am Anfang eines soliden Lebenslaufes. Stellen Sie sich einen unauffälligen Zwanzigjährigen vor, der gerade seinen Wehrdienst beendet hat. Ich trug Ende der siebziger Jahre die Haare nicht mehr lang und auch keine Parkas oder Latzhosen, sondern eine pflegeleichte Kurzhaarfrisur, Cordhosen und in der Regel ein gebügeltes Hemd. Das betone ich bloß deswegen, weil ich nicht will, dass Sie mich für einen Ausgeflippten oder so etwas halten. Das kam alles erst viel später.

1979 war das Bemerkenswerteste an mir ein Schnurrbartversuch, den ich mangels Fülle nach drei Monaten abbrach, sowie die Tatsache, dass ich noch Jungfrau war. Mir machte das nichts aus, ich war auch nicht schüchtern oder hässlich. Es hatte sich bloß bis dahin nichts ergeben. Ich dachte damals nicht darüber nach und erwähne es jetzt auch nur, weil Doktor Zens mich danach fragte. Für Psychologen sind das wichtige Fragen – oder sie sind einfach nur genauso neugierig wie jeder andere Mensch. Ich war jedenfalls nicht gerade ein Don Juan. Wenn ich heute noch Fotos von damals hätte – ich habe keine, es ist alles weg –, würde ich mich wohl über den jungen Bernhard amüsieren. Kleiner, dürrer Bernhard Schade mit Schnurrbärtchen und Pullunder.

Immerhin: Mein Leben lang bekam ich Komplimente für meine langen schmalen Finger. Damals wusste ich nicht, wohin damit. Außer wenn ich zeichnete. Schon als kleiner Junge malte ich vor allem Häuser, das beruhigte mich. Häuser ließen mich an sich heran, meine Zeichnungen von ihnen sahen immer genau so aus, wie ich sie mir vorstellte. Menschen oder Tiere konnte ich nicht. Da geht es mir wie allen Untalentierten. Wir zeichnen Tiere gerne in Seitenansicht, weil wir uns einbilden, dass man sie dann besser erkennt. Doch ein Pferd sieht bei uns nicht viel anders aus als eine Katze oder ein Hund. Wir sehen vor unserem geistigen Auge eine wundervolle Blume, doch wenn wir sie malen, kommt niemals das Bild dabei heraus, das wir im Kopf haben. So tief unsere Empfindung für die Blume auch sein mag, wir bekommen sie nicht aufs Papier. Als Kind brachte mich das zur Verzweiflung.

Ich zerriss Dutzende von misslungenen Rosen, bis ich einmal, gelangweilt von meinen Wutausbrüchen, begann, kleine Fenster in einen Stängel zu zeichnen, dann aus den Blättern ein Dach machte und auf die Blüte einen Schornstein und eine Antenne setzte. Ganz unten fügte ich eine Haustür hinzu und einen Briefkasten. Auf den schrieb ich: «Bernhard Schade». Mein erstes Haus. Ich bewahrte diese Zeichnung sehr lange auf, zuletzt hing sie gerahmt in meinem Büro. Meine Frau hat das Bild zerstört.

Für mich stand jedenfalls früh fest, dass ich mein Leben

lang Häuser zeichnen würde. Also wurde ich Architekt. Mit zwanzig Jahren begann ich zu studieren, mit dreißig hatte ich ein eigenes Büro, fünf Jahre später 18 Mitarbeiter. Ich hatte großen Erfolg, den ich aber nicht meinem kreativen Talent oder einer Ader zur Geschäftstüchtigkeit verdankte, sondern allein meinem Sohn, denn der kam mit einer Behinderung zur Welt. Ohne Udos Handicap wäre ich nicht zu einem von Deutschlands führenden Architekten in meinem Bereich geworden.

Bis hierhin klingt das womöglich ganz alltäglich, und im Rückblick habe ich eher positive Erinnerungen an die erste Hälfte meines Lebens, aber genau dort fing im Grunde genommen das ganze Elend an. Mit 22 Jahren lernte ich Ariane kennen. Sie studierte ebenfalls Architektur und war die erste Frau, mit der ich schlief. Das habe ich vor ihr nie zugegeben, weil es mir peinlich war. Jedenfalls war sie meine einzige echte Liebe und nach unserer ersten Nacht prompt schwanger. Wir heirateten drei Monate später.

Udo kam im Dezember 1981 auf die Welt, am 12., einem Samstag. Er und ich hatten von Anfang an eine nicht ganz unproblematische Beziehung. Man könnte es auch anders ausdrücken: Ich war nicht der Vater, den er verdient gehabt hätte, und er war nicht der Sohn, den ich mir gewünscht habe.

Es war gar nicht so, dass ich meinen Sohn nicht mochte, ich konnte nur überhaupt nichts mit ihm anfangen. Das lag daran, dass Udo mit Trisomie 21, dem Downsyndrom, geboren wurde. Ich ahne, dass Sie beim Lesen nun einen schlechten Eindruck von mir bekommen, das ist bedauerlich, und ich entschuldige mich jetzt schon dafür. Aber ich habe nun einmal vor, ganz ehrlich zu sein, gerade weil es das erste Mal in meinem Leben sein könnte. Ich nehme diese Gelegenheit zur Ehrlichkeit auch deshalb wahr, weil ich damit etliche Falschmeldungen korrigieren kann. Es hat so viel Blödsinn über mich in der Zeitung gestanden.

Ich belog Ariane jedenfalls nicht nur in puncto meiner erotischen Erfahrung, sondern auch, was mein Verhältnis zu Udo anging. Natürlich wollte ich unseren Sohn vorbehaltlos und genau so lieben, wie er war, aber das konnte ich nicht. Vielleicht war ich einfach von mir selber enttäuscht. Mein Samen hatte nur ein einziges Kind gezeugt, und das war behindert. Ich hatte und habe nichts gegen Behinderte. Aber vor die Wahl gestellt, hätte ich lieber einen gesunden Jungen gehabt, so einfach ist das. Alle Träume, die ich in das Ungeborene projiziert hatte, erschienen angesichts dieses Jungen als hoffnungslose Spinnereien. Meine Wünsche und Sehnsüchte kamen mir so vermessen vor und das Ergebnis meiner ersten Liebesnacht wie eine Strafe. Entschuldigung, ich finde mich ja selber zum Kotzen. Aber ich war damals noch jung.

Bald nach Udos Geburt begann ich Ariane zu betrügen. Vielleicht musste ich etwas nachholen, möglich, dass ich mich an ihr rächen wollte oder dachte, irgendwas an der Menschheit wiedergutmachen zu müssen. Kann auch sein, dass ich einfach nicht zu Hause sein wollte bei ihr und unserem Sohn. Es wird von allem etwas gewesen sein.

Der Therapeut im Haus Unruh hat an solchen Stellen immer genickt. Ich habe ihn gefragt, was er mit dem Nicken meinte, denn es ist ja interpretierbar, so ein Nicken. Er hat dann gesagt: «Das Nicken dient der positiven Verstärkung. Damit möchte ich Sie ermuntern weiterzuerzählen, weil es gut für Sie ist.» Er hat gelogen. Heute denke ich, er nickte, weil er genau wusste, was ich meine. Es gibt diesen postnatalen Verpisserdrang bei vielen Männern. Auch wenn man nicht von sich auf andere schließen sollte, so glaube ich doch, dass der Doktor das verstanden hat.

Die Jahre von Udos Kindheit verliefen einigermaßen normal, wenn man davon absieht, dass wir ständig bedauert oder gemieden wurden. Oder beides gleichzeitig. So ist das nun einmal mit einem behinderten Kind, da braucht man sich nichts vorzumachen. Natürlich fragen die Nachbarn teilnahmsvoll. Aber sie glotzen auch. Und sie laden einen nicht ein, weil sie fürchten, man könnte sein Kind mitbringen.

Immerhin genoss einer von uns sein Leben, und das war Udo. Ich war sicher kein Mustervater, aber manchmal unternahmen wir was. Es ging dann auf den Spielplatz oder in den Park, auf jeden Fall blieben wir an der frischen Luft, weil es in Kinos oder Restaurants jedes Mal zu Zwischenfällen kam. Udo konnte nicht stillsitzen und flippte in Zeichentrickfilmen vor Freude derart aus, dass wir einmal bereits nach einer Viertelstunde gebeten wurden, den Saal zu verlassen. Das ist ungerecht und gemein, aber ich hatte Verständnis dafür. Ich habe mich oft geschämt, wenn ich die anderen Leute besser verstand als meinen Sohn, und war eigentlich nie loyal ihm gegenüber. Manchmal habe ich ihn sogar verleugnet. Das ist erbärmlich, ich weiß, aber ich wollte nun einmal nicht den ganzen Abend über ihn sprechen, wenn ich eine Frau in einer Hotelbar aufgerissen hatte. Können Sie das verstehen? Nein? Könnte ich an Ihrer Stelle vielleicht auch nicht.

Aber er hat mich auch nicht der Vater sein lassen, der ich gerne gewesen wäre. Nie habe ich am Rand eines Sportplatzes gestanden und ihn beim Fußball angefeuert. Nie habe ich ein Konzert von ihm besucht, nie ein Gedicht von ihm gelesen. Er hat nämlich keinen Sport getrieben, spielte kein Instrument und konnte kaum schreiben. Auch die wundervollen Vatergespräche über Politik oder das Erwachsenwerden haben wir nicht geführt. Er hat mich darum betrogen. Oder ich mich selber, ich weiß es nicht.

Was wir hatten, waren gemeinsame Fahrten zur Töpfergruppe oder zur Gymnastik. Und natürlich haben wir uns unterhalten. Über Erbsen und Möhrchen aus der Dose zum Beispiel. Oder über die Schlümpfe. Oder über den plötzlichen Tod meiner Mutter. Sie fiel Weihnachten 1992 beim Schmücken des Christbaums von der Leiter und brach sich das Genick. Im Sturz warf sie den Korb mit Lametta in die Luft, und das Zeug rieselte auf sie herab. Ausgerechnet Udo fand den glitzernden Leichnam im Wohnzimmer. Er kam in mein Büro gelaufen und rief: «Die Oma hat sich als Weihnachtsbaum verkleidet. Die ist lustig, die Oma.» Ich habe es nie vermocht, ihm klarzumachen, dass seine Großmutter das nicht mit Absicht gemacht hat.

Meine Karriere verdanke ich, wie gesagt, Udo. Als ich mein Studium abschloss, war er fünf Jahre alt, und wir verbrachten viel Zeit in therapeutischen Einrichtungen. Die meisten waren nicht für Behinderte gebaut worden. Ich fand es nur naheliegend, dass ich in meiner Diplomarbeit ein behindertengerechtes Theater entwarf. Eigentlich ist das keine große Kunst. Es gibt Normen für Türen, für Treppen, für Lichtschalter und für Fenster und festgelegte Neigungswinkel für Rollstuhlrampen. Aber ich fragte Udo, wie er sich ein Theater vorstellte, und er erklärte mir ganz genau, was er von so einem Haus erwartete, zum Beispiel bunte Türklinken. Behindertengerecht war kein Terminus, den er verwendet hätte. Er sprach immer nur von einem Theater für sich und seine Freunde.

Ich habe später bei jedem Projekt lange Gespräche mit ihm und den anderen Kindern aus seiner Therapiegruppe geführt und danach meine Gebäude konzipiert. Ich habe ihn Bauherr sein lassen. Auf diese Weise galt ich innerhalb weniger Jahre als absolute Koryphäe für behindertengerechtes Bauen. Und das alles nur, weil Udo mir verriet, wie er ein Handtuch von der Stange nimmt und wo im Haus das Mineralwasser stehen sollte.

Ich hätte ihm dankbar sein können. Aber ich war es nicht, denn in Wirklichkeit hätte ich lieber andere Häuser gebaut. Schicke Villen, Büropaläste. Doch ich habe dafür nie eine einzige Ausschreibung gewonnen. Meine Arbeit roch nie nach Chanel Nummer fünf, sondern nur nach Kantinenessen und Sagrotan. Ich wurde der Mann für die Spezialkliniken, die Behandlungszentren, die integrativen Einrichtungen. Menschenwürdiges Bauen hieß das Motto, mit dem ich bald in immer größere Büros umzog. Gewollt habe ich das nicht. Es hat sich so ergeben. Wegen Udo.

Ich hatte viel zu tun. Meine Ehe hat mich dann nicht mehr sehr interessiert. Wir blieben zusammen; Ariane war eine gute Mutter und ich ein schlechter Ehemann und Vater. In der Regel verbrachte sie den Tag damit, sich die Schläfen zu massieren und im Garten Unkraut zu zupfen. Alle zwei Monate schliefen wir miteinander, und an Weihnachten schenkten wir uns Sachen, an die wir uns schon am ersten Weihnachtsfeiertag nicht mehr erinnern konnten. Wir führten also das, was man gemeinhin als eine glückliche Ehe bezeichnet. Bis zu Udos 18. Geburtstag. Das war ein Sonntag.

Ich fragte ihn, ob er zur Feier des Tages auf den Weihnachtsmarkt wolle, und er schrie: «Natüüüürlich.» Also fuhren wir los. Auf einem Weihnachtsmarkt geht es laut und hektisch zu, es wird nicht viel Wert auf Etikette gelegt. Ich ging deshalb am liebsten mit Udo auf Rummelplätze und Weihnachtsmärkte.

Bereits seit ein paar Wochen beobachtete ich, dass mein Sohn ständig die Finger an seinem Geschlechtsteil hatte. Er knetete sein Ding, wenn wir im Auto saßen, er langte sich unverhohlen und mit sichtlicher Freude an den Sack, während wir fernsahen, und nun hielt Udo in der linken Hand eine Bratwurst, um sich mit der rechten im Schritt herumzufummeln. Sosehr ich ihm diese Vergnügungen auch gönnte, so unangenehm waren sie mir in der Öffentlichkeit, zumal sich Udo nicht die Mühe machte, diskret mit der Hand in der Hosentasche herumzufingern, sondern sich ungeniert und mit einem abwesenden Gesichtsausdruck von außen an die Hose griff. Auch wenn ich ihn um diesen natürlichen Umgang mit seinem Körper beneidete, nervte mich die Unverfrorenheit, mit der Udo in aller Öffentlichkeit seine Hose rieb.

«He, lass das», sagte ich, während ich dem Mann an der Imbissbude Geld für die Bratwürste gab.

«Was 'n?»

«Lass deinen Schwanz doch mal für eine Minute los. Das ist ja nicht zu fassen.»

«Schuuans.»

«Wo hast du denn das gelernt? Könntest du dich für ein paar Minuten verhalten wie ein erwachsener Mann?»

«–»

«Mann Gottes, das muss doch nicht sein. Seit einer Stunde sind wir unterwegs, und seitdem fummelst du an dir herum.»

«Schuuuans.»

Udo nahm die Hände aus dem Schritt und schaute mich verwundert an. Ganz offensichtlich verstand er kein einziges Wort. Wie auch, niemand hatte ihn je aufgeklärt, und für ihn hatte sein Pimmel genau zwei angenehme Eigenschaften, auf die er nicht verzichten wollte. Was sollte daran schlecht sein?

«Warum?», fragte er also.

«Weil's saublöd aussieht, darum», sagte ich und tunkte meine Wurst in billigen Senf. «Es sieht wirklich doof aus. Du solltest dich mal sehen, wenn du da herumfummelst.» Mir war schon klar, dass es meinem Sohn ziemlich egal war, wie er dabei aussah. Aber Udo schien darüber nachzudenken. Um seine Gedanken auf Trab zu bringen, fuhr er sich an den Schwanz und rieb ihn ein bisschen.

«Verdammt, du tust es ja schon wieder. Habe ich dich nicht vor einer Minute gebeten, damit aufzuhören?»

«Ja.»

«Und warum machst du dann trotzdem weiter?»

«Weiß nicht.»

«Was weißt du eigentlich?»

Das war gemein. Manchmal sagte ich solche Sachen zu ihm. Ich konnte weder mit Udos Angewohnheit umgehen, wildfremde Leute nach ihren Namen zu fragen, noch mit seiner Marotte, Essen umgehend auszuspucken, wenn es ihm nicht schmeckte. Das machte mich wütend. Dann wünschte ich, es gäbe keinen Udo in meinem Leben. Und keine Spezialkliniken und keine Badewannen mit Hebekran. Ich empfand nicht mich selbst, sondern die Welt als ungerecht.

Natürlich war ich mir der Schlechtigkeit dieser Gedanken bewusst, ich fühlte mich auch ständig schuldig an meinem einzigen Kind, doch dies machte es mir nur noch schwerer, Udo zu lieben. Seine bloße Existenz empfand ich als Anklage. Und jetzt war ich kurz davor, ihm eine zu scheuern. Ich tat es natürlich nicht, stand nur da, wischte mir den Senf vom Mund und betrachtete meinen Sohn. Er sah mir überhaupt nicht ähnlich, höchstens die dünnen Haare erinnerten an mich.

«Schuuuans.»

Es begann zu regnen, und ich wollte nach Hause. Ich hätte ihm sagen können, dass ich noch arbeiten musste. Ich hätte ihm vorschwindeln können, eine Erkältung zu bekommen, ich hätte ihm die dreisteste Lüge auftischen können, um meine Ruhe zu haben. Udo hätte mir alles geglaubt. Aber ich traute mich nicht, so schnell wieder zu Hause aufzutauchen. Ich wollte mich ganz einfach nicht Arianes anklagenden und wissenden Blicken aussetzen.

Während wir über den funkelnden Weihnachtsmarkt spazierten, den Glühweinduft einatmeten und Erzgebirgsschnitzereien passierten, steigerte Udo die Körpertemperatur in seiner Hose mittels mechanischer Reibung. Neben ihm ging ich, der unglückliche Clown mit der roten Nase. Ich kam mir an diesem Nachmittag lächerlich und schlecht vor. Und im Augenblick des größten Schmerzes über mich und meinen fröhlichen Sohn kam mir diese im Rückblick vollkommen bescheuerte Idee. Ich würde alles darum geben, hätte ich damals einfach die Klappe gehalten. Doch ich blieb stehen, hielt Udo an beiden Schultern fest und sagte:

«Weißt du, was man mit dem Ding zwischen deinen Beinen anfängt?»

«Pinkeln und so», antwortete Udo mit einem todernsten und ehrlichen Ausdruck in seinem runden Gesicht.

«Ja, ja, und was noch?»

«–»

«Man macht Frauen damit glücklich», sagte ich, der es eigentlich besser hätte wissen müssen.

«Frauen glücklich», wiederholte Udo tonlos.

«Möchtest du glücklich sein?», fragte ich.

«Mhhm, ja», antwortete Udo, dessen Glück vor allem darin bestand, heiße Apfeltaschen zu essen. «Ich will eine Apfeltasche», sagte er deshalb.

«Nein, ich meine nicht Apfeltaschen, ich meine etwas wirklich Heißes. Willst du mit einer Frau zusammen sein?»

«Nö.»

«Weißt du, was das bedeutet?»

«Nö.»

«Willst du es kennenlernen?»

«Dauert das lang?»

«Das hängt ganz von dir ab», witzelte ich. Ich fand Gefallen an meiner Idee.

«Vorher will ich eine Apfeltasche.»

Wenige Minuten später saßen wir im Auto und fuhren durch die Stadt. Es roch nach klebrig-süßer Apfeltasche. Ich war fest entschlossen, meinen Plan in die Tat umzusetzen. Vielleicht war es eine Art unbewusste Rache an Udo, der mich, ohne es jemals zu wollen, seit 18 Jahren demütigte, der mir den letzten Nerv raubte und mir die Chance genommen hatte, ein ganz normaler Vater zu sein. Vielleicht wollte ich mich für die entgangenen Vatergefühle rächen. Vielleicht wollte ich bloß einmal sein, was ich ihm nie war: ein Berater in allen Lebenslagen, der große Zauberer, der seinen Sohn in die Kunst der körperlichen Liebe einweihte. Oder es war eine Art Forschergeist, der mich antrieb. Letzteres wäre am schlimmsten, das weiß ich. Es wäre widerwärtig.

Würde ich ihn demütigen? Oder ihm ein Stück Männlichkeit vermitteln? Würde Udo am Ende erschöpft und dankbar vor mir liegen und sagen: «Danke, Vater»? Diese Fragen geisterten mir durch den Kopf, als ich in Richtung des Industriegebietes fuhr, wo die Bordelle in einer langen bunten Reihe dicht an der Straße standen und mit Neonherzen den Autos entgegenleuchteten.

Eine erfahrene Prostituierte sollte Udo zeigen, wie das Wohlgefühl, das er beim Onanieren hatte, noch gesteigert werden konnte; was es tatsächlich bedeutete, ein Mann zu sein. Ich selbst würde im Hintergrund, aber dabei sein. So weit mein Plan.

«Schuuans, Schuuuaans», sang Udo und klopfte sich vor Vergnügen auf die Schenkel, als ich das Auto auf den Parkplatz eines besonders großen Puffs lenkte. Hier sollte Udo seine Unschuld verlieren – und ich meine Schuld. Hier würde ich zum ersten Mal wirklich Vater sein.

Das Bordell sah von außen aus wie ein Baumarkt mit zugeklebten Fenstern. Im Inneren war es so dunkel, dass ich einige Zeit brauchte, um mich zu orientieren. Ich kannte den Laden, war vor einigen Jahren schon einmal mit Bauherren hier gewesen, Richtfest feiern. In der Mitte des Raumes stand ein Springbrunnen, über dem ein marmornes Pärchen Wasser abgab. Die männliche Figur pinkelte der weiblichen in den Mund, die entließ einen plätschernden Wasserstrahl aus ihrer Scham in ein kleines Becken mit Goldfischen. Noch ehe ich mich an die Bar gesetzt hatte, begann Udo nach den Fischen zu angeln.

«Hallo, mein Freund, was darf ich dir bringen?», gurrte eine mittelalte Frau hinter dem Tresen.

«Ein Bier bitte und für meinen Sohn eine Cola. Udo, komm her, Cola trinken.»

«Cola», wiederholte Udo und trottete an die Bar, wo er sich umständlich und plump auf einen Hocker setzte.

«Ich darf keine Cola. Nur Fanta, hat Mama gesagt.»

«Wen haben wir denn da?», kam es aus dem Halbdunkel. Ich erkannte mühsam die Konturen einer Frau, die kaum einen Meter neben Udo saß. Einen Hocker weiter machte ich eine weitere Dame aus, nicht unhübsch.

«Ich bin der Gerd», log ich. Ab diesem Augenblick bereute ich, hergefahren zu sein.

«Der Gerd. Ich bin die Sonja. Hast du ein bisschen Lust mitgebracht, Gerd?»

«Ich habe meinen Sohn mitgebracht, der hat heute seinen 18. Geburtstag», sagte ich. «Udo, sag mal guten Tag.»

«Guten Tag.»

«Herzlichen Glückwunsch, junger Mann. Na, Udo, möchtest du mich ein bisschen kennenlernen?», gurrte die Frau.

«Nö.»

Mir wurde heiß. Was für eine schwachsinnige Idee, mit Udo in einen Puff zu fahren, wie blödsinnig! Die Kollegin hinter der Bar stellte ein Pils und eine Limonade auf den Tresen und beugte sich vor, um Udo besser sehen zu können.

«Was ist 'n das für 'n Vogel?», fragte sie und sah mich an, wie man ein frisches Melanom ansieht. Ich fühle mich sonst in der Gegenwart von Frauen nicht schlecht, aber diese Damen machten mir Angst.

Ich sagte: «Das ist mein Sohn Udo.»

«Was will 'n der hier? Das is' 'n Mongo, oder?»

«Er hat das Downsyndrom», gab ich in schärferem Ton zurück.

22

Die Frau neben Udo verlor schlagartig das Interesse und drehte uns den Rücken zu.

«Wissen Sie, es ist ganz schön schwer für meinen Sohn, eine nette Freundin zu finden. Und ich finde, er hat ein Recht darauf. Jedenfalls ist er gerade achtzehn geworden, und ich wollte, ich würde, ich meine ...»

«... am besten, du trinkst aus und nimmst ihn wieder mit. Das läuft nicht.»

Na klar. Ich hatte mir die Sache anders vorgestellt, natürlich. Etwas wie mutloser Stolz erwachte in mir. Ganz sicher hatte ich nicht vor, meinen Sohn diesen Frauen wie Sauerbier anzupreisen. Mir war elend. Schweigend trank ich mein Bier, Udo saugte die Fanta zügig durch den Strohhalm, rülpste und ging zurück an den Springbrunnen. Als ich ihm zusah, wie er nach den Goldfischen angelte, riss etwas in mir. Ich kann es schwer beschreiben, ich fühlte mich wie der einsamste und dümmste Mensch der Welt. Dann begann ich zu weinen. Es war mir egal, dass die Frauen das sahen. Ich bin sicher, die haben viele Männer weinen sehen. Udo verstand das ganze Ausmaß dieser Demütigung nicht einmal. Er angelte nach Goldfischen.

«Okay.»

Ich drehte mich um.

«Okay, von mir aus, aber mit Extrazulage.»

«Was meinen Sie?»

«Ich bin halt 'n Familienmensch. Aber nich' bumsen. Ich bums nich' mit 'nem Behinderten, da komm ich nich' gut drauf. Aber Blasen wäre in Ordnung.»

«Das würden Sie tun?» Mir war klar, dass ich nach meiner Heulerei keinen Rückzieher mehr machen konnte, auch wenn es eindeutig das Beste gewesen wäre.

«Und was ist mit dir, was können wir für dich tun?»

«Ich weiß nicht, vielleicht dasselbe?», sagte ich. Was hätte ich auch sonst sagen sollen?

«Möchtest du mit Tammy gehen?», fragte Sonja und deutete auf ihre Nachbarin. «Vater und Sohn und Tammy und Sonja, wie wäre das?»

«Ja, aber in einem Zimmer, bitte. Ich möchte ihn nicht mit Ihnen alleine lassen. Das wäre nicht gut, er kennt Sie ja gar nicht.»

Sonja sah zu Tammy hinüber, die kurz nickte.

«Okay. Wollt ihr vorher noch etwas trinken? Wollen wir nicht zur Feier des Tages einen kleinen Champagner ploppen lassen?»

«Nein, lieber nicht. Udo trinkt ja sowieso keinen Alkohol. Können wir gleich?»

Die Bardame räumte die Gläser ab. Mit uns war kein Geschäft zu machen. Wie kleinmütig, wie geizig von mir. Ich spürte einen heftigen Selbstekel. Sonja und Tammy taten der Barfrau wahrscheinlich jetzt schon leid.

«Na dann mal los, Gerd.»

Tammy und Sonja standen auf und gingen in Richtung einer Treppe. Wir liefen hinterher, dabei sah ich Sonja auf ihren gewaltigen Arsch. Ich hatte mit der brünetten Tammy eindeutig das bessere Los gezogen, aber so richtig freuen konnte ich mich darüber nicht, dafür war ich auch viel zu aufgeregt. Himmels willen, was für eine dämliche Idee.

«Ich find's hier blöd», schnarrte Udo aus dem Hintergrund. «Blöde, blöde, blöhöde.»

«Reiß dich ein bisschen zusammen, okay?», zischte ich. «Es wird dir schon gefallen, glaub mir. Sonja ist eine nette Frau.»

«Mama ist nett.»

«Sonja ist genauso nett.»

Dann betraten wir ein Zimmer mit einem Bett, einer runden Badewanne und matter Beleuchtung. Neben dem Bett stand eine Packung Kleenex, in einer Ecke hing ein Waschbecken. An den Wänden hing grauenvolle erotische Kunst in Wechselrahmen. Leise Schlagermusik drang aus einem kleinen CD-Player.

Ich setzte mich auf das riesige Bett und zog Udo am Ärmel. «Setz dich hin, Udo.»

Udo setzte sich und sah Sonja an, die ihm freundlich entgegenlächelte. «Na, Casanova, alles klar mit dir?»

Udo nickte und quetschte sein Ding zwischen Daumen und Zeigefinger.

«Du kannst es wohl gar nicht abwarten, was?»

«Das macht er immer», sagte ich.

«Na, dann wollen wir unseren Udo doch nicht mehr länger auf die Folter spannen.»

Als Sonja Udo an der Schulter berührte, um ihn auf den Rücken zu kippen, griff Udo ihren Arm und hielt ihn fest. Er wollte nicht von dieser Frau berührt werden, er hatte Angst, er verstand nicht, was sich hier abspielte. Und er wollte zurück zu den Fischen.

«Udo, lass die Sonja ruhig machen. Sie ist eine gute Freundin, sie wird dir nicht wehtun. Es ist alles in Ordnung, ehrlich», versicherte ich und lächelte blöde. Normalerweise sagte ich solche Sätze, wenn wir mit Udo beim Arzt waren. Auf eine skurrile Art und Weise war Sonja auch so etwas wie eine Ärztin. Oder wenigstens Krankenschwester.

«Am besten wird sein, wir fangen mit dir an, dann kommt dein Sohn schon in Stimmung.»

«Gute Idee», log ich und legte mich auf den Rücken. Tammy strich sich die Haare aus dem Gesicht und öffnete meine Hose. Udo sah sich das Ganze mit größtem Interesse an. Zum Vorschein kam allerdings nichts besonders Aufregendes. Ich war verspannt, das wird sicher jeder verstehen. Die Situation war meiner Libido nicht förderlich. Ich lag hier mit zwei Huren und meinem behinderten Sohn auf einem Doppelbett im Gewerbegebiet; kein Wunder, dass ich keinen hochbekam. Tammy war im Grunde sehr nett und unter normalen Umständen hätte ich mit ihr kein Problem gehabt, aber heute, hier und jetzt in diesem Raum: Da lief nichts.

«Macht nichts, macht nichts», flüsterte Tammy, «ein bisschen Ladehemmung, das bekomm ich schon hin.»

Sonja machte sich inzwischen an Udo zu schaffen. Er legte sich widerspruchslos neben mich. Kopf neben Kopf lagen wir auf dem roten runden Bett, über uns zwei fremde Frauen und ein Fickspiegel an der Decke, in dem ich in mein dämliches Gesicht sah. Sonja öffnete Udos Hose.

Es kam mir vor, als würde ich immer kleiner. Ich schrumpfte neben meinem Sohn und das kleine Etwas, das Tammy immer noch in der Hand hielt, schrumpfte ebenfalls. Es war der schlimmste Tag in meinem Leben. Und er war noch lange nicht vorbei. Als Sonja versuchte, Udos Ding in ihren Mund zu bugsieren, kam er bereits und ergoss sich auf seine Hose.

Tammy putzte Udo ab. Ich zahlte Sonja wortlos zweihundert Mark.

Auf der Heimfahrt schwiegen wir. Udo wiegte den Kopf zum Geräusch des fahrenden Wagens. Ich versuchte Klarheit in meine Gedanken zu bekommen. Wer war am Ende gedemütigt worden? Ich oder er? Wer hatte wem gezeigt, was es bedeutet zu leben? Und vor allem: War ich jetzt ein besserer Vater mit einem besseren Sohn als vorher? Oder war ich ein Scheißtyp? Wahrscheinlich Letzteres. Diese Fragen waren nichts im Vergleich zu denen, die Ariane unweigerlich stellen würde. Wieso ist Udo völlig verdreckt? Ist das etwa Sperma? Was hast du mit Udo gemacht, du Dreckskerl?

Da kam mir die nächste dumme Idee. Ich muss schon sagen, dass eine die nächste nach sich zog.

«Udo, hör mir mal zu», sagte ich. «Wir sagen, das ist Zitroneneis. Wir haben mit Zitroneneis gekleckert. Wir haben eine Zitroneneisschlacht gemacht. Okay?»

«Ich will Zitroneneis.»

«Hast du kapiert? Das Zeug auf deinen Sachen ist Zitroneneis.»

«Kaufst du Zitroneneis?»

«Wo soll ich denn jetzt Zitroneneis hernehmen, Himmelherrgott? Wir fahren jetzt zur Mama und sagen, du hast gekleckert.»

«–»

«Also gut. Du kriegst dein Eis, du kriegst dein verdammtes Eis.»

Ich fuhr zu einer Tankstelle und kaufte zweimal Zitroneneis. Eins gab ich Udo, das andere erwärmte ich im Luftstrahl der Autoheizung.

«Was machst du?»

«Schadensbegrenzung.»

Als hätte ich mich nicht schon lächerlich genug gemacht, riss ich das Eispapier auf und schmierte das aufgeweichte Eis auf Udos Hose.

«Uuuii, du kleckerst», lachte Udo.

Im Grunde wusste ich, dass das Eis die ganze Sache nur noch schlimmer machen würde. Ariane würde niemals auf den Quatsch hereinfallen. Meine einzige Hoffnung bestand darin, dass sie vergessen hatte, was Sperma war.

Als ich den Wagen parkte, fühlte ich mich, als würde ich zum Galgen geführt. Das war also der traurige Höhepunkt meiner armseligen Vaterschaft. Verklebt mit Zitroneneis und Sperma, gab ich meinen Sohn zurück in die Obhut der besten und verständnisvollsten Frau, der ich jemals begegnet bin.

Ariane saß in der Küche, sah uns an und fragte: «Was ist denn mit euch los? Udo, was ist das für eine Sauerei auf deiner Hose?»

«Ich habe gekleckert. Mi'm Eisschuans.»

«Womit?»

«Tammy hat's rausgeholt und Papa hat mir Eis gekauft.»

«Wer ist Tammy?»

«Die Freundin von Sonja.»

«Ach ja. Und wer ist Sonja?»

«Papa hat gesagt, Sonja ist genauso gut wie du.»

Ariane sah mich an und fragte mich, wer Sonja sei. Nachdem ich ihr geantwortet hatte, stellte sie drei oder vier weitere Fragen, auf die ich mit Lügen antwortete. Sie fragte weiter, sie fragte Udo und dann wieder mich. Ich kann mich an diese Konversation nicht mehr richtig erinnern, ich habe sie wie einen schlechten Traum in Erinnerung, surreal und quälend. Aber ich weiß noch, dass Ariane in mein Büro ging, alles verwüstete und mich in einer Tour anschrie. Ich trank eine halbe Flasche Cognac, Udo spielte mit der Katze. Dann war unsere Ehe nach 18 Jahren beendet. Ich bin am nächsten Morgen ausgezogen.

Ariane leistete ganze Arbeit. Sie zog die Scheidung ebenso sauber und kühl durch wie meinen Ruin. Als Erstes sagte mir ein katholisches Therapiezentrum ab. Man habe einen

Formfehler bei der Ausschreibung gemacht. Dann platzte der Auftrag für eine Badeanstalt, und danach kamen keine Ausschreibungen mehr. Ich entließ immer mehr Mitarbeiter, und nach einem Jahr beantragte ich die Eröffnung eines Insolvenzverfahrens. Ein paar Monate später war ich mein Zuhause, meine Firma, mein Büro und mein Einkommen los. Dass Ariane hinter alldem steckte, war mir klar. Sie machte gar keinen Hehl daraus und brachte sich damit um den Unterhalt, den ich nicht mehr aufbringen konnte, aber das war ihr egal. Ihre Rache an mir war so absolut wie die Liebe zu ihrem Sohn. Ich denke, sie hat mich nicht einmal mehr gehasst, sondern einfach wie eine Kellerassel zertreten.

Freunde und Kollegen wandten sich von mir ab. Niemand wollte mehr Kontakt mit mir. Also zog ich mich in eine Einzimmerwohnung zurück, beantragte Sozialhilfe und glotzte aus dem Fenster. Manchmal trug ich Prospekte aus oder schob die Einkaufswagen eines Supermarktes zusammen, meistens ging ich spazieren, saß auf einer Bank und trank.

Sieben Jahre vergingen auf diese ereignislose Weise, und ich kann über diese Zeit nichts berichten, weil ich mich nicht daran erinnere. Es kommt mir manchmal rückblickend so vor, als habe mein Leben nach Udos 18. Geburtstag nur Minuten gedauert. Dann wieder fühlt es sich an wie ein ganzes Erdzeitalter, in dem ich verlernt habe, ein Mensch zu sein. Ich sah nicht mehr in den Spiegel, putzte meine Zähne, wenn überhaupt, mit geschlossenen Augen, rasierte mich, ohne hinzusehen. Ich trank ohne Leidenschaft für den Rausch, nicht einmal ein guter Alkoholiker war ich. Ob ich tatsächlich acht Jahre gelebt oder bloß geatmet habe, kann ich nicht beantworten. Ich hätte in dieser Zeit nicht einmal den Unterschied gewusst.

Es verging mehr als ein halbes Jahrzehnt meines Lebens, ohne dass ich daran teilnahm. Ich hätte mich auch wehren, Prozesse führen, umschulen können, das ist wahr. Aber ich erstarrte regelrecht. Die Katastrophe meines Abstiegs führte zu etwas, was Ärzte vielleicht Katatonie nennen würden. Ich habe nie mit einem Arzt darüber gesprochen, ich habe überhaupt mit niemandem gesprochen, außer mit Udo.

Udo wäre jetzt 29 Jahre alt und ganz sicher noch am Leben, wenn ich ihm nicht den Quatsch mit den Engeln und den Wolken erzählt hätte.

Bei unserer letzten Begegnung fragte er mich nach dem Himmel. Wir saßen auf meiner Bank und aßen Profiterols, sein Leibgericht. Da fragte er: «Papa, warum fallen die Engel nicht runter?»

«Was meinst du damit?», fragte ich zurück.

«Die wohn' doch in'n Wolken, oder?»

«Ja, natürlich. Die Engel wohnen streng genommen sogar auf den Wolken. Von dort aus schauen sie zu uns hinunter.»

«Könn' die da runterfallen?»

Das war eine ganz typische Udo-Frage. Ich gab mir Mühe, sie richtig zu beantworten.

«Nein, sie haben Flügel. Wenn sie überhaupt fallen, dann fangen sie sich mit einem Flügelschlag. Sie können zwar nicht besonders gut fliegen, aber sie fallen auf jeden Fall nicht hinunter.»

Das hätte ja gereicht, aber ich hatte Lust zu fabulieren und fügte hinzu: «Und selbst wenn sie keine Flügel hätten, könnten sie nicht auf die Erde fallen, denn die Wolken sind wie Trampoline. Man kann auf ihnen herumhopsen, und das machen die Engel auch den ganzen Tag. Wenn einer von ihnen dabei von der Wolke kippt, ist darunter immer eine weitere Wolke, die ihn auffängt. Es macht ihnen gar nichts aus.»

«Aha.»

«Ja. Die Erde ist umgeben von einer Wolkenschicht, und da können die Engel nicht durch. Sie sind also ganz sicher da oben auf den Wolken.»

«Ach so.»

Das Thema schien ihn zu beschäftigen, denn er blieb sehr schweigsam. Drei Wochen später war er tot. Er sprang vom Dach eines 80 Meter hohen Bürohauses. Ariane überbrachte mir die Nachricht von Udos Tod. Es war das erste Mal, dass sie seit unserer Trennung mit mir sprach. Sie sagte, er sei aus seiner Gruppe abgehauen und dann mit der U-Bahn gefahren. Wie er auf das Dach des Hauses gekommen sei, wisse niemand, aber er habe sich von dort hinuntergestürzt. Sie weinte.

«Er hat sich nicht hinuntergestürzt», sagte ich.

«Doch, hat er», sagte Ariane. «Unser Kind ist tot.»

«Ja, aber er ist nicht runtergesprungen, sondern rauf.»

«Was meinst du damit?»

«Er wollte nicht auf die Erde fallen, sondern auf eine Wolke springen. Er hatte einen Plan.»

Ariane sah mich aus ihren kajalverschmierten Augen an. Dann schlug sie mir ins Gesicht und ging.

Es heißt, jede glückliche Familie sei auf dieselbe Art glücklich, jede unglückliche auf eine ganz eigene. Das stimmt. Meiner Familie lag der Selbstmord im Blut. Wobei ich bis heute der festen Überzeugung bin, dass Udo sich nicht hat umbringen wollen. Ganz im Gegensatz zu meinem Großvater. Er hat sich im Mai 1945 in seinem Büro mit seiner Dienstwaffe, einer Walther PPK, Kaliber 7,65 Millimeter, erschossen. Er war wohl enttäuscht über den verlorenen Krieg und hatte Angst vor den Amerikanern, denn er war Brigadeführer in der Waffen-SS. Die noch blutverschmierte Pistole gaben sie meinem Vater, der damals 15 Jahre alt und beim Volkssturm war. Er hat immer erzählt, er habe damit noch aus Rache auf einen amerikanischen Panzer geschossen. Danach lag das Ding jahrzehntelang in einem Karton in der Schublade seines Schreibtisches. Als ich nach dem Tod meines Vaters – er starb kurz nach meiner Mutter an Krebs – seine Wohnung auflöste, entdeckte ich die Pistole. Fast alle Gegenstände aus dem Besitz meiner Eltern habe ich verkauft, aber die Waffe behielt ich. Komisch. Als ob ich gewusst hätte, dass ich sie einmal brauchen würde.

Die Entscheidung fiel mit Udos Tod. Ich will jetzt nicht selbstmitleidig klingen, aber schließlich war ich schuld daran. An dem Mittwoch vor Udos Beisetzung erhielt ich einen Brief. Darin befand sich eine Karte für Bayreuth. Wagner-Festspiele. Vierzehn Jahre habe ich auf eine Karte gewartet. Und als ich sie endlich in Händen hielt, war mir klar, dass ich bei Wagner sterben wollte. Nennen Sie es ruhig pathetisch, vielleicht sogar lächerlich oder theatralisch, aber nach den elenden Jahren, die ich ausschließlich mit mir und meiner Schuld verbracht hatte, wollte ich beim Sterben unter Menschen sein. Anders kann ich mir diese Entscheidung nicht erklären. Einer der vom Gericht als Gutachter bestellten Psychologen bescheinigte mir eine histrionische Persönlichkeitsstörung. Histrioniker sind Leute, die krankhaft im Mittelpunkt stehen wollen. Sie unternehmen die verrücktesten Sachen, um von ihrer Umgebung wahrgenommen zu werden. Auf mich trifft das nicht zu. Ich habe acht Jahre wie eine Kakerlake gelebt. Und diese Tiere sind sicher einiges, aber nicht histrionisch. Ich verspürte keineswegs den Wunsch, durch meinen Tod etwas mitzuteilen, ich wollte bloß, dass man zur Kenntnis nahm, dass es mich überhaupt gegeben hatte. Von mir aus nennen Sie es eine pathologische Form der Hysterie, mir egal.

Vorher übte ich schießen. Es war noch Munition da, aber woher sollte ich wissen, dass sie nach der langen Zeit in Vaters Schublade zündete? Ich konnte mir kaum etwas Dämlicheres vorstellen, als mit der SS-Brigadeführerwaffe am Kopf im Festspielhaus von Bayreuth zu stehen, abzudrücken und mich dann vor den ganzen Veteranen im Publikum zu blamieren. Also fuhr ich mit dem Bus zu einem Wald, lief stundenlang darin herum und schoss erfolglos auf ein Eichhörnchen und dann mit mehr Fortune auf eine Rotbuche. Ich hätte gleich dort Schluss machen sollen, aber ich konnte es nicht. Mitten im Konzert, so dachte ich, vor Hunderten von Menschen, würde der Erwartungsdruck so groß, dass ich nicht würde kneifen können.

Am Tag meines geplanten Todes kochte ich mir morgens einen Kaffee und setzte dann meinen Abschiedsbrief auf. Ich wusste aber gar nicht, was ich schreiben sollte, denn ich hatte niemandem etwas mitzuteilen. Ich stellte mir vor, der Hausmeister würde, nachdem er von meinem Tod erfahren hatte, die Tür aufbrechen und den Brief auf dem Küchentisch finden. Also schrieb ich: «Lieber Herr Jakulczek, alles, was Sie in dieser Wohnung finden, gehört Ihnen. Alles Gute B. S.» Das war nicht viel, und ich nehme nicht an, dass er sein Erbe angetreten hat, denn ich bin ja nicht gestorben. Aber ich weiß es nicht, denn ich habe seit jenem Tag meine Wohnung nicht mehr betreten.

Für die Oper machte ich mich so schick wie möglich, denn erstens gehört sich das so, und zweitens wollte ich auf keinen Fall auffallen und riskieren, dass man mich an der Tür abwies. Natürlich rasierte ich mich und zog meinen alten Smoking an. Stand mir gut, das Ding. Die Nachbarn staunten nicht schlecht, als sie mich in diesem Aufzug das Haus verlassen sahen. Meinen Wohnungsschlüssel warf ich in den Müllcontainer vor dem Haus. Ich fuhr mit dem Zug nach Bayreuth und lief vom Bahnhof zum Festspielhaus.

Der zweite August war ein heißer Tag. Man trank Mineralwasser auf dem Hügel und fächelte sich mit dem Programm eine kühlende Brise ins Gesicht. Ich widerstand alldem. In meiner Tasche die geladene Pistole, betrat ich das Festspielhaus. Ich habe es immer schon geliebt, schon als Architekturstudent.

Richard Wagner hat das Haus selber geplant und legte Wert darauf, dass man weder Details der Bühnentechnik noch die Musiker vom Zuschauerraum aus sehen kann. Das Theater sollte ein großes wunderbares Geheimnis sein.

Meinen Platz fand ich in der neunten Reihe. Ein wenig links von der Bühne. Ich setzte mich zwischen zwei Damen in Abendkleidern, die mich desinteressiert zur Kenntnis nahmen, und dann begann die *Götterdämmerung*.

Als Hagen seinen Speer in Siegfrieds Rücken bohrte, zog ich die Walther aus der Tasche und befühlte sie. Ich streckte mich und hielt die Waffe an meine rechte Schläfe, spürte die kreisrunde Mündung kühl auf meiner Haut. Das tat gut. Ich weiß noch, dass ich den Wunsch hatte, die kalte Waffe an meine Wange zu legen. Hinter mir schnauzte ein alter Knacker: «He, runter mit dem Arm.» Ich verdeckte ihm wohl die Sicht. Natürlich hätte ich sofort schießen sollen, aber ich konnte nicht, ich musste noch einatmen und ausatmen, die Augen schließen. Ich brauchte Zeit für meine Tat. Aber der Bursche hinter mir ließ mich nicht in Ruhe. Die Musik spielte. Der Alte raunzte: «Sie da vorne, Unverschämtheit.» Ich störte ihn, er störte mich.

Im Affekt stand ich auf und drehte mich schnell zu ihm um, die Pistole in der Hand.

«Sofort hinsetzen, Sie Flegel», keifte der Kerl. Ich hob die Walther, was niemand sah, denn im Festspielhaus ist es ziemlich dunkel während der Vorstellung. Das wollte Wagner so, man soll sich vollkommen auf die Bühne konzentrieren. Die Musik spielte weiter, um mich herum Hunderte von Menschen in Abendgarderobe, dennoch war ich mit dem alten Mann allein. Ich setzte mir die Pistole an die Schläfe und schrie: «Halt endlich dein Maul!» Weder auf der Bühne noch im Orchester bemerkte mich irgendjemand. Die Akustik ist sozusagen einseitig gerichtet. Wenn ich mich auf der Bühne erschossen hätte, wäre mir höchste Aufmerksamkeit zuteilgeworden. So aber musste ich mich mit dem zeternden Idioten in der Reihe hinter mir abmühen, der mich nun anschrie, ich solle endlich wieder Platz nehmen. Erst dann sah er die Waffe und schrie: «Hilfe! Attentat!» Ich setzte mir die Pistole an die Schläfe, legte den Zeigefinger in den Abzug, schloss die Augen, atmete tief ein. Und dann verlor ich das Gleichgewicht. Ich hatte mich auf das Abendkleid der Frau zu meiner Rechten gestellt, und die zog nun daran, worauf ich das Gleichgewicht verlor.

Als sich der Schuss löste, war ich gerade im Begriff, der Frau zu meiner Linken in den Schoß zu fallen. Die Kugel fuhr in meinen Kopf hinein, am Hirn vorbei gleich wieder raus und sauste in das Dach des Zuschauerraumes, was mir im Nachhinein viel Scherereien brachte, da ich für den Schaden immer noch aufkommen muss. Ich fiel auf die Frau, hörte noch ihr Kreischen, und dann ging endlich die verdammte Musik aus.

Ich kann mich danach an nicht sehr viel erinnern. Das meiste weiß ich aus meiner Krankenakte und aus den Protokollen der Staatsanwaltschaft. Sicher ist, dass ich eine ganze Weile im Krankenhaus lag und dass sie allerhand neurologische Tests mit mir veranstalteten. Schließlich wurde ich an eine Landesklinik überstellt, in der ich mehrere Monate mit komplett Irren verbrachte. Ich sah aus wie einer von ihnen, denn jeder trug die Kleidung, die er am Tag seiner Einlieferung anhatte. Ich lief also viereinhalb Monate mit meinem Smoking durch die geschlossene Abteilung, futterte meine Pillen und schwieg ansonsten, weil ich das für die beste Strategie hielt. Gesprächs- und Therapieangebote lehnte ich ab. Auch kümmerte mich nicht, was in den Zeitungen stand. Von einem Selbstmordattentäter war die Rede, denn der Blödmann in der Reihe hinter mir entpuppte sich als hochrangiger Politiker und bezog in seiner Selbstgefälligkeit die ganze Aktion im dritten Akt der *Götterdämmerung* natürlich auf sich. Ich beherrschte die Schlagzeilen für knapp drei Tage, in denen meine halbe Lebensgeschichte der hungrigen Republik zum Fraß vorgeworfen wurde.

Anschließend wurde ich von der Staatsanwaltschaft, vom Bundeskriminalamt, von der Kriminalpolizei und von Psychologen und anderen Besserwissern vernommen. Mal nannte man mich einen Zyniker wegen des Abschiedsbriefes, mal einen Kriminellen und dann wieder einen Psychopathen. Nur am Anfang machte ich Versuche, denen zu erklären, dass ich nur ein Verzweifelter war am Ende seines Weges, aber es hat mir eigentlich nie jemand zugehört. Alle Terroristen seien am Ende Verzweifelte am Ende eines Weges, hat der Staatsanwalt mir geantwortet. Daraufhin habe ich die Gespräche mit Abgesandten irgendwelcher Institutionen und staatlichen Stellen schweigend absolviert. Wer weiß, vielleicht war das besser so. Ich nehme es fast an.

Eines Tages, das war an einem Sonntag, wurde ich wieder einmal in einen Gesprächsraum gebeten. Der Oberarzt bot mir an, mich in eine andere Anstalt verlegen zu lassen, und sprach von dem Sonderprojekt eines Kollegen. Dort könne meinem Fall gründlicher und ausdauernder auf den Grund gegangen werden. Ich könne die Verlegung natürlich ablehnen und auf der Station bleiben, allerdings sei unklar, wie es mit mir weiterginge. Es sei auch die Eröffnung eines Strafverfahrens denkbar und somit Gefängnis. Ich sei ein Fall mit vier losen Enden. Ich nickte.

Ich fragte ihn, was das für eine Anstalt sei, und er antwortete, es handele sich um eine Villa, mitten im Schwarzwald gelegen, sehr idyllisch und mit ausgezeichnetem Klima. Klang wie ein Kurhotel. Es würde außer mir nur vier weitere Patienten geben, mit vergleichbaren Befunden. Eine optimale Betreuung sei gewährleistet. Ich nickte wieder. Ob er das als zustimmende Geste verstehen könne, fragte er. Ich nickte.

Ein Pfleger half mir, meine Habseligkeiten in eine Einkaufstüte zu packen. Es war nicht viel: Personalausweis, leeres Portemonnaie, Zahnbürste, Shampoo, Rasierer, Rasierschaum, Smokingfliege, eine entwertete Eintrittskarte für die *Götterdämmerung*. Mehr besaß ich nicht mehr.

Ich setzte mich auf den Rücksitz des Wagens, von dem ich abgeholt wurde. Man machte sich die Mühe, mich zu fesseln. Wir fuhren Stunde um Stunde und erreichten das Haus Unruh am 7. Januar gegen 18 Uhr. Es war bereits dunkel, als wir eintrafen. Man öffnete die Tür des Wagenfonds und half mir beim Aussteigen. Der Kummerbund meines Smokings war ein wenig nach oben gerutscht. Ich dachte, das sieht jetzt wahrscheinlich blöd aus.

«Sehr elegant, der Herr», rief ein kahlköpfig aussehendes Männlein, das im beleuchteten Hauseingang stand. Es trug einen schmal geschnittenen grauen Anzug und ein weißes Hemd mit Krawatte.

«Sie aber auch», sagte ich.

«Mein Name ist Heiner Zens. Ich bin der Institutsleiter. Ich freue mich, Ihre Bekanntschaft zu machen.»

«Ganz meinerseits. Leider kann ich Ihnen nicht die Hand geben.»

Wir gingen hinein, und hinter mir schloss sich die Tür des Hauses Unruh ganz automatisch.

2. Das Reich des Wassertrinkers

Die erste Zeit im Haus Unruh empfand ich als sehr angenehm, als reinste Erholung. Ich erhielt ein Einzelzimmer, verfügte über viel mehr Freiheiten als zuvor, aber vor allem waren dort praktisch keine Bekloppten unterwegs. Genau genommen gab es für eine ganze Weile nur mich und die Pfleger. Nachdem mich der Doktor begrüßt und mir erklärt hatte, dass er sich für die nächsten zehn Tage in der Schweiz bei einem Kongress aufzuhalten gedenke und noch am Abend abreisen müsse, eigentlich nur gewartet habe, um mich persönlich in Empfang zu nehmen, bat er mich ins Kaminzimmer, wo er sich in einen massiven Ledersessel fallen ließ. Ich setzte mich ihm gegenüber. Sein Anzug und mein Smoking passten gut hierher, die Szene strahlte eine gewisse Eleganz aus. Holzscheite verbrannten knackend und warfen ein flackerndes Licht auf den Arzt, der mich freundlich anlächelte, wie um mich zu beruhigen. Dabei war ich nicht aufgeregt, nur neugierig.

Heiner Zens besaß ein altersloses Gesicht. Er konnte ebenso gut Ende dreißig sein wie Anfang fünfzig. Er war nicht groß und nicht schwer und der Typ Mann, den man sich nicht in kurzen Hosen vorstellen konnte. Er wirkte, als sei er in diesem tadellos sitzenden grauen Anzug auf die Welt gekommen. Die sehr modische Brille auf seiner Nase nahm er immer wieder ab, um sie in seine Brusttasche zu stecken und nach ein paar Minuten wieder hervorzuholen, was ich als Indiz dafür wertete, dass er eher älter als jünger war, denn das Brillengefummel deutete auf Weitsichtigkeit hin. Kurzsichtige Menschen behalten ihre Brille in der Regel auf. Der Haarkranz auf seinem Kopf war kurz rasiert und von unbestimmbarer Farbe. Wegen seiner hellen Augenbrauen nahm ich an, er sei blond. Seine Haut war beinahe weiß – er schien mir ein sonnenempfindlicher Typ zu sein – und wies nicht eine einzige Unebenheit auf, keine Unreinheit, kein Muttermal, keine Sommersprossen, keinen Bartwuchs. Dies machte ihn wiederum jünger, als sein Brillentick es hätte vermuten lassen. Seine Stimme ließ ebenfalls keine Rückschlüsse auf sein Alter zu. Sie war ruhig und angenehm, klang nach Bildung, auch nach Überlegenheit. Alles in allem war Heiner Zens eine ebenso interessante wie undurchsichtige Erscheinung.

Er musterte mich mit der gleichen freundlichen Neugier, mit der ich ihn ansah. Dann sagte er: «Sie waren Architekt, richtig?»

«Richtig, ja.»

«Ein interessanter Beruf. Sie müssen mir beizeiten mal davon erzählen.»

Ich fasste das als Versuch auf, mein Vertrauen zu gewinnen. Dann plauderte er über das Haus, in dem wir uns befanden. Ich erfuhr, dass es nach seinem ersten Besitzer, einem Industriellen aus Wiesbaden, benannt worden war, der es 1918 hatte bauen lassen. Wilhelm Unruh sei Apotheker und Tablettenhersteller gewesen. Er habe alle möglichen Medikamente zusammengemischt und als Versuchsperson seiner Rezepturen eine ordentliche Drogenkarriere hingelegt, bevor er reich und glücklich in den fünfziger Jahren kinderlos starb. Das Haus habe zunächst lange leer gestanden und dann als Schulungszentrum des pharmazeutischen Konzerns, der Unruhs Firma aufgekauft hatte, gedient. Vor einem guten halben Jahr habe Doktor Zens es erworben, renoviert und für seine Zwecke hergerichtet.

«Wollen Sie Ihr neues Zuhause sehen?», fragte er und erhob sich. Dann zeigte er mir sichtlich stolz die Villa. Im Erdgeschoss lagen außer dem Kaminzimmer eine Bibliothek, ein großzügiger Wohnraum mit einem an einer Kette baumelnden Boxsack. Daneben befand sich das Speisezimmer. Ich zählte sechs Plätze an der Tafel. Es stand auch ein Getränkeautomat in dem Raum, welcher in allen acht Schächten Wasser enthielt. Wasser mit und ohne und mit wenig Kohlensäure, natriumarm, warm und kalt und mittelkalt und mit einem Hauch von Zitronenaroma. Man müsse für jede Flasche ein Markstück einwerfen, erläuterte Zens. Ich habe während meines Aufenthaltes Hunderte von Flaschen aus diesem Automaten geholt. Nie war ein Schacht leer. Das Haus Unruh verfügte über eine große Küche, in der ein Koch ständig arbeitete. Man hörte dauernd Geräusche, doch gesehen habe ich nie jemanden.

Innerhalb des Hauses durften ich und meine späteren Mitpatienten uns weitgehend frei bewegen. Fenster und Türen indes waren stets abgeschlossen, die Fenster zusätzlich vergittert. Natürlich gingen wir mal in den Park, doch dieser besaß eine unüberwindbare Mauer. Außerdem durften wir das Gebäude nur in Begleitung eines Pflegers verlassen. Die Türen unserer Zimmer blieben immer offen. Nur zur Nachtruhe schlossen sie automatisch und ließen sich dann nicht mehr von innen öffnen.

Auf der rechten Seite entlang eines mit Teppich ausgelegten Flures in der ersten Etage lagen die Patientenzimmer. Zens nannte sie «Gasträume». Gegenüber befanden sich ein großes Besprechungszimmer sowie zwei durch Türen miteinander verbundene Behandlungsräume. Im Flur stand ein Wasserautomat wie im Esszimmer.

Alles in allem machte das Haus Unruh einen sehr sauberen Eindruck. Obwohl es sich um eine Jugendstilvilla handelte, wirkte das Gebäude sehr modern und klinisch. Ganz offensichtlich war es gerade erst renoviert und eingerichtet worden. Es roch nach Farbe, unter einem der Sessel sah ich Transportfolie. Sie haben sie nicht vollständig abgerissen, als sie den Sessel im Kaminzimmer abgestellt haben. Ich habe so viele Gebäude abgenommen, ich kann frische Bohrlöcher förmlich riechen. Für mich stand fest, dass ich der erste Patient dieser Einrichtung war. Ich kann nicht behaupten, dass mir der Gedanke gefiel.

Nach der Hausführung verabschiedete sich Doktor Zens. Er sagte: «Ich finde, Sie passen ausgezeichnet hierher. Wir werden bald Gelegenheit haben, uns besser kennenzulernen.»

«Was mache ich eigentlich hier?»

«Gute Frage. Die stelle ich mir manchmal auch. Oft denke ich, dass ich selber Patient bin. Der Unterschied ist nur: Die Patienten gehen eines Tages wieder, aber ich bleibe lebenslänglich.» Zens lachte.

«Sie haben meine Frage nicht beantwortet.»

«Das geht auch nicht zwischen Tür und Angel. Wir werden uns darüber unterhalten, wenn ich wieder zurück bin. Richten Sie sich ein, akklimatisieren Sie sich. Lesen Sie ein Buch. Und Sie bekommen natürlich etwas zum Anziehen. Möchten Sie Ihre Medikamente nehmen oder nicht?»

«Habe ich denn eine Wahl?»

«Ja, natürlich. Sie müssen die Tabletten nicht nehmen, wenn Sie nicht wollen. Ich betrachte Sie nicht als krank. Und ich brauche Sie bei wachem Verstand. Mir wäre lieber, Sie würden nichts nehmen, es sei denn, es ist Ihnen danach.»

«Ich habe Kopfschmerzen.»

«Ja, sicher. Entscheiden Sie selber.»

Er gab mir die Hand und ging.

Ein Pfleger brachte mich in die erste Etage in ein komfortables Zimmer mit einem kleinen Bad. Zwar ließ sich das Fenster nicht öffnen, und die Sicht war auch hier durch Gitterstäbe eingeschränkt, aber der Raum passabel eingerichtet. Es hätten nur noch ein Fernseher und eine Minibar gefehlt, und man hätte sich in einem Viersternehotel geglaubt.

Natürlich entdeckte ich sofort die Überwachungskamera. Sie hatten sich auch überhaupt nicht die Mühe gemacht, sie zu verstecken. In der Schublade neben dem Bett fand ich sechsundzwanzig Markstücke. Für die Wasserautomaten. Ich stellte meine Zahnbürste ins Glas, zog mich bis auf die Unterhose aus, legte mich aufs Bett und wartete. Nichts geschah, irgendwann schloss sich die Tür meines Zimmers automatisch, und ich schlief ein.

Am nächsten Morgen stellte ich fest, dass sich die Tür nicht öffnen ließ. Ich klopfte, aber niemand kam. Also stellte ich mich vor die Überwachungskamera und sagte: «Guten Morgen, die Herrschaften. Könnten Sie mich rauslassen, bitte? Hallo?» Aber es kam niemand. Ich zog den Bademantel an, den ich im Schrank gefunden hatte, und setzte mich aufs Bett. Ich wartete nicht lange, dann klickte es hörbar im Schloss.

Unten im Esszimmer war für eine Person eingedeckt. Ich setzte mich. Wenige Sekunden später erschien ein Pfleger und servierte das Frühstück. Wurst. Schinken. Eine Käseauswahl, dazu Marmelade, Honig, Brot und Brötchen, ein Croissant. «Guten Morgen», sagte ich. Der Mann nickte wortlos und stellte eine Karaffe mit Wasser auf den Tisch.

«Bekomme ich einen Kaffee?», fragte ich. Darauf legte er den Kopf schief wie ein kleiner Vogel, sah mich mit bekümmerter Miene an und sagte: «Nein, leider. Kein Kaffee.»

«Aha. Tee vielleicht?»

«Kein Tee. Kein Kaffee. Keine Milch, leider.»

«Ach so. Und was ist mit einem Orangensaft?»

«Kein Orangensaft. Überhaupt kein Saft.»

«Gut, dann nehme ich ein Bier.»

Er antwortete mit demselben stumpfen Ernst wie zuvor: «Kein Bier. Kein Alkohol. Eine Anweisung von Doktor Zens.»

«Was soll ich denn auf Anweisung von Doktor Zens trinken?»

Darauf schnippte er mit dem Zeigefinger gegen die Karaffe und sagte: «Wasser. Das können Sie trinken.»

Er entfernte sich und ließ mich allein. Ich fingerte eine Tablette aus der Tasche meines Bademantels und nahm sie mit einem Glas Wasser ein. Mein Kopf schmerzte. Pochender Schmerz. Pochen ist anders als Klopfen. Manchmal klopft es auch. Der Unterschied besteht in der Ausbreitung des Schmerzes. Klopfen ist, wenn nur ein Fingerknöchel penetrant rhythmisch auf eine kleine Stelle drückt. Beim Pochen ist die ganze Faust am Werk. Trotzdem ist Pochen nicht unbedingt schlimmer als Klopfen, denn das Klopfen spüre ich tiefer, Pochen ist etwas oberflächlicher. An diesem Morgen pochte es ganz gewaltig.

Ich aß mein Frühstück, danach erkundete ich das Erdgeschoss, setzte mich in alle Sessel des Kaminzimmers, hieb gegen den Boxsack, der sich kaum in Bewegung setzte, und zog Bücher aus dem Regal in der Bibliothek. Moby Dick. Ansonsten fast ausschließlich Fachliteratur. Keine Zeitungen, keine Magazine. Ich sah aus dem Fenster in den Park und bekam Lust, mit nackten Füßen über das Gras zu laufen. Nasses Gras an den Füßen, wie lange hatte ich das nicht mehr gespürt? Sicher dreißig Jahre, wahrscheinlich länger. Aber ich konnte mich gut an das Gefühl erinnern. Die Terrassentür war verschlossen. Ich rief: «Hallo? Kann mal einer die Tür hier aufmachen?», und wenige Augenblicke später stand der Pfleger im Zimmer. Ich zeigte auf die Tür und sagte: «Ich möchte nach draußen. Zens hat gestern gesagt, ich könnte nach draußen gehen.»

«Ja. Aber Sie haben nichts anzuziehen.»

«Mir egal.»

«Ihre Kleidung kommt heute.»

Zurück in meinem Zimmer, setzte ich mich auf das Bett. Ich hätte aus Langeweile onanieren können, aber die Tür stand offen, also zog ich es vor, das Bild an der gegenüberliegenden Wand zu betrachten, eine gerahmte Fotografie. Sie zeigte eine Schwarzwald-Landschaft mit Bäumen, Bäumen und Bäumen. Ich kann nicht sagen, wie lange ich das Bild anstarrte, aber ich habe große Übung im apathischen Glotzen. In meiner kleinen Wohnung habe ich jahrelang nichts anderes gemacht. Wenn Udo nicht gestorben wäre, würde ich dort heute noch aus dem Fenster gucken.

Als ich Hunger bekam, ging ich ins Esszimmer und setzte mich. Der Pfleger servierte mir mein Essen: Putengeschnetzeltes mit Reis, Kopfsalat, Pudding. Wasser.

«Passiert heute noch etwas?», fragte ich. Nicht, dass ich es eilig gehabt hätte, es war mir eigentlich egal, ob sich etwas tat. In der Anstalt, aus der ich kam, hätte jetzt die zweite Anwendung begonnen. Bewegungstherapie. Meistens saß ich dabei auf einem großen Gummiball und warf mir mit einem zahnlosen Glaser Schaumstoffkugeln zu.

«Ihre Anziehsachen sind da.»

«Na, das ist ja toll», sagte ich.

Nach dem Essen fand ich den Schrank in meinem Zimmer gefüllt mit neuen Kleidern. Ich zog ein Polohemd, eine Cordhose, einen Pullover und braune Halbschuhe an. Dann betrachtete ich mich im Spiegel. Zum ersten Mal seit Monaten empfand ich ein Normalgefühl. Ich sah meine Hände an. Meine langen Finger. Wenige Haare, eigentlich ganz schön. Der Abdruck des Eherings war verschwunden. Ich habe ihn einem alten Mann in der geschlossenen Abteilung geschenkt. Er erzählte immer so nett von seiner Frau, die er mit einem Wagenheber erschlagen hatte. Dann überprüfte ich meine Gesichtshaut. Grauer Anstaltsteint, fand ich. Schmierte Nivea hinein, ging hinunter in die Bibliothek, rüttelte an der Terrassentür, wartete auf den Pfleger. Der kam, ich zeigte auf die Klinke: «Aufmachen, bitte.»

Er zog eine kleine Fernbedienung hervor und tippte auf eine Taste. Darauf öffnete sich die Tür. Ich ging über die Terrasse und betrat den Rasen. Es nieselte ein wenig, aber das machte mir nichts aus. Schiefkopf folgte mir unauffällig.

«Arbeiten Sie schon lange hier?», fragte ich, während ich mit hinter dem Rücken verschränkten Händen weiter auf die Wiese hinausschlenderte. Er ging hinter mir und antwortete nicht. Ich blieb stehen und drehte mich um: «Arbeiten Sie schon lange hier?»

«Wieso?»

«Nur so. Das ganze Haus scheint mir so neu zu sein. Ich glaube, Sie sind nicht viel länger hier als ich.»

Er vermied es, mich anzusehen, und sagte: «Das ist richtig.»

Mehr war in dieser Sache nicht aus ihm herauszuholen. Ich ließ es für diesmal dabei bewenden und sah auf das Haus. Es besaß noch eine zweite Etage. «Was ist im zweiten Stock?», fragte ich.

«Die Verwaltung. Büros. Doktor Zens' Wohnung.»

«Der wohnt hier?»

«Ja.»

Es begann wieder zu nieseln. Die zarten Tropfen bahnten sich ihren Weg durch meine Haare zur Kopfhaut und kühlten meinen heißen Schädel. Dieser heiße Kopf. Manchmal träumte ich, er würde rauchen, wie eine Pistolenmündung raucht, nachdem aus ihr geschossen wurde. Im Traum tauchte Ariane auf und pustete den Rauch weg. Dann legte sie ihre Finger auf meine Augenlider und schloss sie sanft. «Schlaf jetzt», sagte sie.

Ich stand auf der Wiese und atmete tief durch.

«Möchten Sie Kuchen?», fragte Schiefkopf.

«Nur mit Kaffee», erwiderte ich nicht ohne Stolz. Er zuckte mit den Schultern und stand so lange schweigend neben mir, bis ich zurück ins Haus ging.

Über eine Woche lang ging das so. Ich frühstückte, blätterte in den Büchern der Bibliothek, aß zu Mittag, latschte mit meinem stummen Begleiter durch den Park und machte mir einen Spaß daraus, ihn ein wenig zu necken, indem ich meinen Schritt bis fast ins Laufen beschleunigte. Da er kleiner war als ich, musste er vor mir in den Galopp. Sobald er anfing zu rennen, stoppte ich ab, und er hatte große Mühe, mir nicht in den Rücken zu laufen.

Jeden Tag stellte ich ihm Fragen, manchmal antwortete er, manchmal nicht.

Am Vormittag des zehnten Tages, den ich wie jeden zuvor damit begonnen hatte, auf die Öffnung der Tür zu warten, herrschte eine gewisse Unruhe im Haus Unruh. Es war diesmal nicht nur mein Pfleger zu sehen, sondern noch drei weitere Herren in Weiß, die ein zweites Gedeck im Esszimmer vorbereiteten, den Teppich im oberen Flur saugten, ordentlich lüfteten und die Bibliothek aufräumten, die ich absichtlich ein wenig verwüstet und mit Essensresten verunreinigt hatte, um auszuprobieren, ob tadelhaftes Betragen irgendwelche Konsequenzen hatte. Es hatte keine.

Ich war gerade mit dem Frühstück fertig, als Doktor Zens das Esszimmer betrat und freudestrahlend mit ausgestreckten Händen auf mich zu kam.

«Sie sehen fabelhaft aus», rief er etwas aufgesetzt.

Er trug einen schwarzen halblangen Mantel über seinem Anzug. Ziemlich stilsicher und bestimmt teuer, dachte ich. Zens schüttelte meine Hand und setzte sich mir gegenüber.

«Wie geht es Ihnen?», fragte er.

«Gut, danke.»

«Was macht der Kopf?» Er schien ehrlich interessiert.

«Es klopft. Manchmal pocht es auch, nachts hämmert es. Und die Transsibirische Eisenbahn fährt durch. Sonst geht es mir ausgezeichnet, wenn man davon absieht, dass es hier weder ein Radio noch eine Zeitung noch eine Uhr gibt. Und keinen Kaffee.»

«Ja, das ist blöd», antwortete er jovial. «Aber ich kann es nicht ändern. Das sind die Bedingungen. Wir wollen uns ganz auf unser gemeinsames Thema konzentrieren.»

Damit stand er auf.

«Sind Sie einverstanden, dass wir uns heute Vormittag um elf zusammensetzen?»

«Gerne. Vielleicht erklären Sie mir dann ja unser gemeinsames Thema bei einem Glas natriumarmen Wassers.»

Er zielte mit dem Zeigefinger auf mich, lachte und zwinkerte mir zu. Dann verschwand er.

Pünktlich um elf war er wieder da. Er holte mich im Kaminzimmer ab, und wir gingen gemeinsam in den Besprechungsraum in den ersten Stock. Wir setzten uns auf zwei der sechs Stühle, die in dem ansonsten leeren Raum herumstanden.

Er nahm die Brille ab und steckte sie in die Brusttasche seines Jacketts. Ich war sehr gespannt, was nun folgen würde.

«So. Jetzt wollen wir mal über Sie sprechen. Wie hat denn eigentlich das ganze Dilemma angefangen? Möchten Sie über sich sprechen?», fragte er.

«Nein, eigentlich nicht. Ich möchte viel lieber über Sie sprechen», gab ich zurück. «Sagen Sie mir jetzt, was ich hier mache, was Sie hier machen und wie das hier weitergeht. Seit zehn Tagen trinke ich Wasser, lese psychologische Fachliteratur und renne mit ihrem Hiwi durch den Park. Sagen Sie mir, was das soll, oder ich gehe.»

«Wohin wollen Sie denn gehen?»

«Keine Ahnung, aber Sie können mich ja nicht ewig hier festhalten.» Tatsächlich hatte ich überhaupt keine Ahnung, was ich machen sollte, wenn er mich tatsächlich gehen ließ. Streng genommen war ich arbeits-, obdach- und total perspektivlos. Der Doktor beugte sich leicht vor und flüsterte fast: «Ich sage Ihnen jetzt etwas, was Ihnen vielleicht nicht gefällt: Natürlich sind Sie hier Gast und nicht Patient, aber sobald Sie da unten durch die Tür gehen, sind Sie es nicht mehr. Dann verwandeln Sie sich augenblicklich wieder in einen Patienten. Oder in einen Strafgefangenen. Das hängt ganz von meinem Gutachten ab.»

«Ich rede nicht mehr mit Ihnen.»

«Doch, natürlich reden Sie, jeder redet. Ein derart narzisstischer Typ wie Sie will doch nichts lieber als über sich reden.»

«Wieso beleidigen Sie mich?»

Er nahm die Brille wieder aus der Tasche und setzte sie auf. «Wie würden Sie es nennen, wenn jemand ausgerechnet in Bayreuth einen Anschlag auf einen früheren Bundesinnenminister verüben will und sich dann vor den Augen der Anwesenden im Smoking selber richtet. Das glaubt einem doch keiner. Schreiben Sie einen Roman, der damit beginnt, und Sie finden garantiert keinen Verleger. Ich nenne so ein Verhalten extrem narzisstisch, vielleicht sogar histrionisch. Jeder andere mit Ihrer Biographie hätte sich einsam und still erhängt oder mit Kohlenmonoxid aus dem Auto vergiftet. Und dann dieser eitle Abschiedsbrief. Herr Schade, Sie sind entweder ein Rätsel oder ein eitler Fatzke. Entschuldigung.»

Zens lehnte sich in seinem Stuhl zurück und verschränkte die Arme. Er schien sehr zufrieden zu sein.

«Ich kann mir nicht vorstellen, dass Sie mich aus der Klapse geholt haben, um mich zu beschimpfen.»

«Nein, sicher nicht. Ihr Fall ist allerdings so besonders, dass er für meine Forschung in Betracht kommt.»

«So. Schön für Sie.»

«Gut, Bernhard. Darf ich Sie Bernhard nennen?»

«Mir egal.»

«Bernhard, beantworten Sie mir nur eine einzige Frage: Wundert es Sie nicht auch, dass so wenig Menschen ausflippen?» Er wartete meine Antwort nicht ab und sprach weiter. «Warum rasten nicht viel mehr Menschen komplett aus? Warum steht in der Straßenbahn nicht einfach einer auf und schreit? Warum wirft keine Hausfrau im

Supermarkt mit Fischstäbchen um sich? Warum kotzen Lehrer nicht vor ihrer Klasse auf den Fußboden? Warum bleiben wir alle so ruhig? Warum drehen wir nicht durch, sondern leben unser Leben still und unauffällig wie Ameisen? Jeden Tag geschehen die schlimmsten moralischen Verbrechen. Täglich werden Menschen ausgebeutet, ausgenutzt, betrogen, von den Medien verhöhnt und von der Politik für dumm verkauft. Wer hilft ihnen? Niemand hilft ihnen.»

Ich zuckte mit den Schultern. Er hatte recht. Mir hatte auch niemand geholfen. Ich war eine sich selbst überlassene Randexistenz. Er sprach weiter.

«Das Weltwissen verdoppelt sich etwa alle fünf Jahre. Es existiert eine gewisse Anzahl elitär lebender Menschen, die dieses Wissen anhäufen, verwalten und verteilen oder davon profitieren. Und Sie gehören nicht mehr dazu. Sie sind draußen. Für Sie ist diese Welt nicht mehr gedacht. Sie sind Teil eines Heeres von Ausgesonderten, die die Welt nicht mehr verstehen, weil die Welt nicht mehr ein von Gott erschaffenes Gebilde ist, sondern ein von Technokraten und Politikern gestaltetes. Sie sind ein Ausgelieferter, ein Teilnehmer des Lebens und eben kein Gestalter. Sie sind ein Ausgestoßener, weil sie nicht mehr richtig funktionieren. Sie sind nicht effizient, Sie bringen der Gesellschaft nichts. Sie haben keine moralischen Werte, und Sie haben Ihre Familie ins Unglück gestürzt sowie beinahe einen Mord begangen. Lassen Sie es mich so zusammenfassen: Sie sind ein totaler Verlierer.» Er machte wieder eine kleine Pause, wie um zu überprüfen, ob ich ihm folgen konnte. Bis hierhin ging es. Außer mit der Sache mit dem Mord war ich einverstanden.

«Man sollte meinen, von Ihrer Sorte gäbe es einige Millionen in unserem Land. Oberflächlich betrachtet, gehören Sie als obdachloser Sozialhilfeempfänger mit Tendenz zu einer depressiven katatonischen Störung dem Prekariat an, selbst wenn Sie studiert und einen angesehenen Beruf ausgeübt haben. Die Station, von der Sie zu mir gekommen sind, ist voll von solchen hoffnungslosen Gestalten. Aber Sie ragen heraus.»

«Inwiefern?»

«Insofern, als Sie das getan haben, was die anderen noch nicht tun. Erinnern Sie sich, was ich eingangs gefragt habe?»

«Warum nicht viel mehr Leute ausrasten!?»

«Ganz recht. Das ist die Frage. Und ich glaube, dass es längst so weit ist: Es rasten immer mehr Menschen aus. Ihr extravertiertes Verhalten in Bayreuth, Bernhard, ist beispielhaft, und ich bin sicher, dass Fälle wie der Ihre an Häufigkeit zunehmen werden. Mit der Zunahme der gesellschaftlichen Probleme, mit dem Wegfall moralischer Werte und mit der fortschreitenden Rücksichtslosigkeit der Allgemeinheit gegen den Einzelnen wird eine neue befreiende Form des Handlungsexzesses als Notwehrmaßnahme der Psyche zur Regel werden. Ich habe diesen Akt des aufmerksamkeitsstarken Handelns in einigen Vorträgen zunächst ‹Psycho-Terrorismus› genannt, denn es handelt sich dabei meines Erachtens um eine echte Gefahr für die Zivilisation. Wenn sich die Globalisierung und die Komplexität des menschlichen Zusammenlebens weiter in der Form entwickeln, wie es zurzeit der Fall ist, dann wird bald an jeder Straßenecke eine Bombe hochgehen, geworfen von Menschen wie Ihnen. Und das Verrückte und Gefährliche daran ist: Da die mediale Gesellschaft daran Interesse zeigt, werden diese Anschläge noch größer und häufiger. Es ist ein Teufelskreis.»

Ich runzelte die Stirn. Zens bemerkte meine Zweifel und sagte: «Vereinfacht ausgedrückt, wächst die Gefahr, die von den Ausgestoßenen ausgeht, mit ihrem Bewusstsein für die mediale Wirkung ihrer Taten.»

«Das verstehe ich nicht.»

«Es ist ganz einfach ein Gesetz der Aufmerksamkeitsökonomie. Unsere Lebensweise ändert sich. An die Stelle der normalen Ökonomie mit ihrem Geld, ihren Märkten und ihren Werten tritt ein wachsendes Bedürfnis nach Aufmerksamkeit. Und die wird in den Medien gehandelt. Das Fernsehen und das Internet sind die Börsen für das Interesse der Menschen aneinander. Schalten Sie Ihren Fernseher oder Ihren Rechner an, dann wissen Sie, was ich meine.»

«Ich besitze keinen Fernseher, und das Internet kenne ich kaum. Ich war acht Jahre lang in mir selber gefangen, insofern habe ich keine Ahnung von Ihrer Aufmerksamkeitsökonomie und werde sie bestimmt nicht bewusst eingesetzt haben.»

«Das haben Sie unbewusst getan. Die Welt um Sie herum verändert sich rapide. Das machte Ihren Ausbruch in dieser plakativen, will sagen: mediengerechten Form nötig. Sie wollten Aufmerksamkeit, und die haben Sie erhalten. Ich wette, Ihre Ex-Frau hat Sie im Fernsehen gesehen.»

«Kann schon sein. Und Sie glauben, Menschen wie ich sind keine Einzelschicksale?»

«Ich bin sicher. Ich habe allerdings von der Bezeichnung ‹Psycho-Terrorismus› wieder Abstand genommen. Eine Zeitlang forschte ich unter dem Stichwort ›Hyperprätention‹, es bedeutet ungefähr dasselbe, klingt aber nicht so gewalttätig. Doch auch diesen Terminus habe ich abgelegt, inzwischen bin ich dazu übergegangen, einen anderen Begriff zu wählen.»

«Und der wäre?»

Er machte eine beinahe feierliche Pause, bevor er weitersprach. Dann sagte er: «Bernhard, Sie leiden unter dem Zens-Syndrom. Sie erfüllen alle Kriterien, die ich in den letzten Jahren dafür ausgearbeitet habe. Sie haben fast fünfzig Jahre lang als funktionierendes Element dieser Gesellschaft gelebt und gearbeitet, konsumiert und geschlafen. Und eines Tages marschieren Sie ins Festspielhaus von Bayreuth, bedrohen einen Bundesminister a. D. und schießen sich in den Kopf. Für mich ein klarer Fall von Zens-Syndrom.»

Ich fand, das klang eigentlich sehr plausibel, wenn man mal von der Eitelkeit absah, mit der er seine Entdeckung gleich auf seinen Namen getauft hatte. Aber das ist wohl Recht und Macke der Wissenschaftler.

«Sie meinen also, ich leide unter einer neuartigen Krankheit?», fragte ich ihn eher amüsiert als alarmiert.

«Ja, das glaube ich.»

«Sie halten mich für so eine Art Selbstmord-Entertainer.»

«Wenn Sie es so bezeichnen möchten, gerne. Ich glaube, Sie gehören zur Speerspitze eines gesellschaftlichen Trends.»

Das klang nicht schlecht, es wertete mich durchaus auf und erfüllte mich mit einem gewissen Stolz. Allerdings gefiel mir etwas in der Einordnung meiner Taten gar nicht. Ich sagte: «Erstens habe ich diesen verdammten Minister nicht bedroht, und zweitens bin ich meinetwegen eine tragische Figur, aber noch lange nicht mediengeil. Und übrigens wäre es mir inzwischen lieber, man würde mich ausschließlich für einen Attentäter halten. Ich käme in fünf Jahren aus dem Knast und könnte in Ruhe eine Karriere als Felgenabspritzer in einer Autowaschstraße beginnen. Stattdessen sitze ich in Ihrer Privatklapse rum und trinke Wasser.»

«Ich verstehe Ihren Unmut, Bernhard, aber ich sagte es bereits: Sie sind ein Opfer, kein Täter. Sie leiden unter einer neuen nach-modernen Störung Ihrer Persönlichkeit. Deswegen mache ich Ihnen keine Vorwürfe.»

«Na gut. Nehmen wir mal an, Sie haben recht und alles ist genau so, wie Sie es beschreiben. Was mache ich dann also hier, und was haben Sie für Pläne?»

Er machte eine kurze Pause und beugte sich zu mir vor. Dann erläuterte er sein Forschungsprojekt.

Seit sieben Jahren wertete Zens grenzwertige Vorfälle aus, indem er sich Berichte aus Landeskrankenhäusern schicken ließ, Zeitungen nach ungewöhnlichen Fällen von Handlungsexzessen absuchte und Polizeiakten studierte. Zens suchte dabei nicht nach enttäuschten Liebhabern, die Autos abfackelten, oder nach Verrückten, die in Bettlaken gehüllt auf der Autobahn spazieren gingen, sondern nach faulen Zähnen, wie er das nannte, nach Menschen, die nicht eindeutig kriminell und nicht eindeutig seelisch oder geistig erkrankt waren. Die verurteilten oder zumindest in Anstalten einsitzenden Personen, nach denen er suchte, sollten etwas gemeinsam haben: Sie mussten in gewisser Weise gescheitert sein, sollten also ein schwer zu ertragendes Schicksal aufweisen, etwas, dass es ihnen unmöglich machte, weiterhin innerhalb der sogenannten Gesellschaft inmitten anderer Ameisen zu funktionieren. Sie mussten ein gewisses Alter haben, also Lebenserfahrung aufweisen können, damit man ihr Verhalten nicht als kurzfristige Entwicklungsstörung abtun konnte. Und sie mussten mit einer möglichst öffentlichkeitswirksamen Tat auf sich aufmerksam gemacht haben.

Nachdem Zens sich über Jahre mit dem Thema beschäftigt hatte, veröffentlichte er seine Studie. Die Arbeit mit dem etwas geschwollenen Titel «Soziopathische Auffälligkeiten in urbanen Netzwerken» enthielt eine These, der zufolge in Deutschland Fälle von Vandalismus und sozialer Auffälligkeit mit nicht eindeutig zu klärendem Schuldhintergrund zunähmen. Mehr noch: Zens vertrat in seiner Studie die Auffassung, dass die von ihm untersuchten und häufig unerklärlichen und nebenbei medienwirksamen Taten Symptome einer neuen Zivilisationskrankheit seien.

«Ich habe fünf Fälle ausgesucht und die behandelnden Ärzte gebeten, sie an mich zu überstellen.»

«Und Ihre Kollegen wollten diese Wunder der Natur nicht behalten?»

«Sie haben die Wunder nicht gesehen», sagte Zens nicht ohne einen Anflug von Arroganz. «Sie sind einer dieser fünf Fälle. Die anderen werden in den kommenden Wochen eintreffen?»

«Und was haben die Kollegen so auf dem Kerbholz?»

«Oh, das ist ganz unterschiedlich. Lassen Sie sich überraschen. Ich glaube, ich habe eine ganz interessante Gruppe zusammengestellt. Es sind außer Ihnen noch drei Herren und eine Dame. Alles ganz normale Menschen wie Sie. Und alles Schicksale mit dem Zens-Syndrom.»

«Gut. Gehen wir also weiter davon aus, dass es so etwas gibt, und wir sind davon betroffen. Was soll also der Aufwand mit dieser Villa? Was sollen wir hier?»

«Sich selbst erkennen, Spannungen abbauen, Energien freisetzen.»

«Hören Sie mit diesem Yoga-Gefasel auf. Sagen Sie mir, was Sie beabsichtigen?»

«Das liegt doch auf der Hand. Ich möchte Sie und die anderen in einer von mir entwickelten Gruppentherapie heilen. Ich möchte, dass Sie alle hinterher frei sind und einem Leben in Ruhe und Zufriedenheit nachgehen können.»

Das klang gut und war es wert, sich ein bisschen interessiert zu zeigen.

«Und was müssen wir dafür tun?», fragte ich.

«Sie werden erst einmal Gesprächsgruppen absolvieren. Jeder soll genau wissen, mit wem er es zu tun hat. Und dann werden wir Übungen absolvieren und schließlich als Gruppe einen Aufmerksamkeitsexzess durchführen.»

«Einen was?»

«Einen Aufmerksamkeitsexzess. Ich spreche aber lieber von einem Großen Handlungsexzess. Die Gruppe erhält die Möglichkeit, ihre Bedürfnisse in eine Tat umzusetzen und so ein für alle Mal zu befriedigen. Aber ich will hier nicht vorgreifen. Das besprechen wir gemeinsam, wenn alle Teilnehmer dabei sind. Ich will Sie ja nicht langweilen.»

Er lachte gekünstelt.

«Aber ich habe Sie nicht ohne Grund als Ersten zu mir gebeten.»

«Aha?»

«Sie sind Akademiker, ein seltener Fall eines intellektuell und rhetorisch begabten Patienten. Und sie sind nicht medikamentenabhängig. Jedenfalls noch nicht, dies alles macht es mir einfacher, mit Ihnen als Patient zu beginnen. Ihre Kooperation wird nicht aus therapeutischer Abhängigkeit mir gegenüber erfolgen, sondern aus Vernunft.»

«Wieso? Was habe ich denn davon?»

«Ich bringe Sie ins Leben zurück. Wenn Sie kooperieren, kommen Sie in kaum sechs Monaten raus.»

«Wohin raus? Ins Gefängnis oder zurück in die Anstalt?»

«Raus, ganz raus. Sie wären dann ein freier Mann.»

Davon abgesehen, dass ich keine Ahnung hatte, was ich mit dieser Freiheit hätte anfangen können, schien mir die Aussicht durchaus angenehm. Und ich glaubte ihm. Wenn ich damals gewusst hätte, was dieser kleine Mann mit uns vorhatte, ich wäre freiwillig in den Knast gegangen.

«Und wann genau kommen die Kollegen hier an?»

Zens erhob sich, was ich als Zeichen deutete, dass die Besprechung beendet war.

«Innerhalb der nächsten drei Wochen werden wir komplett sein. Schon heute Abend essen wir zu dritt. Da kommt die Frau Bauernfeind. Ein hochinteressanter Fall.»

«Warum? Was ist denn mit ihr?»

«Sie ist ein Star.»

Zens erhob sich und lächelte. Ich lächelte zurück. Bei meinem Spaziergang durch den Garten dachte ich über das Zens-Syndrom nach. So ganz verkehrt schien mir die Theorie des Doktors nicht zu sein. Es stimmte schon: Ich verstand nichts mehr von der Welt, in der ich lebte. Und die Welt verstand nichts von mir.

Spätnachmittags wieder Aufregung im Haus. Das Nachbarzimmer wurde gelüftet und das Bett bezogen. Ich nahm mir vor, die Ankunft nicht zu verpassen. Eigentlich freute ich mich sogar richtig auf diese Frau Bauernfeind und stellte mir vor, dass ihre Störung etwas mit Nymphomanie zu tun hatte.

Vom Speisezimmer aus konnte ich die Auffahrt gut beobachten. Gegen 18 Uhr sah ich zwei Scheinwerfer den Kiesweg hochfahren. Es war schon dunkel, aber ich erkannte den Wagen wieder. Es war derselbe, mit dem ich angeliefert worden war. Der Chauffeur stieg aus, um das Gepäck aus dem Kofferraum zu holen. Mein Pfleger und ein Kollege öffneten den hinteren Wagenschlag und fummelten lange im Auto herum. Schließlich stieg eine Person aus. Rita Bauernfeind war kaum zu erkennen. Eigentlich sah sie aus wie ein flackernder Schatten.

3. Drei sind schon eine kleine Gesprächsgruppe

Zens nannte Rita später einmal ein entmaterialisiertes Wesen, und das traf es ganz gut, zunächst einmal äußerlich: Sie hatte innerhalb von zwei Jahren fast 200 Kilo Gewicht verloren, ihre Masse war aus ihrem Körper verschwunden und hatte grotesk gedehnte Haut hinterlassen, die operativ mehrfach gestrafft worden war, was Narben und bemerkenswerte Proportionen hinterließ, weil nicht jeder Bereich ihres Körpers auf diese Weise hatte behandelt werden können. Aber auch innerlich schien sie leer zu sein. Nicht dumm! Verwechseln Sie das bitte nicht. Ich meine nicht, dass sie unintelligent gewesen wäre, sondern auf eine rührende Art geistig unbeschäftigt. Das trifft es vielleicht am ehesten.

Als ich sie vom Auto zum Haus gehen sah, hatte ich zuerst die Assoziation, sie trüge einen zu großen Anzug. Das kam von ihrem Körper. Ihre kurzen schwarzen Haare wirkten wie selbstgeschnitten, was sie übrigens auch waren. Sie sah mich am Fenster stehen, und wir tauschten Blicke aus. Ich denke, ich wollte so etwas wie Freundlichkeit ausstrahlen, mich traf dafür ihr wütender Blick, ein gehetzter Zorn wie von einer Wilden, die sie gar nicht war. In Wirklichkeit war Rita Bauernfeind keineswegs wild, sondern von der Allgemeinheit ausgewildert worden, in die unbarmherzige Öffentlichkeit des Internets, wie ich später erfuhr.

Ich traf sie am nächsten Morgen beim Frühstück. Sie saß bereits mit Zens am Tisch, als ich hinzukam.

«Und das ist unser Bernhard Schade», sagte Zens und legte die Serviette neben seinen Teller, um dann aufzustehen und uns bekannt zu machen. Ich gab Rita die Hand.

Sie hatte einen relativ festen Händedruck und sah mich wieder mit diesem unsteten Blick an.

«Ich weiß, ich habe ihn am Fenster stehen sehen, als ich ankam. Er hat mich angestarrt.»

«Ich habe aus dem Fenster gesehen», verbesserte ich sie.

«Er hat mich angeglotzt wie ein Zootier», sagte sie, den Blick auf mich geheftet. Ich, der immer um Ausgleich bemühte Musterpatient B. Schade, setzte mich und sagte: «Bitte entschuldigen Sie, wenn ich Sie brüskiert habe. Es war nicht meine Absicht. Wirklich.» Dann aß ich. Alle schwiegen. Mir fiel auf, dass Rita praktisch nichts zu sich nahm, außer einer halben Aprikose und einem Bissen Knäckebrot. Sie trank aber einen Liter Wasser dazu. Ich schätzte ihre Größe auf etwa 170 Zentimeter und ihr Gewicht auf unter fünfzig Kilogramm. Sie machte einen magersüchtigen Eindruck, vielleicht war das der Grund für ihre schlechte Laune.

«Frau Bauernfeind, darf ich Herrn Schade von Ihrer phänomenalen Gewichtsabnahme erzählen?»

«Okay.»

«Frau Bauernfeind hat über 200 Kilo abgenommen, in nicht einmal zwei Jahren. Das ist fast ein Wunder. Sie wird selbst davon berichten, nicht wahr, Frau Bauernfeind?»

«Und dafür machen Sie mich gesund.»

«Wir werden alles in unserer Macht Stehende unternehmen, um Sie beide vom Zens-Syndrom zu heilen.»

Ihre Miene hellte sich auf. Offenbar wurde ihr klar, dass auch ich, wenn man es mir auch äußerlich nicht ansah, ein Patient war. Ein Leidensgenosse. Ein Mitglied ihres Stammes.

«Was haben Sie denn ausgefressen?», fragte sie mich und nahm noch einen Mäusebiss von ihrem Knäckebrot.

«Ich bin der depressive Sozialhilfeempfänger, der das Attentat auf den früheren Bundesinnenminister verübt hat», sagte ich nicht ohne Stolz. Es gefiel mir, vor ihr eine Rolle einzunehmen. Sie sah mich lange an, und dann rief sie: «Ich kenne Sie, Sie sind der Irre von Bayreuth, natürlich!»

«Ja, ich bin der Irre von Bayreuth», gab ich zurück.

«Und Sie, haben Sie auch einen Spitznamen?»

«Allerdings, zwei. Im Internet. Sie surfen nicht im Internet, richtig?»

«Stimmt, tut mir leid.»

«Das muss es nicht. Ich bin nicht stolz auf meine Popularität. Man nannte mich dort in vielen Sprachen zuerst ‹fette Frau, die Luft isst› und später meistens nur ‹verrückte Fettsau›.»

Da mischte sich Zens ein, der die ganze Zeit aufmerksam zugehört und dabei ein weiches Ei verzehrt hatte, ohne zu kleckern, was ich sehr elegant fand. «Frau Bauernfeind wird uns ihre Geschichte erzählen. Von Anfang an und sobald wir unseren Gesprächskreis begonnen haben. Um elf, meine Herrschaften, oben im Besprechungszimmer.»

Damit erhob er sich und ließ uns zurück. Rita hatte ihr Frühstück beendet, blieb aber sitzen und nahm einen vergeistigten Gesichtsausdruck an. Dann bewegte sie beide Arme und begann mit den Händen wie ein Pantomime unsichtbare Kuchenstücke in sich hineinzuschaufeln. Sie kaute Luft mit vollen Backen, ließ sich von meiner Anwesenheit nicht stören, schluckte die imaginären Backwaren mühsam hinunter, rülpste und sagte: «Mannometer, bin ich satt. Jetzt geht's mir echt besser.»

Dann stand sie auf und ging aus dem Esszimmer. Ich saß noch eine Weile am Tisch und fragte mich, ob ich das alles gerade geträumt hatte.

Um elf Uhr trafen wir uns wieder zum Gespräch. Rita trug eine Art Hausanzug, ein schlabberiges braunes Etwas, welches ihr eindeutig fünf Nummern zu groß war. Offenbar war ihre Kleiderlieferung noch nicht eingetroffen. Wir setzten uns, und Zens begann: «Wir werden nun Gelegenheit bekommen, Ritas Geschichte zu hören. Sie hat sie bisher nie jemandem in dieser Ausführlichkeit erzählt, wir haben uns aber darauf geeinigt, dass sie so genau wie möglich sein soll. Das ist wichtig für unsere gemeinsame Einordnung. Bernhard, Sie werden sehen, dass Rita zwar als Person nicht viel mit Ihnen gemein hat, sich aber genau wie Sie auf verlorenem Posten im Kampf um ihre Integrität als Mensch befindet.»

Mir kam es so vor, als freue er sich darüber. Ich denke schon, dass es so war, denn schließlich benötigte er uns ja zur Untermauerung seiner Theorie vom Zens-Syndrom. Ich nahm einen großen Schluck Wasser, und dann begann Rita ihre Schilderungen. Ich habe diese hier ein wenig gestrafft, Rita möge es mir verzeihen.

Um ihr den Einstieg zu erleichtern, fragte Zens: «Rita, hm? Wie hat denn die ganze Chose angefangen?»

«Ja, das weiß ich noch ganz genau. Eines Morgens vor gut zwei Jahren wachte ich auf und hatte schlimme Kopfschmerzen. Ich nahm zwei Tabletten und ging zur Arbeit. Ich war in der Buchhaltung einer Strumpffabrik beschäftigt und habe über zwanzig Jahre in dieser Firma gearbeitet, ohne einmal zu fehlen. Aber an diesem Tag wäre ich wirklich lieber im Bett geblieben. Mein Kopf hämmerte, die Schläfen pochten, vor meinen Augen tanzten kleine Lichter. Vor allem glaubte ich, nichts anderes mehr hören zu können als ein stumpfes Rauschen, das mehr oder weniger laut in meinem Kopf an- und wieder abschwoll. Ich hatte ziemlich große Angst. Man hört ja von Gehirntumoren. Eine Nachbarin ist daran gestorben, das war entsetzlich.

Ich fing an mit der Arbeit und versuchte, den Schmerz zu ignorieren, was mir nicht gelang. Niemand sah zu mir herüber oder sprach mich an. Voller Angst vor diesem Schmerz hielt ich den Tag aus, nahm zu Hause drei Tabletten und legte mich aufs Bett. Ich schlang ein nasses Handtuch um meinen Kopf und schloss die Augen. Aber mein Zustand besserte sich nicht, im Gegenteil. Immer stärker pochte und hämmerte und schlug es in mir. So stark, dass ich glaubte, sterben zu müssen. In diesem Moment größter Angst und Panik brüllte ich, so laut ich nur konnte, und erschrak über meine eigene Stimme: ‹Aufhören!›

Und dann war Ruhe in meinem Kopf. Stille. Absolut nichts zu hören, nicht einmal mein Atem, ich schwöre es. Ich richtete mich auf, knipste das Nachttischlicht an und wickelte mir das Handtuch vom Kopf. Es war weg, einfach weg. Kein Hämmern, kein Klopfen, kein Rauschen, nichts. Erschöpft fiel ich in einen tiefen Schlaf.

Am nächsten Morgen glaubte ich, den Vortag nur geträumt zu haben, die grausigen Schmerzen, das Rauschen und die rätselhafte Stille nach meinem Schrei. Doch als ich das Handtuch auf dem Fußboden sah und die aufgerissene Tablettenschachtel, wusste ich, dass ich nicht geträumt hatte.

Und das Komische war: Bei allem Schmerz freute ich mich darüber, dass in meinem ereignislosen Dasein etwas passiert war. Ich hatte die aufregendsten Stunden meines Lebens erlebt, anders kann ich das nicht sagen. Ich meine, das klingt ja etwas erbärmlich, wenn man sagt, die zwei Höhepunkte in einem 43-jährigen Leben bestehen darin, einmal von einem Mann verlassen worden zu sein und einmal Kopfschmerzen gehabt zu haben.

Mein Selbsthass wuchs, als die Schmerzen zurückkamen. Ich saß in der Straßenbahn und schaute aus dem Fenster, als in meinem Kopf ein Sturm aufzog. Noch gewaltiger als beim ersten Mal fegte ein Tornado durch mein Hirn. Bereits die Ahnung, dass nun wiederkehrte, was ich für einmalig gehalten hatte, versetzte mich in Todesangst. Am liebsten hätte ich geschrien, doch noch größer als meine Verzweiflung war meine Furcht vor den Menschen in der Straßenbahn. Ich konnte die Blicke der anderen nicht ertragen, niemals hätte ich mich vor ihnen so gehen lassen können, ich mied ja schon ohne Kopfschmerzen jedes Gespräch, so gut es ging.

Wie immer stieg ich an meiner Arbeitsstelle aus, überquerte mit hundert anderen den großen Parkplatz vor der Firma. Ich schaffte die Stufen in die Vorhalle, kämpfte mich in den Aufzug, dessen Fahrt meine Schmerzen noch verstärkte, und schleppte mich an meinen Schreibtisch. Dann war es nicht mehr aufzuhalten. Mit letzter Kraft erreichte ich die Damentoilette, wo mir ein grässlicher, schriller, geradezu übermenschlicher Schrei entfuhr.

Ich habe nicht auf ein Wunder gehofft, der pure Überlebensinstinkt war das. Wie ein Tier kniete ich vor dem Waschbecken und schrie. Und es war wie am Vortag, die Schmerzen waren mit einem Schlag verschwunden, eine geradezu gespenstische Stille umgab mich. Erst als die Tür aufgerissen wurde und drei Kolleginnen mich fassungslos anstarrten, wurde mir wieder bewusst, wo ich mich befand und was ich getan hatte.

Den Rest des Tages versuchte ich mich unsichtbar zu machen. Am Nachmittag bat mich unser Abteilungsleiter zu einem Gespräch wegen meines sonderbaren Benehmens. Ich habe dazu gar nichts gesagt. Was hätte ich ihm auch erklären sollen? Um mich herum tuschelten die Kolleginnen, und mir war so, als hörte ich meinen Nachnamen. Die irre Bauernfeind. Die fette Bauernfeind. Die irre fette Bauernfeind. So in der Art.

Am dritten und am vierten Tag stellte ich die Kopfschmerzen bereits auf dem Weg zur Arbeit ab, indem ich einfach an einer Station hielt und hinter einer öffentlichen Toilette schrie. Ich achtete darauf, dass mich dabei niemand sah, und fuhr mit der nächsten Bahn weiter.

Am fünften Tag besiegte ich meinen Schädel beim ersten sirrenden Anflug eines Schmerzes, und nach einer Woche hatte ich mich so weit im Griff, dass ich gleich nach dem Zähneputzen einen spitzen Schrei ausstieß, worauf sich keine Schmerzen einstellten. Bald war ich so sicher, dass ich diese Morgenbehandlung einmal vergaß und am neunten Tag in der Trambahn von einer Schmerzattacke heimgesucht wurde, die mich wirklich nahe an die Ohnmacht brachte. Die nächste Station herbeisehnend, flüsterte ich ‹Bitte, bitte›, worauf das Tosen zwischen meinen Ohren augenblicklich verstummte. Weg. Ich saß stocksteif auf meinem Sitz und konnte es nicht fassen. Unglaubliche Glücksgefühle stiegen in mir hoch, ein Blitz durchfuhr meinen Körper: Ich hatte die Kontrolle. Zum allerersten Mal in meinem ganzen Leben spürte ich eine tiefe und totale Zufriedenheit.

Mit der Zeit gewöhnte ich mich an meine Fähigkeit und begann kleine Experimente: Immer leiser flüsterte ich mir selber zu, bewegte schließlich nur noch die Lippen, und nach etwa drei Wochen reichte es mir, nur daran zu denken, und schon hörte das Rauschen in meinem Kopf auf. Ich habe mich mit fast nichts anderem mehr beschäftigt. Die Krönung meiner mentalen Stärke lag nun darin, das Pochen und Rauschen in meinem Schädel selbst herbeizuführen. Ich musste bloß die Augen entspannen, bis ich leicht schielte, und schon entstand in meinem Inneren ein Tosen und Brausen, das ich durch den schlichten Gedanken an Stille wieder abstellte.

Ich erzählte niemandem etwas davon. Da ich mich ohnehin so gut wie gar nicht mit meinen Mitmenschen unterhielt, sah ich auch jetzt keine Veranlassung dazu. Irgendwie passte diese Fähigkeit gut zu mir und meinem Leben, sie blieb unbemerkt, wie alles an mir für meine Umwelt unsichtbar war.

Etwa zwei Monate nach dem ersten Kopfschmerz machte ich eine weitere Entdeckung: Ich erkannte vor meinem Gesicht einen flirrenden gelblichen Schimmer, die schwache Ahnung eines farbigen Bandes, das vor mir umherflatterte. Ich konzentrierte mich mit aller Kraft darauf, das Bild hielt einige Sekunden und verschwand. Das versetzte mich derart in Aufregung, dass ich ein ganzes Wochenende über versuchte, diese Vision erneut vor meinen Augen entstehen zu lassen. Am Sonntag gelang es mir. Begleitet von einem wunderbar starken, aber vollkommen schmerzlosen Rauschen nahm ich glasklar einen gelben, leicht transparenten Streifen wahr, der mein Wohnzimmer auf halber Höhe teilte. Ich folgte dem Band und stellte fest, dass es sich durch die ganze Wohnung zog und aus dem geöffneten Küchenfenster in den Innenhof meiner Mietskaserne führte, wo es sich im Abendlicht verlor.

Aber es war nicht nur das gelbe Band, das mir eine schlaflose Nacht bescherte, sondern auch das Geräusch in meinem Kopf. Es hatte sich verändert und klang nun nicht mehr wie ein dumpfes Rauschen, sondern vielmehr wie eine Art Gemurmel. Es tat auch nicht weh, es drückte nur ein wenig gegen die Stirn.

Am nächsten Morgen konzentrierte ich mich und sah wieder dieses gelbe Band. Und ich hörte das Frühstücksprogramm des Radios – in meinem Kopf. Können Sie sich vorstellen, wie mich das erschreckte? Als ich mich beruhigt hatte, stellte ich meinen Kopf auf Funkstille und setzte mich auf einen Küchenstuhl. Nach fünf Minuten konzentrierte ich mich abermals, das Band tanzte wieder vor meinen Augen, und diesmal landete ich in einer Nachrichtensendung.

Ich hatte noch nie von so etwas gehört, und es ist mir kein einziger Fall bekannt, wo jemand dazu in der Lage gewesen wäre, mit dem Kopf Radio zu hören. Mein erster Impuls war natürlich, sofort zum Arzt zu gehen, doch diesen Gedanken verwarf ich wieder. Absurd, mit so etwas einen Arzt aufzusuchen: ‹Guten Tag, mein Name ist Bauernfeind, und in meinem Kopf befindet sich ein Radio.› Nein, wirklich nicht. Das Risiko, damit im Irrenhaus zu landen, erschien mir damals zu groß.

Also blieb ich in meiner Küche sitzen und dachte nach. Das ist für mich sehr anstrengend, wissen Sie. Ich denke nicht über sehr viele Dinge nach. ‹Das macht nur Falten›, hat meine Mutter immer gesagt. Nach einer halben Stunde hatte ich folgende Erklärung: Offenbar hatte sich das Rauschen in meinem Kopf aufgespaltet, und ich war beim Einschalten per Zufall auf einen Sender gestoßen. Und was ich gelblich vor mir flimmern sah, war höchstwahrscheinlich die ganze Frequenzbandbreite, die ich hören konnte, ich tippte auf Ultrakurzwelle. Ich schaltete das Radio auf meinem Kühlschrank ein und ließ die Frühstückssendung laufen. Dann stellte ich mich in einigem Abstand an mein Küchenfenster und konzentrierte mich. Das gelbe Band erschien innerhalb von Sekunden, und dann, immer lauter, hörte ich in meinem Kopf denselben Sender wie mit meinen Ohren. Ich lief durch meine Küche und stellte das Radio ab. Der Frühstückssender lief in mir weiter. Es stimmte, es war wirklich so: Ich, Rita Bauernfeind, konnte Radio hören, ohne dass ein Gerät eingeschaltet oder auch nur in der Nähe war. Lustig flatterte das Band im Wind, als ich im Bus zur Arbeit fuhr und ‹Die Zauberflöte› im Klassikprogramm hörte, während die anderen Fahrgäste müde aus dem Fenster glotzten.

Die Zeiten änderten sich für mich. Das gelbe Band brachte Farbe in mein Leben. Schon bald konnte ich auch Mittelwelle empfangen, was mich aber nicht sonderlich interessierte, weil die Sender so stark rauschten. Auch konnte ich häufig die Sprache dieser Sender nicht verstehen, sodass ich mich nur selten auf MW einstellte, eigentlich nur, wenn mir nach Blau zumute war. Mittelwelle kam mit einem satten Blauton. Das blaue Band wurde bald von meiner Begeisterung für das hellgrüne Band der CB-Funker abgelöst, die sich schweinische Sachen erzählten. Manchmal wurde ich ganz rot vor Scham. Also wechselte ich häufig die Sender und die Bänder und hörte bisweilen sogar Mobiltelefonen (bräunlich rotes Band) zu. Das machte mir besonderen Spaß, wenn ich die Fahrer der Autos neben der Straßenbahn reden sehen und hören konnte. Meistens waren deren Gespräche geschäftlich oder langweilig.

Nach einigen Monaten konnte ich sogar Fernsehsender hören (zwischen dunkelgrün und ultramarin), allerdings nur die, die über Antenne empfangen werden konnten. Kabel- und Satellitensender blieben mir verwehrt. Ich war auf meine ganz private Weise auf dem besten Wege, eine glückliche und über den Dingen stehende Person zu werden. Bis ich eines Tages, so etwa fünf Monate nach meinen ersten Kopfschmerzen, eine Entdeckung machte, die schließlich in die totale Katastrophe münden sollte.

Ich war gerade auf dem Weg vom Supermarkt zu meiner Wohnung und hörte eine sehr interessante Diskussionsrunde im dritten Fernsehprogramm, als das Band vor meinen Augen die Farbe wechselte. Gleichzeitig verstellte sich das Programm in meinem inneren Ohr, und die Stimmen wurden schwächer. Aus einem Impuls heraus griff ich in die Richtung des Bandes, gerade so, wie wenn man zur Fernbedienung greift. Für einen entgegenkommenden Passanten sah es wahrscheinlich so aus, als verscheuchte ich eine Fliege vor meinem Gesicht. Tatsächlich gelang es mir aber in diesem Moment, das Band zu berühren, es anzufassen. Ich nahm das Band in die Hand, und zu meinem Erstaunen fühlte es sich nicht nur angenehm an, es roch auch gut. Ich werde das nie vergessen, es war die größte und angenehmste Überraschung meines Lebens, denn dieses Band duftete wirklich nach Schokolade.

Ich stellte die Einkaufstüte auf den Bürgersteig, und dann tat ich, was ich niemals hätte tun sollen. Ich forderte mein Schicksal heraus; ohne nachzudenken, biss ich ein kleines Stück des Bandes ab und erlebte den himmlischen Geschmack einer erstklassigen Vollmilchschokolade. Nach diesem ersten Bissen schaltete ich mein Radio aus und lief nach Hause. Ich setzte mich auf die Couch und probierte alle Bänder, die ich empfangen konnte. Nach einer Stunde hatte ich eine Portion Schweinebraten, dazu Krautsalat, fünfzig Gramm Leberwurst, mehrere Tafeln Schokolade, zwei Brathähnchen, fünf Gewürzgurken sowie eine Unmenge Bonbons und Pralinen verdrückt. Auf einem regionalen Radiosender gab es außerdem Pommes frites, aber die schaffte ich nicht mehr.

Die nächste Zeit wurde furchtbar. Ich fraß alles, was ich hören konnte, doch gleichzeitig vereinzelte ich noch mehr.

Manchmal konnte ich mich bei der Arbeit nicht länger zusammenreißen. Ich griff vor mich, stopfte mir etwas in den Mund und kaute mit vollen Backen. Meine Kollegen machten blöde Witze; ich spürte natürlich, dass sie mich beobachteten, aber das war mir egal. Ich verbrachte ganze Vormittage mit dem tschechischen Sinfonieorchester und Böhmischen Knödeln, ich lauschte den Wiener Philharmonikern und stopfte mich dabei mit Sachertorte voll, ich hörte Countrymusik und füllte meinen Leib mit Frittiertem. Das ganze Spektrum send- und funkbarer Lebensmittel verschwand in mir. Nur der Polizeifunk machte mir keine Freude, davon bekam ich Sodbrennen.

Bald darauf verlor ich meine Arbeit, was mir nichts ausmachte. Ich war ständig zu spät oder gar nicht im Büro erschienen, mein aufregendes neues Leben lenkte mich zu sehr ab. Die Abmahnungen meines Chefs nahm ich mit Gleichmut entgegen und fügte mich in mein Schicksal. Das Arbeitslosengeld reichte ja für die Miete, und ansonsten hatte ich quasi keine Ausgaben. Etwas anderes als Radioprogramme habe ich damals gar nicht mehr zu mir genommen, und das gefiel mir ganz gut, denn ich stellte fest, dass ich Gewicht verlor. Ich wog plötzlich nur noch 220 Kilo. Für Außenstehende war das kein Wunder, schließlich nahm ich keine wirklichen Lebensmittel zu mir, außer Wasser. In meiner eigenen Wahrnehmung hingegen fraß ich den ganzen Tag.

Ich verließ kaum noch das Haus, eigentlich nur, um Franzbranntwein aus der Apotheke zu holen, denn ich hatte mich inzwischen wund gesessen auf meiner Couch. Nach ein paar Wochen erregte ich auf dem Heimweg von der Apotheke die Aufmerksamkeit einer Polizeistreife. Für die stellte sich die Szene folgendermaßen dar: Sie bemerkten eine ungewöhnlich dicke Frau, die wild gestikulierend über die Straße stürzte und etwas in ihren Mund zu stopfen schien. Sie sprachen mich an, ob alles mit mir in Ordnung wäre, und ich sagte, ich wolle nicht gestört werden, ich äße gerade einen tadellosen Wirsingeintopf und hörte dabei ein hochinteressantes Interview mit dem Bundespräsidenten, ob man das nicht sähe oder wenigstens höre. Da haben sie gelacht, und einer hat eine blöde Bemerkung gemacht. Wütend nahm ich dem einen die Mütze weg und warf sie auf die Straße. Ich wollte ja nur, dass die mit dem Gelächter aufhörten und mich in Ruhe ließen.

Aber die Polizisten nahmen mich mit. Kurz darauf kam ich in die geschlossene Abteilung einer Landesklinik. Früher hätte mich das in furchtbare Angst versetzt, aber nun war es mir egal. Ich verweigerte mit dem Hinweis, die Qualität des Klinikessens ließe zu wünschen übrig, jede Nahrungsaufnahme und machte trotzdem keinen hungrigen Eindruck.

Es klingt sicherlich komisch, aber ich war glücklich damals. Es gab Leute, die sich um mich kümmerten, die sich nach meinem Befinden erkundigten und sich sorgten. Und ich nahm rapide ab.

Leider wusste ich nicht, dass ich die ganze Zeit gefilmt wurde: eine immer noch unglaublich fette Frau, die sich praktisch pausenlos Luft in den Mund schob, sie mit vollen Backen kaute und hinunterschlang.

Meine Ärzte waren uneinig über die Diagnose. Die häufigste Annahme bestand darin, dass ich an einer dissoziativen Identitätsstörung litt. Doch abgesehen davon, dass ich nicht mit mir selber sprach oder über Stimmen im Kopf klagte, erklärte diese Diagnose weder mein Verhalten noch meine tiefe Zufriedenheit. Nach und nach verloren die mit dem Fall beschäftigten Mediziner ein wenig das Interesse an mir, und weil sie nicht weiterwussten und ich keine Probleme machte, blieb ich erst einmal, wo ich war.

Ein Dreivierteljahr später erlitt ich einen Herzinfarkt. Nach einer Fressattacke, bestehend aus norwegischem Lachs, zwei Rollbraten, einer Schwarzwälder Kirschtorte und einem sehr gehaltvollen Schokoladenpudding, stellte sich das Radio in meinem Kopf von selber aus. Mein Organismus meldete den totalen Ausfall aller Funktionen. Jemand wie ich kann gut in seinen Körper hineinhorchen. Ich spürte, wie es zu Ende ging, aber ich wurde gerettet. Es gelang dem Ärzteteam, mich zu reanimieren. Mir war klar, dass ich mit der Völlerei aufhören musste, und ich bat um ein von allen Funk- und sonstigen Sendefrequenzen freies Zimmer. Das war nicht einfach, aber schließlich wurde ich in den Keller der Anstalt gebracht, wo man neben dem Heizungsraum ein Zimmer für mich hergerichtet hatte.

Hier empfing ich lediglich zwei Radioprogramme. Ich nahm immer weiter ab, ich weiß noch, wie ich unter die 100-Kilo-Grenze rutschte. Die Ärzte schlugen eine erste Operation vor, weil die Haut nicht mehr ihre ursprüngliche Elastizität besaß und sich nicht in der Geschwindigkeit zurückbilden konnte, mit der ich Gewicht verlor.

Es hätte von mir aus so weitergehen können, aber es gibt so viele böse Menschen auf der Welt. Ein Mitglied des Pflegepersonals entwendete Material aus der Videoüberwachung und schickte es einer großen Zeitung zu. Darauf war zu sehen, wie ich gerade ein Fleischfondue aß, und dies sah zugegebenermaßen ziemlich eigenartig aus. Es war älteres Videomaterial aus der Zeit, wo ich noch weit über 170 Kilo wog. Die Zeitung präsentierte diesen Film und danach viele weitere von dem Pfleger gestohlene Aufnahmen auf ihrer Website. Viele Millionen Menschen haben das gesehen, kopiert und auf immer neuen Seiten veröffentlicht. Dies bescherte mir eine weltweite Internetpopularität als ‹fette Frau, die Luft isst›.

Ich habe davon monatelang nichts gewusst. Es hat mir niemand gesagt. Natürlich wurde ich nicht um Erlaubnis gebeten. Viele Leute auf der ganzen Welt verdienten Geld mit mir: Meine Filme wurden verbreitet, Fernsehsender und Internetfirmen verkauften Werbung im Umfeld meiner Videos, es hat T-Shirts gegeben und ein Videospiel. Mir völlig Unbekannte haben daran verdient, nur ich habe nichts davon gehabt. Meine Grundrechte wurden einfach nicht beachtet. Ich weiß, dass es sehr vermessen ist, wenn man von Grundrechten spricht, aber ich habe sie wie jeder andere. Auch wenn ich ein bisschen krank bin.

Ich erfuhr von der Sache erst, als die Zeitung, die den ersten Film veröffentlicht hatte, mit einem Kamerateam vor meinem Bett stand. Die haben mich gefilmt und mir Fragen gestellt. Dabei waren sie wohl enttäuscht, weil ich ganz anders aussah als in ihrem Video. Dann haben sie mit mir einen Film drehen wollen über meine phänomenale Gewichtsabnahme, doch das wollte ich nicht. Als Nächstes tauchte ein Anwalt auf und bot mir an, jeden auf eine Million Euro zu verklagen, der meine Persönlichkeitsrechte verletzt hatte. Von ihm erfuhr ich, dass ich eine Berühmtheit war. Ich wäre gerne als hübsche Bodenturnerin berühmt geworden, aber nicht als fette Frau, die Luft isst. Und ich wollte meine Ruhe. Ich habe den Mann gebeten zu verschwinden. Ich war dann noch fünf Monate auf dieser Station, bis eines Tages Herr Doktor Zens mich besuchte.

Herr Zens hatte das Video gesehen, und meine weltweite

Popularität gab wohl den Anstoß, mich in sein Programm aufzunehmen. Und so bin ich jetzt hier.»

Das war also Rita Bauernfeind. Zens hatte recht. Wir hatten einiges gemeinsam. Sie litt wie ich an Kopfschmerzen, dies hatte mich gleich für sie eingenommen. Aber das war nicht alles. Auch sie war eine Aussortierte, sie stand nicht einfach nur am Rand der Gesellschaft, die sich über sie amüsierte, sondern weit außerhalb.

Zunächst verbrachte Rita viel Zeit allein. Obwohl sie im Haus Unruh herumlaufen konnte, wie sie wollte, saß sie meistens auf ihrem Bett herum und schaute in die Gegend. Dabei aß sie unsichtbare Delikatessen. Und wurde immer dünner. Ich fand das beängstigend. Also ging ich zu Zens.

«Wie soll das mit ihr weitergehen? Sie muss doch etwas essen.»

«Sie isst doch Kleinigkeiten», antwortete Zens gutgelaunt.

«Einen Löffel Suppe hat sie gegessen, das ist keine Kleinigkeit. Das ist gar nichts. Sie wird irgendwann umkippen.»

«Nein, das wird sie nicht. Sie wird in der Gruppe lernen, normal zu essen. Sie wird es wollen, denn sie wird Teil unserer Gemeinschaft sein wollen.»

«Warum sollte sie das? Wir sind keine Gruppe», entgegnete ich. «Wir sind nur zwei. Zwei sind keine Gruppe.»

«Genau genommen sind wir drei. Ich bin ja auch noch da.»

«Der Therapeut ist nie Teil der Gruppe», sagte ich. Das hatte ich so in etwa in einem seiner Bücher in der Bibliothek gelesen. Sonst gab es ja dort nichts. «Der Therapeut soll Wegbegleiter des Prozesses sein, an dem er jedoch nicht teilnehmen darf», zitierte ich weiter.

«Nicht schlecht, Bernhard, nicht schlecht. Sie haben mich erwischt.» Er lachte sein Zens-Lachen. «Sehen Sie mal, Bernhard, um das Zens-Syndrom zu besiegen, muss sich die Gruppe gegenüber ihren Mitgliedern solidarisch zeigen, und das sehe ich bereits aufkeimen.»

«Diese Frau zeigt sich mit niemandem solidarisch, sie führt ein Leben in ihrem Inneren, sie wird niemals Teil einer Gruppe sein.»

«Oh, ich rede hier nicht von Rita, Bernhard. Ich rede von Ihnen. Sie machen gute Fortschritte, Sie betrachten nicht sich selbst als im Mittelpunkt stehend, sondern Rita. Sie wollen ihr helfen. Das ist gut. Sie werden als Gruppe zu ganz großen Dingen in der Lage sein.»

«Zu was für Dingen?»

«Alles zu seiner Zeit, Bernhard.»

Später ging ich mit meinem Pfleger in den Garten und spielte das Langsam-schnell-langsam-Spiel mit ihm. Was Irre eben so machen, wenn sie Zeit haben. Dabei dachte ich nach. Ich war mir nicht sicher, ob ich Rita für eine Spinnerin oder für ein Wunderwesen halten sollte. Konnte sie tatsächlich Radio im Kopf hören, Frequenzen essen und damit das Gefühl von Genuss und Sättigung herbeiführen? Oder waren das Wahnvorstellungen? Oder war das egal, solange sie sich gut dabei fühlte?

Am Ende unserer gemeinsamen Zeit im Haus Unruh, also dreieinhalb Monate vor ihrem Tod, vertraute sie mir an, dass sie nicht allein mit ihrer Fähigkeit gewesen sei. Sie behauptete, es gebe viele, die so seien wie sie. Ich fragte sie, wie sie darauf käme, und sie antwortete: «Jedes Mal, wenn ich ein Stück aus einer Frequenz herausaß, wurde der Empfang des Senders gestört, da gab es dieses Rauschen, verstehst du? Es ist so: Immer, wenn plötzlich das Bild schlecht wird, das Radio, das Telefon oder der Fernseher nur Stimmfetzen von sich geben, immer wenn Rauschen die Musik überlagert, immer dann schlägt sich irgendwo ein unglücklicher Frequenzesser den Bauch voll.»

Vor ein paar Jahren hätte ich so etwas für Wahnsinn gehalten, aber heute bin ich nicht mehr so sicher, auf jeden Fall ist es eine zauberhafte Vorstellung, dass jede Tonstörung darauf zurückzuführen ist, dass jemand auf der Frequenz herumkaut. Und es ist eine Tatsache, dass es Rita gab, so wie es eine Tatsache ist, dass ich Zeuge ihrer seltsamen und einzigartigen Begabung wurde, die niemand jemals hat erklären oder widerlegen können. Nicht einmal Zens. Der schlug ihr schließlich während einer unserer täglichen Sitzungen eine Therapie zur stufenweisen Entwöhnung vor. Durch autogenes Training, aber auch durch körperliche Arbeit sollte Rita nach und nach vom Funkverkehr entwöhnt und wieder auf normale Essgewohnheiten gepolt werden. Ihre Melancholie und die Hemmungslosigkeit ihrer Fresserei seien miteinander verbunden, fand er. Ob sie das ändern wolle, fragte Zens.

«Ich weiß nicht», sagte Rita. An ihrer Stelle hätte auch ich sorgfältig darüber nachgedacht. Schließlich machte sie das Radio in ihrem Kopf zufrieden. Und das zählte vielleicht mehr, als gesund inmitten einer Gesellschaft voller Gefahren zu überleben.

«Sehen Sie, Rita. Sie haben es selbst gesagt. Ihre Popularität im weltweiten Netz beruht auf Ihrer Lächerlichkeit. Wer Sie sieht, fühlt sich selbst gleich besser. Sie tragen zum Wohlbefinden der anderen bei und bekommen nichts dafür. Kein Geld, keine Anerkennung, keinen Dank. Und man hat Sie nicht einmal gefragt, ob Sie sich zum Hanswurst für die anderen machen wollten. Ist das gerecht?»

Rita schüttelte den Kopf.

«Genau, das ist nicht gerecht. Ihr Recht als Individuum wird von der Allgemeinheit verletzt. Nicht von einem Einzelnen, den man darauf ansprechen könnte, sondern von einer anonymen Masse, wir nennen sie einfach mal: die anderen. Rita hat weder gleiche Chancen auf Gehör noch auf materiellen Ausgleich. Es ist wie bei Ihnen, Bernhard: Ihr Anliegen verschwindet hinter Ihrer Erscheinung als Irrer im Smoking. Das ist ungerecht. Und das ist kein Versehen, sondern eine allgemein akzeptierte Verrohung. Es ist ja keineswegs so, dass die anderen nicht wüssten, was Gerechtigkeit ist. Das ist sogar ein recht gut erforschtes Gebiet.

Schlagen Sie bei den griechischen Philosophen nach, bei Platon zum Beispiel, oder bei Thomas Hobbes. Da steht schon fast alles drin, was wir heute über Gerechtigkeit wissen. Und dennoch hat sich 320 Jahre nach seinem Tod nicht viel an seiner Ausgangsperspektive auf die Menschheit geändert. Hobbes formulierte die Grundlage unseres zivilisatorischen Zusammenlebens so: Homo homini lupus est, der Mensch ist des Menschen Wolf. Und er stellte Regeln auf, nach welchen die menschlichen Wölfe zusammenleben können, ohne sich gegenseitig zu zerfleischen. Hobbes bestand zum Beispiel auf der Einhaltung von Verträgen. Rita, haben Sie die Verträge eingehalten, die Sie mit Ihrer Umwelt geschlossen haben? Ich meine jetzt nicht Mietverträge, sondern den grundsätzlichen Vertrag zur Toleranz gegenüber anderen, um selber toleriert zu werden, oder den Vertrag, anderen nichts zu stehlen, um selber nicht bestohlen zu werden?»

Rita dachte kurz nach. «Ich glaube, ich habe meine Verträge gehalten.»

«Ja, das glaube ich auch», sagte Zens. «Aber die Gesellschaft hat so ziemlich jeden Vertrag mit Ihnen gebrochen. Das ist nicht okay.»

Ich dachte an meine eigenen Vereinbarungen und wie mein ganzes Leben den Bach hinuntergegangen war. Allerdings war ich daran im Gegensatz zu Rita nicht ganz schuldlos. Ich habe immerhin Ehebruch begangen, meinen Sohn verleugnet und habe seinen Tod zu verantworten. Aber dafür habe ich auch tüchtig bezahlt. Mein Leben ist im Eimer.

«Haben Sie sich schon einmal überlegt, warum die anderen das machen?», fragte Zens, dem eine gewisse Erregung anzumerken war. Das ganze Thema brannte ihm unter den Nägeln.

«Nein. Warum machen die das?», fragte Rita.

«Die anderen, also die vermeintlich Gesunden, beziehen ihre Lebensenergie daraus, dass Sie krank sind.»

«Ach so?», gab Rita eingeschüchtert zurück.

«Ja», fuhr Zens fort. «Die Schwachen in unserer Gesellschaft geben den Starken überhaupt erst ihre Kraft. Haben Sie schon einmal von der Drachensaat gehört? Die Frage geht an Sie beide.»

«Nein», sagte ich. Ich hatte im Hinterkopf, dass der Begriff irgendwo in der Antike auftauchte. Aber ich wusste nicht mehr wo. Rita schüttelte den Kopf.

Zens stand auf und klatschte in die Hände. Das war sein Zeichen, dass das Gespräch beendet war. Ich stand auf, um mir eine Flasche Wasser zu holen. Rita blieb sitzen und schnappte nach Luft. Oder sie nahm einen Imbiss. Man konnte das kaum voneinander unterscheiden.

4. Ünals letzte Fahrt

Die Gespräche mit Zens verliefen nach einem sich wiederholenden Muster. Ich erzählte etwas von meinem Leben, Rita erzählte von dem ihren, und Zens ordnete es gemäß seiner Theorie ein. Manchmal hatte ich den Eindruck, er wolle uns seine Sicht der Dinge eintrichtern. Aber ich muss zugeben, dass er mich nach und nach für seine Theorie gewann. Um ehrlich zu sein: Ich wurde ganz allmählich so etwas wie ein Zensianer, und für Rita galt das Gleiche. Allerdings verhielten wir uns seiner Ansicht nach nicht emotional genug. Dafür war bei Rita der Appetit zu groß und bei mir die Kopfschmerzen zu stark. Zens erwartete eine Wut von uns, die wir nicht aufzubringen in der Lage waren, jedenfalls noch nicht. So könne der große Handlungsexzess nicht funktionieren, sagte er einmal fast resigniert. Und dass wir noch lange nicht bereit seien, uns von der Blockade zu befreien, die uns hatte am Zens-Syndrom erkranken lassen.

Eines Vormittages fragte ich Zens, was eigentlich mit ihm sei. Ob er möglicherweise nicht auch an seinem eigenen Syndrom erkrankt war.

«Als Wissenschaftler auf diesem Gebiet ist man immer der Gefahr ausgeliefert, sich auf die Krankheit oder die Krankheit auf sich selbst zu projizieren», sagte er. «Aber mein Abstand zu Ihnen ist ja doch recht groß, nicht wahr. Ich bin weder sozial noch intellektuell so weit gescheitert, dass ich Teil der Gruppe sein könnte.»

Dieser arrogante Hinweis stimmte zwar, provozierte mich aber dennoch. Während wir ihm unser Herz ausschütteten, dachte er überhaupt nicht daran, etwas von sich preiszugeben.

«Wir müssen hier Seelen-Striptease betreiben und wissen gar nichts über Sie. Wer sind Sie überhaupt?»

«Mein Name ist Heiner Zens, aber das wissen Sie doch schon.» Er wirkte teils amüsiert, teils ungeduldig.

«Das glaube ich zu wissen, ja. Aber vielleicht stimmt das ja gar nicht, und Sie heißen ganz anders. Wir wissen quasi nichts über Sie und auch nichts über ihre Helfershelfer. Die verraten nicht einmal ihre Namen. Das finde ich komisch.» Eigentlich waren mir deren Namen egal, aber ich suchte nach Argumenten, um Zens dazu zu bringen, etwas von sich zu verraten.

«Rita, ist das auch Ihre Meinung?»

«Ja.»

«Gut. Was wollen Sie wissen?», fragte er gönnerhaft und lehnte sich in seinem Stuhl zurück.

«Na, so biographische Dinge. Wo kommen Sie her, was haben Sie gemacht, wieso sollen wir an Sie glauben?»

«Das kann ich Ihnen natürlich alles sagen. Geboren 1961 in Heidelberg, Studium in Berlin, berufliche Stationen in verschiedenen Krankenhäusern, erste wissenschaftliche Arbeiten, dickes Erbe vom Großvater, damit selbständig gemacht und dieses Institut gegründet. Keine Frau, keine Kinder. Zufrieden?»

«So einigermaßen», antwortete ich. Mich überraschte die plötzliche Freigebigkeit, mit der er über Details aus seinem Leben plauderte. Er lachte und sagte: «Oder wie wäre es hiermit? Schwere Kindheit in der DDR, Republikflucht mit den Eltern als Zehnjähriger, danach Orientierungsprobleme als Jugendlicher, Drogen, eine Vorstrafe wegen Verstoßes gegen das BTM und dann Läuterung durch den Tod meines Vaters. Abitur auf dem zweiten Bildungsweg, Fern-studium. Geschieden, vier Kinder.»

«Was soll das?», fragte Rita, der die profilneurotische Vor-stellung des Doktors nicht gefiel.

«Ich will Ihnen damit nur zeigen, dass mein persönlicher Hintergrund bedeutungslos für Sie ist. Ich könnte Ihnen doch alles Mögliche erzählen. Wichtig ist nicht, dass Sie an mich glauben, sondern dass Sie an sich selber glauben. Ich bin nur Ihr Begleiter, Ihr Beschützer. Überlegen Sie sich also, ob Sie etwas von mir wissen wollen oder ob es Ihnen nicht einfach reicht, dass ich hier ein mit Mitteln aus der pharmazeutischen Industrie und aus einem EU-Förder-programm finanziertes Forschungsprojekt leite, welches unglaublich viel Geld verschlingt und Ihnen direkt zugu-tekommt.» Der drohende Unterton seiner Rede war nicht zu überhören, und ich wollte mich nicht mit ihm anlegen. Habe ich ja schon ganz zu Anfang geschrieben: Lege dich nie mit deinem Therapeuten an, denn dein Therapeut ist so etwas wie dein Personalchef, dein Abteilungsleiter und dein Richter in einer Person.

«Ist gut», sagte ich. Es gefiel mir zwar nicht, aber ich verstand ihn auch. «Vielleicht lenkt das wirklich nur von unserem eigentlichen Thema ab», sagte ich verbindlich. Ri-ta nickte und schnappte. Und so kam dieser vermeintliche Heiner Zens mit seiner Geschichte bei uns durch; so simpel war es, uns zu täuschen.

Was sollte nach Rita noch kommen? Ein alkoholkrankes Marsmännchen? Ein fundamentalistischer Amokläufer? Ein schwuler Biber? Es kam ein wenig von alldem, es kam Ünal Yilmaz. Rita und ich hatten gerade gefrühstückt, wenn man das, was sie absolvierte, ein Frühstück nennen konnte. Sie hatte zu ihrem Wasser die Hälfte eines Achtels eines Apfels verzehrt und mit den Versuchungen des Radioprogramms gekämpft. «Bernhard, ich halt's nicht aus», japste sie mir zu.

«Du schaffst das schon», sagte ich aufmunternd und drückte ihre Hand.

Ich hatte Rita im Laufe der letzten Wochen in mein Herz geschlossen. Sie war süchtig nach dem Radio, fresssüchtig. Und auch wenn sie buchstäblich nichts als Haut und Knochen war, besaß sie etwas Schönes, Verletzliches und Wunderbares, eine unschuldige Anmut, die sich unter den Massiven ihrer Hautfalten verbarg und nur zur Geltung gelangte, wenn Rita lächelte, was leider immer noch selten der Fall war.

Auf eine ganz innige Art besaß ich Verständnis für die Wirrnis in ihrem Schädel, denn mein eigener machte mir nach wie vor zu schaffen. Meine Kopfschmerzen quälten mich inzwischen sogar im Schlaf, dazu das Rauschen. Ich war sozusagen nie ganz allein. Ein paar Tage lang hatte ich die Tabletten abgesetzt, aber dann wieder nach der verordneten Dosierung eingenommen. Zwar linderten sie die Schmerzen kaum, aber ich gab mir damit das Gefühl, wenigstens zu kämpfen. Manchmal vergaß ich meinen Kopf, das waren die seltenen guten Momente. Aber im Haus Unruh passierte zu wenig, um sich dauerhaft von sich selbst abzulenken. Rita und ich fühlten uns wie Gestrandete auf einer Insel. Bis zu dem Tag, an dem Ünal in unser Leben trat.

Rita und ich saßen im Esszimmer, als wir von der Eingangshalle Gebrüll hörten. Neugierig stand ich auf und ging hinüber, Rita folgte mir.

In der Halle standen die Pfleger und versuchten, einem

kleinen Mann den Koffer abzunehmen. Auf den ersten Blick sah ich, dass er Türke war, ein Bilderbuchosmane mit einem riesigen schwarzen Schnurrbart. Unter dem Schnurrbart bewegte sich etwas heftig, das war sein Mund. «Ich möchte, dass Sie meinen Arm freilassen.» Er sagte «freilassen» und nicht «loslassen». Ansonsten war sein Deutsch vollkommen akzentfrei. Er sprach auch keinerlei Dialekt, sodass mir gleich klar wurde, dass er seine Worte mit Bedacht gewählt hatte. Er wollte nicht einfach losgelassen werden, er verlangte Freiheit für seinen Arm.

«Ich bitte Sie nochmals, meinen Arm freizulassen», zeterte der Türke wieder. «Und ich bitte darum, meinen Koffer eigenhändigst tragen zu dürfen.» Eigenhändigst, soso. Die Pfleger ließen ihn aber nicht los, und deshalb stampfte der kleine Mann mit den Füßen auf. «Ich mache Lärm, sehen Sie? Ich gebe keine Ruhe, hören Sie?»

Ich fand ihn auf Anhieb sehr komisch.

Heiner Zens kam die Treppe herunter und rief: «Herr Yilmaz! Ich bitte Sie, wozu denn die Aufregung? Es wird alles gut werden, ich habe es Ihnen doch versprochen.»

«Ich protestiere gegen diese Behandlung», schimpfte Herr Yilmaz, entspannte sich aber sichtlich, als Zens auf ihn zukam und den Pflegern mit einer Handbewegung bedeutete, den neuen Gast des Hauses Unruh loszulassen. Zens gab dem Kleinen die Hand und verneigte sich dabei, als hätte er einen Kursus in morgenländischer Etikette absolviert.

«Ich bin sehr stolz darauf, Sie bei uns begrüßen zu können. Darf ich Ihnen Ihre Mitgäste vorstellen, Herr Yilmaz?»

Yilmaz, der sich vollkommen beruhigt hatte, erwiderte die übertriebene Höflichkeit des Arztes mit einer angedeuteten Verbeugung und antwortete: «Das werden wohl jene Herrschaften dort drüben sein, oder?»

«Allerdings, lieber Herr Yilmaz. Dies hier ist unsere Frau Rita Bauernfeind.»

«Sehr erfreut», sagte Yilmaz, nahm Ritas Hand und gab ihr einen vollendeten Handkuss. So etwas hatte ich zuletzt bei einem Empfang des brasilianischen Konsuls in München gesehen. Das war schon lange her, eine Erinnerung aus einem anderen Leben. Yilmaz sah Rita in die Augen und sagte: «Mein Name ist Ünal Yilmaz, und ich komme aus Salzgitter. Sie riechen phantastisch, wenn ich mir erlauben darf, das zu sagen.»

Rita wurde auf der Stelle rot. Yilmaz hatte den Bogen raus. Handkuss, Verbeugung, Vorstellung, Kompliment. Ich bemerkte sofort, dass er schwul war wie ein Sofakissen von Noël Coward. Seine Attitüde hatte jedoch keineswegs etwas Albernes, im Gegenteil. Sie wirkte ernsthaft, kultiviert und selbstverständlich. Der Mann spielte das nicht vor, er war so. Was mich sofort auf die Idee brachte, es mit einem Homosexuellen zu tun zu haben, war seine äußere Erscheinung. Während sein Schnauzbart riesig und bis auf den Zehntelmillimeter getrimmt auf seiner Oberlippe ruhte, erschienen seine Augenbrauen als hauchdünne Striche. Er hatte sie sorgsam gezupft und übermalt. Er trug Kajal unter den Augen und die glänzenden Haare waren zurückgekämmt wie Clark Gable. Sein dunkelbrauner Anzug saß perfekt, das Einstecktuch passte zu dem Seidenschal um seinen Hals. Unser neuer Begleiter sah aus, als habe man ihn geradewegs aus der Kulisse einer amerikanischen Komödie der vierziger Jahre verschleppt. Für einen Moment dachte ich, dass ich unbedingt meinen Smoking aus dem Schrank holen musste. Ünal drehte sich zu mir, hob eine Augenbraue und sagte: «Und mit wem habe ich hier das unzweifelhafte Vergnügen?»

Ich gab ihm die Hand und bemühte mich, seine Höflichkeit und Grandezza angemessen zu erwidern.

«Ich bin Bernhard Schade, guten Tag.»

«Guten Tag, mein Name ist Ünal Yilmaz, und ich komme aus Salzgitter.»

«Welchem Umstand verdanken wir ihre angenehme Anwesenheit?», fragte ich nun ebenso gestelzt. Tatsächlich war ich sehr neugierig darauf zu erfahren, was er angestellt hatte, um in Zens' Programm aufgenommen zu werden.

Yilmaz lächelte kurz und breitete die Arme aus: «Das muss ich noch herausfinden. Ich gelte jedenfalls als Gefahr für die Gesellschaft.» Das Lächeln verschwand, und er fügte ernst hinzu: «Dabei ist die Gesellschaft eine Gefahr für mich.» Sein Schnurrbart zeigte nach unten. Er wurde böse und etwas lauter: «Wir sind Produkte einer immer weiter verrohenden Zivilisation. Unmündige Konsumenten, Kanonenfutter der Globalisierung.» Er steigerte sich in einen kleinen Wutanfall hinein. «Werte und moralische Traditionen zählen überhaupt nicht mehr. Ich habe mich dafür eingesetzt, und zum Dank sperrt man mich mit Verrückten ein.» Zens legte seine Hand auf Yilmaz' Arm.

«Herr Yilmaz, bitte beruhigen Sie sich. Ich möchte Ihnen gerne Ihr Zimmer zeigen. Vielleicht möchten Sie sich ein wenig frischmachen. Danach bleibt bestimmt noch Zeit für eine erste Sitzung.»

Yilmaz sah in die Runde. Sein Schnurrbart kehrte zurück in eine stimmungsmäßig neutrale Horizontale. «Bitte entschuldigen Sie. Mit *verrückt* habe ich nicht Sie gemeint. Ich kenne Sie ja gar nicht. Ich meinte damit die Insassen der Institution, aus der ich hierhergebracht wurde. Ich bitte um Verzeihung.»

Damit wandte er sich zum Gehen, nahm seinen Koffer und schritt die Treppe hoch, gefolgt von Zens und den Pflegern. Rita und ich sahen uns an und grinsten. Das konnte ja heiter werden.

Später am Nachmittag traf ich Yilmaz wieder. Er stand vor der Tür seines Zimmers und stritt mit einem Pfleger, weil sich die Tür zu seiner, wie er es nannte, «Zelle» nicht schließen ließ. Ünal Yilmaz war darüber außer sich. Er wurde grundsätzlich und nannte den Umstand, dass ihm seine Privatsphäre geraubt wurde, ein «generelles Problem der modernen Gesellschaft, welches zwar im völligen Widerspruch zur Vereinzelung und Einsamkeit in modernen Industrieländern steht, jedoch unabweisbar wie Letztere seine Wurzeln in der scheindemokratischen Diktatur der Bürokratie findet». Seine aufgesetzte Sprache wurde uns später noch nützlich, und der Staatsanwalt hat im Prozess einmal angefangen zu weinen, als Ünal in einem 54 Minuten dauernden Monolog die Unzumutbarkeit eines wackligen Stuhls als Beispiel für die Verrohung der deutschen Rachejustiz gegenüber homosexuellen Moslems anprangerte. Dagegen war dieser Auftritt hier gar nichts.

«Herr Kollege», sprach ich ihn an, «es hat keinen Sinn. Wir können nicht mit den Pflegern reden. Sie besitzen keine Handhabe, und sie sprechen nicht mit uns. Sich mit diesem Burschen hier zu streiten ist, als würde man einen Stein melken.»

Ünal Yilmaz sah mich verwundert an. «Das mag sein, aber ich möchte, dass der Herr weiß, dass hier Unrecht geschieht.»

«Glaub mir, das muss dem keiner mehr sagen. Am besten wäre, du würdest dich einfach mit der Situation abfinden.»

«Ich wüsste nicht, dass wir bereits beim ‹Du› angelangt sind», entgegnete Yilmaz und wandte sich beleidigt zum Gehen. Er schritt ein paar Meter in sein Zimmer, blieb stehen und drehte sich dann um, um zu sehen, ob ich immer noch in der Tür stand und ihn beobachtete. Als er zur Kenntnis nehmen musste, dass dies der Fall war, ging er weiter und stellte sich vor sein Fenster. Er schaute hinaus und würdigte mich keines Blickes mehr. Also holte ich mir ein Wasser und ging auf mein Zimmer.

Offenbar hatte Heiner Zens mit Ünal ein Einzelgespräch geführt, denn zu seinem ersten Gruppengespräch erschien er in vergleichsweise aufgeräumter Stimmung. Er trug einen seidenen Hausanzug, und sicher hätte es ihm gefallen, eine Perserkatze auf dem Schoß zu kraulen, aber leider gab es im Haus Unruh keine Katze. Also kraulte Ünal eine zusammengerollte Stoffserviette.

Zens begann die Sitzung. «Unser lieber Herr Yilmaz hat mich gebeten, den Anfang zu machen. Er sieht sich noch nicht in der Lage, selber in der erforderlichen Offenheit über sich Auskunft zu geben. Daher werde ich ihn unterstützen und einfach mal erzählen, was wir hier bisher über ihn wissen. Wir haben uns darauf geeinigt, dass er das Kommando übernimmt, sobald er es für richtig hält. Ist das so korrekt?»

Ünal Yilmaz nickte langsam und drückte das Kreuz durch. Er war offenbar sehr daran interessiert, seine Geschichte erzählt zu bekommen.

«Gut. Na dann, Herr Yilmaz. Wo fangen wir an? Vielleicht erst einmal beim äußeren Grund Ihrer Überstellung.»

«Einlieferung», verbesserte Ünal Yilmaz, und ich ahnte, dass der Bursche eine ganz unfassbare Nervensäge sein konnte.

«Meinetwegen. Herr Yilmaz ist sozusagen etwas übers Ziel hinausgeschossen, man könnte sagen, ungefähr 180 Kilometer weit.» Zens überprüfte die Wirkung seiner Pointe mit einem kurzen Blick auf Yilmaz, der jedoch nicht reagierte, also sprach Zens weiter. «In einer Explosion der Gefühle hat Herr Yilmaz den ihm anvertrauten Omnibus der Braunschweiger Verkehrs AG nicht bis zur Endhaltestelle der Linie 416 nach Kralenriede gefahren, sondern, ohne anzuhalten, bis nach Gotha in Thüringen.»

«Wieso denn nach Gotha in Thüringen?», fragte ich.

«Da war der Tank leer», antwortete Ünal, ohne uns anzusehen. Er schien in die Erinnerung an seine Tat vertieft.

«Herr Yilmaz hat auf seiner Fahrt ungefähr alle Verkehrsvorschriften gebrochen, die es gibt, außer falsches Parken. Das liegt daran, dass er nicht ein einziges Mal angehalten hat.»

«Respekt», sagte ich. Rita war bereits aus der Unterhaltung ausgestiegen und kaute mit vollen Backen.

«Rita, darf ich um Ihre Aufmerksamkeit bitten?», sagte der Doktor streng, um dann fortzufahren. «Herr Yilmaz war dabei leider nicht alleine, in seiner Obhut befanden sich 41 Fahrgäste, darunter eine Schwangere und fünf Kinder zwischen vier und 13 Jahren. Die Gefahr für alle Beteiligten war erheblich. Herr Yilmaz stoppte schließlich mitten im Verkehr, öffnete die Türen und ließ sich festnehmen. Ein Notarzt maß bei ihm eine Herzschlagfrequenz von 170. Das war ganz schön aufregend, was? Herr Yilmaz?»

Ich erinnerte mich an die Geschichte. Teile seiner Flucht waren im Fernsehen übertragen worden, und er beherrschte zwei Tage lang die Seite eins der BILD-Zeitung. Da hatte ich ihn gesehen. Zu jener Zeit trug Yilmaz allerdings noch einen Vollbart, wie ich mich zu erinnern meinte. Ich hätte ihn nicht ohne weiteres wiedererkannt.

«Ich habe den Eindruck, dass Sie mich nicht ernst nehmen, Herr Doktor Zens. Sie haben mir versprochen, dass Sie in einer angemessenen und respektvollen Weise auf mich eingehen. Das war sogar die Bedingung, unter der ich einwilligte hierherzukommen. Und nun machen Sie aus meiner Tat eine Art Stammtischschwank. Ich habe dafür wenig Verständnis.»

Ünal Yilmaz verschränkte die Arme und schlug ein Bein über das andere.

«Um Himmels willen, Herr Yilmaz, das habe ich doch gar nicht beabsichtigt. Die Sachlage ist bloß so, dass ich es ja nicht aus dem Businneren beschreiben kann. Ich war doch nicht dabei. Was ich – und da geht es mir vermutlich wie Frau Bauernfeind und Herrn Schade – darüber weiß, habe ich in den Medien gesehen. Und in den Krankenakten nachgelesen. Dort war die Rede von paranoider Schizophrenie. Würden Sie dieser Diagnose zustimmen, Herr Yilmaz?»

Yilmaz schlug das linke über das rechte Bein. «Nein, das habe ich immer wiederholt. Ich habe keine Stimmen gehört, glaube nicht an Befehle aus dem Jenseits oder von sonst woher. Ich leide nicht an Epilepsie, auch nicht an Psychosen, und ich habe nie Drogen konsumiert. Entsprechende Tests verliefen unbefriedigend, jedenfalls für die Ärzte.»

Zens biss sich auf die Unterlippe und wiegte den Kopf hin und her. «Warum haben Sie das dann gemacht? Sind Sie kriminell? Und zu welchem verbrecherischen Nutzen haben Sie dann gehandelt?»

«Ich bin nicht kriminell. Wie Sie richtig bemerken, war meine Tat nicht dazu angetan, einen materiellen Vorteil zu zeitigen. Am ehesten würde ich sie als zum Selbstzweck ausgeführt bezeichnen. Gewissermaßen als Kunst im öffentlichen Raum.»

«Rita, was meinen Sie dazu? Ist das Kunst, was der Herr Yilmaz da gemacht hat?»

Rita war augenblicklich überfordert: «Was weiß denn ich?» Sie sah mich hilfesuchend an.

Ich sagte: «Ich finde schon, wenn es ihm einfach so eingefallen ist, aus einem kreativen Impuls heraus. War es denn so?»

Yilmaz schwieg. Die Frage gefiel ihm nicht. Zens berührte den Busfahrer am Arm, dieser zog sich zurück wie eine Schnecke. «Herr Yilmaz, darf ich wieder für Sie antworten?» Ünal Yilmaz nickte.

«Nach seiner Verhaftung wurde Herr Yilmaz nach seinen Gründen befragt. Und als sich sein Puls auf ungefähr 120 Schläge pro Minute beruhigt hatte, sagte er: «Es ist meine Antwort auf euch.»

Da platzte es aus Ünal Yilmaz heraus: «So ist es, das war meine Antwort auf euch, auf euch alle. Es ist meine Äußerung zu dem ganzen Schmutz, der unsere Welt überzieht, bis die Ordentlichen nicht mehr atmen können. Ich habe ein Zeichen gegen die Gleichgültigkeit gesetzt, ich habe zur Selbstreinigung der Gesellschaft aufgerufen.»

Er klang bald wie ein Prediger. Sein Schnurrbart bewegte sich heftig beim Sprechen, und ich ahnte, dass ihn noch viel mehr drückte. Man musste lediglich das Ventil weiter aufdrehen, um seine Seelenpein entweichen zu lassen. Und genau das tat Zens, indem er sagte: «Herr Yilmaz, bitte sehen Sie mir diese Bemerkung nach, aber das klingt für mich doch gewaltig nach Schizophrenie. Gleich werden Sie uns von der inneren Stimme erzählen, die Ihnen Befehle erteilt. Viele Straftäter hoffen übrigens mit derartigen Äußerungen auf strafmildernde Umstände. Wenn Sie ernst genommen werden möchten, dann nennen Sie uns doch ein paar echte und logische Argumente für Ihre Tat. Herr Yilmaz, hören Sie mir zu? Was stört Sie denn so an Deutschland, dass Sie ein Zeichen setzen wollen?»

Ünal Yilmaz sah in die Runde, und dann begann er zu sprechen.

«Wir leben in einer von Dummheit beherrschten Zeit in einem dem Untergang geweihten Land. Unsere Politiker sind selbstgerechte Lügner, unsere Arbeitgeber Diebe, und die Jugendlichen nehmen sich daran ein Beispiel. Die wenigen Bürger, die sich für ihre Mitmenschen einsetzen, Gutes tun und nichts dafür haben wollen, werden in U-Bahnhöfen verprügelt oder für ihre Mildtätigkeit verspottet. Wer nicht betrügt, wird betrogen. Wer nicht stiehlt, der wird bestohlen, und wer zu leise spricht, dem hört niemand zu. Keiner achtet mehr die Alten, niemand hört mehr auf die Kirchen. Und damit meine ich auch meine eigene. Und wer doch hinhört, gerät in das Fadenkreuz von Fanatikern. Der Koran wird missbraucht, um Terrorismus zu rechtfertigen, wie die Bibel missbraucht wurde, um die Kreuzzüge zu legitimieren. Wir befinden uns in diesem Strudel der Bosheit, und die meisten merken nicht, wie dieser Strudel jeden von uns in die Hölle zieht, denn alle Menschen sind vollgestopft mit künstlichen Aromastoffen, Glutamat, Alkohol und Frittierfett. Woher ich das weiß? Ich weiß es, weil ich es rieche und spüre, ich atme jeden Tag den Gestank der Verwesung der Zivilisation ein, der ich selber angehöre, in deren Zentrum ich mich bewege mit meinem Bus und den schlechten

Menschen darin. Mein Tag beginnt mit den Nachrichten aus dem Radio an meinem Bett, und was ich dort hören muss, entspricht nicht meiner Vorstellung einer Welt, die des Aufenthaltes in ihr würdig wäre. Ich höre von Politikern, die sich über die Gesetze stellen. Wenn einer von ihnen nicht sagen will, von wem er illegale Spenden angenommen hat, kommt er nicht ins Gefängnis. Warum ist das so?, frage ich. Warum gelten für ihn keine Gesetze mehr? Ein anderer weigert sich, die Quellen seiner zahlreichen Nebeneinkünfte zu nennen, obwohl er dazu verpflichtet ist. Er behauptet, das ginge niemanden etwas an. Warum muss sich dieser Mann nicht an die Regeln halten? Warum lässt man einen jungen Burschen jahrelang in einem Foltergefängnis sitzen, ohne ihm zu helfen? Warum lügt der dafür verantwortliche Politiker uns alle an, und warum bleibt er im Amt? Aber er blieb ja nicht nur im Amt, er bekam ein neues dazu, er ist jetzt noch mächtiger als vorher, dieser Folterknecht. Andere Politiker verlangen von uns, mit immer weniger zufrieden zu sein, und nehmen sich selbst immer mehr heraus. Wer nur für eine einzige Legislaturperiode in einem Landesparlament sitzt, bekommt anschließend für den Rest seines betrügerischen Daseins eine Rente. Die Wahllüge ist zu einer tolerierten Gewohnheit geworden, Koalitionen werden nur dem Machterhalt wegen und niemals zur Lösung gesellschaftlicher Probleme geschlossen. Wie sollen wir den Kindern beibringen, dass Ehrlichkeit eine Tugend ist, wenn sie nur noch Lügen vorgelebt bekommen? Dazu gehören auch die Kredite, die gewissenlos jedem verkauft werden, der sie nicht bezahlen kann. Schon Kinder werden von gierigen und moralisch entleerten Erwachsenen um ihr bisschen Geld gebracht, indem man den kaum Geschäftsfähigen Klingeltöne und anderen piepsenden oder blinkenden Ramsch andreht, den sie nicht brauchen und sich nicht leisten können. Mit ihren Handys filmen die Kinder auf dem Schulhof, wie der Schwächste gequält wird. Sie filmen ihre Lehrer, während sie diese provozieren, und sie tauschen die Filme im Internet, dieser obszönen, kulturlosen Stätte der Pornographie und Götzenverehrung. Ja, mehr ist es nicht, wir ersticken in würdeloser Internetpornographie, die bereits für jedes Kind zugänglich ist, mehr noch: Wir alle werden laufend sexuell stimuliert wie Tiere, deren Samen man zur künstlichen Befruchtung abmelken will. Doch niemand tut etwas dagegen, weil alle mit stumpfer Masturbation beschäftigt sind. Ständig werden wir mit Schlüsselreizen gequält, schlimmer noch: Wir werden betäubt. Kinder wachsen mit der Vorstellung auf, dass jeder immer Sex haben will und haben muss, aber fortpflanzen wollen sich die Leute nicht mehr, weil ihnen die Kinder zu teuer geworden sind und weil ihre eigene Kindheit dann vorüber wäre. Jeder will nur ein großes Kind sein, niemand übernimmt Verantwortung, und wenn dies doch geschieht, dann verwechseln die Verantwortlichen ihre Verantwortung mit Macht. Aber das ist nicht dasselbe. Verantwortung setzt Empathie für die Schwächeren voraus, Macht hingegen wird nur noch missbraucht zur ständigen Übervorteilung der anderen. Alle wollen sich nur bereichern, und am schamlosesten gehen dabei die Banken und Versicherungen vor, die auf Kosten ihrer Kunden immer größer, deren Manager immer fetter und immer dreister werden. Sie drücken sich um jede versprochene Leistung, saugen ihre Kunden aus und werfen ihre leeren Hüllen auf den Restmüllhaufen der Marktwirtschaft. Ein erfolgreiches Prinzip unserer Gesellschaft lautet, so viel Umsatz wie möglich mit so wenig Leistung wie möglich zu erzielen. Vielleicht liegt deshalb im Supermarkt so viel verschimmeltes Obst herum. Es gibt auch kein anständiges Brot mehr. Ständig muss man sein Wechselgeld nachzählen, und im Restaurant kann man die Pfeffer- und die Salzstreuer nicht mehr voneinander unterscheiden. Wenn man sich darüber beklagt, wird man ausgelacht, dabei wäre es so einfach, Pfeffer und Salz als solches zu kennzeichnen. Aber sie machen es nicht, weil bei dem Fraß, den man uns kocht, ganz egal ist, ob man ihn pfeffert oder salzt. Allen ist alles egal, und die Höflichkeit ist dabei gänzlich auf der Strecke geblieben. Es ist der Verkäuferin gleichgültig, ob der Kunde guten Tag und bitte sagt, denn sie sagt auch nicht danke und auf Wiedersehen. Niemand besitzt mehr die Höflichkeit, einen schönen Tag zu wünschen oder auch nur beim Drängeln zu lächeln. Niemand lässt einen mehr ausreden, ständig wird man unterbrochen. Und wenn man nicht unterbrochen wird, dann nur, weil einem gar keiner zuhört. Niemand ist interessiert an einem Gedanken, alle wollen nur ständig unterhalten werden. Alle wischen an dir vorbei wie Fische, und sie stinken auch so, die Menschen, weil sie vor lauter Hast schwitzen. Aber sie lehnen es ab, sich zu waschen. Deutsche Männer tragen vier Tage lang dieselben Strümpfe und drei Tage lang dieselbe Unterhose, weil sie keinen Respekt vor den Nasen ihrer Mitmenschen haben und keine Freude an der Reinlichkeit. Sie hänseln mich bei der Arbeit, weil ich sauber bin und mir täglich die Genitalien wasche, damit ich rein auf andere zugehen kann. Meine Kollegen sind Schweine, allesamt, sogar die Frauen. Wenn sie über mich oder andere Schwache lachen, dann klingt dieses Lachen, als würden sie sich erbrechen, es fällt ihnen ihre ganze Bosheit aus dem Hals, wenn sie lachen. Sie können auch nicht leise lachen, sie müssen brüllen vor Lachen. Wer brüllt, dem geht es gut. Und niemand merkt, dass das Gelächter nicht mehr aus wohlgemuter Fröhlichkeit entsteht, sondern aus Schadenfreude und Gemeinheit. Es ist gar kein Frohsinn, sondern Lärm. Überall ist Lärm – Ruhe wurde abgeschafft. Alles ist so laut. Musik ist nur noch Geräusch. Unsere Ohren sind ständiger Beschallung ausgesetzt, Krach von morgens bis abends. Und wenn wir mit einem Flugzeug fliegen wollen, werden wir schnell gewahr, dass nicht nur die Stille abgeschafft wurde, sondern auch die Unschuldsvermutung. Jeder ist ständig verdächtig, am Flughafen müssen wir uns deshalb befummeln lassen. Unsere Zahnpasta kommt in einen durchsichtigen Beutel, den Gürtel müssen wir abnehmen, und wenn wir einen Schnurrbart haben, fahren die Sachen gleich zwei Mal durch das Röntgengerät. Wir werden von Fremden angetatscht und zurechtgewiesen, und ihr und ich, wir alle sind verdächtig, ich ganz besonders. Woher kommt nur diese Angst? Und wer will was damit bezwecken? Das kann ich euch sagen, denn ich weiß es: Angst und Paranoia kommen aus Amerika, es sind die größten Exportschlager der Vereinigten Staaten. Die amerikanische Politik hat Angst und Paranoia in die ganze Welt gebracht, nirgends sollen wir uns geborgen oder sicher fühlen, überall herrscht Konfrontation, mit der man Geld verdienen kann. Amerikanische Konzerne wollen Krieg, um ihre grässlichen ohren- und seelenbetäubenden Produkte zu verkaufen. Dass das Blut Unschuldiger an amerikanischen Konsumgütern klebt, wollt ihr nicht glauben, denn ihr kauft sie ja selber, die amerikanische Lebensart. Ihr verklebt euch die Ohren, Nasen, Augen und Münder damit, bis ihr nichts mehr wahrnehmt, ihr lasst euch wie Vieh durch den Saustall des Konsums treiben und setzt euch freiwillig dem Furor des Banalen aus. Das gilt auch für mich selber, ich verachte mich, ich hasse mich, da ich Teilnehmer bin und dieselbe Straße benutze wie jene, die mich ausplündern, ausnutzen und meine Seele vergewaltigen. Es gibt nichts Gutes auf der Welt, nicht einmal das Gute ist gut. Der Schutz des Klimas hat nur Chancen, weil er Gewinn verspricht. Wir retten die Welt nicht, weil wir sie lieben, sondern weil wir Geld verdienen können. Wir beuten sogar den Umweltschutz aus. Und die Tiere. Wir geben ihnen Medikamente und Wachstumsmittel und am Ende Elektroschocks. Und dies nicht, damit sie nicht leiden, sondern damit das Fleisch schön zart wird. Wenn es durch grausame Folter besser würde, dann müssten die Schweine noch mehr leiden. Wir zwingen allem und jedem unseren Willen auf. Pferde springen, Hunde bellen, weil wir es wollen. Frauen sind bessere Menschen, aber auch das ist nur eine Lüge. Sie werden unterdrückt, vergewaltigt und geschlagen, überall in der Welt geschieht Unrecht gegen Frauen, aber wenn sie selber mächtig sind, verwandeln sie sich in allerkürzester Frist zu schlechten Kopien der Männer. Macht macht männlich, und das ist ein schlechtes Vorbild für unsere Kinder. Wir setzen die Kinder unserer Willkür aus, quälen sie im Namen einer globalisierten Leistungsgesellschaft durch die Schule und zwingen sie, Dinge zu lernen, die sie im Leben nicht benötigen, um gute Menschen zu werden. Es ist nämlich überhaupt nicht wichtig, ein guter Mensch zu werden. Es wird lediglich verlangt, ein effizienter Teil der Gesellschaft zu sein. Wir verlieren das kreative Potential unserer Kinder, weil wir sie glauben machen, dass wir wüssten, worauf es im Leben ankommt. Dabei haben wir das Leben längst verlernt und funktionieren allenfalls. Kreativität wird nur noch gefragt, wenn es um die Erfindung von Strafen und unmoralischen Vorteilen geht. Für die Schönheiten der Kunst und der Musik und der Philosophie haben die Kinder keine Zeit mehr, weil sie mit ihrer Normung beschäftigt sind. Es ist alles genormt. Klosettdeckel und Eier und Autoreifen und Fernsehprogramme und Lehrpläne. Die Kinder tun mir leid, aber ich tue den Kindern nicht leid, die mich jeden Tag im Bus auslachen. Unser Leben verläuft nach Regeln und Gesetzen, die wir aufstellen, um sie zu brechen. Individualismus ist mehr denn je ein Zeichen für soziales Außenseitertum. Das gilt besonders in ästhetischen Fragen. Die Schönheit des Individuums ist einer gleichgeschalteten Äußerlichkeit gewichen, dabei ist diese oberflächliche Gleichheit in Wahrheit die hässliche Fratze des Opportunismus. Alles schaut gleich aus, alles hässlich, übergestaltet, konform. Aber die Fähigkeit zur Adaption hindert uns daran, dies zu bemerken. Wir sehen die Scheiße so wenig, wie wir sie riechen, obwohl sie überall ist. Tonnen von Scheiße, jeden Tag. Gequollen auch aus den Arschlöchern unserer besten Freunde, der Hunde. Die Haustiere werden bei uns besser behandelt als die Kinder. Eine Familie ließ ihr Kind in einem abgedunkelten Raum verhungern und verdursten, aber die Katze bekam zwei Mal am Tag zu fressen. Wer keine Arbeit hat, kann meistens nicht einmal eine warme Mahlzeit pro Tag einnehmen und wird behördlich gequält und von der Gesellschaft an ihren Rand gedrängt, wo es noch weniger Arbeit gibt. Die größte Furcht der Menschen besteht darin, erwerbslos zu sein, sich nichts mehr kaufen zu können und aus ihren Wohnungen ausziehen zu müssen. Die Regierung reagiert auf diese Furcht, indem sie verhindert, dass gerechte Löhne gezahlt werden. Sie braucht diese Furcht, denn Furcht macht krank, und Krankheit macht wehrlos. Ich fahre viele Wehrlose im Bus herum. Ich schaue in ihre Gesichter und sehe Scham und geplatzte Äderchen, und ich sehe, wie die Arbeitslosen jeden Tag ein wenig arbeitsloser werden und schließlich nicht mehr nur keine Arbeit, sondern auch kein Obdach mehr haben. Dann sitzen sie aber nicht mehr in meinem Bus, sondern nur noch im Wartehäuschen. Ich sehe Jugendliche, die mit Babys in den Bus steigen. Sie sind aber keine Babysitter, sie tragen ihre eigenen Kinder. Was haben die für eine Zukunft? Wer interessiert sich für sie? In meinen Bus steigen Schwarzfahrer, die nicht prickelndes Schauern und eine Lust auf Flucht und Abenteuer verspüren, wenn die Fahrkarten kontrolliert werden, sondern wie gelähmt auf ihre Entdeckung reagieren, weil sie wissen, dass sie als Wiederholungstäter sogar ins Gefängnis kommen könnten. Ich fahre sie alle, hinter mir sitzen die wenigen Guten und die alten und jungen Bösen. Geborene und nachgeborene Nazis, ungezogene Flegel, stinkende Flittchen und aufgegeilte Familienväter, dumme Verkäuferinnen und pro Fahrt höchstens ein moralisch integrer Vertreter unserer Gattung, meistens ein vierjähriges Kind. Sie steigen in meinen Bus, und dann sind wir für kurze Zeit eine spirituelle Gemeinschaft auf der Straße des Unheils und des Bösen. Uns verbindet der Fahrplan, mehr nicht. Ich muss für eine kurze Zeit die Verantwortung übernehmen für diese grotesken Proteinhaufen in schlecht sitzenden Kleidern. Es tragen alle nur schreckliche Schuhe, man mag niemanden mehr von Kopf bis Fuß ansehen, denn dann müsste man einen Schreikrampf bekommen. Nicht aus Hochmut, nicht aus geschmäcklerischem Dünkel, sondern aus Kummer über eine Gesellschaft, die nicht in der Lage ist, wenigstens das Beste aus sich zu machen, wenn sie schon nicht in der Lage ist, die Welt schöner zu gestalten. Aber auch das schließt mich ein. Ich muss Busfahrerkleidung tragen, die zum Großteil aus synthetischen Textilien besteht. Oh, wie ich diese Uniform verabscheue!

Sie macht mich zu einem Clown, zu einem schwitzenden Beförderungsclown. Und alle sehen es mir an: Man kann diese Sachen nicht mit Würde tragen. Meine Würde ist schon lange verschwunden, ich habe sie ausgeschwitzt, und sie befindet sich nun in der Hose und in der Jacke meiner Uniform. Manchmal lacht sie mich aus. Alle lachen mich aus. Ich schäme mich. Es hat auch mit meiner Sexualität zu tun. Sie ist, obwohl sie niemanden etwas angeht, geprägt von Gewalt und Unterwerfung, weil ich sonst keinen Partner finde. Die sogenannte homosexuelle Subkultur besteht aus Männern, die nichts anderes im Sinn haben, als mich zu quälen. Keiner hat mehr einen ehrlichen Sinn für Enthaltsamkeit und tief empfundene Liebe. Ich bin so einsam. Niemand möchte mit mir zusammen sein, niemand steigt um meinetwillen in den Bus. Ich fühle mich so entsetzlich allein unter diesen Menschen, und wenn ich nach Hause komme, bin ich alleine mit mir. Niemand sagt guten Tag, niemand zeigt Respekt für meine Arbeit, niemand zollt mir Anerkennung, aber alle beklagen sich, wenn ich im Stau stehe. Und wenn überhaupt jemand beim Aussteigen auf Wiedersehen sagt, wird er von hinten angerempelt, damit er schneller geht. Und ich komme nicht mehr dazu zurückzugrüßen und werde selber für unfreundlich gehalten.»

Bei diesen letzten Worten begann Ünal Yilmaz bitterlich zu weinen. Er weinte so sehr, dass ich die Tränen nur mühsam unterdrücken konnte. Nun verstand ich, dass sein Monolog keineswegs eine Hasstirade war, sondern ein Manifest der Liebe. Seine Empathie für die Welt war so groß, dass er unendlich an ihr litt.

Rita hatte seinem Vortrag gelauscht, ohne dabei zu essen. Nun öffnete sie den Mund und hob dabei ums Wort bittend die linke Hand. Heiner Zens nickte ihr zu, und sie fragte: «Und was hat das jetzt alles mit dieser Busfahrt zu tun?»

Ünal Yilmaz sah sie lange an, atmete tief ein und sagte: «Ja, das muss ich noch erzählen. Sie haben recht. Es war unaufmerksam von mir, dieses Detail auszulassen.» Er wischte sich mit der Stoffserviette die Tränen aus den Augen, trank einen Schluck Wasser aus der Flasche, die Zens ihm entgegenhielt, und fuhr fort.

«Der Morgen, an dem die Sache passierte, hatte nicht besonders gut für mich begonnen. Ich kam zu spät zur Arbeit, und das wird in meinem Beruf natürlich nicht gern gesehen. Die Kunden haben ein Recht auf strikt eingehaltene Fahrpläne. Ich darf für mich in Anspruch nehmen, noch nie in meinem Berufsleben und nebenbei bemerkt auch noch niemals privat irgendwo durch eigene Schuld verspätet aufgetaucht zu sein. Und auch an diesem Dienstag war meine Verspätung unverschuldet. Ich hatte den Bus versäumt, mit dem ich zur Arbeit fahre. Auch Busfahrer sind manchmal nur Fahrgäste.

Warum versäumte ich den Bus? Weil ich mich zuvor sehr aufregen musste. Das Amtsgericht hatte mir geschrieben, dass es ein Verfahren einstellte, in das ich große Hoffnungen gesetzt hatte. Es ging um eine Strafanzeige von mir gegen einen Nachbarn. Ich habe den Herrn wegen Landfriedensbruch, Hausfriedensbruch, Nötigung, seelischer Grausamkeit, Körperverletzung, gefährlichen Eingriffs in den Straßenverkehr und versuchten Mordes angezeigt. Aber das Gericht wies meine Auffassung zurück und erklärte die Angelegenheit für zu nichtig, um sich damit zu beschäftigen, denn der Mann habe das Recht, seinen Rasen sogar mehrfach pro Woche zu mähen.

Das war nicht das erste Mal, dass andere gegen mich den Sieg davontrugen. Genau genommen habe ich weniger als zehn Prozesse gewonnen, die ich geführt habe. Sei es, wie es sei. Ich verpasste aus lauter Gram den Bus und musste zwanzig Minuten auf den nächsten warten, welcher auch noch eine Verspätung von 163 Sekunden aufwies. Also erschien ich nicht rechtzeitig zu meiner Arbeit und wurde von meinem Chef auf das schlimmste beschimpft. Ich entschuldigte mich höflich und versprach, fürderhin sorgsamer mit dem Zeitbudget der Braunschweiger Verkehrs AG und dem ihrer Kunden umzugehen, aber ich ärgerte mich auch über die Maßlosigkeit meines Vorgesetzten, der sich nicht damit begnügte, mich zu beschimpfen, sondern mich auch dem Spott der Kollegen auslieferte, indem er meine Gestik imitierte. Alle lachten mich aus. Niemand nahm mich in Schutz. Ich denke, ich war für ihn ein dankbares Opfer, denn es war nicht das erste Mal, dass er mich vor allen demütigte.

Normalerweise ließ es mich kalt, wenn ein ungebildeter Dummkopf mich triezte. Solche Personen sind wie Schimmelpilze – die Welt ist voll davon, und man kann nichts dagegen tun. Aber an diesem Morgen spürte ich eine unglaubliche Wut in mir aufsteigen. Ich ahnte bereits, dass ich der großartigste Rächer der Welt sein könnte, wenn ich nur ein wenig schlechter wäre, nur ein wenig so wie die anderen. Ich setzte mich also in den Bus und fuhr los. Fahrgäste stiegen ein, Fahrgäste stiegen aus, eine Fahrt voller rülpsender und furzender Mitmenschen, eine Fahrt wie jede andere.

Schon immer habe ich es gehasst, wenn sie auf den Knopf drücken. Ich meine den Knopf, mit dem man seinen Wunsch anzeigt, am nächsten Halt den Bus zu verlassen. Es ist nämlich so, dass ich ohnehin an jeder Haltestelle stoppe und die Türen öffne. Man muss mich nicht extra darauf aufmerksam machen. Es ist mein Beruf. Einen Fliesenleger weist man ja auch nicht darauf hin, dass er nach der siebten die achte Kachel kleben soll. Aber ständig drückt jemand auf diesen Knopf. Es bimmelt dann vorne, und ein Licht leuchtet bei mir auf. ‹Haltewunsch› steht darauf. Alle dürfen sich von mir etwas wünschen.» Ünal umklammerte die Serviette, sein Bart zuckte. Die Erinnerung an jenen Morgen schien sehr präsent zu sein.

«Manche drücken, sobald ich an einer Haltestelle losgefahren bin. Sie machen sich einen Spaß daraus. In dem Augenblick, wo die Anzeige erloschen ist, drücken sie auf den Knopf, damit sie wieder leuchtet. Ich komme mir vor wie ein Hund, den man konditioniert hat. Sie bimmeln, ich halte. Ich fahre los, sie bimmeln. Elf Jahre von morgens bis abends Halten und Bimmeln und Halten und Bimmeln und Halten. An diesem Tag war es besonders schlimm. Ich bekomme mit, wenn häufiger gedrückt wird. Es bimmelt dann zwar nicht mehr, aber es knackt vorne bei mir. Immer, wenn jemand auf einen der vier im Bus befindlichen Knöpfe drückt, knackt ein Relais. Irgendjemand im Bus drückte ohne Unterlass, obwohl das Schild leuchtete, obwohl ich wie ein Zirkuspferd in die Haltebuchten fuhr, die Türen öffnete, sie schloss, blinkte und mich wieder in den Verkehr einfädelte. Bimmel, knack, knack, knack, knack, knack, knack, knack, knack, knack, knack, knack, knack. Dazwischen ich, blinkend und den kleinen Münzwechsler betätigend. Blink, blink, blink, blink, klapper, klapper, bimmel, knack, knack, knack, knack, knack, knack, blink, blink, klapper, klapper, blink, knack, knack, knack, knack, knack, knack, knack, knack, knack, knack, knack, knack, knack, knack, knack, knack.

An der sechsten Haltestelle stiegen zwei junge Türken ein. Ich will nichts gegen Türken sagen, meine Eltern waren selber welche, und obschon ich sie immer aus vollem und reinem Herzen gehasst habe und mich nie um meine sogenannte türkische Identität bemühte, so bin ich auf eine gewisse Weise doch einer der ihren. Die Jungen trugen weiße Sportanzüge mit sehr großen Kapuzen, und sie warfen mir das Kleingeld in die Schale. Ich gab ihnen die Fahrscheine, sie sahen mich verächtlich an. Ich schloss die Türen, aber ich konnte nicht losfahren, denn neben mir auf der Straße stand ein Sattelschlepper vor einer Ampel. Es würde einen Moment dauern, bis ich weiterfahren könnte. Das sahen auch die beiden. Der eine sagte: «Hey götlek! Ne zaman otobüsün kalkıyor.» Das heißt so viel wie: «Hey, arschgefickte Schwuchtel, wann fährt dein Bus los?» Es war nicht das erste Mal, dass ich beleidigt wurde, es macht mir normalerweise auch nicht allzu viel aus, aber dann ging das Gebimmel wieder los, mein Blinker tickte und tickte, und es knackte und knackte. Da gab ich Vollgas, wie um mich davon zu befreien. Ich überquerte mit dem Bus den Gehweg und rumpelte von dort aus über die Kreuzung. Es tat mir so gut, einfach loszufahren, eine eigene Route zu finden und mich aus den Zwängen der Braunschweiger Verkehrs AG zu befreien.

Die zwei jungen Männer waren der abrupten Anfahrt wegen gestürzt und kamen wieder auf die Füße. Der eine sagte, er habe es nicht so gemeint und ich solle nicht gleich ausflippen. Der andere Bursche rief, ich solle sie wieder aussteigen lassen. Der Knopf knackte wie wild, jemand musste darauf wie entfesselt einschlagen, doch ich war die Ruhe selbst. Ich steuerte den Bus quer durch die Stadt, ohne ein einziges Mal zu stoppen, was nicht eben einfach war.

Doch ich bin ein erfahrener Pilot, ein anatolischer Adler, ein Karajan des Lenkrades. Ich fuhr, fast ohne zu bremsen, denn ich wollte nicht, dass mir jemand ins Lenkrad griff oder mich von meinem Sitz zog. Ich war mir durchaus darüber im Klaren, dass die Fahrgäste mein Hochgefühl nicht teilten.

Ich nahm dann die Autobahn Richtung Süden, wechselte auf die A7 und fuhr nach Göttingen. Zu diesem Zeitpunkt war ich bereits im Fernsehen, wie ich später feststellte. Ein Hubschrauber und mehrere Polizeiautos sowie die Feuerwehr, Notärzte und das Technische Hilfswerk begleiteten mich. Man machte mir Zeichen, mehrere Leute im Bus telefonierten mit der Polizei und informierten die Strafverfolgungsbehörden über die äußeren Umstände unserer Fahrt. Das störte mich nicht. Hinter Göttingen wechselte ich die Autobahn und nahm die A38 nach Halle an der Saale. Bei Leinefelde verließ ich die Autobahn, ohne meine Absicht vorher mit dem Blinker kundzutun, und überraschte damit einen großen Teil der vor und hinter mir fahrenden Begleiter, die mir nicht folgen konnten. Ich fuhr auf der Landstraße nach Mühlhausen und schließlich über Bad Langensalza bis nach Gotha. Am Arnoldiplatz war schließlich der Tank leer.

Die beiden Türken stürzten sich auf mich und schlugen auf mich ein. Ich schaffte es dennoch, die Türen zu öffnen, denn ich dachte, es sei besser, sich festnehmen zu lassen, als der Lynchjustiz zweier Unterschichtschläger ausgeliefert zu sein. Tatsächlich ließen die beiden Türken von mir ab, als die Polizei sich näherte. Ich entstieg dem Bus und merkte erst in diesem Augenblick, dass ich mich eingenässt hatte. Ich kann aber nicht sagen, wann das genau passierte. Ganz am Anfang oder ganz am Ende. Für meine Hose machte das keinen Unterschied.»

Ünal Yilmaz sah in die Runde. Der letzte Satz war keineswegs als humoristische Randbemerkung gemeint gewesen, das begriff ich sofort. Ein tiefes Mitgefühl ergriff mich, und ich fragte ihn: «Sind Sie in ein Gefängnis gekommen?» «Nein», antwortete er. «Nicht in ein Gefängnis, sondern gleich in ein Landeskrankenhaus. Allerdings wurde mir der Prozess gemacht, und ich verlor meine Existenz dabei, denn die Einsicht, dass ich aufgrund einer hochgradigen Sensibilität nicht prozessfähig bin, kam dem Richter erst, als mein Vermögen bereits in den Prozesskosten aufgegangen war.»

Sie hatten Ünal Yilmaz nicht nur nach seiner Tat beurteilt, sondern mindestens im gleichen Maße nach seiner Skurrilität.

Heiner Zens klatschte in die Hände und rief: «So, für heute soll es das gewesen sein, wir treffen uns morgen um elf wieder.»

Alle verließen den Raum, und der Türke drehte gleich in sein Zimmer ab, wo er sich auf die Kante des Bettes setzte und darauf wartete, dass jemand die Tür schloss. Ich machte einen Spaziergang im Garten und lieh mir ein Buch aus der Bibliothek. Es trug den Titel «Annahmen zur Verrohung in urbanen Räumen», und ich erhoffte mir drastische Fallschilderungen. Ich war geradezu ausgehungert nach ein wenig Unterhaltung jenseits der Zens-Meetings. Mit dem Buch in der Hand ging ich in den ersten Stock und in mein Zimmer. Auf dem Weg zum Wasserautomaten kam ich an Ünals Tür vorbei. Er saß immer noch auf seinem Bett und sah bekümmert in meine Richtung. «Darf man eintreten?», fragte ich. Ünal Yilmaz zuckte mit den Schultern. Ich wertete dies als Einladung und betrat sein Zimmer. Er blieb sitzen und streckte die Hand aus, um auf den Sessel zu zeigen. Dort nahm ich Platz, warum, weiß ich auch nicht. Irgendwie hatte ich den Eindruck, ihm wäre mit einem kleinen Gespräch geholfen.

«Ich habe einen Smoking dabei. Wenn wir für Rita eine schöne Gardine finden, könnten wir ja mal einen eleganten Dinnerabend veranstalten.»

Er antwortete nicht.

«Ich habe nur einen Spaß gemacht.»

«Haben Sie viel Spaß hier?»

«Geht so. Sie sind noch nicht lange genug bei uns. Was mich interessieren würde, ist, ob Sie damals im Bus Angst vor den Konsequenzen Ihres Tuns hatten. Sie haben doch gewusst, dass Sie andere Menschen damit in Lebensgefahr brachten.»

«Ja, das war mir natürlich klar. Aber ich habe noch nie so ein Hochgefühl erlebt wie an diesem Vormittag. Es war der beste Moment meines Lebens. Und er dauerte recht lang, immerhin fast drei Stunden.»

Er sah mich ernst an, und ich verstand, was er meinte. Ich erhob mich und ging aus seinem Zimmer. Da fiel mir noch etwas ein. Ich hatte es ihn schon am Nachmittag fragen wollen, aber es hatte sich nicht ergeben.

«Sie sagten vorhin, es habe Sie gekränkt, einen Prozess verloren zu haben. Aber Sie erwähnten auch, dass Sie zehn andere Prozesse gewonnen haben, oder? Das ist doch eine ganz gute Quote.»

«Ich habe acht Prozesse gewonnen.»

«Warum machte Ihnen dann der eine verlorene so viel aus?»

«Oh, ich habe nicht bloß einen Gerichtsprozess verloren. Der an jenem Tage war nur der letzte, bevor ich in die Psychiatrie kam.»

«Ach so. Und wie viele Prozesse haben Sie dann insgesamt geführt?»

«472.»

Er sagte das mit einer Beiläufigkeit, die mich ahnen ließ, es hier mit einem ganz besonders verrückten Verrückten zu tun zu haben. Oder mit einem Genie.

5. Betriebsausflug

Seine erste Strafanzeige erstattet Ünal Yilmaz im Alter von 22 Jahren, weil er sich von der Polizei ungerecht behandelt fühlte. Man hatte ihm für das Überfahren einer roten Ampel ein Bußgeld und ein einmonatiges Fahrverbot auferlegt, obwohl er den zuständigen Behörden schriftlich dargelegt hatte, dass es sich um ein bedauerliches Versehen gehandelt habe. Die tief stehende Sonne habe ihn geblendet, sodass er das Rotlicht nicht habe erkennen können. Zudem habe er auch gar keinen Vorteil vom Überfahren der Ampel gehabt, da er anschließend beinahe zehn Minuten einem Traktor habe folgen müssen, welcher ihn sehr aufgehalten habe, was schon Strafe genug sei. Ünal war der Meinung, dass man es deshalb beim gemeinsamen Bedauern des Vorfalles belassen solle. Er schloss sein Schreiben mit den versöhnlichen Worten: «Auf diese Weise sollte die Sache erledigt sein. Ich entbiete Ihnen herzliche Grüße und wünsche einen schönen Tag.»

Die Behörde reagierte jedoch bockbeinig und versandte eine Mahnung, dann noch eine, und als schließlich mit Erzwingungshaft gedroht wurde, zeigte Ünal alle an, deren Namen er auf den Schreiben fand, um sie für ihre Unfreundlichkeit zu bestrafen. Insbesondere der Umstand, dass niemand sich die Mühe machte, ihm persönlich zu antworten und auf seine Argumentation einzugehen, empörte Ünal, der selbst jeden Brief handschriftlich verfasste, um auf diese Weise Respekt für sein Gegenüber auszudrücken. Die Beamten schickten hingegen maschinell erstellte Schreiben, welche auch ohne Unterschrift Gültigkeit besaßen. Und sie auch behielten, denn natürlich wurden die Anzeigen des Ünal Yilmaz von den zuständigen Stellen zwar mit Interesse entgegengenommen, jedoch zu seiner Unzufriedenheit bearbeitet. Niemand ermittelte, niemand klagte an, und keiner musste ins Gefängnis. Außer Ünal. Dieser verbrachte wegen seiner Weigerung, das Bußgeld zu bezahlen, eineinhalb Tage in Haft, wurde seiner Meinung nach zwei Stunden zu lange festgehalten und zeigte den Leiter der Justizvollzugsanstalt daher umgehend wegen Freiheitsberaubung an. Auch dieses Verfahren wurde als Bagatelle eingestellt.

Solcherlei Misserfolge führten keineswegs dazu, dass sich Ünal Yilmaz danach von Gerichten fernhielt, im Gegenteil. Sein Unrechtsbewusstsein wurde von Niederlagen umso heftiger angestachelt, sein hoffnungsloser Kampf gegen die Behörden entfachte sich immer wieder aufs Neue, fast so wie bei Kapitän Ahab, dem Waljäger aus Moby Dick. Ich hatte das Buch im Haus Unruh bereits zwei Mal gelesen und fand, dass Ünal Yilmaz dem ebenso amputierten wie fanatischen Kapitän in gewisser Weise sehr ähnlich war. Mit krankhaftem Furor versahen beide ihren Dienst bei der Bekämpfung eines Ungeheuers. Während Ahab es mit einem leviathanischen Monster zu tun hatte, welches unheimlich auftauchte und schier sagenhafte Kräfte aufbrachte, kämpfte Ünal mit nicht weniger Einsatz gegen ein Heer von größtenteils anonym bleibenden Personen, die sich gegen ihn zu einem großen Biest vereinigt hatten, welches sich Gesellschaft nannte und ihn täglich aufs Neue bedrohte.

In dem Maße, wie die anderen sein Leben unerträglich machten, überzog er sie mit Strafanzeigen, Klagen und Beschwerdebriefen. Für ein Privatleben hatte Ünal kaum Zeit. Wenn sich überhaupt einmal ein Mann in seine Wohnung verirrte, hielt Ünal ihm zunächst einen Vortrag über das Ausziehen von Schuhen in fremden Wohnungen, was er nicht verlangte, denn er hielt es für unhöflich vom Gastgeber, seinen Besuchern vorzuschreiben, auf Socken durch seine Wohnung zu laufen. Gleichzeitig fand er, dass Gäste nur in neuen oder sehr sauberen Schuhen zu ihm kommen sollten, um ihn nicht zu brüskieren. Falls ein potentieller Liebhaber nicht schon nach den ersten zehn Minuten ging, dann nach den zweiten, in denen Ünal anhand eines Fragebogens überprüfte, ob er eventuell einen auf irgendeine paraphilische Weise Perversen oder einen Nazi zu Gast hatte. In den vergangenen dreizehn Jahren war so keine länger anhaltende Beziehung gereift oder auch nur in entfernte Nähe gerückt.

Dafür kannte Ünal praktisch jeden Mitarbeiter und jede Mitarbeiterin im Amtsgericht Braunschweig, wo er als gerichtsnotorisch galt und viele hundert Stunden verbrachte. Er erschien nie mit einem Anwalt, aber stets gut vorbereitet. Wenn es tatsächlich zu Prozessen kam, hielt er Richter und anderweitig Beteiligte mit ausufernden Anträgen und Einlassungen in Atem, nicht selten musste vertagt werden, weil der Kläger Yilmaz in seinem Redefluss schlecht oder gar nicht zu stoppen war.

Als Hobbykläger verbrachte Ünal viel Zeit über Akten und juristischer Literatur, allerdings ohne jemals eine tiefere Einsicht in die Rechtspraxis zu erlangen. Er verhielt sich zum deutschen Recht in etwa wie ein Modelleisenbahner, der den Bahnhof von Coesfeld nachbaut und mit goldenen Zwiebeltürmchen versieht, weil ihm das besser gefällt. Ünals Rechtsauffassung basierte auf einem unerschütterlichen moralischen Fundament, welches aus christlichen und islamischen, aber auch Erkenntnissen der Aufklärung und jüngerer philosophischer Strömungen bestand. Sogar in

Diskursethik war Ünal bewandert und nahm dies als Rechtfertigung für seine zu jedem Thema den Rahmen sprengenden Ausführungen schriftlicher und mündlicher Art. Seine moralische Überlegenheit stand für ihn niemals in Frage. Dass diese sich selten oder gar nicht in Form von ihm genehmen Urteilen spiegelte, ärgerte ihn. Und so klagte und schrieb und redete und beantragte er sich immer weiter in die völlige Isolation.

Ünals Feststellung, gänzlich einsam, im Wortsinne mutterseelenallein zu sein, war tiefste Wahrheit, und auch wenn er diese Einsamkeit selbst verschuldet und die damit verbundenen Schmerzen wie einen Stollen in seine Seele hineingetrieben hatte, litt er unsagbar darunter.

Über seine Kindheit sprach er nie, er erwähnte bloß, sie sei nicht interessanter als die Kindheit jedes anderen Türkenkindes in Niedersachsen. Sein Vater, ein anatolischer Schweißer, sei 1969 nach Deutschland gekommen, habe seine Frau mitgebracht und diese habe ihm fünf Kinder geschenkt, drei Söhne und zwei Töchter, von denen Ünal als 1970 Geborener der älteste gewesen sei. Er habe bereits früh, mit zehn Jahren, seine Homosexualität entdeckt und verborgen, überhaupt habe er vor der Familie alles versteckt, was irgendwie privat gewesen wäre. Früh habe er sich für die deutsche Staatsangehörigkeit entschieden, sei am Tage seines 18. Geburtstages zu Hause aus- und in eine Einzimmerwohnung gezogen, welche ihm seine Mutter bezahlte, weil sie froh gewesen sei, dass Vater und Sohn dann nicht mehr unter einem Dach leben würden. Er habe trotz überragender schulischer Leistungen kein Abitur machen dürfen, weil sein Vater in der Bildung die Ursache für den Verfall aller Traditionen gesehen habe. Da habe Ünal sich eben mit geliehenen Büchern aus der Stadtbibliothek weitergebildet.

Nach dem Wehrdienst begann er eine Lehre als Einzelhandelskaufmann, befand jedoch die meisten Kunden für unwürdig, etwas bei ihm zu erwerben, und lehnte es ab, sie zu bedienen. Anfangs war diese Weigerung noch als ulkige Schrulle durchgegangen, aber dann häuften sich die Beschwerden, und Ünal verlor diese erste Arbeitsstelle. Alle späteren Versuche, als Lehrling Fuß zu fassen, erledigten sich innerhalb kurzer Zeit. So wurde Ünal Busfahrer, weil dies die einzige Aufgabe war, die ihn seinen ständigen inneren und äußeren Kampf wenigstens teilweise vergessen ließ. Er fuhr einfach so gerne mit dem Bus, dass er einen Kompromiss mit sich selber schloss und zumindest für die Dauer der Arbeit ein wenig Milde walten ließ. Meistens jedenfalls.

Ich mochte Ünal, ich mag ihn immer noch, auch wenn wir uns nach dem Prozess und seinen vielen grotesken Auftritten nicht mehr viel zu sagen haben. Er ist fast tierisch menschlich, voller Unzulänglichkeiten und Schwächen, ein leidendes Menschentier, das sich ständig auf seine Wunden legt und dann vor Schmerz aufheult. Ich würde von Ihnen nicht verlangen, dass Sie Sympathie für diesen dauernd in einem humorlosen Predigertonfall daherredenden Moralapostel aufbringen, aber ich kann es. Außerdem besaß er bei aller Pose eine entwaffnende Höflichkeit und diesen altmodischen kalifatischen Charme. Er war so hilfsbereit, wie er es sich von seinen Mitmenschen gewünscht hätte, er hörte geduldig zu, unterbrach niemanden und kümmerte sich rührend um Rita.

Ünal war von uns der Einzige, der niemals an Ritas seltsamem Wahn zweifelte. Er nahm ihn an wie sein eigenes Schicksal, und einmal sagte er: «In spiritueller Hinsicht ist Rita uns so weit überlegen, dass wir eigentlich einen

Schrein bauen und sie als Heilige verehren müssten.» So weit wäre ich zwar nie gegangen, aber er machte auf diese Weise deutlich, dass er ihre innere Schönheit über jeden ihrer zahlreichen Makel, vor allem über ihre schweißtreibende Ungebildetheit stellte. Und das war sehr nett von ihm.

In den Gesprächsrunden, die wir nun zu viert absolvierten, musste jeder täglich einen Teil seiner Geschichte erzählen. Zens wollte, dass nach und nach jeder genau über die anderen informiert war. Ich hatte also im Wechsel mit Ünal und Rita über meine Tätigkeit als Architekt zu referieren, über meine Ehe und natürlich über Udo und die Sache in Bayreuth. Je häufiger ich darüber sprach, desto einfacher fiel es mir, und desto deutlicher trat hervor, dass meine Geschichte und die der anderen Gruppenmitglieder Parallelen aufwiesen; wir waren tatsächlich von einem Stamm. Es schien, als besäße unser Holz sogar die gleiche Maserung. Zens hatte uns mit Bedacht zusammengebracht, weil er genau dies ahnte. War Rita eine Spinnerin, Ünal ein durchgedrehter Moralist und ich ein schizophrener Attentäter? Keine Frage, das waren wir natürlich. Jeder von uns hatte seit seinen Taten genügend Medikamente eingetrichtert bekommen, um für den Rest seines Lebens an seine Schuld zu glauben. Wir waren vom gleichen Schlag: gesellschaftlich einigermaßen erledigt, einsam, vom Schicksal geprügelt, gescheitert. Und jeder von uns hatte mindestens einen Tag seines Lebens auf der ersten Seite der BILD-Zeitung verbracht. Dies, behauptete Zens, habe bei der Auswahl keine Rolle gespielt, es sei ein bemerkenswerter Zufall. So richtig habe ich ihm das jedoch nie abgenommen.

Je mehr wir uns erzählten, desto näher rückten wir zusammen. Man kennt das von Selbsthilfegruppen. Die Teilnehmer klammern sich aneinander, entdecken Gemeinsamkeiten bis hin zu Vorlieben für bestimmte Süßigkeiten. Wir waren aufeinander angewiesen, hatten nur uns und konnten sonst mit niemandem sprechen. Waren wir zu Beginn noch sehr unterschiedlich beim Erzählen zu Werke gegangen, so glich sich die Art und Weise unseres Vortrages allmählich an. Manchmal wurde sogar gelacht.

Inzwischen verbrachte ich meine Zeit gerne mit Ünal und Rita, deren Gewichtsabnahme tatsächlich, wie von Zens vorhergesagt, an Schwung verlor und zum Stillstand kam. Nach einigen Wochen wog sie 45,3 Kilo; und ein paar Tage später nahm sie tatsächlich 100 Gramm zu. Ihre Luftfressattacken wurden seltener, sie aß nur, wenn sie sich langweilte, was in unserer Gesellschaft offenbar immer seltener vorkam. Dafür verzehrte sie bei den gemeinsamen Mahlzeiten ein wenig mehr. Sie nahm teil, anstatt wie zu Beginn ihres Aufenthaltes nur dabeizusitzen.

Ich weiß noch, dass ich an einem Mittwoch einzog. Die ersten Tage führte ich einen Kalender, indem ich mit dem Daumennagel für jeden Tag kleine Kratzer in meinen Bettrahmen drückte. Aber dann vergaß ich dies für einen oder zwei Tage, und schon war ich aufgeschmissen. Es gab im Haus Unruh eigentlich keinen Grund, sich darüber Gedanken zu machen. Trotzdem fragte ich mich häufig, welches Datum wir hatten, denn es war noch ein letzter zivilisatorischer Rest in mir: Ich wollte nicht versäumen, Ariane zu ihrem Geburtstag Ende März zu gratulieren. Zwar nahm ich überhaupt nicht an, dass sie sich über meine Glückwünsche freute, aber ich hatte ihr immerhin zwanzig Jahre lang gratuliert. Also behielt ich einen gewissen Sinn für den Kalender, er war mir nicht egal. Glücklicherweise hatten Ünal und Rita ihr Einlieferungsdatum noch im Kopf. Demnach kam sie am 21. Januar und Ünal am 11. Februar an. Und ich konnte aus dem Fenster schauen. Die Haselnussbüsche im Garten standen in voller Blüte. Mitte März musste es also sein, Frühling bald und dann Ostern. Ich habe mir nie etwas daraus gemacht. Aber Udo hat Ostern geliebt, Ariane auch. Meine Familie. Ich träumte immer noch oft diesen seltsamen stillen Traum, in welchem sie mir liebevoll und kühlend den Rauch vom Kopf blies. Mir war nach wie vor warm im Schädel. Die Kugel hatte mich innerlich versengt, so fühlte es sich jedenfalls an. Manchmal ging ich durch den Garten und atmete tief aus, um etwas von der Hitze herauszulassen. Mein Pfleger machte es mir kurioserweise nach, und so schritten wir hauchend über die Wiese. Später habe ich irgendwo gelesen, dass ich mich 172 Tage im Haus Unruh aufgehalten habe. Mir kam es vor wie Jahre.

Wir verbrachten die erste Tageshälfte mit der Gruppentherapie und die zweite mit Gesellschaftsspielen oder Diskussionen. Um Ünal dabei ein wenig im Zaum zu halten, ernannten wir ihn zum Diskussionsleiter. Er achtete auf die Redezeiten und erteilte das Wort. Mit dieser Schiedsrichteraufgabe betraut, blieb ihm wenig zu sagen, was ihm aber nichts auszumachen schien. Der Umgangston war freundlich, mehr noch, von ausgesuchter Kultiviertheit. Auch Rita, deren schroffe Art des Umgangstones mich zunächst abgeschreckt hatte, profitierte von der sanften Beharrlichkeit, mit welcher Ünal unsere Gespräche moderierte. Als sie merkte, dass wir weder ein voyeuristisches noch ein therapeutisches Interesse an ihrer Geschichte hegten, blühte sie auf. Ihre schlechte Laune wich einer schlagfertigen Spritzigkeit, wie ich sie von ihr nicht erwartet hätte. Ich nahm an, dass wir große Fortschritte machten und schon bald nach Hause könnten. Manchmal sprachen wir natürlich auch darüber und zerbrachen uns den Kopf, was Zens wohl mit diesem großen Handlungsexzess meinte, zu dem er uns führen wollte.

Eines Tages nach dem Mittagessen erschien Zens im Wohnzimmer und störte uns bei einem Backgammon-Turnier. Ünal war übrigens ein schlechter Spieler. Er verzichtete aus Höflichkeit darauf, gegnerische Steine rauszuschmeißen, erwartete jedoch von seinen Gegenspielern dasselbe. Diese Art der Rücksichtnahme führte zu ziemlich öden Matches. Hinzu kam, dass man sich ihm gegenüber niemals über einen Sieg freuen durfte. Dies kränkte ihn zutiefst. Er nahm für sich in Anspruch, ein ausgezeichneter Verlierer zu sein, solange man ihn dies nicht spüren ließ. Auf eine gewisse Weise siegte er also auch in der Niederlage.

Zens legte seine Hand auf meine Schulter und sagte mit feierlicher Stimme: «Es ist so weit, Ladies and Gentlemen, wir machen eine kleine Exkursion.»

Es traf mich wie ein Blitz. Die Vorstellung, Abgase zu riechen und hässliche Menschen zu sehen, fuhr mir wie ein plötzlicher Nikotinkick durch Schädel und Glieder.

«Wir gehen raus? Sie meinen, in den Garten, oder?» Ich hatte noch Zweifel.

«Aber nein, Bernhard, wir fahren in die Stadt. Jeder von Ihnen bekommt eine klitzekleine Aufgabe, wir verbringen ein wenig Zeit miteinander, und dann fahren wir wieder heim. Sie haben es sich verdient. Ziehen Sie sich entsprechend an, Abfahrt ist in zwanzig Minuten.»

Ünal wollte noch das Spiel zu Ende bringen, verständlich, denn er lag vorn, aber ich stand auf und lief in mein

Zimmer. Ich zog mich um. Saubere Hose, Straßenschuhe anstelle der Sportschuhe, Pullover, Jacke. Jacke! Und einen Schal, denn es war noch kühl in diesen Tagen. Drei Minuten später stand ich in der Halle vor der Tür. Ich war aufgeregt wie ein Stier vor seiner ersten Corrida. Außerdem hatte Zens mir ein Bier versprochen. Zwar war ich schon in der Anstalt vom Alkohol entwöhnt worden und zog Antidepressiva vor, aber gegen ein kühles Glas Pils war wirklich nichts einzuwenden, fand ich.

Rita erschien in einem neuen Outfit. Sie hatte sich die Lippen bemalt und ein wenig Lidschatten aufgetragen. Sie sah ganz anders aus, zum ersten Mal nahm ich sie als Frau wahr und nicht als geschlechtslose Patientin. Sie war richtig hübsch, auch wenn ihre Wangen wie Waschlappen an ihrem Gesicht herunterhingen. Aber daran war ich längst gewöhnt. Ünal schritt die Treppe in seinem braunen Anzug hinunter. Seine Schuhe glänzten, als habe er sie einen Monat lang poliert. Über dem Anzug trug er einen etwas zu schweren Mantel. Er hatte darauf verzichtet, dass die Heimleitung ihm neue Kleidung besorgte, denn er besaß alles, was man sich an einem gutaussehenden Mann mit Stil vorstellen konnte.

Man öffnete die Tür, und wir traten ins Freie, wo ein Van mit Fahrer auf uns wartete. Zens begab sich auf den Beifahrersitz, wir saßen hinten. Mein Pfleger begleitete uns in Zivil. Der Wagen fuhr los, Zens sagte: «Nach Freiburg.» Dann drehte er sich zu uns um und sagte: «Wir müssen noch über die Spielregeln sprechen. Ich möchte, dass Sie sehr gut zuhören. Rita?»

«Jaja.»

«Gut. Wir fahren jetzt nach Freiburg. Da Sie alle in letzter Zeit gut mitgearbeitet haben, machen wir einen kleinen Spaziergang durch die Stadt und erfreuen uns am schönen

Wetter. Diese beiden Herren begleiten uns. Es ist nicht, weil ich Ihnen nicht traue, sondern weil ich nicht möchte, dass Ihnen etwas zustößt. Ich habe die Verantwortung für Sie, verstehen Sie das? Und ich will nicht, dass jemand von Ihnen wegläuft. Das wäre nicht so schön. Bedenken Sie, dass Sie so das ganze Projekt gefährden.»

Ich für meinen Teil war weit davon entfernt, etwas oder jemanden gefährden zu wollen. Ich war Zens ja dankbar, dass wir mal rauskamen. Meinetwegen musste er sich bestimmt keine Sorgen machen.

Der Fahrer lenkte den Wagen über Landstraßen Richtung Freiburg. Der Schwarzwald war dabei, sich für einen sonnigen Frühlingstag herauszuputzen. Eine Weile sagte niemand etwas, dann ergriff Zens abermals das Wort. «Ich muss noch etwas mit Ihnen besprechen. Am Ende unseres Ausfluges werden wir eine kleine Übung absolvieren. Jeder von Ihnen soll seiner Persönlichkeit entsprechend eine kleine Aufgabe bewältigen.»

«Was für eine Aufgabe soll das denn sein, bitte?», fragte Ünal.

«Nichts Schlimmes, eine kleine Übung. Ihre Inkompetenzkompensationskompetenz wird dabei gefragt sein.»

«Unsere was?», fragte ich.

«Ihre Inkompetenzkompensationskompetenz. Ich habe mir den Ausdruck nur geliehen. Er bedeutet etwas anderes, aber ich verwende ihn, um zu beschreiben, dass Sie Ihre Fähigkeit beweisen dürfen, etwas zu tun, was Sie eigentlich nach Lage Ihrer Diagnose nicht schaffen können.»

«Und warum sagen Sie das nicht gleich so?»

«Wenn ich gesagt hätte, dass Sie sich zu etwas überwinden müssen, dann hätte Sie das vor größere Probleme gestellt als nach der Verwendung dieses abstrakten Begriffs.»

«Na, jetzt wissen wir ja, was Sie meinen, und können uns dem Problem stellen», sagte Rita. Ein gewisser Unfrieden kam auf. «Warum muss ich überhaupt eine Aufgabe bewältigen?», fragte Rita.

«Weil es gut für Sie ist.»

«Und was ist das, was ich machen muss?»

«Das werden Sie noch früh genug erfahren.»

«Ich mache nicht mit», sagte Ünal plötzlich.

«Gut, dann kehren wir um. Umkehren bitte», sagte Zens zu dem Fahrer, der augenblicklich Anstalten machte zu wenden. Das gefiel mir überhaupt nicht. Ich wollte diesen Ausflug, einfach mal für zwei oder drei Stunden nicht in dieser Villa hocken. Und es war mir egal, was ich dafür tun musste.

«Nein, halt, wir kehren nicht um», rief ich. «Seid doch vernünftig. Wir sind zu sechst, was soll da schon groß passieren? Es wird schon nicht so furchtbar sein. Außerdem kann man eine Übung auch abbrechen. Ünal, bitte, lass es uns versuchen. Rita.» Ich flehte sie an.

Ünal roch an seinem Schal, er schien zu überlegen.

«Meinetwegen, aber wenn es die Grenzen des Zumutbaren auch nur streift, werde ich eine Szene machen.»

Zens beruhigte ihn und Rita. Nein, es werde bestimmt nicht so schlimm werden, er habe sich für jeden eine kleine Bewährungsprobe überlegt, und es hinge nichts davon ab. Man könne dabei auch nicht versagen, denn im mindestens gleichen Maße würden die anderen in ihrem Umgang mit uns getestet. «Auf dem Prüfstein steht auch die Allgemeinheit. Wir werden hinterher feststellen, ob sie sich Ihnen gegenüber korrekt und gebührend benommen hat.»

Der Fahrer parkte den Wagen, und dann gingen wir durch die Innenstadt von Freiburg. Ich suchte nach der erstbesten Gelegenheit, das Datum herauszufinden, und las es an einer Zeitung ab, es war der 24. März. Mein Zeitgefühl hatte mich also kaum getrogen. Morgen müsste ich Ariane anrufen. Wahrscheinlich würde Zens es nicht zulassen.

Wir aßen ein Eis, liefen an Auslagen vorbei, besahen die Studenten und Rentner, die an diesem schönen Tag vor den Cafés saßen. Ich wünschte mir das so: Normalität. Einfach die Zeitung lesen und herumsitzen. Aber ich spürte auch die Unmöglichkeit dieses Gedankens, denn ich war nur ein Besucher. Ich fühlte mich so fremd, dass mir war, als sei die ganze Situation inszeniert und alle Menschen um uns herum bloß Darsteller in einem Freilufttheater.

Man kann nicht einfach auf die Bühne klettern und mitspielen, denn man kennt den Text und seine Rolle gar nicht. Und Improvisieren ist nicht erwünscht. Je länger wir durch diese friedliche Stadt wanderten, desto deutlicher wurde mir, dass hier nicht mein Platz war, dass ich niemals mehr Mitglied dieses großen Ensembles werden konnte. Zu groß schien mir meine Unfähigkeit, in einer anderen Gruppe als der des Hauses Unruh bestehen zu können. Ich spürte diese Unsicherheit auch an Rita und Ünal. Er bewegte sich mit äußerster Vorsicht, jederzeit bereit, eine Unbotmäßigkeit zu registrieren und im unendlich tiefen Karteigrab seiner Beschwerden abzulegen. Rita verbarg ihr Gesicht im Schatten einer Mütze. Sie wollte keinesfalls erkannt werden, auch wenn Sie inzwischen kaum mehr Ähnlichkeit mit der «fetten Frau, die Luft frisst», aufwies.

Immerhin war Zens bester Laune, zeigte uns das Freiburger Münster und kaufte sich einen recht großen Käse, den er in einer Tüte mitschleppte. Meine Freude über unseren gemeinsamen Ausflug wich allmählich der unbefriedigenden Erkenntnis, dass ich mich in unserer Villa wohler fühlte als unter den sogenannten gewöhnlichen Menschen, deren maskenhafte Normalität nur verbarg, dass es sich bei einem Gutteil von ihnen um böse, um neidische, um schlechte, um gefährliche Angehörige der herrschenden Klasse der Mehrheit handelte. Natürlich mochten auch gute und uns wohlgesinnte tolerante Leute darunter sein. Ich habe bis heute und im Gegensatz zu Ünal den Glauben an das Gute im Menschen nicht vollkommen eingebüßt. Aber wie will man auf dem Marktplatz von Freiburg diese Guten von den Schlechten trennen, wie die Fassade zum Einsturz bringen? Ich beschleunigte meinen Schritt und schloss zu Zens auf, der «Ein Jäger aus Kurpfalz» pfeifend an der Spitze unserer kleinen Gruppe lief.

«Wollen wir jetzt unsere Übung machen, Herr Doktor? Ich glaube, wir würden das jetzt gerne hinter uns bringen.»

Zens blieb stehen und drehte sich um: «Meinen Sie? Ist das auch der Wunsch der Gruppe? Rita, sind Sie nun zu einer kleinen Übung bereit?»

Rita hob den Kopf und nickte. Ünal richtete sich mit dem Stolz eines anatolischen Hahns auf und sagte: «Was soll ich tun, Doktor?»

«Wir werden nun alle gemeinsam ein Restaurant aufsuchen. Sie alle erhalten dort eine Aufgabe. Ich würde vorschlagen, Rita fängt an.» Mit diesen Worten wandte sich Zens zum Gehen, und wir folgten ihm bis zur Tür eines Schnellrestaurants in der Innenstadt.

«Über diese Schwelle gehe ich nicht», zeterte Ünal. «Das kann ich mit mir nicht vereinbaren.»

Ich bat ihn inständig, nur ein kleines bisschen mitzuspielen. Wer weiß, was uns dort erwarten würde, vielleicht würde es ja sogar lustig. Schließlich willigte er ein, unter der Bedingung, dass seine Kleidung hinterher fachkundig vom Geruch des dort angebotenen Nahrungsmaterials – er vermied das Wort «Essen» – gereinigt würde. Zens sagte ihm dies zu, und wir betraten das Lokal.

Ich war nie ein besonderer Anhänger von Fast Food, aber ich würdige die Organisation, das Tempo und die Pommes, die es dort gibt. Vor dem Tresen standen Jugendliche und Touristen. Sie erhielten in Papier und Pappe verpackte Mahlzeiten und setzten sich auf kleine Stühlchen, wo sie alsbald damit begannen, ihr Essen auszuwickeln. Die tamponösen Brötchen tunkten sie in Sauce und saugten Limonade aus Strohhalmen. Es war ein großes Sabbern, Schlürfen und Schmatzen. Ünal sah sich die Szene derart angewidert an, dass ich ihn bitten musste, wenigstens den Schal vom Gesicht zu nehmen, damit wir nicht so stark auffielen. Manche der Gäste glotzten uns bereits an.

«Wie die Schweine. Es fehlte nur noch, dass sie grunzen», zischte Ünal. Rita hatte im Gegensatz zu ihm keine Probleme mit Burgern und Eisshakes. Allerdings war sie schon Jahre nicht mehr in so einem, in überhaupt irgendeinem Restaurant gewesen. Sie wusste gar nicht, wie man sich dort verhielt, wie man bestellte.

«Rita, ich möchte, dass Sie ein Big-Burger-Menü bestellen und es verzehren, bitte.»

«Was soll ich?»

«Stellen Sie sich hier an und ordern Sie ein Menü, das Sie anschließend essen.»

«Aber ich habe keinen Hunger.»

«Der Appetit kommt beim Essen. Ich möchte, dass Sie richtig reinhauen, ganz wie früher.»

Rita schämte sich sofort. Allein die Erinnerung an ihr früheres Leben erzeugte einen Schweißausbruch, den man ihr deutlich ansah. Sie schüttelte den Kopf, dass die Haut schlackerte. «Ich will das nicht mehr.»

«Das ehrt Sie, aber es muss sein. Sie sollen ausprobieren, etwas zu tun, was alle anderen auch tun. Die anderen haben große Freude daran, Rita.»

Sie sah sich um, wurde umspült von Menschen mit Tabletts, die sie nicht beachteten, höchstens als Hindernis empfanden.

«Wir bleiben bei Ihnen, nur zu, Rita.»

Rita stellte sich hinter eine Gruppe kichernder Mädchen und wartete, bis sie an der Reihe war. Die Verkäuferin legte ein Tablett auf den Tresen und sagte: «Guten Tag, was darf's sein?»

Rita sah auf die große Tafel, auf welcher Dutzende Burgermodelle abgebildet waren, dazu eine verwirrende Vielzahl von Sonderangeboten, Varianten, Optionen und Größen.

«Guten Tag. Ich weiß nicht mehr.»

«Ein Menü?»

«Ein Menü. Ein Big-Burger-Menü», sagte Rita erleichtert.

«XXXL?»

«Was?»

«XXXL? Oder Fit und Spar?»

«Nein. Big Burger.»

«Ja, das sagten Sie bereits. Lieber als XXXL-Menü oder als Fit-und-Spar-Menü?»

«Ach so. Ich weiß nicht.» Rita sah sich nach uns um. Ich zuckte mit den Schultern. Ünal verdrehte die Augen. Zens lächelte. Eine Bande Halbwüchsiger hinter uns wurde langsam unruhig. Einer von ihnen schlug sich die flache Hand an die Stirn. Er rief: «Wird das nochmal was da vorne?»

Rita sah die Verkäuferin verloren an. «Vielleicht Fit-und-Spar-Menü.»

«Vielleicht Fit-und-Spar-Menü», wiederholte die Verkäuferin und tippte auf die Benutzeroberfläche ihrer Kasse.

«Mayonnaise oder Ketchup für die Pommes?»

«Nichts, danke.»

«Is' im Preis mit drin.»

«Ach so. Dann Ketchup.»

«So kommen wir voran. Zum Hieressen oder Mitnehmen?»

«Ach so. Hieressen, glaube ich.»

«Glauben Sie. Noch ein Dessert?»

Rita drehte sich zu Zens um. Der hob die Hände, als wollte er sagen: Das musst du selber wissen. Du musst entscheiden. Das ist dein Leben. Mach was draus. Dabei wussten wir alle, dass Rita kein eigenes Leben mehr hatte. Die Pickelbrigade hinter uns wurde wieder unruhig. Ihnen dauerte das alles zu lange. Sie konnten es nicht abwarten, endlich Nachschub für die Talgdrüsen zu bekommen. Dann rief einer: «He, Hängebacke, kauf was oder geh wieder nach Hause in den Zoo. Ins Truthahngehege.»

Rita schossen Tränen in die Augen. Mir reichte es. «Merken Sie nicht, dass sie völlig überfordert ist?», flüsterte ich Zens zu. Dieser schüttelte den Kopf. «Das finde ich nicht», sagte er. «Sie schlägt sich sehr gut. Überfordert ist ihre Umgebung. Die jungen Leute kommen eindeutig mit der Situation nicht klar.»

Er gab Rita ein Zeichen und bedeutete ihr weiterzumachen. Rita wandte sich wieder der Verkaufskraft zu.

«Kein Dessert», sagte sie leise.

«Alles?»

«Alles?»

«Ob das alles ist, Himmel nochmal.»

«Und einen Hamburger», rief Zens von hinten.

Er bezahlte, und wir warteten auf das Essen. Die Verkäuferin stellte alles auf das Tablett, dazu einen leeren Becher.

«Der ist leer, der Becher», sagte Rita verwundert.

«Den können Sie sich dahinten selber auffüllen.»

«Ach so.»

«Guten Appetit. Wer kommt jetzt dran?»

Wir gingen an einen freien Tisch, wo wir uns setzten und Rita dabei zusahen, wie sie den Big Burger ungeschickt aus der Schachtel hob und sich sofort bekleckerte.

«Ich denke, wir können es gut sein lassen. Wenn Sie nicht möchten, müssen Sie ihn nicht essen, Rita.»

«Nicht?»

«Nein, es ging mir primär um das Bestellen, weniger ums Essen. Wie haben Sie das empfunden, Rita?»

«Es war furchtbar. Die Leute, meine ich. Warum sind die so?»

«Wie sind sie denn?»

«So streng. Man muss sofort alles richtig machen.»

Zens nickte. Dabei packte er den Hamburger aus. «Ünal, mein Lieber. Nun sind Sie an der Reihe. Sehen Sie diesen Hamburger?»

«Ich werde ihn nicht essen. Ich esse kein Schweinefleisch. Und dieses da schon gar nicht.»

«Das sollen Sie auch nicht, Ünal. Niemand erwartet, dass Sie das essen.» Er klappte den Hamburger auf und nahm die Gurke heraus, steckte sie in den Mund, kaute ostentativ und schluckte sie hinunter.

«Sie sollen diesen Hamburger reklamieren.»

«Warum?»

«Es ist keine Gurke drauf.»

«Ich habe keinen Grund, diesen Hamburger zu reklamieren. Er wurde vorschriftsmäßig zusammengebaut. Sie haben die Gurke entnommen und verzehrt.»

«Natürlich habe ich das. Damit Sie den Hamburger reklamieren können.»

«Das ist nicht korrekt.»

«Es ist eine Übung. Stellen Sie sich einfach vor, Sie hätten sich einen Hamburger gekauft und müssten nun feststellen, dass die Gurke fehlt. Was würden Sie machen?»

«Ich würde niemals einen Hamburger kaufen, deshalb hätte ich dieses Problem nicht.»

«Aber Sie können sich gedanklich in diese Situation versetzen, oder? Das können Sie doch ganz gewiss?»

«Ja, sicher kann ich das.»

«Dann bringen Sie jetzt bitte den Hamburger zurück und reklamieren Sie ihn. Und, Ünal, es kommt auf Folgendes an: Halten Sie keine Grundsatzmonologe, Sie haben ja gesehen, dass die dafür keine Zeit haben. Sagen Sie einfach, dass die Gurke fehlt. Vertrauen Sie auf Ihre natürliche Autorität und auf Ihre Gabe, mit den anderen zu kommunizieren. Die Angestellten sind verpflichtet, alles zurückzunehmen, egal ob das Essen in Ordnung ist oder nicht. Sind Sie bereit, Ünal?»

Anstelle einer Antwort erhob sich Ünal, räumte Ritas Essen vom Tablett und legte den Hamburger mit spitzen Fingern in die Mitte. Dann stellte er sich in die Schlange und wartete, bis er an der Reihe war.

«Guten Tag, was darf es sein?»

«Guten Tag, liebe gnädige junge Dame. Mein Name ist

Ünal Yilmaz, und ich befürchte, dass ich Grund zur Beanstandung dieses, äh, dieser Ware habe.»

«Was 'n damit?»

«Es fehlt die Gurke.»

«Die Gurke.»

«Ganz recht. Auf dem angeschmorten Bindegewebe, welches Sie hier verfüttern, räkelt sich nach Maßgabe des perfiden Rezeptes eine labberige Gurkenscheibe, welche zum Verzehr zwar nicht geeignet, jedoch von Ihnen vorgesehen ist.»

«Von mir? Was habe ich vorgesehen?» Die Frau verstand höchstens jedes zweite Wort. Hinter ihr tauchte der Restaurantleiter auf.

«Ist irgendwas nicht in Ordnung?», fragte er.

«Da ist was mit dem Hamburger», sagte die Frau.

«Ganz konkret ist etwas mit der Gurke. Sie fehlt», sagte Ünal.

«Kein Problem, Sie bekommen einen neuen. Auf Wunsch sogar mit zwei Gurken, wenn Sie die so gerne mögen.»

«Ich mag überhaupt keine Hamburger, weder mit noch ohne Gurke», sagte Ünal, was sowohl den Restaurantleiter als auch die Verkäuferin verblüffte. Hinter uns tauchten die Jugendlichen von vorhin auf. Offenbar verbrachten sie große Teile ihrer Freizeit in diesem Laden. Und sie hatten es wieder eilig.

«He, das sind doch die Komiker von eben. He Achmed, oder heißt du Zwiebelmed? Was ist los? Willst du lieber einen Dönerburger?»

Ünal beugte sich zu dem Verkaufsleiter vor. «Sie haben ein fragwürdiges Publikum. Würden Sie also schnell die Ware austauschen? Ich möchte jetzt gerne meine Übung zu Ende bringen und Ihren Trog verlassen.»

«Was heißt denn hier Trog, bitte? Sie können gerne umtauschen, was immer Sie möchten, aber Sie müssen mich nicht beleidigen.»

«Ich bitte um Entschuldigung. Es war gedankenlos von mir, Sie zu verletzen. Immerhin müssen Sie jeden Tag hier sein. Das habe ich nicht bedacht. Ich dachte nur, dass der Platz, an dem die Schweine essen, ja landläufig als Trog bezeichnet wird. Als Schweinetrog.»

Ünal beherrschte die Kunst, mit einer Entschuldigung die Angelegenheit immer noch schlimmer zu machen, als sie bereits war. Der Restaurantleiter griff hinter sich und legte einen verpackten Hamburger auf das Tablett.

«Ist da eine Gurke drin?», fragte Ünal. Er gefiel mir gut.

«Ja.»

«Woher wissen Sie das?»

«Es ist immer eine Gurke drin.»

«Eben war keine drin», log Ünal gegen seine Überzeugung.

«In diesem ganz sicher.»

«Können Sie nachsehen? Ich möchte das nicht anfassen.»

«Jetzt reicht es aber. Sie gehen jetzt.» Der Mann wurde wütend, die Jungen hinter uns ebenfalls. Aber warum? Woher kam ihr Zorn? Womöglich war es dies: Der Türke vor ihnen machte alles anders, als sie es gewohnt waren. Er machte alles falsch, er benahm sich nicht, wie man sich hier benahm. Er erzeugte in ihnen Widerwillen und Aggression. Einer drängte sich nach vorn und packte Ünal am Genick. Unter dem Gelächter seiner Freunde schob er Ünal zur Tür, öffnete diese und stieß ihn nach draußen. Er stellte die Ordnung her, die Ünal in Frage gestellt hatte. Wir folgten Ünal auf die Straße, wo er entgeistert mit seinem Hamburger in der Hand auf uns wartete.

«Wir müssen zur Polizei gehen», sagte er.

Zens nahm ihm den Burger ab und warf ihn in einen Abfallbehälter. «Danke, Ünal, das reicht. Für Sie ist die Übung beendet. Wie würden Sie die Angelegenheit beurteilen? Ist Ihnen Gerechtigkeit widerfahren?»

Ünal war zu erschöpft, um zu antworten.

«Immerhin hat er einen neuen Burger gekriegt», sagte Rita.

«Ja, hat er. Aber warum? Hat die Verkäuferin in dem reklamierten Hamburger nachgesehen, ob eine Gurke drin war? Hat jemand von Ihnen darauf geachtet?»

«Nein, hat sie nicht. Sie hat nicht nachgesehen», sagte ich.

«Eben. Es ist ihr egal, ob jemand zu Recht oder zu Unrecht reklamiert. Sie will nicht höflich sein oder gerecht. Sie möchte nur zweierlei: sich nach den Regeln des Betriebes verhalten und Ärger vermeiden. Unser Ünal hier ist ihr ganz gleichgültig. Ist das nicht im Grunde schlimmer, als wenn sie die Reklamation abgelehnt hätte? Hier wurde uns Höflichkeit vorgegaukelt, dabei wurden wir nur Zeuge einer ausgeführten Dienstanweisung.»

«Sie hat mich um ihre Höflichkeit betrogen», ächzte Ünal, noch benommen von der sanften Gewalt, die ihm angetan worden war. Zens klopfte ihm sachte auf die Schulter und bedeutete ihm, Ruhe zu bewahren. Dann sah er mich an. «Und nun zu Ihnen, Bernhard. Sehen Sie dieses Schild da?»

Ich sah es. Es klebte am Fenster des Restaurants. Darauf war ein junger Mann abgebildet, der lächelte und laut einer Sprechblase sagte: «Sie wünschen?» Darunter stand: «Möchten Sie unser Team verstärken? Wir suchen per sofort freundliche Mitarbeiter. Bitte wenden Sie sich an den Restaurantleiter.»

«Oh nein, Doktor, bitte nicht.»

«Doch, das machen Sie jetzt, Bernhard. Sie bewerben sich hier.»

«Ich kann nicht kochen.»

«Koch wäre auch eine sehr euphemistische Beschreibung für Ihre Tätigkeit. Gehen Sie hinein und berichten Sie anschließend, wie es gelaufen ist.»

Wie hätte ich nein sagen können? Die anderen hatten Ihre Übung absolviert, und immerhin war ich es, der sie gedrängt hatte, diesen Ausflug nicht abzubrechen. Wenige Augenblicke später stand ich wieder in der Schlange.

«Guten Tag, was darf's sein?»

«Tag. Kann ich mal Ihren Chef sprechen? Es geht um den Job da im Fenster.»

Sie sah mich misstrauisch an. Immerhin gehörte ich zu dem Trupp, der ihr schon zwei Mal mächtig auf den Zeiger gegangen war. Sie schaute, ob Rita, Zens und Ünal hinter mir standen. Dann sagte sie: «Einen Moment.»

Sie ging Richtung Pommes, wo ihr Chef stand und die Abfüllung in weiße Pappschachteln überwachte. Sie sprach kurz mit ihm, und dann kamen sie gemeinsam zurück.

«Was kann ich für Sie tun?», fragte der Mann nicht unhöflich, aber etwas ungeduldig, wie ich fand.

«Ich wollte mich bei Ihnen bewerben. Da klebt ja draußen dieses Schild.»

«Das ist im Moment etwas ungünstig. Kommen Sie doch gegen Abend noch einmal vorbei.»

«Da kann ich nicht. Ich kann nur jetzt.» Er sah sich um, es herrschte reger Betrieb. Vermutlich dachte er, dass ich heute noch würde anfangen können, ein wenig Entlastung wäre nicht schlecht gerade.

«Okay. Dann kommen Sie mal mit.» Er ging den Tresen

entlang, kam dahinter hervor und lief Richtung Toiletten, ich hinterher. Neben den Klos befand sich eine Tür, die er mit einem an einer Kette hängenden Schlüssel aufschloss. Er ging vor und schaltete das Licht im fensterlosen Büro an. Dann lief er um einen unordentlichen Schreibtisch herum, setzte sich und zeigte auf einen mit einem schmutzigen Polster bezogenen Stuhl.

«Bitte sehr.»

Ich setzte mich, und er sah mich an.

«So. Sie möchten gerne Mitglied unserer großen Genussfamilie werden. Darf ich Sie nach Ihrem Alter fragen?»

«43.» Ich fand, es konnte nicht schaden, ein wenig zu schwindeln.

«Haben Sie irgendwelche Unterlagen dabei? Zeugnisse?»

«Nein, ich kann sie aber nachreichen. Ich dachte nur eben ganz spontan, ich könnte mich mal vorstellen.»

«Was machen Sie denn gerade beruflich?»

«Arbeitsmäßig ist es in letzter Zeit nicht so gelaufen. Eigentlich bin ich Architekt.»

«Soso. Und uneigentlich?»

«Lebe ich im Moment in einer therapeutischen Einrichtung. Aber nicht mehr lange.»

«Was heißt das? Sie wohnen in einer Klapsmühle?»

«Nein, eigentlich nicht. Es ist mehr so eine Art Sanatorium für Leute, die ein schweres Schicksal hinter sich haben.»

Das machte ihn neugierig. Er klickte mit einem Kugelschreiber und lehnte sich zurück. Gesten der Macht, dachte ich. Er konnte mir zu einem Würsteljob in seiner Genussfamilie verhelfen oder mich abblitzen lassen. Auf die Straße kotzen konnte er mich. Ganz wie es ihm gefiel.

«Was haben Sie denn hinter sich?»

«Scheidung, Jobverlust, so Sachen halt.»

«Passen Sie auf, ich will Ihnen nichts vormachen. Ich glaube nicht, dass wir zusammenkommen. Sie haben keine Zeugnisse, keine richtige Bleibe, und mir scheint es auch so, als wären Sie nicht richtig motiviert.»

Der Typ war kein Idiot, er hatte mich vollkommen durchschaut. Trotzdem versuchte ich, ein wenig aufzubegehren.

«Doch, ich bin total motiviert. Ich liebe Ihr Restaurant.»

«Jaja, das sagen sie alle. Was meinen Sie, wie viele ich schon hier habe sitzen sehen? Die meisten halten es keine drei Tage durch. Sie kommen einfach nicht mehr, verschwinden wieder im Meer der Unqualifizierten. Und dafür habe ich keine Zeit. Verstehen Sie mich nicht falsch. Ich habe nichts gegen Menschen wie Sie, aber das wird nichts.»

«Bitte, geben Sie mir eine Chance.»

«Sie wissen nicht weiter, also kommen Sie hierher. Das ist das Problem. Wir sind aber keine Sammelstelle für gescheiterte Existenzen, wir verkaufen ihnen höchstens was zu essen.»

Das fand ich auf Anhieb sehr philosophisch. Gleichzeitig störte mich, dass der Bursche mich für einen kompletten Loser hielt. Na ja, objektiv betrachtet war ich ja auch einer. Aber es ist immer noch ein Unterschied, ob man sich das selber sagt oder gesagt bekommt.

«Wir brauchen hier positiv denkende Mover mit Energie und Visionen. Ihre Idee scheint doch nur darin zu bestehen, irgendwie aus der Sozialhilfe rauszukommen.»

Na und?, dachte ich. Das ist doch nicht die schlechteste Motivation. Er sagte nichts mehr, klickerte mit seinem Kugelschreiber herum und wartete darauf, dass ich ihn anflehte. Machte ich aber nicht. Vielleicht ärgerte ihn das, vielleicht war er einer von der Sorte, die immer weiterredet, wenn man nicht antwortet. Es gibt Leute, die Stille in einem Gespräch nicht ertragen können. Es macht sie unsicher. Also reden sie und reden und reden. Wenigstens hörte er mit dem Geklicke auf.

«Wissen Sie, was mir gerade aufgeht? Ein Licht geht mir auf. Sie gehören zu denen, die überhaupt keine Leistung bringen wollen. Sie denken, dass sich so ein bisschen Frikadellenbraten schon von selber erledigt. Über vierzig und stellen sich hier vor, weil Sie glauben, hier gäbe es keine Herausforderungen zu bestehen. Aber das ganze Leben ist eine Challenge, der man sich stellen muss. Das gilt auch für die Familie. Es geht mich ja nichts an, wirklich nicht, aber es scheint mir kein Wunder zu sein, dass Sie getrennt leben. Ihre ganze Körpersprache ist negativ, Ihre ganze Haltung. Jetzt gehen Sie mal raus, atmen Sie tief durch und überlegen Sie mal, warum es bei Ihnen nicht klappt. Und suchen Sie die Fehler nicht immer in der Gesellschaft. Das hatte ich hier auch schon öfter. Minderleister, die alles auf die böse, böse Umwelt schieben. So ein Unsinn. Wir verdienen mit dieser Umwelt unser Geld. Unsere Umwelt, das sind Menschen, die sich den Appetit nicht von Typen wie Ihnen verderben lassen wollen. Meinen Sie, so jemanden möchten die hinter dem Tresen sehen? Na ja. Jedenfalls ist für Sie bei mir nichts drin.»

Übung beendet, fand ich. Ich erhob mich, er stand auf und ging um mich herum zur Tür, die er energisch öffnete. Dabei sagte er: «Bitte sehr.» Es war, als wehte sein Schwung mich aus seinem Büro, als leerte er mich aus. Wieder einen vom System abgestoßen. Er gab mir nicht die Hand und verabschiedete sich: «Bitte bleiben Sie uns trotzdem als Kunde treu. Ich freue mich, Sie bald wieder bei uns zu sehen.» Ich drehte mich um, da rief er: «Warten Sie!» Er rannte hinter den Tresen und bückte sich. Dann kam er wieder hervor und gab mir drei Zettel in die Hand: «Hier, ich will Sie nicht ohne ein positives Signal gehen lassen. Hier sind drei Gutscheine. Können Sie bis September einlösen. Also dann: Machen Sie es gut.»

Ich kam ohne Job, aber mit drei Gutscheinen auf die Straße zurück.

«Und wie ist es gelaufen?», fragte Rita.

«Lassen Sie mich raten, Bernhard, man hat Sie als gering qualifiziert abgelehnt. Habe ich recht? Sie als Top-Architekt haben hier keinen Job bekommen, richtig?»

«Das mit der Architektur hat ihn nicht interessiert. Er hat mich nur runtergeputzt», sagte ich.

Wir wanderten zurück zum Auto. Keiner sagte etwas, nicht einmal Ünal beklagte die Schlechtigkeit dieser Welt. Wir fuhren durch die schöne Schwarzwaldlandschaft zurück ins Haus Unruh. Zur Belohung stand bei unserer Rückkehr eine Flasche Bier auf meinem Nachttisch. Lauwarm. Wenn es die richtige Temperatur gehabt hätte, wäre es nicht auszuhalten gewesen.

6. Der Papiersammler

Am nächsten Morgen frühstückten wir in gedrückter Stimmung. Für meinen Begriff hatten wir alle versagt. Weder Rita noch Ünal und erst recht nicht ich waren in der Lage, in einem Schnellrestaurant zu bestehen. Ich denke, das kann man als Tatsache verbuchen. Zens war in diesem Punkt anderer Meinung. Für ihn hatten wir ein Beispiel unserer strahlenden Individualität gegeben. Er gebrauchte in diesem Zusammenhang erstmals das Wort «Elite». Er sagte: «Nicht Sie haben versagt, sondern die anderen. Die kamen nicht zurecht mit der gesellschaftlichen Avantgarde, die Sie drei darstellen. Aber das ist im Grunde immer so, wenn der Plebs auf die Elite trifft.» Auf diese Weise betrachtet, erschien der Sachverhalt natürlich in einem ganz anderen Licht. Besonders Ünal freute sich über Zens' Einschätzung.

Nach dem Frühstück ging ich zu Zens und bat ihn um ein Telefonat.

«Sie wollen telefonieren? Mit wem?»

«Mit meiner Exfrau. Sie hat heute Geburtstag.»

«Bernhard, sosehr ich Ihren Wunsch nachvollziehen kann, ich kann es nicht erlauben.»

«Drei Minuten. Bitte.»

«Was wollen Sie ihr denn sagen?»

«Ich weiß es nicht, nur gratulieren. Ich träume in der letzten Zeit häufiger von ihr. Vielleicht geht es ihr nicht gut. Es ist doch nur ein Geburtstagsanruf.»

Zens überlegte. Wahrscheinlich prüfte er, ob so ein Anruf aus irgendwelchen Gründen innerhalb der Therapie zu vertreten war.

«Gut. Unter einer Bedingung: Ich möchte dabei sein.»

«Warum?»

«Ich möchte sehen, wie Sie sich schlagen. Ihre Frau gehört zu Ihren Hauptgegnern. Sie hat Ihnen alles genommen, Ihre Existenz vernichtet. Mich interessiert, wie Sie sich gegen sie behaupten.»

So konnte man das auch sehen. Bis vor kurzem hatte ich meine Frau eigentlich nie als Täterin in Betracht gezogen. Sie war ihr halbes Leben mein Opfer gewesen und hatte sich schließlich dafür gerächt, was wohl in Zens' Augen die Schuld umkehrte. Jedenfalls vermisste ich Ariane. Möglich, dass ich sie noch geliebt habe, kann sein, dass ich sie immer lieben werde. Ich bin mir bis heute nicht über meine Gefühle im Klaren. Sie schon, glaube ich. Sie verabscheut mich, sonst hätte sie nicht später diesen Mist über mich ausgekübelt. Ich meine damit das Interview, das sie gegeben hat. Wie dem auch sei, das Gespräch lief nicht besonders positiv. Und Zens machte sich die ganze Zeit Notizen.

Wir saßen in seinem Büro, einem ziemlich karg mit weißen Möbeln eingerichteten Raum in der zweiten Etage. Ich war zum ersten Mal hier. Ich durfte an Zens' Platz sitzen, er setzte sich gegenüber und schaltete das Telefon auf Lautsprecher. Ich wählte Arianes Nummer.

«Hallo?»

«Hallo. Hier ist Bernhard.»

«...»

«Ariane? Bist du dran?»

«Ja.»

«Ich wollte dir zum Geburtstag gratulieren.»

«Danke.»

«Ist doch toll, dass ich dran denke, findest du nicht?»

«Ruf mich bitte nicht mehr an.»

«Was?»

«Ruf mich nicht mehr an. Okay?»

«Ich dachte, wir könnten auf irgendeine Weise wenigstens wie normale Menschen ...» Ich brachte keinen zusammenhängenden Satz zustande.

«Nach deinem bizarren Auftritt in Bayreuth umlagerten drei Wochen lang Reporter meine Tür. Was ist los mit dir, Bernhard? Bist du geisteskrank?»

«Ich weiß es nicht so genau. Aber ich bin in Behandlung.»

«Das ist gut so. Okay. Jedenfalls möchte ich, dass du mich nicht mehr anrufst.»

«Okay.»

«Bernhard. Ich habe ein neues Leben. Ich habe jemanden kennengelernt und will mit meinem alten Leben nichts mehr zu tun haben. Kannst du das verstehen?»

«Okay.»

«Mach's gut.»

«Okay.»

Sie hängte ein. Das war es. Und ich hatte mir auch noch Sorgen gemacht. Schon seltsam. Je weiter ein Mensch in die Ferne rückt, desto näher fühlt man sich ihm manchmal, weil man die verlorene Nähe am intensivsten in Erinnerung behält. Erst als ich Ariane anrief, merkte ich, dass sie längst unerreichbar weit weg war.

«Tja, Bernhard. Haben Sie irgendeine Form des Interesses bei ihr für Ihr Schicksal bemerkt?», fragte Zens. Er machte auf mich fast einen zufriedenen Eindruck.

«Nein.»

«Sie sind Ihrer Exfrau scheißegal. Höchstens ein Ärgernis stellen Sie dar. Sonst nichts.»

Das hätte er mir nicht unbedingt auf die Nase binden müssen, es war mir auch schon selber aufgefallen.

Den Vormittag verbrachte ich ziemlich missgelaunt auf meinem Zimmer. Später ging ich in den Garten, natürlich in Begleitung meines Pflegers. Ich war niedergeschlagen und wütend zugleich. Irgendwie war mir nach einer Dummheit zumute. Ich beschleunigte meinen Schritt, fing an zu laufen. Er rannte hinterher. Natürlich besaß er bei weitem die bessere Kondition. Ein richtiges Kraftpaket war er, dieser namenlose Weißkittel. Ich hetzte uns beide nun in Richtung des kleinen Wäldchens, das ich bisher gemieden hatte, weil ich nicht mochte, wenn mir von Zweigen und Ästen dicke Regentropfen auf den Kopf fielen. Aber heute war ein sonniger Tag, und ich begann, um die Bäume herumzulaufen. Der Pfleger immer hinterher, er folgte dabei nicht mir, sondern dem bislang immer unanstrengenden Auftrag, stets bei mir zu bleiben. Das forderte mich heraus. Ich begann, ihn stellvertretend für Ariane zu hassen. Die Drecksau.

Ich bückte mich und griff einen Ast, den ich in seine Richtung warf. Er wich geschickt aus, der Ast krachte gegen eine Erle. Ich nahm einen Stein und warf ihn. Es war das erste Mal in meinem Leben, dass ich einen Stein auf jemanden warf, ich musste erst 50 Jahre alt werden, um das auszuprobieren. Der Stein war ein Volltreffer, landete an der rechten Schläfe des Mannes. Sofort ging er in die Knie. Er blutete stark und hielt sich die Hand gegen den Kopf. Erschrocken lief ich los, instinktiv weiter in den Wald. Ich wollte nicht unbedingt abhauen, aber dem Pfleger entkommen, ohne ihn hier draußen sein. Ich rannte und rannte, bis meine Lunge schmerzte und ich eine Mauer aus roten Ziegelsteinen erreichte, die viel zu hoch gewesen wäre, um sie zu überwinden.

Ich stützte mich am feuchten Mauerwerk ab und schloss

dic Augen, atmete tiefe Züge. Als ich mich umdrehte, sah ich gerade noch die Faust des Pflegers, bevor sie auf mein linkes Jochbein krachte. Schweigend gingen wir zum Haus zurück. Als wir dort ankamen, erwartete Zens uns bereits an der Tür. Er musste die Szene von seinem Fenster aus gesehen haben. Nun erfuhr ich ganz beiläufig, wie der Pfleger hieß, denn Zens sagte: «Joachim, kann ich Sie gerade mal einen Moment sprechen?» Ich denke, es war Zens egal, dass ich Joachims Namen erfuhr, denn wenige Minuten später verließ dieser das Haus Unruh. Ich habe ihn später noch einmal im Fernsehen gesehen, in einer Dokumentation über unsere Gruppe. Da haben sie ein Bild von ihm gezeigt und gesagt, Joachim sei einer der unwissenden Helfer von Zens gewesen. Er hat auch im Prozess gegen Zens ausgesagt, wahrscheinlich weil der ihn damals rausgeschmissen hat.

Joachim ist nicht ersetzt worden. Ich durfte danach immer allein in den Park. Komischerweise hat mir Zens nach diesem Vorfall eher über den Weg getraut als zuvor.

Ich hatte keine Ahnung, was Angst bedeutet, bis ich Arnold März kennenlernte. Er war von uns allen garantiert der Harmloseste, gegen ihn war selbst Rita eine gewissenlose Gewalttäterin. Ich bin ganz sicher, dass dieser schüchterne und vollkommen ungefährliche Postbote niemals in irgendetwas verwickelt worden wäre, wenn Zens ihn nicht ins Haus Unruh geholt hätte.

Arnold sprach nur das Nötigste. Man mag solche Menschen heutzutage nicht. Sie geben nichts her im Fernsehen. Kaum einer hat sich je die Mühe gemacht herauszufinden, warum Arnold praktisch kaum ein Wort sprach und immer so ernst guckte. Dabei war der Grund ganz einfach:

Arnold hatte Angst: Angst vor seinen Mitmenschen, Angst vor seiner Arbeit, vor Hunden, vor Regen, vor Koffein, vor Entscheidungen, vor der Nacht, vor dem Sonnenlicht. Er fürchtete sich vor den Menschen allgemein, vor Spinnen, vor Asteroiden, Gotteskriegern und Grießklößchen. Und im Gegensatz zu Ünal fand er einfach nicht die Kraft, über seine Gefühle zu sprechen, wohl aus Angst, verspottet oder bestraft zu werden.

Als Einziger von uns kam Arnold nicht mit dem Auto ins Haus Unruh. Er ging zu Fuß, denn er hatte Angst vor dem Autofahren. Man hatte ihn mit dem Zug bis nach Freiburg gefahren, wo er ausstieg und die letzten 16 Kilometer wandernd zurücklegte. Ihm machte das gar nichts aus, wohl aber den beiden Pflegern, die hinter ihm die Auffahrt hochkeuchten. Sie trugen sein Gepäck, es war ein wunderschöner Anblick. Zens hatte uns ans Fenster gebeten, um ihn zu genießen. Der Mann, der da auf uns zukam, war wohl etwas älter als Ünal, aber jünger als ich. Ich schätzte ihn auf gute vierzig Jahre. Arnold sah stets neugierig aus, und sein Kopf wackelte unentschlossen auf seinen Schultern hin und her. Nichts an ihm deutete auf Arg oder Wut hin, er schien nichts auszukochen, sah aus wie der Frieden in Person, als er die gekieste Zufahrt des Hauses hinaufspaziert kam. Nichts war zu ahnen von dem Terror in seinem Kopf, von dem Höllenfeuer, das in seinem Hirn brannte. Allerdings nahm er damals täglich 15 Milligramm eines Benzodiazepins. Daher die Gelassenheit. Ich habe mehrfach gesehen, wie Arnold sich beim Nachlassen der Wirkung seiner Drogen in das zitternde Wrack verwandelte, das er in Wirklichkeit war. Ohne Anxiolytikum schaffte er es nicht einmal, eine Treppe hinunterzugehen. Wenn ihn eine Panikattacke ergriff, konnte er übermenschliche Kräfte entwickeln.

Seine Angst führte zu verschiedenen Verhaltensstrategien, und die meisten waren nicht angenehm. Arnold log zum Beispiel fast ständig, weil er nicht sicher war, welche Antwort sein Gegenüber erwartete. Man konnte ihn fragen, was man wollte, man erhielt frühestens beim zweiten oder dritten Versuch eine der Wahrheit entsprechende Antwort. Er sah einem auch nie in die Augen, und er hatte einen Blinzeltick. Von dieser und weiterer Eigenschaften wie Arnolds Macke, sein Essen eingehend zu untersuchen, bevor er es aß, wussten wir schon vor seiner Ankunft. Heiner Zens bat uns zu einem Gruppengespräch in die Bibliothek. Das war an dem Abend, bevor Arnold zu uns stieß. So ein abendliches Meeting hatte es bisher noch nie gegeben.

«Morgen kommt Herr März, und ich möchte Sie bitten, ihn mit allergrößter Vorsicht zu behandeln, denn er ist hochgradig sensibel.»

Ich fragte, ob es sich bei Herrn März um ein gemütskrankes Kaninchen handele, aber Zens war nicht für dumme Späßchen zu haben.

«Nein, er ist ein Mensch, genau wie Sie, Bernhard. Ein armer Mensch, der an ungewöhnlich intensiven Angstzuständen leidet.»

«Wovor hat er denn Angst?», fragte Rita, die offenbar bereits mütterliche Gefühle in ihrem Busen hegte.

«Schwer zu sagen», antwortete Zens, «es ist nicht so, dass es viele Dinge gäbe, die ihm das Leben erschweren, sondern es ist das Leben selbst, alles daran.»

«Er hat Angst vor allem? Wie geht das denn?» In Gedanken bereitete ich mich schon auf einen echten Freak vor.

«Das geht. Und deshalb möchte ich, dass Sie ihm möglichst freundlich und herzlich entgegentreten. Ich bin sicher, das hätten Sie ohnehin getan, nicht wahr, Herr Yilmaz? Bitte lachen Sie nicht, wenn Herr März etwas sagt. Bitte schauen Sie ihm nicht zu lange in die Augen.» Dann bereitete er uns auf März' Meisen vor und berichtete von seiner Krankengeschichte. Demnach befand sich März seit Jahren auf eigenen Wunsch in der geschlossenen Abteilung einer Anstalt, weil er sich nicht traute, sein Leben selbst in die Hand zu nehmen. Er fühlte sich einfach nicht sicher. Schon ein Luftzug in einem geschlossenen Raum brachte ihn derart ins Grübeln, dass er Stunden damit verbrachte, darüber nachzudenken, wer ihm da heimlich gegen den Kopf geblasen hatte und vor allem: Warum?

«Hat er immer nur in Kliniken gelebt?», wollte Ünal wissen.

«Nein, er hatte eine recht normale Kindheit und Jugend, überschattet nur durch den frühen Tod seiner Mutter, als er siebzehn Jahre alt war. Wir wissen dazu nicht viel aus der Krankenakte. Später hat er eine Weile ganz unauffällig als Postbote gearbeitet, ungefähr vierzehn Jahre. Danach ging er in die Klinik.»

«Gab es denn einen Grund dafür?», fragte ich.

«Das kann man wohl sagen. In den vierzehn Jahren seiner Tätigkeit als Briefträger hat Herr März ziemlich genau 3,4 Tonnen Post unterschlagen, jedes Jahr 240 Kilo. Das entspricht ungefähr 6000 Briefen pro Jahr und 500 im Monat.»

«Was hat er denn damit gemacht?», wollte Rita wissen.

«Er hat sie in seiner Wohnung aufbewahrt, in kleinen Postfächern, in die er die Briefe nach der Arbeit sortiert hat.»

«Er hat sie nicht gelesen?»

«Keinen einzigen Brief hat Herr März geöffnet. Er hat sie sorgsam aufbewahrt.»

Ich fand Arnold bereits jetzt eine echte Kanone. So etwas Irres!

«Und warum hat er sie nicht zugestellt, diese Briefe?»

«Aus Furcht. Mal hatte er Angst vor einem Briefschlitz, dann wieder vor Haustürklingeln, vor Treppen oder vor den Empfängern. Immer, wenn er sich nicht traute, eine Briefsendung zuzustellen, nahm er sie mit dem festen Vorsatz, sie bald abzugeben, mit nach Hause. Dort hortete er die Post, bis das Haus, in dem er wohnte, schließlich von der Statik her etwas nachgab.»

«Was soll das heißen?»

«Sie müssen sich vorstellen, dass er dort zuletzt knapp dreieinhalbtausend Kilo Gewicht in Holzregalen lagerte. Und dies in einer Wohnung von knapp 50 Quadratmetern. Sie ist eines Tages ganz einfach eingestürzt.»

«Während er zu Hause war?»

«Ganz richtig. Die Mieter unter ihm saßen gerade beim Abendessen, als es plötzlich in der Decke knirschte. Dann rieselte es Putz und schließlich brach eines der Regale durch. Es wurde zum Glück niemand verletzt, aber Sie können sich vorstellen, was das für einen Schrecken verursachte.»

Arnold März versteckte sich in seiner Wohnung und wartete auf die Polizei. Zuerst traf die Feuerwehr ein, brach die Tür auf und sichtete die Wohnung, worauf einer der Männer durch das Loch im Boden zu den verängstigten Nachbarn ins Wohnzimmer fiel. Schließlich entdeckte man Arnold, der weinend in der Badewanne saß. Nachdem der Schaden bemessen und die Anzahl der nicht zugestellten Sendungen ermittelt war, wurde Arnold entlassen, und die 129 736 in seiner Wohnung entdeckten Briefe konnten nachträglich zugestellt werden. Die Angelegenheit erlebte ein kurzes, aber aufgeregtes Gastspiel in den Medien. Schließlich war das Haus repariert, die Briefe vergessen und Arnold in der Anstalt.

Natürlich sollte er für alle Forderungen haftbar gemacht werden, aber wie hätte er jemals irgendeinen Schaden regulieren können? Er wurde für nicht haftfähig und minder schuldfähig erklärt und in der Klinik weitgehend sich selber überlassen, solange er nicht aufbegehrte. Dort entdeckte Arnold auch seine Liebe zu angstlösenden Medikamenten, die ihm erstmals ein Leben in relativer Sicherheit boten. Kein Wunder, dass er uns gegenüber diese Zeit später als die schönste seines Lebens pries.

Heiner Zens konnte ihn mit dem Versprechen ins Haus Unruh lotsen, dass Arnold nach der Gruppentherapie ein angst- und drogenfreies Leben inmitten der Gesellschaft werde genießen können. Nach der Sitzung waren wir sehr neugierig auf Arnold.

Er kam also zu Fuß, und nachdem er das Haus betreten hatte, stellte Heiner Zens ihn uns in bewährter Manier vor. Arnold sah dabei nach oben und streckte einem die Hand hin, um sie dann aber, kaum dass man sie ergriffen hatte, wieder zurückzuziehen. Ünal wies ihn darauf hin, dass er zu solchen Kapriolen nicht aufgelegt sei. Arnold wurde rot wie ein Feuerlöscher und zog die Augenbrauen hoch, vielleicht erwartete er eine Ohrfeige von Ünal, der nichts Derartiges vorhatte. Sie standen sich einen Moment lang gegenüber, und es sah sehr beeindruckend aus, denn Arnold war ungefähr zwei Köpfe größer als Ünal und ganz sicher doppelt so schwer.

Die ersten Gruppengespräche mit Arnold waren wenig ergiebig. Er blieb wortkarg und schüchtern. Nach ein paar Tagen wurde ich langsam ungeduldig, denn ich wusste, dass der Fortschritt der Gruppe davon abhing, dass Arnold sich öffnete. Erst als Zens ihm die Verabreichung von Thiopental und Lorazepam vorschlug, wurde es besser. Als Erstes teilte Arnold uns mit, dass er sehr gerne mit uns reden wolle, aber darum bäte, dass wir ihn dabei nicht anschauten.

Nun reichte eine einzige Frage von Zens, um Arnold von seinen Ängsten und wie das angefangen hatte, erzählen zu lassen. Es dauerte ungefähr eine Woche, bis er seine Geschichte zu Ende brachte. Er benötigte häufig Pausen, und wenn die Wirkung seines Drogencocktails abklang, verstummte er rasch. Arnold behauptete, er könne sich an nichts erinnern, was vor seiner Einschulung passiert war, und überhaupt fehlten die ersten neun Jahre. Als er zehn Jahre alt war, hatte Arnold März jedenfalls drei Unfälle, die sein Leben veränderten. Er sagte, dass nach diesen Ereignissen diese unfassbare Angst gekommen und für immer geblieben sei.

Schon vor dem ersten Unfall war Arnold nicht unbedingt das mutigste Kind der Welt. Er war schüchtern, leise und erschreckte sich schnell. Deshalb vermied er die Gesellschaft älterer Kinder und hasste Kirchgänge. Die Kirche war ihm ein Gräuel. Von Weihrauch wurde ihm übel, er fürchtete sich vor dem Priester, vor der Orgel und ganz besonders vor dem heiligen Sebastian, der mit von Pfeilen durchbohrtem Oberkörper links im Kirchenschiff stand und Arnold ansah, als habe der Schuld an seinen Qualen.

Um die Alpdrücke im Zaum zu halten, gewöhnte Arnold sich an, während des Gottesdienstes auf den Boden zu schauen. Der Fliesenboden der Kirche bestand aus rötlichem Marmor und war durchzogen von grauen Fäden und Schwaden, die sich in Flüsse und Gebirge verwandelten, wenn Arnold lange genug hinsah. Risse und Löcher wurden vor seinen Augen zu Seen oder Wolken; da entstanden neue Länder oder eigentümliche Gebäude. Ohne den Boden zu berühren, tastete er ihn nach Unebenheiten ab, die er in Bilder umwandelte. Manchmal sah er auch einen alten Mann, der einen Rucksack trug, manchmal das Profil von Zwerg Nase, einmal ein Reh mit Raketenantrieb. Seine Sicht der Welt bestand aus seinem Blick auf den Marmorboden der St.-Antonius-Kirche. Diese Welt tat ihm nicht weh, sie sprach zu ihm mit seinen Worten, denn sie existierte nur in seiner Phantasie.

Arnolds erster Unfall ereignete sich am Ostermontag. Er hatte wie immer die Augen auf den Boden gerichtet und gerade damit begonnen, neue Bilder zu suchen. Soeben hatte er den Umriss von Großbritannien auf einer Fliese neben seinem rechten Fuß entdeckt, als sich nordöstlich von London etwas zu bewegen begann. Es war ein Insekt, kein großes, sondern eine winzig kleine rote Wanze. Die Wanze war schnell, durchquerte den Süden von England Richtung Ärmelkanal. Arnold war bereit, sie vor dem Ertrinken zu retten. Mit einer schnellen Bewegung beugte er seinen Oberkörper nach vorn und streckte seine Hand aus. Die Kuppe seines Zeigefingers setzte bei Bournemouth auf, um die Wanze daraufklettern zu lassen.

Im selben Augenblick entschied sich Arnolds Vater, den linken Fuß von der Gebetsbank herunterzunehmen, die Stellung war ihm unbequem geworden, der Fuß in dem steifen Lederschuh eingeschlafen. Um das Kribbeln mit einem festen Druck auf den Boden zu beseitigen, stampfte der Vater auf, brach seinem Sohn den Zeigefinger und beendete die Reise sowie das Leben der kleinen Wanze. Immer wieder an diesem Tag und noch lange danach fragten die Eltern Arnold, was um alles in der Welt er mit seinem Finger auf dem Boden der Kirche gesucht habe. Arnold sagte es ihnen nicht. Hätte er sich, Großbritannien und die Wanze verraten, wären die Bilder für immer verschwunden, so fürchtete er. Er beschützte seine Phantasie, indem er sie geheim hielt.

Der zweite Unfall ereignete sich, als der Finger gerade wiederhergestellt war, im Sommer. Arnold liebte das Radfahren. Mit seinem etwas zu großen Fahrrad fuhr Arnold enge Kreise und Achter und machte Bremsspuren, er kurvte auf dem Gepäckträger sitzend und freihändig in der Siedlung herum. Und eines Tages Ende August stürzte er, wie noch nie jemand in dieser Gegend gestürzt war. Sein Unfall war das Ergebnis eines gescheiterten Kunststückes. Die schmalen Eisengitter eines Gullys vor dem Bordstein luden sein Vorderrad ein, darauf zu balancieren. Das erforderte ein gewisses Geschick, denn dabei konnte der Reifen jederzeit in eine der schmalen Lücken des Gullys geraten. Wenn das passierte, hatte es unweigerlich den Sturz des Piloten zur Folge. Arnold übte, langsam mit dem Vorderrad über eine der Eisenstreben zu fahren, um dann den Lenker hochzuziehen und auf den Bordstein zu gelangen. Dort ging es vorsichtig weiter, das Hinterrad musste ebenfalls über das Hindernis.

Niemand außer Arnold war zu solch einem Kunststück fähig. Und niemand außer Arnold wusste, dass er so etwas konnte, denn er zeigte es niemandem. Dies galt bis zu jenem verhängnisvollen Tag, an dem ihn eine Stimme fragte: «Was machst du da?» Arnold, der soeben entschieden hatte, ein sagenhafter Fahrradartist zu sein, drehte sich um und sah ein etwa vierjähriges Mädchen, das ihn interessiert beobachtete. «Ich übe», sagte er.

«Und was?», fragte sie.

«Kunststücke», antwortete er, so ernst er konnte.

«Zeigst du mir eins?»

«Nein. Na gut. Eins.»

Arnold fuhr langsam auf die andere Straßenseite, wendete und hielt an. Dann fixierte er den Bordstein und den Gully und nahm Schwung, wie er bisher noch nie Schwung genommen hatte. Mit zwei Pedaltritten erreichte er das Gitter, verfehlte das Eisen und sank mit dem Vorderrad in den Gully. Der Schwung hob ihn aus dem Sattel, er stürzte kopfüber und, sich immer noch festhaltend, über den Lenker mit dem Rücken auf das vordere Schutzblech, das von einem vernickelten, etwa drei Zentimeter langen Dorn geziert wurde, der sich in unmittelbarer Nähe des vierten Brustwirbels in Arnolds Rücken bohrte und darin abbrach.

Eine Idee, vielleicht nur ein Millimeter weiter in der Mitte, und der Junge wäre gelähmt gewesen, behauptete der Arzt. Die Spitze wurde aus dem Rücken entfernt, doch der Schock saß tiefer als der Dorn. Nur kümmerte sich niemand darum. Arnolds Eltern waren zu sehr damit beschäftigt, sich beim Arzt für ihren Sohn zu entschuldigen. Anstatt ihn in den Arm zu nehmen, schüttelten sie lange dankbar die Hand des Doktors. Als Arnold uns dieses kleine Detail seiner Erzählung vortrug, wurde er wütend. Es war das einzige Mal, dass ich bei ihm so etwas wie Aggression bemerkt habe. Arnold erhielt einen Verband, einen Monat Hausarrest und bis zum nächsten Frühjahr kein neues Fahrrad.

Der dritte Unfall war der schlimmste. Erstens, weil er am meisten schmerzte, und zweitens, weil die Niederlage am folgenreichsten war. Wer weiß, was aus ihm geworden wäre, wenn er damals, am 25. November 1978, die Riesenspinne besiegt hätte.

Arnold stand vor der Kellertür. Für heute hatte er sich einen Plan zurechtgelegt, der ihm helfen sollte, seine Furcht vor dem Keller zu besiegen. Hin und wieder schickte ihn seine Mutter hinunter, um Nudeln oder Waschmittel zu holen. Arnold hasste den Keller mit seinen feuchten Wänden und den vielen kleinen Räumen, in denen klamme Gartengeräte, alte Koffer und Farbtöpfe herumstanden. Sämtliche Dinge in diesem Keller schienen miteinander durch weiße Spinnennetze verbunden. Es gab nichts, was Arnold freiwillig berührt hätte. Hinter schweren Türen verbargen sich dunkle Ahnungen von vergessenen Möbeln, fleckigen Stoffen und nasser Pappe. Besonders der Kartoffelkeller beflügelte Arnolds Phantasie. Hunderte Male hatte er sich vorgestellt, er würde beim Kartoffelholen von einer Kartoffellawine überrollt, um anschließend halbtot von den geheimen Bewohnern des Kellers ausgegraben und gequält zu werden. In seiner Vorstellung existierten Kellerwesen, mit Feuchte überzogene glänzende Monster, halb Menschenkind, halb Insekt, die nur darauf warteten, ihn ins Dunkle zu ziehen, um ihn auszusaugen und auf diese schaurige Weise in einen der ihren zu verwandeln.

Am meisten fürchtete er sich allerdings vor einer riesigen Finsterspinne, die sich meist in der Nähe des Lichtschalters aufhielt. Die Vorstellung, dass hinter ihm die Tür zuschlug und die Spinne ihn gefangen nahm, war so stark, dass er Strategien entwickelte, Besuche im Keller zu vermeiden. Er hatte eine Antenne dafür, wann seine Mutter etwas von unten brauchte, und machte sich dann unsichtbar. Das klappte oft, aber nicht immer. Dann litt er Höllenqualen. Gleichzeitig erschien selbst ihm seine Furcht geradezu lächerlich, also sprach er auch nicht davon, und seine Mutter hatte keine Ahnung, welchem Martyrium sie ihren Sohn aussetzte, als sie ihn bat, hinunterzugehen und ein Glas eingeweckter Pfirsiche zu holen.

Und bestimmt hätte sie ihn auch nicht verstanden, wenn

er gesagt hätte, dass er sich vor dem Keller fürchtete. So ein großer Junge. Schon in der fünften Klasse. Und hat Angst vor dem Keller.

Bevor er die Klinke drückte, holte Arnold tief Luft und dachte nach. Plan A: Hinter der Tür rechts oben an der Wand befindet sich der Lichtschalter, neben dem Lichtschalter wohnt die Spinne, die mich töten kann. Ich muss den Lichtschalter mit einem schnellen Schlag treffen, darf die Wand nicht berühren, muss zwei Stufen auf einmal hinunterspringen, zum Regal rasen und sofort das richtige Glas greifen, mich umdrehen und je zwei Stufen auf einmal nehmen. Wenn mich die Riesenspinne (ihr Körper ist so groß wie ein Fußball!) bis dahin nicht umgebracht hat, schlage ich mit der freien Hand auf den Lichtschalter und bin so gut wie gerettet. Plan B: Ich öffne die Tür, bringe die Scheißspinne um und hole die blöden Pfirsiche. Da ihm Plan B bei seiner körperlichen Konstitution und seiner ihn lähmenden Angst absolut unmöglich erschien, erweiterte er Plan A um ein kleines Detail, das ihn noch beflügeln sollte: Er nahm sich vor, nicht zu atmen, bevor er die Tür wieder von außen zuschlug. Er würde die Luft anhalten, auf diese Weise das Tempo erhöhen und aus reinem Selbsterhaltungstrieb innerhalb von weniger als sechs Sekunden zurück sein. Er nahm sich vor, für den Fall, dass die Luft nicht ausreichte, zu ersticken. Es lag also an ihm, entweder die Pfirsiche zu holen oder zu sterben, von eigener Hand, ohne Zutun der Spinne.

Er sog die Luft der Diele ein, die nach Blumenkohl roch, und schloss für einen Moment die Augen. Dann öffnete er sie wieder, riss die Tür auf, hieb auf den Lichtschalter, sprang gefährlich unachtsam die achtstufige Treppe hinunter, stützte sich mit der Linken an der feuchten Wand ab, was ihn erschreckte, geriet ins Straucheln, fing sich wieder und erreichte nach sieben schnellen Schritten das Regal mit den Pfirsichen. Griff nach dem Glas. Hielt es sicher mit beiden Händen. Längst hatte er sich umgedreht und lief zurück zur Treppe, die grün lackiert vor ihm den Zieleinlauf markierte. Zwei Stufen, vier Stufen, seine linke Hand ließ das Glas los, um den Schalter zu erreichen, über dem die Riesenspinne thronte. Das Glas rutschte langsam aus seiner schwitzigen Hand, noch vier Stufen, und die Entscheidung über Leben und Tod lag vor ihm: Glas loslassen, hinfallen, Luft rauslassen, Riesenradau, von Spinne angefallen und getötet werden. Oder mit letzter Kraft den Schalter erreichen, die oberste Stufe nehmen, herausspringen und – das Glas mit dem Körper abdeckend – eine Rolle vorwärts durch den Flur machen?

Bevor er diesen angenehmen Gedanken zu Ende gebracht hatte, stolperte er und schlug hart auf die Treppe. Das Glas fiel und zerbrach, er stürzte hinein und schnitt sich das Gesicht von der Nasenwurzel bis zur Oberlippe auf. Dabei prustete er die angehaltene Luft in einem Schwall von Blut und Pfirsichen bis an die Wand, sogar bis in den Flur. Die glitschigen Pfirsiche verteilte er mit rudernden Armbewegungen auf der Kellertreppe, als er bäuchlings zwei Stufen hinunterrutschte und schließlich die Augen schloss: vor Schreck, vor Scham und vor Schmerz.

Die Wunde wurde genäht. Später sah man die Narbe kaum noch, aber die Geschichte wurde immer wieder mal lachend auf Familienfesten erzählt. Wie der ungeschickte, kleine Arnold das Einmachglas auf der Treppe zerdepperte und so für den Höhepunkt des Wochenendes sorgte. Wie er die Pfirsiche sogar im Schuh hatte. Und dann diese grässliche Schnittwunde. Aber eines erzählten sie nicht, weil sie nichts davon wussten. Niemand sprach über den wahren Grund des Unfalls: über die Spinne, die sich gleich verzogen hatte, als Arnolds Mutter aus der Küche gelaufen kam. Und Arnold redete auch nicht darüber. Er erzählte keiner Menschenseele davon. Seine Angst gehörte ihm ganz allein, und er hütete sie wie einen Goldschatz.

Ich hatte den Eindruck, dass es Arnold guttat, uns seine Geschichte zu erzählen. Ich merkte es an seinen Händen. Sie ruhten ineinander, bewegten sich am fünften Tag kaum noch, während er sie zu Beginn seines Aufenthaltes beim Sprechen immer wild geknetet hatte. Er quetschte buchstäblich die Farbe aus seinen Fingern.

Am Abend des fünften Tages traf ich ihn in der Bibliothek, wo er unentschlossen vor dem Regal stand. «Es ist kein Krimi dabei, habe schon nachgesehen», sagte ich, um ein Gespräch zu beginnen. «Gefällt es dir hier?»

«Nein. Oder?», antwortete er, was mich verwirrte.

«Es ist doch eine ganz einfache Frage. Magst du den Laden oder nicht?»

«Das Essen ist sehr anständig. Und mir gefällt auch der Doktor Zens.»

«Ja, der gefällt uns allen. Sag mal, bist du verheiratet?»

«Ja. Natürlich. Oder: Nein. Nein. Ich bin geschieden.»

«So ein Zufall. Ich auch. Wie hieß denn deine Frau?»

«Welche Frau?»

«Deine Frau.»

«Ich bin nicht verheiratet.»

«Aber du warst schon mal verheiratet.»

«Wer? Ich? Nein, nie.»

«Das hast du aber eben behauptet.»

«Ach so, das war nur so dahingesagt. Ich war nie verheiratet. Ich bin nicht so ein Frauentyp.»

Ich vermutete, dass Arnold nie in seinem Leben Kontakt mit dem anderen Geschlecht gehabt hatte. Das stimmte aber nicht.

Am Morgen seines sechsten Tages bei uns ergriff Arnold selber das Wort, nachdem Zens die Sitzung eröffnet hatte. «Ich möchte euch heute etwas erzählen. Ich habe es nie erzählt, aber es liegt mir auf der Seele. Und ich denke, ihr solltet wissen, dass ihr es mit einem Schwein zu tun habt. Ich habe eine Vergewaltigung mitgemacht. Es tut mir leid. Ich wünschte, ich könnte das wiedergutmachen.»

Arnold wartete auf eine Reaktion. Rita beugte sich ein Stück zu ihm vor und sagte: «Das kann man nicht wiedergutmachen.»

Der Meinung war ich nicht. Jedenfalls nicht unbedingt. Außerdem spürte ich, wie Rita das zarte Pflänzlein von Arnolds Bemühen zu zertrampeln drohte. «Red einfach drauflos, Arnold», sagte ich deshalb. Zens warf mir einen dankbaren Blick zu.

«Also gut», sagte Arnold. «Ich werde davon erzählen. Ich habe meine Strafe schon bekommen, deshalb fürchte ich mich nicht so sehr vor der Verurteilung durch euch.»

«Aber, aber, niemand wird Sie verurteilen, lieber Arnold», sagte Zens.

Es war eine weitere Geschichte aus seiner Kindheit. Zwölf Garagen habe es in dem Garagenhof seiner Siedlung gegeben. Sechs auf der einen Seite, sechs auf der anderen. Einige Tore waren bemalt, eines war hellgrün, eines blau. Hinter dem Hof wohnte er mit seinen Eltern und mit ihnen viele Dutzend Kinder.

Zu Arnolds Leidwesen lebte auch ein gewisser Frank hier, ganz in der Nähe der Familie März. Frank war Arnolds Peiniger, ein grober Angeber, immer mit einer Clique ihm ergebener Idioten unterwegs. Als Hauptquartier hatte er den Spielplatz ausgewählt, den er besetzt hielt, sodass niemand wagte, dort auch nur einen Fuß draufzusetzen. Frank war älter, stärker und zwar auch dümmer, jedoch von einem geradezu bewundernswert einfallsreichen Sadismus. Solche Kerle gibt es in jeder Siedlung, sie stellen jeweils die nächste Generation aus Arschloch-Familien dar. In der Regel waren schon der Vater und zuvor der Großvater Drecksäcke. Ich kenne das aus meiner Kindheit, jeder kennt es aus seiner Kindheit. Wenn man diese Burschen später wiedertrifft, sind sie häufig arme Würstchen mit Würstchenkindern, die kleinen Mädchen den Arm umdrehen. Ich wusste ganz genau, was für ein Kerl dieser Frank war, als Arnold von ihm erzählte.

Alle Kinder fürchteten sich vor Frank, nicht nur Arnold, der schon einen Schweißausbruch bekam, wenn er bloß Franks Fahrrad irgendwo liegen sah. Er wusste dann, dass Frank und seine Vasallen nicht weit sein konnten. Natürlich machte sich Arnold darüber Gedanken, warum gerade er es war, auf den es Frank besonders abgesehen hatte. Vielleicht lag es an seinem hübschen Gesicht, vielleicht an den feinen karierten Hemden, die Arnolds Mutter mit Stärke bügelte. Oder es lag an Arnolds Geruch nach Shampoo oder an seinen sauberen Schuhen. Arnold wusste, dass nichts davon eine Rolle gespielt hätte, wenn er nur ein wenig mutiger gewesen wäre.

Das Leben wurde leichter, wenn Arnold wusste, dass Frank beim Fußballtraining war oder zur Besserung seines Verhaltens das Wochenende bei einem Onkel fünfzig Kilometer weit weg verbrachte. Dieser Onkel, so hieß es in der Nachbarschaft, war Polizist und sperrte Frank manchmal für zwei Tage in einen Gartenschuppen, eine Maßnahme, die er aus beruflicher Erfahrung jedem pädagogischen Gespräch vorzog. Sobald sich die Kunde von der Abwesenheit des Schlägers verbreitet hatte, konnten alle Kinder der Nachbarschaft ohne Furcht und eingezogene Köpfe draußen spielen. Arnold nahm diese Gelegenheiten wahr, um nach Annelies zu suchen. Schon als er sie zum ersten Mal sah, verliebte er sich in sie.

Annelies, dunkelhaarig wie Nscho-tschi, gab seinem Leben einen Sinn. Und Arnolds Klavierunterricht auch. Dieser war die Idee seiner Mutter gewesen. Arnold riss sich nicht darum, begehrte aber auch nicht auf, weil er wusste, dass sein mangelndes Talent der Sache ein rasches Ende bereiten würde. Länger als bis zu den Sommerferien würden weder Frau Beek noch die Mutter sein stümperhaftes Geklimper erdulden und ihn bald wieder entlassen. Um dies sicherzustellen, übte er praktisch nie. Ein guter Plan, wenn nicht eines Tages Annelies aufgetaucht wäre.

Normalerweise erschien Arnold immer ein paar Minuten zu spät in der Musikschule, einem alten Backsteingebäude mit einer breiten, von vielen tausend Schülerfüßen zertrampelten Holztreppe und einer Sirene auf dem Dach, die samstags Übungsalarm gab. Neben der Musikschule, die bis zur Errichtung eines modernen Schulhauses als Volksschule gedient hatte und deren Klassenzimmer fast alle leer standen oder vom Heimatverein genutzt wurden, stand die Kirche und dazwischen Kastanien. Arnold umfuhr die Kastanien träge mit dem Rad, ließ sich Zeit, es abzustellen und gewissenhaft abzuschließen, und nahm dann die Notentasche vom Gepäckträger. Ihm lag nicht daran, pünktlich bei Frau Beek zu erscheinen, und durch seine Trödelei ließ sich die Stunde auf unter fünfzig Minuten drücken.

Er schlenderte in die Schule, in deren Dachgeschoss die Folterkammer der Frau Beek lag. Vielleicht ging seine Uhr vor, vielleicht war er zu schnell gefahren, seine Bummelei hatte jedenfalls nicht zu der gewünschten Verspätung geführt. Im Treppenhaus kam sie ihm entgegen. Durch das große Fenster fiel das Januarlicht. «Ich hatte noch nie so etwas Schönes gesehen», schwärmte er noch 29 Jahre später. Als sie an ihm vorüberging, sah sie ihn kurz an und sagte «Hallo». Arnold erwiderte nichts und sah ihr nur nach. Mit leichten Schritten lief sie zur Tür hinaus und verschwand. Ganz klar, das war das Mädchen, das vor ihm dran war. Frau Beek hatte ihm ein ums andere Mal vorgehalten, dass er sich gefälligst ein Beispiel an Annelies nehmen solle, die sei fleißig und talentiert. Er hatte sie dann stets zum Teufel gewünscht und sich als Scheusal mit fettigen Haaren vorgestellt. An diesem Tag spielte Arnold noch schlechter als sonst, der nach Mentholzigaretten stinkende Atem der Lehrerin störte ihn jedoch kein bisschen.

Zur Überraschung von Frau Beek erschien Arnold in den darauffolgenden Wochen ziemlich pünktlich. Und immer traf er Annelies, die sich zu freuen schien, wenn sie ihm begegnete. Irgendwann begann er, kleine Blumen auf ihren Fahrradsattel zu legen. Natürlich machte er sich keine Illusionen, dass sie ihn damit überhaupt in Zusammenhang brachte. Nach dem dritten Mal musste er feststellen, dass sie die Blumen keineswegs mitnahm und zu Hause in eine Vase stellte, wie er gehofft hatte, sondern sie einfach wegwarf. Da ließ er es sein. Dafür übte er jetzt täglich in Gedanken an Annelies und wusch sich vor dem Unterricht die Hände, was zumindest bei Frau Beek gut ankam. Natürlich hatte sie keine Ahnung, was diesen unverhofften

Durchbruch ausgelöst hatte, auch nicht, als Arnold eines Tages nach mehr als einem halben Jahr darum bat, etwas Vierhändiges lernen zu dürfen. Es kam, wie er es sich erhofft hatte. Zur nächsten Stunde beorderte sie ihn eine ganze Stunde früher zu sich, um ihn mit Annelies ans Klavier zu setzen. Sie sei zwar besser, aber vielleicht bereit, es mal mit ihm zu probieren, sagte sie.

Eine lange Woche hindurch fieberte Arnold dieser Begegnung entgegen und träumte die Dinge, von denen Zwölfjährige träumen, wenn sie an Mädchen denken: zusammen sein, an ihr riechen, ihr Gesicht ansehen. Andere neidisch machen. Dann kam der Tag der Tage. Annelies saß neben ihm, und er sah zum ersten Mal ihre Hände mit den schmalen Fingern ganz aus der Nähe. Ihre Finger lagen in absolut perfekter Haltung auf den Tasten. Ihre Fingernägel waren abgekaut, aber das störte ihn nicht. Er mochte ihre Hände, wie er alles an ihr mochte. Er selbst hatte sich vor dem Unterricht die Nägel geschnitten und die Hände gleich mehrmals gewaschen und eingecremt, um wenigstens optisch nicht gleich wie ein kleiner Junge zu wirken. Sie roch nach Weichspüler. Und sie trug einen Pferdeschwanz. Am Ende der Stunde hielt Frau Beek die beiden dazu an, gemeinsam zu üben. Das war es, was er gewollt hatte. Sofort schlug Arnold vor, sie könne ja zu ihm kommen, sie hätten ein schönes Klavier und Platz, und es mache seiner Mutter bestimmt nichts aus. Zu seiner größten Überraschung willigte sie ein, mehr noch: Sie lächelte ihn an. Er gab ihr seine Adresse, und sie sagte nur: «Ich komme morgen um drei, wenn du willst.»

«Ist okay», antwortete er scheinbar lässig und platzte beinahe vor lauter Glück.

Am nächsten Tag nach der Schule räumte Arnold sein

Zimmer auf. Er ließ das Spielzeug verschwinden und drapierte seine Musikkassetten auf dem Regal. Er ordnete den Schreibtisch und zog seine einzige Jeans an. 14:20 Uhr. Er hatte eine Idee: Zigaretten. Er rauchte natürlich nicht, fand aber Zigaretten am ehesten geeignet, auf Annelies Eindruck zu machen. Wenn er schnell zum Automaten fuhr und welche besorgte, konnte er sie wie zufällig auf den Schreibtisch legen. Er zog die Jacke an und verschwand, nicht ohne seiner Mutter zu sagen, er müsse noch ein Schreibheft kaufen.

14:42 Uhr. Camel Filters besorgt.

14:53 Uhr. Er bog in den Garagenhof ein und sah eine Gruppe von Jungs. An denen musste er vorbei, möglichst unauffällig, denn wenn mehr als drei Jungs im Garagenhof standen, roch es stark nach Frank und damit nach Ärger. Er schob das Fahrrad am äußersten Rand des Hofes entlang, machte sich unsichtbar und dachte bereits an die bevorstehenden Wonnen mit Annelies. Dann sah er sie, eingekreist von Frank und seinen Kumpels. Scheiße. Er stellte sein Rad ab und ging auf die Gruppe zu. Als er sie fast erreicht hatte, drehte sich Frank um und sah ihn mit unverhohlenem Hass an. «He Schwulibert, was gibt's?»

Arnold antwortete nicht. Im Kreis des Bösen stand Annelies neben ihrem Fahrrad und sah ihn ängstlich an.

«Lasst sie bitte in Ruhe», flehte Arnold. «Sie will zu mir.»

«Zu dir, soso. Was will die denn bei dir?»

«Klavier spielen.»

«Klavier spielen», äffte Frank, und seine Freunde lachten.

«Was wird denn gegeben?»

Arnold verstand ihn nicht.

«Bitte lasst sie in Ruhe», jammerte er. Von einer zur nächsten Sekunde war seine aufkeimende Männlichkeit verschwunden. Annelies sagte gar nichts. Sie trug ein Kleid mit Streifen und Zöpfe, hielt ihr Notenmäppchen umklammert und sah zu Boden.

«Zeig doch mal deine Noten», sagte Frank und riss an der Tasche, ohne sich weiter um Arnold zu kümmern. Es wäre der Moment gewesen, den einzig richtigen Satz zu sagen: «Ich hole meine Mutter.» Oder es einfach zu tun. Oder an irgendeiner Haustür zu klingeln und um Hilfe zu bitten. Aber er tat nichts, er blieb nur wie angewurzelt stehen.

«Chopin», las Frank vor. «Wie schick. Und das willste spielen mit dem Schwuli?»

In diesem Augenblick machte Arnold einen schweren Fehler, denn er sagte: «Das ist meine Freundin», als schützte seine Zuneigung sie vor Frank.

«Deine Freundin? Seit wann hat denn der Schwuli eine Freundin?» Alle lachten. «Du und Freundin. Dass ich nicht lache. Du Angeber. Du Arschloch.»

Annelies sah immer noch nach unten.

«Ich hab 'ne Idee. Wie wäre es, wenn wir deiner Freundin mal zeigen, wie's geht?»

Arnold verstand zwar nicht genau, was Frank damit meinte, aber sein drohender Ton gefiel ihm nicht. Frank sah ihn an, als erwartete er eine Gegenwehr. Dann drehte er sich ruckartig um und zog Annelies an der Hand. Ihr Fahrrad kippte um und landete scheppernd auf dem Garagenhof. Frank zerrte sie hinter sich her in eine offene Garage, seine Freunde, die auch nicht wussten, was er vorhatte, liefen hinterher. Arnold verharrte einen Moment unschlüssig, um dann ebenfalls in die Garage zu gehen.

Kaum war er drin, schloss einer das Tor, ein anderer drückte auf den Lichtschalter. Die Garage stank nach Öl und Gummi.

Frank drückte Annelies gegen die Winterreifen, die am Ende der Garage gegen die Wand gelehnt standen. Annelies begann zu weinen.

«Hast du schon Haare auf der Muschi?», fragte Frank und drehte sich beifallheischend um. Die Frage schien die anderen auch zu interessieren. Endlich kapierte Arnold – er hatte zumindest eine vage Ahnung –, wie gefährlich es hier werden konnte, und versuchte, das Garagentor zu öffnen, um Hilfe zu holen. Küster reagierte als Erster und nahm Arnold in einen Schwitzkasten. Bald gab der die Gegenwehr auf und verhielt sich ruhig.

«Lass doch mal sehen.» Frank schubste Annelies leicht mit der Hand. Sie sah nicht auf.

«Alles muss man selber machen», sagte Frank mit gespielter Empörung und hob ihr Kleid hoch. Annelies versuchte, sich von ihm wegzudrehen.

«Also, so geht das nicht. Kann die vielleicht mal einer festhalten hier?» Sofort kamen zwei nach vorn und griffen ihre Arme. Dann kehrte eine geschäftige Stille ein. Frank zog ihr die Unterhose runter und hob das Kleid. Annelies drückte den Schoß zusammen, doch Frank zog ihre Knie auseinander, wobei sie das Gleichgewicht verlor und mit dem Kopf nach hinten an die Wand stieß.

Arnold konnte sich in der Klemme nicht rühren, sah aber, was Frank Annelies antat. Er fingerte hektisch und ohne sichtbares Vergnügen an ihr herum. Annelies schluchzte leise, wehrte sich aber nicht mehr. Frank verlor die Geduld. Die Sache machte ihm keinen Spaß.

«Was 'n los hier? Seid ihr alle eingeschlafen?»

Er blickte sich suchend um. Schließlich entdeckte er etwas, das ihn inspirierte.

«He, Schwuli, die Luftpumpe. Bring mir die Luftpumpe.»

Arnold hatte keine Ahnung, was das sollte. An der seitlichen Wand der Garage hing ein Herrenrad, in dessen Rahmen eine metallene Luftpumpe klemmte. Küster lockerte den Griff und ging mit Arnold zum Fahrrad, wo er die Luftpumpe herausnahm und sie Arnold in die Hand drückte. Dann zerrte er ihn zu Frank, der breitbeinig vor Annelies stand.

«Wieso sollen eigentlich nur wir Spaß haben? Guck mal, was ich hier habe. Er nahm Arnold die Luftpumpe weg und pumpte Annelies Luft ins Gesicht. Ihr Pony flog hoch.

«Hallo. Guck mal.» Er pumpte weiter Luft in ihr Gesicht und erwartete wohl, dass sie zu lachen anfing. Aber sie sah ihn nur tränenverschleiert an.

«So. Und jetzt zeig ich's dir.» Frank war wütend. Er zog Luft in die Pumpe und stieß die Spitze gegen ihren Unterleib. Dann drückten seine Kumpane ihre Beine auseinander, und Frank stach die Luftpumpe in ihr Geschlecht, um Luft hineinzupressen, was misslang. Dies stachelte ihn nur weiter an, und er begann, mit der Pumpe in sie einzudringen. Als das nicht funktionierte, zog er am Griff. Annelies, die bis dahin schmerzverzerrt, aber tapfer geblieben war, stieß einen kurzen, aber heftigen Schrei aus. Arnold weinte. Küster erschrak.

Frank ließ augenblicklich von ihr ab und trat einen Schritt zurück. Irritiert ließ er die Luftpumpe fallen, und gleichzeitig gaben die Jungen Annelies frei, die auf den Boden sank. Frank trat auf Arnold zu und sagte leise: «Ein einziges Wort, und du bist tot.» Arnold nickte, er war zu nichts anderem fähig. Frank und seine Freunde verließen die Garage und hauten über den Hof ab. Arnold traute sich nicht, Annelies anzusehen. Sie stand auf, ordnete ihr Kleid und ging. Sie würdigte ihn keines Blickes. Kein Wort kam über ihre Lippen, aber ihr Gesicht war von Tränen ganz aufgeweicht und rot, das Kleid schmutzig, ein Träger gerissen. Arnold sah, wie sie das Rad aufhob und die Notenmappe an den Lenker hängte. Dann ging sie, den Blick auf den Boden gerichtet, langsam fort.

Er überredete seine Mutter, ihn vom Klavierunterricht zu befreien. Es sei nur verschwendetes Geld, er werde es nie lernen. Das Argument mit dem Geld zog, und so meldete sie ihn einige Tage später ab.

«Ich fuhr noch ein paar Mal zur Musikschule, um sie zu sehen. Ich versteckte mich hinter einer Kastanie und wartete. Aber sie kam nicht. Ich habe ohnehin nicht gewusst, was ich ihr hätte sagen sollen. Ich habe sie nie wiedergesehen.»

«Weißt du, was aus ihr geworden ist?», fragte Rita.

«Nein. Keine Ahnung. Ich könnte es nicht ertragen, wenn sie wegen dieser Sache Schaden genommen hätte. Auf der anderen Seite würde ich mich gerne bei ihr entschuldigen.»

Zu meiner Überraschung sagte Ünal: «Das hast du in gewisser Weise schon tausend Mal getan. Und ich finde, du hast gebüßt, indem du ein unglücklicher Mensch geworden bist. Du bist ein Opfer deiner Ängste.»

Diese Sichtweise erschien mir hart, aber nicht vollkommen ungerecht. Ich fragte Arnold, ob er wisse, was aus Frank geworden sei.

«Frank hat Karriere gemacht. Er ist heute Personalchef bei einem Chemiekonzern.» Als er dies sagte, stieg eine unglaubliche Wut in mir auf. Die Ungerechtigkeit und die unbestrafte Bosheit machten mich zornig. Auch wenn ich natürlich wusste, dass die Vergewaltigung des Mädchens und die Karriere dieses Schweines nichts miteinander zu tun hatten, hätte ich Annelies gerne gerächt. Irgendwie. Ich sah in die Runde, um in den Gesichtern abzulesen, ob sie derselben Meinung waren. Alle sahen sehr betroffen aus. Nur einer lächelte, und das war Doktor Zens.

7. Die Drachensaat

Arnold passte gut in die Gruppe, das musste ich Zens lassen. In diesem überängstlichen Riesen mit den weichen Gesichtszügen schlummerte ein großes Wutpotential. Vor allem, wenn er seine Tabletten nicht rechtzeitig bekam. Nach ein paar Tagen im Haus Unruh stellte Zens eines Morgens fest, Arnolds Medikamente seien ausgegangen und er müsse nun ohne sie auskommen, bis eine neue Lieferung eingetroffen sei.

Das machte Arnold zunächst nur nervös. Er zitterte und stotterte beim Sprechen, verlor sich dabei im Dickicht seiner Schwindeleien und stellte das Reden ganz ein, um nur mehr mit den Augen den Raum nach möglichen Angreifern abzusuchen. Nach einigen Stunden verwandelte er sich in ein schwitzendes Ungeheuer. Er hätte jetzt alles getan, um an Drogen zu kommen, und befand sich völlig in der Hand des Arztes, der ihm abends gab, was er brauchte.

Allmählich wurde mir klar, nach welchen Kriterien Zens uns besetzt hatte. Demnach hätte ein krankhafter Gewaltverbrecher oder ein auf manische Weise fröhlicher Patient einfach nicht zu uns gepasst. Ich habe einige von beiden Sorten getroffen, bevor ich ins Haus Unruh kam. Dass man mit pathologischen Brutalos nicht unbedingt gerne in einer Runde sitzt und über seine Sorgen plaudert, versteht sich dabei von selbst. Aber auch auf bezaubernde Weise harmlose Anstaltsinsassen können einen zur Raserei bringen. Ich denke dabei gerade an den früheren Verwaltungsdirektor einer hessischen Kleinstadt, der sich für eine französische Schlagersängerin hielt. Er sorgte zwar für gute Stimmung auf der Station, hätte jedoch unsere Gruppe nicht weitergebracht. Und er litt nun einmal nicht am Zens-Syndrom.

Unser Doktor benötigte Gescheiterte, Unglückliche, die außerdem als, so der juristische Terminus, relative Personen der Zeitgeschichte ein gewisses Maß an Öffentlichkeitswirksamkeit mitbrachten, um den vollen Effekt ihres großen Handlungsexzesses zu bewirken. Aus solchen Typen, also uns, konnte er Wütende machen. Unter Zens' Anleitung hatten wir in den Therapiegesprächen längst die Schuldigen gefunden, auch für Arnolds Leiden. Die anderen hatten ihn, den geborenen Schwächling, erst zu dem seelischen Sondermüll gemacht, für den er sich hielt. Sie hatten tätliche Mithilfe geleistet, wie Zens es ausdrückte. Einen zaghaften Menschen als linkischen Feigling zu verhöhnen, wird ihn nicht unbedingt mutiger machen.

Nach zwei Wochen in unserer Gesellschaft kam Arnold aus sich heraus. Sein Blinzeltick verlangsamte sich zusehends, und er fasste Mut, legte sich in einer Moraldiskussion sogar mit Ünal an, dem unbestrittenen geistigen Oberhaupt unserer Gruppe.

Arnold lernte schnell, was es bedeutet, ein Zensianer zu sein. Und auch er bestand die Prüfung nicht, die Zens ihm auf unserer zweiten Exkursion stellte. Zunächst einmal musste Arnold morgens auf die Einnahme seiner geliebten Angstlöser verzichten. Dann fuhren wir nach Freiburg. Da sollte er in einem Drogeriemarkt eine kleine Haarklammer stehlen und sodann zur Polizei marschieren, um sich selbst wegen Diebstahls anzuzeigen. Zens sagte das Ergebnis voraus.

«Sie müssen sich nicht fürchten, Arnold, es wird Ihnen nichts widerfahren. Das ist ja das Schlimme.» So richtig verstand ich das nicht, doch er behielt recht. Tatsächlich wollte man nicht einmal Arnolds Personalien aufnehmen. Aber der Reihe nach.

Unter Strömen von Angstschweiß gelang es Arnold in der Drogerie, die Haarklammer von einem drehbaren Ständer zu nehmen, welcher dabei mit höllischem Geschepper umfiel. Die Kassiererin kam zur Hilfe und stellte das Ding wieder hin, gemeinsam bestückten Arnold und die Frau den Ständer mit sämtlichen Artikeln, die auf dem Boden gelandet waren. In der Hektik steckte Arnold auch die Haarklammer wieder an ihren Platz, die er hatte entwenden wollen. Dann entschuldigte er sich für die Störung und verließ das Geschäft.

«Und? Wo ist die Haarklammer?», wollte Zens wissen.

«Die habe ich hier. Nein, doch nicht. Ach so, die. Die habe ich im Laden vergessen», sagte Arnold kleinlaut. Er hätte beinahe angefangen zu weinen. Rita erklärte ihm, dass er noch einmal hineingehen müsse, um die Klammer zu holen. Also betrat er den Laden erneut, ging zu diesem Ständer und nahm die Haarklammer. Er steckte sie in seine Jackentasche, lief an der Kasse vorbei und rief: «Auf Wiedersehen.»

Worte können nicht beschreiben, wie stolz er auf seine Tat war. Allerdings ließ die Begeisterung für seinen Coup spürbar nach, als wir vor der Polizeidienststelle standen. «Und nun zeigen Sie sich an. Keine Angst, Arnold, Ihr Kopf bleibt dran», munterte Zens ihn auf. Dann gingen wir alle zusammen hinein.

Die Polizisten standen hinter einem Tresen und gingen verschiedenen Beschäftigungen nach, die nicht besonders polizeilich aussahen. Zens schob Arnold nach vorn. Ein Beamter mit zwei Sternen auf der Schulter sah uns an und sagte: «Tag, die Herren. Was gibt's?»

Arnold wurde knallrot. «Ich habe gestohlen.»

«Aha.»

«Ich möchte eine», er sah sich zu Zens um, welcher ihm motivierend zunickte, «Anzeige machen.»

«Sie möchten sich selbst anzeigen.»

«Nein. Doch. Genau.»

«Was haben Sie denn gestohlen?»

«Das hier», sagte Arnold und fingerte die Haarklammer aus seiner Tasche, um sie auf den Tresen zu legen. Der Beamte nahm einen Bleistift und drehte die Klammer einmal um sich selbst. Der Preis klebte noch daran.

«Sie wollen mich wohl verarschen.»

«Ja. Nein. Ich weiß nicht. Glaube nicht.»

«Sie rauben mir meine Zeit, um sich wegen des Diebstahls einer Haarklammer für 49 Cent anzuzeigen? Wissen Sie eigentlich, was das für einen Aufwand macht? Haben Sie eine Ahnung, wie viele Formulare ich ausfüllen muss und wer sich anschließend alles mit Ihrem Delikt befassen muss? Das kostet Tausende von Euro, die der Steuerzahler wegen Ihres kleinen Scherzes hier berappen muss. Ist Ihnen das eigentlich klar?»

«Nein, ja, tut mir leid. Aber ich dachte, ich sollte mich anzeigen, wenn ich etwas Unrechtes tue.»

«Das sagen Sie mal den Heerscharen von Verbrechern, die draußen rumlaufen, den Raubmördern, Einbrechern, Zuhältern und Unfallflüchtigen. Die müssen wir kriegen und nicht die wertvolle Zeit der Allgemeinheit mit Figuren wie Ihnen hier vertrödeln. Nehmen Sie Ihre Klammer und verschwinden Sie, bevor ich sauer werde.»

«Aber das ist doch gar nicht meine Klammer. Sie gehört dem Drogeriemarkt da vorne, und ...»

«Na, dann bringen Sie sie einfach wieder zurück. Oder

machen Sie sonst was damit, aber gehen Sie mir nicht mit Ihrem Geschiss auf die Nerven.»

Von hinten trat ein weiterer Polizist hinzu.

«Was ist, Klaus, gibt's Ärger?»

«Nein, hier ist nur so ein Witzbold, der will sich selber wegen einer Haarklammer anzeigen.»

Der zweite Polizist traute der Angelegenheit nicht.

«Warte mal, vielleicht sind die von so einer Witzsendung und haben eine versteckte Kamera dabei, weißt du? Oder von einer Zeitschrift. Die wollen nur sehen, wie du reagierst, und dann hauen sie dich in die Pfanne.»

Das gab dem Beamten zu denken. Er nahm die Klammer in die Hand und sah sie prüfend an. Womöglich schätzte er die Situation falsch ein, sein Gesicht strahlte Unsicherheit aus. Das Gleiche galt aber auch für Arnold, der fürchterliche Angst bekam, vor allem vor dem zweiten Polizisten.

«Sie können die Klammer ja auch behalten. Ich gehe dann mal», sagte Arnold stotternd, drehte sich um und wollte zur Tür.

«Moment. Stehen bleiben», sagte Polizist Nummer eins. Er hielt die Klammer in der Hand.

«Sie nehmen jetzt dieses Ding hier und bringen es zurück. Und zwar dalli.»

«Keine Strafe?»

«Schon mal was von einem Bagatelldelikt gehört? Und jetzt raus hier.»

Draußen atmete Arnold tief durch. Zens klopfte ihm auf die Schulter. «Test nicht bestanden, Arnold. Genau wie die anderen. In Ihrem speziellen Fall ist es so, dass Sie aufgrund Ihrer Disposition nicht ernst genommen wurden.»

«Wenn er ein Auto geklaut hätte, schon», warf Rita ein. Aber Zens wedelte nur mit den Händen.

«Hier geht es wie neulich im Restaurant um die Art des Umgangs miteinander. Hatten Sie das Gefühl, der Mann nimmt Sie als Individuum wahr?»

«Ja. Nein. Irgendwie nicht, oder?», fragte Arnold zurück, der nicht sicher war, wie die richtige Antwort lautete.

«Sagen Sie mir Ihre Meinung», bat Zens.

Arnold schaute auf der Suche nach einer Meinung in die Runde. Dann atmete er tief durch und sagte: «Der Polizist war ein arroganter Mistkerl, und er hat mich überhaupt nicht ernst genommen. Er hat mich behandelt wie den letzten Dreck. Ich habe aber ein Recht darauf, wie ein normaler Mensch behandelt zu werden, selbst wenn es aufwändig ist und Zeit kostet.»

«Bravo, Arnold. Und für dieses Recht kämpfen wir gemeinsam in der Gruppe.» Doktor Zens spendierte jedem ein Eis, obwohl es dafür eigentlich zu kalt war. Dann brachte Arnold der verdutzten Drogerie-Frau die Haarklammer zurück, entschuldigte sich bei ihr abermals, und wir fuhren wieder nach Hause.

Natürlich diskutierten wir in unserer Gesprächseinheit lange über die Übung. Ich lasse diese Gespräche hier aber weitgehend aus. Das meiste wiederholte sich ohnehin. Ich denke, das gehörte zu Zens' Strategie, uns immer weiter auf Linie zu bringen. Wir bekamen so langsam einen richtigen Tunnelblick und nahmen unsere Umwelt tatsächlich nur noch als Feindeslager war. Das Haus Unruh erschien immer mehr als Trutzburg gegen die Bosheit der anderen.

Etwa zur gleichen Zeit wurden unsere Pfleger immer nachlässiger. Das Türengebot wurde außer Kraft gesetzt. Sie übergaben uns sogar die Fernbedienungen, mit denen sich unsere Zimmer ab- und aufschließen und die Türen nach draußen öffnen ließen. Das bedeutete, dass sich unsere Privatsphäre vergrößerte, jeder von uns konnte nun für sich sein, wann immer er wollte. Wir konnten das Haus Unruh nun auch jederzeit verlassen, wir hätten sogar den Bus nehmen und in die Stadt fahren können. Aber wir wollten gar nicht. Wir blieben lieber unter uns, in Sicherheit.

Die Pfleger hatten fast nichts mehr zu tun. Sie nahmen die Lebensmittel in Empfang, die alle drei bis vier Tage von einem Supermarkt aus dem Nachbarort zum Haus Unruh gebracht wurden. Meistens stellte ein junger Mann die Waren einfach vor die Tür und stieg dann wieder in seinen Lieferwagen, um kiesspritzend davonzufahren. Manchmal klingelte er auch an der Tür, trat jedoch nie ein, sondern wies nur auf den Haufen, den er abgeladen hatte. Ich denke, das Haus Unruh war ihm nicht ganz geheuer. Wahrscheinlich wurde über das Anwesen und seine unsichtbaren Bewohner, uns, getuschelt. Boten und Briefträger bekamen ja – wenn überhaupt – bloß die ernsten, stets weiß gekleideten Herren Pfleger zu Gesicht. Diese trugen die angelieferten Sachen – auch die Medikamente wurden gebracht – in die Küche und in den Keller. Der Koch bereitete die Mahlzeiten zu. Eines Morgens dann waren sie alle verschwunden.

Ich kam ins Esszimmer und musste feststellen, dass nicht eingedeckt war. Das hatte es noch nie gegeben. Ich rief «Hallo», aber niemand kam. Das verunsicherte mich erst einmal. Ich stand eine Zeitlang unschlüssig herum und rief dann wieder: «Hallo! Ist hier jemand?» Dann hörte ich Topfgeklapper, und einen Moment später stand Zens in der Küchentür. Er trug Anzughose, weißes Hemd und Krawatte, das Jackett hatte er jedoch mit einer Küchenschürze vertauscht. Er hielt eine Pfanne in der Hand, in der etwas

Gelblichbraunes brutzelte. «Ich versuche mich an Rühreiern. Guten Morgen, lieber Bernhard.»

«Wo ist denn das Personal?», fragte ich besorgt. Ich fürchtete die Schließung unserer Wohngemeinschaft.

«Tja, Bernhard. Die brauchen wir nicht mehr. Die habe ich alle entlassen. Wir steigen jetzt auf Selbstversorgertum um.»

«Was?»

«Wir verpflegen uns selber. Bewacht werden muss hier niemand mehr. Außerdem beginnt nun die heiße Phase der Therapie. Da haben Sie so viel mit sich selbst zu tun, dass das Personal nur stören würde.»

Er warf den angekokelten Eierbatz in die Luft und fing einen Teil davon mit der Pfanne wieder auf. «Hoppla. Sobald alle an Bord sind, machen wir eine Aufgabenverteilung. Um elf Uhr treffen wir uns wie immer im Besprechungszimmer.» Er griff nach meinem rechten Oberarm, grinste mich beinahe blöde an und fügte hinzu: «Ich freu mich, Bernhard.»

Ünal und Arnold begrüßten die neue Situation, auch wenn Arnold sich um seine Medikamente Sorgen machte. Zens schlug ihm vor, die Pillen selber zu verwalten, aber das wollte Arnold nicht, denn er wusste, dass er als hochgradig Abhängiger schnell die Kontrolle verloren hätte. «Wenn er die Tabletten in seinem Zimmer aufbewahrt, wird er sich ständig damit abschießen», sagte ich. Daraufhin bat er mich, sie bei mir einzuschließen und ihm nur die Dosis zu geben, die Zens mit ihm vereinbart hatte. Ich wurde also sozusagen Arnolds Dealer. Am Anfang war das ein einfacher Job. Morgens eine, mittags eine und vor dem Schlafengehen eine Tablette. Wenn er anfing zu stottern oder sich in Antworten maßlos verfranzte: noch eine. Ich hatte Arnolds Benzos immer dabei, und das schmiedete ihn gewissermaßen an mich.

Wir teilten uns die Arbeit. Ünal und Rita waren die Housekeeper, sie sorgten ab sofort dafür, dass das Erdgeschoss sauber und ordentlich blieb, sie deckten den Tisch und räumten die Spülmaschine ein. Arnold, Zens und ich kümmerten uns um die gemeinsamen Mahlzeiten. Zens hatte schnell keine Lust mehr darauf und drückte sich mit dem Hinweis, er müsse unsere Runden vorbereiten und wissenschaftliche Texte verfassen. Außerdem mussten Arnold und ich die Wäsche waschen. Zens zeigte uns den geheimen Weg in den Keller, dessen Tür sich in einer Nische der Küche befand. Da Arnold es strikt ablehnte, in den Keller zu gehen, blieb diese Arbeit an mir allein hängen.

Nachdem sämtliche Aufgaben verteilt waren, trafen wir uns im Besprechungsraum. Doktor Zens wartete, bis sich alle gesetzt hatten, sämtliche Wasserflaschen zugeschraubt und abgestellt waren und Rita in den Aufmerksamkeitsmodus wechselte. Dann nahm er einen dicken Filzstift und schrieb «Drachensaat» auf ein Flipchart, welches er zu diesem Zweck mitgebracht hatte.

«Kennt jemand von Ihnen dieses Wort?», fragte er in die Runde.

«Ja, wenn jemand Drachenzähne auswirft, dann heißt das, er sät Zwietracht, nicht wahr? Das kommt irgendwie aus der griechischen Sagenwelt», riet ich halb.

«So ähnlich», sagte Zens und schaute in die Runde. Dann sammelte er sich und sagte: «Wir werden heute erfahren, was es mit der Drachensaat auf sich hat. Am Ende werden Sie verstehen, wenn ich Ihnen sage, dass Sie die Drachensaat sind.»

«Ich?», fragte Arnold, der ganz offenbar Angst hatte, dass diese Bezeichnung Konsequenzen für ihn haben könnte.

«Sie alle. Sie sind die Drachensaat.» Zens steckte die Kappe auf seinen Filzschreiber und setzte sich. «Hören Sie zu, vielleicht kommen Sie ja von selber darauf, was die griechische Antike mit Ihnen zu tun hat. Die Geschichte ist ziemlich verwirrend, ich werde das meiste auslassen. Aber es kommt auch nur auf ein Detail an. In der griechischen Mythenwelt ist an zwei Stellen die Rede von sogenannten Drachenzähnen. Weiß jemand, wo?»

Er schaute in weitgehend leere Gesichter. Ich erinnerte mich an die Argonautensage und wusste noch aus meiner Schulzeit, dass die Argonauten Seefahrer waren und mit Jason unterwegs, um das goldene Fell eines Schafes aufzutreiben. In diesem Zusammenhang kamen Drachenzähne vor. Und das sagte ich auch.

«Wunderbar, Bernhard, ich bin froh, dass Sie bei uns sind. Ein Mensch mit humanistischer Bildung. Es war übrigens ein Widder und kein Schaf, aber das ist wirklich nebensächlich. Gut, bei den Argonauten tauchen die Drachenzähne auf. Die Argonautenreise ist eine der umfangreichsten Sagen des klassischen Altertums. Es existieren auch kürzere, die von der Erschaffung der Welt handeln, zum Beispiel die von Kadmos. Und da hat die Geschichte von den Drachenzähnen ihren Ursprung. Jason und die Argonauten kamen erst später, da wurde das Motiv noch einmal aufgenommen. Mich interessiert also vor allem Kadmos. Das war der Sohn des phönikischen Königs Agenor. Dieser Kadmos hatte eine Schwester, die Europa hieß und von Zeus, dem Göttervater, entführt wurde. König Agenor trug Kadmos auf, Europa zurückzubringen. Wenn ihm das nicht gelang, durfte er nie mehr heimkehren. Gemein, was?»

Keiner lachte. Wir hatten schon genug damit zu tun, ihm zu folgen.

«Die Suche nach Europa war eine unlösbare Aufgabe, denn Zeus hatte seine Spuren verwischt, und Kadmos fand weder ihn noch seine Schwester. Er befragte das Orakel von Delphi, wo er sich für den Rest seines Lebens niederlassen sollte, weil er ja nicht ohne seine Schwester nach Hause kommen durfte. Gemäß der Prophezeiung des Orakels ließ sich Kadmos an einem Platz nieder, um dort eine Stadt zu gründen, und schickte seine Diener aus, frisches Wasser von einer Quelle im Wald zu holen. Dort jedoch trafen seine Gefährten auf einen Drachen, der sie alle grausam tötete.

Kadmos wartete vergeblich auf seine Leute und das Wasser. Nach ein paar Stunden warf er sich sein Löwenfell um, griff seine Lanze und ging in den Wald, um sie zu suchen. Dort traf auch er auf den Drachen und auf die verstümmelten Leichen seiner Männer. Kadmos schwor Rache, warf einen Felsbrocken auf das davon unbeeindruckte Untier. Dann rammte er ihm seinen Wurfspieß in den Rücken. Der Drache biss in den Schaft und zerknickte den Speer, doch die Eisenspitze steckte in seinem Körper. Der Drache vergoss Ströme von Blut, richtete sich jedoch immer wieder gegen Kadmos auf, der sich mit dem Löwenfell schützte und mit der gebrochenen Lanze nach dem Ungeheuer stieß. Schließlich durchbohrte Kadmos mit einem gewaltigen Stoß den Hals des Drachens und nagelte ihn mit seiner Lanze an einem Baum fest. Der Drache starb, die Kameraden des Kadmos waren gerächt.

Da tauchte die Beschützerin des Kadmos auf, die Göttin Pallas Athene. Sie riet ihm, die Zähne aus dem Maul des Drachens zu brechen, mit dem Pflug eine Ackerfurche zu graben und dort die Zähne zu säen, um so ein neues Volk gedeihen zu lassen. Kadmos folgte ihr und warf die ausgebrochenen Drachenzähne in die Ackerfurche. Er traute seinen Augen kaum, denn sofort wuchsen aus der Erde bewaffnete Krieger, die augenblicklich und noch bevor sie ganz der Erde entwachsen waren, damit begannen, sich gegenseitig abzuschlachten. Es war ein grausamer Kampf von Gleichen gegen Gleiche. Obwohl sie selben Ursprungs waren, ermordeten sie sich gegenseitig ohne Gnade, ohne Schonung. Dieser Kampf erinnert mich an unsere heutige Zeit.»

Ünal ergriff das Wort: «Diese Drachenzähne sind wie die modernen Menschen. Jeder will nur seinen Vorteil, jeder lebt auf Kosten der anderen. Ist es das, was Sie uns sagen wollen?»

«Genau das will ich Ihnen sagen», sagte Zens nicht ohne einen gewissen Stolz.

«Aber was haben die Drachenzähne des Kadmos denn mit uns zu tun?», fragte ich. «Wir sind nicht wie sie, wir kämpfen ja gar nicht.»

«Nicht mehr, Bernhard, Sie kämpfen nicht mehr. Aber warten Sie, die Geschichte ist ja noch nicht zu Ende», belehrte mich Zens und fuhr fort. «Kadmos beobachtete also, wie sich die Drachensaat selbst auslöschte. Aber nicht alle starben. Fünf ausgewachsene Drachenzähne blieben übrig. Pallas Athene bat sie, mit dem Kämpfen aufzuhören, und einer von ihnen, er hieß Echion, legte die Waffen nieder. Diese fünf Erdgewächse der Drachensaat schlossen Frieden. Sie wurden die Helden des Kadmos, der mit ihnen an diesem Ort die Stadt Theben gründete, deren König er wurde.»

«Und diese Gruppe von neu geborenen Menschen sind wir?», entfuhr es Arnold.

«So ist es. Sie sind die überlebenden Drachenzähne, die alles besser machen können als der Rest dieser gewalttätigen Gesellschaft. Sie waren klüger als die anderen. Sie sind eine neue Elite des Gewissens und der Moral. Sie sind gesellschaftliche Avantgarde und von mir dazu auserwählt.»

Ich fand ihn ein wenig pathetisch, aber im Grunde genommen hielt ich seine Ausführungen für schlüssig: Er sah in uns die einzigen integren Menschen zur Bildung einer neuen gesellschaftlichen Gemeinschaft. Was wir wollten, was Zens wollte, war ein freundliches, tolerantes, auf Frieden und äußerster Höflichkeit aufgebautes Beziehungssystem. Gewalt oder Ungerechtigkeit hatten darin keinen Platz. Das ist sehr wichtig, denn die Anklage der Staatsanwaltschaft Karlsruhe lautete später unter anderem auf «Bildung einer kriminellen Vereinigung», und das ist etwas anderes als das, was wir wollten. Ich habe oft darauf hingewiesen, aber es hat niemand zugehört.

Jedenfalls betrachtete Zens uns als erste Prototypen seiner Forschung: Drachenzähne, die dem Menschheitskampf abgeschworen hatten. Ich hob die Hand, um eine Frage zu stellen: «Und was ist nun mit der anderen Sage, in der wir vorkommen?»

«Das ist die Argonautensage. Die Geschichte geht in aller Kürze so: Der Königssohn Jason überstand mit seinen Freunden, den Argonauten, eine Menge Abenteuer, deren Schilderung jetzt zu weit führen würde. Jedenfalls landeten sie am Ende bei König Aietes, der Jason das Goldene Vlies versprach, wenn es ihm gelang, zwei feuerspeiende Stiere unter ein Joch zu zwingen und mit ihnen einen Acker zu pflügen. Jason schaffte es, weil er von der Tochter des Königs, von Medeia, einen Zaubertrank erhielt, der ihn unverwundbar machte. Als der Acker gefurcht war, reichte Aietes dem Jason einen Helm mit den Drachenzähnen, die Kadmos damals übriggelassen hatte. Er bat ihn, die Zähne zu säen, weil er hoffte, dass die Kämpfer Jason angreifen würden, sobald sie aus der Erde kamen. Das wollten die auch, aber Jason warf einen Stein zwischen sie, und sofort entbrannte ein wilder Streit um diesen Stein, in dessen Verlauf sich die Drachenkrieger gegenseitig umbrachten. Jason raubte das Vlies und die Tochter.

Die beiden haben geheiratet, aber es war keine glückliche Ehe. Egal. Auf jeden Fall begegnen wir hier der Drachensaat erneut. Und wieder steht sie für das Unvermögen der Menschen, miteinander auszukommen. Sie als aus den Tiefen dieser erbarmungswürdigen Rasse emporgeragte Drachenzähne haben die Chance, es anders zu machen und für ein neues Miteinander der Menschen einzutreten.»

Je länger ich darüber nachdachte, desto besser gefiel mir die Vorstellung, so eine Art Prophet des Guten zu sein. Wobei ein Prophet, der bloß im Haus Unruh herumwandelt, wenig Inspiration unter die Menschen bringt, zumal die Menschen in seiner Umgebung ebenfalls Propheten sind. Das schien mir der Haken an Zens' Konstrukt zu sein. Und damit stand ich nicht allein da.

Arnold meldete sich: «Aber wie können wir denn für ein neues Gesellschaftssystem werben, ohne dass das einer weiß? Ich meine, es kann der Gesellschaft da draußen doch total egal sein, was wir hier treiben!?»

«Sehr gut, Arnold. Ganz richtig, die anderen müssen uns kennenlernen. Wir werden dafür sorgen, dass die Welt weiß, dass es uns gibt. Zumindest theoretisch. Wir werden einen Plan ausarbeiten, der es uns ermöglicht, eine große

Aufmerksamkeit für uns herzustellen. Das ist nicht einfach heutzutage. Denken Sie an die vielen tausend Botschaften, die außerhalb des Hauses Unruh auf die Menschen einprasseln. Wir sind hier eine Insel der Seligen, aber draußen, das wissen Sie nur zu gut, da müssen Sie schon sehr laut rufen, damit Sie einer hört. Wie das gelingen kann, werden wir gemeinsam durchspielen.»

Ünal hatte noch einen Einwand: «Moment mal, wir sind doch nur vier. Wenn Sie, verehrter Herr Doktor, unser Kadmos sind, dann sind wir hier nur vier Drachenzähne und nicht fünf.»

«Ünal, Sie haben gut aufgepasst. Einer fehlt. Das habe ich so nicht vorgesehen. Eigentlich sollte Herr Kringe schon seit gestern unter uns sein, aber leider ist er verstorben.»

«Oh! Was ist passiert?»

«Er ist gestern überfahren worden.»

«Von einem Zug? Hat er sich vor einen Zug geworfen?», fragte Arnold neugierig. Er besaß ein großes Interesse an Methoden zur Selbsttötung.

«Nein, es war kein Zug. Es war ein holländischer Lastwagen, der Feinbleche geladen hatte. Und es war kein Suizid.»

«Ein Unfall?», fragte ich.

«Ja. Herr Kringe war auf dem Weg zu uns, und an einer Raststätte bei Frankfurt musste der Fahrer tanken. Herr Kringe nahm die Gelegenheit wahr und ging ein wenig spazieren. Auf der A 3.»

«Wie furchtbar», sagte Rita und schnappte nach Luft, um sich mit einem Stück Schokolade zu beruhigen.

«Ja, allerdings. Ich habe aber einen Ersatz beschaffen können. Er ist bereits auf dem Weg zu uns. Auch ein Mann.

Er kommt aus einer Klinik am Niederrhein. Sein Name ist Tiggelkamp, und er wird morgen früh zu uns stoßen.»

«Was hat er denn gemacht?», fragte Ünal, der offenbar um seinen Status als mit Abstand interessantestes Gruppenmitglied bangte.

«Benno Tiggelkamp hat gar nichts gemacht, liebe Herrschaften. Nichts und absolut gar nichts.»

«Also nichts Verbotenes», hakte ich nach.

«Nein, so habe ich das nicht gemeint. Ich meinte damit: Er hat nichts gemacht.»

Damit war die Sitzung beendet. Zens erhob sich, um das Fenster zu kippen. Nur Rita blieb sitzen. Sie schien sehr beschäftigt zu sein. Zens drehte sich zu ihr um und fragte: «Rita, was ist mit Ihnen? Wir sind fertig. Kommen Sie?»

«Ich habe noch eine Frage», sagte sie.

«Na dann mal los.»

«Was ist denn eigentlich aus der entführten Schwester von Kadmos geworden?»

«Wen interessiert das?», fragte Ünal. Er war bereits voll im Drachensaat-Fieber.

«Mich. Ich will es wissen. Was wurde aus dieser Europa?»

«Sie hat Zeus geheiratet und drei Söhne von ihm bekommen. Ich denke, Kadmos war ihr wurscht.»

8. Der Muttimörder

Natürlich waren wir alle gespannt darauf, was Zens da für uns plante. Allerdings gefiel mir von Anfang die Vorstellung nicht, diesen, wie Zens es immer nannte, «großen Handlungsexzess» nur theoretisch und nicht in der Praxis zu vollziehen. Aber vielleicht war dies ja auch nur wieder eine Vorstufe, ähnlich wie die Übungen, die wir mehr oder weniger erfolglos absolviert hatten. Ich wurde zumindest von einer kleinen zögernden Hoffnung bewohnt, dass das Zens-Syndrom für mich eine heilbare Krankheit war.

Trotz des unerfreulichen Telefonates mit Ariane und meiner desaströsen Bewerbung in diesem Schnellrestaurant war das kleine Flämmchen meiner Bürgerlichkeit und des damit verbundenen Stolzes noch nicht ganz erloschen. Ich war zu allem bereit, um mir meinen Platz in der Gesellschaft zurückzuerobern. Wenn dieser große Handlungsexzess dazu beitragen konnte – und nichts anderes hatte Doktor Zens mir versprochen –, war ich dabei. Zens hatte mich genau da, wo er mich haben wollte. Und deshalb war mir ein nur in Gedanken und nicht in der Realität durchgeführter Plan nicht genug.

Bevor Zens ihn uns erläutern konnte, stieß Benno Tiggelkamp zu uns. Ich habe weder vorher noch hinterher jemanden getroffen, der so sehr in sich ruhte wie dieser seltsame Kauz von Ende sechzig. Allerdings muss man ihn sich nicht ruhend in jener Weise vorstellen, wie man sich Buddha oder einen Philosophen des Altertums vorstellt. Man darf sich ihn aber auch nicht phlegmatisch denken, desinteressiert oder sogar von irgendwelchen unheilvollen Drogen vernebelt, wie es bei Arnold der Fall war. Dessen künstlich hergestelltes Gemüt war uns anderen eher unheimlich. Bennos Ruhe hingegen stammte aus einem unergründlichen Wesenszug. Man könnte sagen: Der war so. Aber auch das ging nicht weit genug. Benno besaß den Blutdruck einer Mumie und die Kommunikationsfähigkeit eines Klappspatens. Man konnte ihn weder ärgern noch besonders erfreuen. War er dumm? Kann sein, dass er dumm war, vielleicht etwas unterkomplex. Auf jeden Fall war er ungebildet. Aber was sagt das schon über einen Menschen aus? Ich habe viele Leute von hohem Bildungsgrad getroffen und kann leicht zwei Hände voll aufzählen, die ich als komplette Vollidioten bezeichnen würde. Politiker, Firmenchefs, Bauherren. Personen von fachlicher, aber ohne jede persönliche Integrität, ohne Herzensbildung, ohne Empathie. Schwachköpfe eben. Und so einer war Benno bei aller Eindimensionalität bestimmt nicht. Wir haben ihm aber auch nicht viel abverlangt. Als er zu uns kam, war schon so viel passiert. Am Ende wäre er womöglich zu Großem imstande gewesen. Ich kann das nicht beurteilen. Benno war immer irgendwie dabei und doch niemand, an dessen Teilnahme sich hinterher einer hätte erinnern können. Eigentlich war er ein Geist. Sein ganzes Leben lang.

Und dieser Geist, der letzte noch fehlende Drachenzahn, erschien am 8. Mai im Haus Unruh. Zens hatte ihn am Bahnhof von zwei Herren übernommen, die ihn von seiner Klinik am Niederrhein nach Freiburg gebracht hatten. Er verfrachtete ihn in den Van und fuhr ihn ins Haus. Und nun stand also dieser Benno Tiggelkamp mit einem recht altmodischen Koffer in der Tür der Villa und sah sich um. Benno war ein großer, hagerer Mann. Er trug eine tropfenförmige Brille und genau die Sorte Kleidung, die man als Zeuge später nicht mehr beschreiben kann. Am ehesten trifft es zu, wenn man bei solchen Gelegenheiten sagt: «Der war auf jeden Fall nicht nackt.» Ich erinnere mich nur deshalb an seinen Aufzug, weil er immer das Gleiche trug. Vielleicht besaß er auch alles doppelt und dreifach. Was er in dem Koffer mit sich herumschleppte, weiß ich nicht. Ich habe immer versäumt, ihn danach zu fragen.

Er trug an diesem und an jedem anderen Tag, den ich mit ihm verbracht habe, eine beige Windjacke, darunter ein weißes Hemd und ein Unterhemd, welches man durchscheinen sah, eine braune Anzughose mit Hosenträgern, graue Tennissocken und weiße Turnschuhe, die er penibel sauber hielt. Ich weiß noch, dass mir sein Gebiss und darin die großen Schneidezähne auffielen. Schwarze Haare, für einen Mann seines Alters recht lang und von einzelnen grauen Haaren durchwirkt, dichte Koteletten. Ein Typ, wie man ihn manchmal am Kiosk sieht oder im Kaffeeausschank einer Supermarktbäckerei. Man könnte diese stummen Männer beinahe für Künstler halten, aber dafür ist ihr Gang zu schleppend. Für Bettler bewegen sie sich hingegen noch zu aufrecht.

Sie leben von Hartz IV oder kippen gerade hinein. Die meisten von ihnen saufen. Ich war selber einmal drauf und dran, zu so einem Fall zu werden, ich kenne mich damit aus. Ich habe sie immer Waschbetonfiguren genannt, als ich noch in meiner Sozialwohnung hauste, diese Typen, die in ihrem Elend so aus der Zeit gefallen wirkten wie die Waschbetonfassade an dem Haus, in dem ich wohnte. So einer schien Benno zu sein. Rechts und links brandet das Leben an ihm vorbei, und er schaut ohne Neugier einfach hinterher.

Zens stellte ihn allen Bewohnern vor, und Benno sagte

jedes Mal: «Anjenehm, Tiggelkamp der Name.» Auf meine Frage, wie die Reise war, antwortete er: «Joo, na ja, soso lala, wie war die Reise? Et wor halt ene Reise.»

Er sprach mit dunkler Stimme einen starken rheinischen Dialekt, der aber nicht wie der fröhliche Singsang eines Kölners klang und auch nicht so verbindlich wie die burschikose Sprache des Ruhrgebietes. Sein Dialekt hörte sich erdig an, nach der lehmigen Landschaft, aus der er stammte. Ich bin selbst nie am Niederrhein gewesen, aber er hat sie als Gegend geschildert, in der die Trauerweiden die Äste neigen, um nachzusehen, ob ihre Wurzeln noch da sind. Sonst machten sie nichts. Und Benno machte auch nichts. Das war weder Zen noch Meditation oder irgendeine Art von Absicht. Das war ein Wesen, das sich nie in Frage stellte, das überhaupt keine Fragen stellte, das lebte, weil es nun einmal zufällig geboren worden war. Benno war übrigens keineswegs faul, wenn Sie das glauben. Er wurde zwar von allen behördlichen Stellen und jedem Arbeitgeber, der ihn jemals beschäftigt hatte, schnell als Minderleister identifiziert, doch das Besondere an ihm war, dass er seine Ambitionslosigkeit nicht einmal bestritt. Er war auch nicht stolz darauf, er nahm es mit totalem Gleichmut entgegen. Man könnte auch sagen: Es war ihm egal. Er war Weltmeister im Alles-egal-Finden. Und wie um diesen Status zu krönen, war selbst das ihm scheißegal.

Wenn ich behaupte, dass er nicht faul war, so meine ich damit, dass er sehr wohl etwas machte, wenn man ihn darum bat. Dann wechselte er Glühbirnen, briet ein Steak oder jätete Unkraut. Diese Tätigkeiten waren ihm keine Herzensangelegenheiten, aber er tat einem gerne einen Gefallen. Er brach nicht gerade in Hektik aus, wenn er einer Beschäftigung nachging, folgte seinem eigenen Rhythmus, und wenn er den anderen zu langsam war und diese ihn zur Eile anhielten, sagte er nur: «Och, dann mach dat ma' schön alleine.»

So ist Benno Tiggelkamp sein Leben lang nicht über den Status eines Hilfsarbeiters hinausgekommen.

Ünal reagierte wie bei jedem neuen Gast auch auf Benno zunächst einmal mit Ablehnung. Es hätte ja sein können, dass «der Neue», wie Ünal ihn nannte, ihm eventuell die Show stehlen konnte oder über eine Leidensgeschichte verfügte, die Rita stärker gerührt hätte als seine. Rita war unser emotionales Zentrum; wenn sie jemanden in ihr Herz schloss, wäre es für uns als Gruppe unmöglich gewesen, diese Person abzustoßen. Das war schon mit Arnold so gewesen.

Bennos erste Gruppensitzung verlief aus Zens' Sicht überaus unbefriedigend. Nachdem wir ihm sein Zimmer gezeigt und er sich dort häuslich eingerichtet hatte, kamen wir im Besprechungszimmer zusammen. Zens eröffnete die Sitzung: «Freunde, ich freue mich. Wir sind komplett. Hier ist also unser Drachenzahn Benno. Herzlich willkommen, Benno.»

Wir klatschten und warteten darauf, dass der Drachenzahn Benno etwas sagte. Es kam aber nichts. «Wollen Sie uns von sich erzählen, Benno?»

«Nö.»

«Das machen wir hier alle. Jeder muss ein bisschen was sagen, auch wenn's schwerfällt.»

«Jut. Isch bin Benno, siebnseschzsch Jahre. Un' isch wohne jetz' hier.»

Himmels willen, dachte ich. Das wird zäh. Und das stimmte auch. Es dauerte eine gute Stunde, bis wir erfahren hatten, dass Herr Tiggelkamp leider erwerbslos war und erst kürzlich sein Heim verloren hatte, in dem er bis dahin zusammen mit seiner Mutter gewohnt hatte.

«Und dann ist Ihre Mutter gestorben, oder was?», fragte ich mit einer gewissen Ungeduld.

«Nä. Die is' schon vor neun Jahren jestorben.»

«Also haben Sie alleine in dem Haus gewohnt.»

«Nä, mit der Mutti. Sach isch doch.»

Was das bedeutete, wurde uns erst Tage später richtig klar.

Man muss auch bei Benno so weit vorn wie möglich anfangen, um ihm gerecht zu werden. Diese Art von Respekt hat er genauso verdient wie jeder andere von uns. Die meisten Informationen kamen dabei nicht von Benno, der sich als nicht nur maulfaul, sondern auch als erinnerungsschwach erwies. Und das gefiel mir, denn ich empfand seine Erklärung dafür als intellektuelle Glanzleistung: Benno nahm für sich in Anspruch, alles vergessen zu haben, was nicht wichtig war. Und weil ihm nun einmal nichts wichtig erschien, hatte er alles vergessen. Zens wusste tatsächlich mehr über Benno als Benno selbst. Manchmal sagte Benno daher «ach» oder «na so was», wenn Zens Details aus dessen Vergangenheit vortrug. Diese Details hatte man akribisch aus allen möglichen Quellen für seine Krankenakte zusammengetragen.

Nach Lage der Dinge wurde Benno Egon Hermann Tiggelkamp am 6. Dezember 1941 in Moers geboren. Seinen Vater hat er nicht kennengelernt, der fiel in Russland wenige Monate nach Bennos Geburt. Benno soll ein sehr stilles Kind gewesen sein, ein sensibler Junge, der immer bei der Mutter sein wollte, die als Schneiderin arbeitete. Er könne sich nicht daran erinnern, behauptete er, aber das Geräusch einer Nähmaschine vermochte er perfekt zu imitieren. Über seine Schulkarriere ist nichts bekannt, er hat auf jeden Fall keinen Abschluss. Auch von einer Ausbildung war nichts zu berichten. Er sei immer schon mal hier, mal da gewesen. Er sei von Beruf Nix, antwortete er auf Ünals diesbezügliche Frage. Und er habe immer mit seiner Mutti gewohnt.

Benno hat sich nie für eine Partei engagiert, aber immer die SPD gewählt, weil er das zu Hause so gelernt habe. Er mochte Helmut Schmidt, besonders dessen Stimme, denn sie erinnerte ihn an den Vater, dem er nie begegnet ist. Als ich ihn einmal fragte, ob er seinen Vater zumindest von einem Foto kenne, antwortete er, dass sein Vater auch genauso ausgesehen habe wie Helmut Schmidt. Die meiste Zeit seines Lebens hat Benno damit verbracht, anderen beim Leben zuzusehen. Die Krefelder Fußgängerzone rund um den Schwanenmarkt war sein Theater. Und der Hauptbahnhof, wo er ganze Tage damit zubrachte, neben den Italienern zu stehen, die sich dort trafen.

Es mag gut sein, dass seine Existenz so vollkommen ereignislos wie die einer Distel am Feldrand war, aber ich verspürte einen gewissen Neid darauf. Hatte ich mich nicht jahrzehntelang vergeblich damit abgemüht, ein einigermaßen passabler Mensch oder wenigstens ein guter Architekt zu sein? War ich mit meinen Ambitionen nicht dramatisch gescheitert, dem Tod durch Selbstmord bis auf ein paar Millimeter nahe gekommen? War nicht am Ende mein ganzes Dasein gekennzeichnet von meinem Versagen, etwas daraus zu machen? Und er, Benno, war exakt genauso weit gekommen wie ich, nämlich ins Haus Unruh. Der Unterschied zwischen ihm und mir bestand jedoch darin, dass ich alles dafür gegeben hatte – und er rein gar nichts. Er hatte niemals Talent oder auch nur Interesse bewiesen und war nun genauso gut oder schlecht dran wie ich. Benno bewegte die Brille auf seiner Nase, indem er diese heftig rümpfte. Auf diese Weise konnte er die Brille den Nasenrücken hochschieben, ohne dafür die Hand zu benutzen. Es sah sehr ulkig aus, denn wenn er seine Nase nach oben bewegte, zeigten sich seine riesigen Schneidezähne, was ihm das Aussehen eines monströsen bebrillten Hasen verlieh.

«Benno, können Sie über die Vorfälle von Ende Februar des vergangenen Jahres sprechen?», fragte Zens.

Zum ersten Mal bemerkte ich an Benno so etwas wie Unwohlsein. Nein, er konnte oder wollte nicht darüber reden.

«Wir müssen das aber thematisieren, Benno. Möchten Sie das machen, bitte?»

«Nä, möscht isch nisch.»

«Ist es Ihnen lieber, wenn ich vortrage, was Polizei und Staatsanwaltschaft protokolliert haben?»

Benno schob die Unterlippe vor und sah betrübt zu Boden.

«Das musste ich auch durchmachen», sagte Arnold tröstend.

«Wir alle sind nicht gerade mit Orden überhäuft worden», fügte Ünal hinzu.

Aber Bennos Tat wog offenbar so schwer, dass er unmöglich darüber Auskunft geben wollte.

«Dann werde ich das vortragen», sagte Zens schließlich.

Benno Tiggelkamp sah weiter nach unten, widersprach aber nicht, sodass Zens damit begann, die Ermittlungsakten der Krefelder Staatsanwaltschaft mit seinen Worten wiederzugeben.

«Benno wohnte mit seiner Mutter in einem kleinen abbezahlten Häuschen. Er bezog auf dem niedrigsten Level Unterstützung, und seine Mutter erhielt eine Rente. Die beiden lebten recht anspruchslos in jeder Hinsicht, nämlich zum einen bescheiden und zum anderen, ohne den Behörden aufzufallen.»

Bei den letzten Worten sah Zens zu Ünal hinüber, dem Mann der 400 Prozesse. Ünal hob die Augenbrauen und schmollte.

«Der 21. Februar war Berta Tiggelkamps 90. Geburtstag, und an diesem Tag machte sich der Pfarrer der zuständigen Krefelder Gemeinde auf den Weg, um ihr zu gratulieren. Er kannte sie zwar nicht, aber Frau Tiggelkamp war immerhin im Register eingetragen, und bei neunzigsten Geburtstagen kam der Pfarrer vorbei. Er klingelte unangemeldet und ein, wie es im Protokoll heißt, derangiert aussehender Benno Tiggelkamp habe geöffnet und dem Pfarrer bedeutet, dieser könne die Mutti nicht besuchen, weil die sich nicht so gut fühle. Der Pfarrer machte sich Sorgen und bat, sie trotzdem kurz sehen zu dürfen, was Benno rundheraus ablehnte. Das fand der Pfarrer seltsam, denn normalerweise sind Angehörige froh, wenn ein Seelsorger sich einer offenbar bedürftigen Frau von 90 Jahren – zumal an ihrem Geburtstag – annehmen möchte. Also bat der Pfarrer noch einmal darum, eingelassen zu werden, was den zunehmend verzweifelt wirkenden Benno Tiggelkamp dazu veranlasste, wortlos die Tür ins Schloss zu werfen. Der Pfarrer ging nach Hause, konnte den Vorfall aber nicht vergessen und wiederholte deshalb am folgenden Tag seinen Besuch. Auf sein Klingeln öffnete aber niemand, also befragte er einen Nachbarn, der ihm hinter vorgehaltener Hand erzählte, dass schon seit Jahren keiner mehr die Frau gesehen habe. Benno kaufe zwar immer für zwei ein, aber selbst im Sommer säße nur er allein auf der Terrasse und ließe niemanden hinein. Da er aber ein recht höflicher und ganz sicher harmloser Mensch sei, habe man sich mit der Schrulle der Alten, ein Leben hinter der Gardine zu führen, letztlich abgefunden.

Diese Auskünfte reichten dem Pfarrer zu einem Verdacht, den er noch am selben Tag der Polizei mitteilte, welche wiederum aus Überlastung und weil sie die Sache nicht recht ernst nahm, erst vier Tage später mit zwei Mann bei Benno klingelte, um mal nach dem Rechten zu sehen. Er öffnete, und auf die Frage, ob man mal die Mutter sehen könne, antwortete er, dass man sie wohl sehen, keinesfalls jedoch mit ihr sprechen könne. Die Beamten sagten, dass ihnen das Sehen schon genüge, und Benno führte sie ins Haus, in dem ein schwerer, süßlicher Gestank herrschte.

Die Polizisten betraten das Wohnzimmer und mussten sich sofort übergeben, denn im Sessel saß die verstorbene, vollständig mumifizierte Berta Tiggelkamp. Sie war erstaunlich gut in Schuss, was die Gerichtsmedizin auf die offenbar ganzjährige trockene Heizungsluft zurückführte. Ihre Haut hatte einen graubraunen Teint, und sie konnte problemlos identifiziert werden.

Im Gegensatz zu den Polizisten, die nach dem Einsatz psychisch betreut werden mussten, hatte Benno ein recht ungezwungenes Verhältnis zu seiner Mutti. Er brachte jedoch Verständnis für die Übelkeit der Männer auf und bot ihnen ein Glas Wasser an, was die beiden ablehnten. Sie nahmen ihn sofort in Gewahrsam.

Kaum war der Fall bekannt, geriet er in die Schlagzeilen, und aus Benno wurde der «Muttimörder», was zwar nicht korrekt war, aber gut klang. Tagelang waren Benno und Berta auf der ersten Seite zu finden, natürlich widmete das Fernsehen der Sache viel Platz. Und immer waren dieselben Bilder zu sehen: das kleine Häuschen von außen, die gruselige Illustration eines Zeichners vom Leichnam im Sessel sowie ein altes Foto, das Benno unscharf mit einem Glas Bier in der Hand zeigte. Es stammte von einem Mann, der Benno auf einem 21 Jahre alten Foto vom Sommerfest der Freiwilligen Feuerwehr wiedererkannt hatte und es sofort für 1600 Euro an die BILD-Zeitung verkaufte.

«Ünal, wo sehen Sie hier eine Straftat oder ein unbotmäßiges Verhalten bei Benno?»

Ünal dachte nach. «Das kommt darauf an. Es könnte sich um Störung der Totenruhe handeln. Oder vielleicht irgendwas Hygienisches? Muss man Tote bestatten? Ich weiß es nicht.»

«Betrug», sagte Zens und klappte Bennos Akte zu. «Man hat ihm erst einmal vorgeworfen, seine Mutter ermordet zu haben, um an ihre Rente zu kommen. Die Reaktion ist in solchen Fällen immer gleich: Der hat die bestimmt umgebracht.»

Glücklicherweise konnte dieser Vorwurf nicht aufrechterhalten werden. Wie Zens weiter ausführte, seien die medizinischen Gutachter zu dem Schluss gekommen, dass Berta Tiggelkamp an Herzversagen gestorben war. Da Benno nicht viel zu den Ermittlungen beitrug, mussten sich die Fachleute die Sache selbst zusammenreimen. Demnach war Frau Tiggelkamp anscheinend vor dem Fernseher eingeschlafen und gestorben. Man vermutete übrigens aufgrund des Mageninhaltes eher Frühstücksfernsehen als Mitternachtskrimi. Auch die Bekleidung der Mumie habe darauf schließen lassen, denn sie trug einen Morgenmantel und darunter ein Nachthemd. Sie war mit 81 Jahren still verschieden und hatte danach noch neun Jahre im Wohnzimmer gesessen, manchmal mit ihrem Sohn und manchmal ohne ihn. Die große Frage war: Warum hatte Benno ihren Tod nicht gemeldet, sie nicht ordnungsgemäß beerdigen lassen, sondern sie so viele Jahre buchstäblich sitzen lassen?

Niemand, nicht einmal der Staatsanwalt, nahm zuletzt noch an, dass Benno sich am Tod seiner Mutter habe bereichern wollen. Er hätte es auch gar nicht gekonnt. Zwar wurden feste Kosten des Hauses wie Wasser, Strom und Gas automatisch vom Konto der Mutter abgebucht, aber darüber hinaus besaß er keinerlei Kontovollmacht, er wäre also gar nicht an den mickrigen Rest ihrer Rente gekommen.

«Benno, wollen Sie uns sagen, was Sie dem psychologischen Gutachter auf die Frage geantwortet haben, warum Sie Ihre Mutter nicht haben beerdigen lassen?»

Benno ließ sich viel Zeit. Entweder er versuchte sich an die Antwort zu erinnern, oder er brauchte einfach, um sie zu formulieren. Dann sah er Zens an und sagte: «Isch war halt einfach so an die Mutti jewöhnt. Da konnt isch die nit äinfach so einjraben lassen.»

«Sie wollten sie bei sich haben?»

«So unjefähr.»

«Aber man hat Sie nicht gelassen.»

«Die ham mir de Mutti wechjenommen.»

«Und das Haus?»

«Dat wor ja der Mutti ihr Haus jewesen. Dat is' wech.»

Benno verlor alles: Seine Mutter wurde beerdigt, und ihr Girokonto löste sich in Bestattungs- und Gerichtskosten auf. Es reichte aber nicht, also wurde das Haus abgerissen und das Grundstück verkauft.

«Meine schönen Rauchverzehrer», sagte Benno traurig. Auf Nachfrage erklärte er uns, er habe mit seiner Mutter Rauchverzehrer gesammelt, die ihm auch nach dem Tod derselben noch gute Dienste geleistet hätten wegen der schlechten Luft im Haus. Als das Haus abgerissen worden sei, hätten sie auch diese Rauchverzehrer zerstört. Er habe sehr an ihnen gehangen, sogar aus New York habe er einen gehabt. Bei diesem Thema wurde er vergleichsweise gesprächig.

Benno besaß buchstäblich nichts außer dem, was er am Körper trug und in seinem Koffer aufbewahrte. Das war die Bilanz eines 65-jährigen Menschenlebens. Zwar fiel es mir schwer, die tote Mutti im Wohnzimmer als Teil des Selbstbestimmungsrechtes von Benno Tiggelkamp aufzufassen, wie Zens es tat, aber ich hatte immerhin Verständnis für ihn. Wenn es auch merkwürdig klang, so brachte der lederne Leichnam seiner Mutter offenbar eine Beständigkeit in Bennos Leben, die er dringend brauchte. Solange niemand von ihrem Tod erfuhr, würde alles immer einfach weitergehen, bis er einmal selber stürbe. Das war wohl sein Kalkül. Mutti war immer da. Und nichts hätte sie auseinandergebracht.

Die Erschleichung von Leistungen fiel aufgrund der kleinen Beträge nicht so stark ins Gewicht. Da Benno im Verlauf des Prozesses obdachlos wurde und sowieso bereits in der Klinik untergebracht war, beschloss man, ihn gleich dortzubehalten.

Benno war durch die gierige Berichterstattung der Medien in Zens' Visier geraten und saß bei ihm bildlich gesprochen auf der Ersatzbank. Nachdem Kandidat Nummer fünf weggestorben war, aktivierte er sein Netzwerk. Benno ließ sich bereitwillig nach Freiburg bringen, weil er 1958 schon einmal mit der Mutti am Titisee in den Ferien gewesen sei und offenbar angenehme Erinnerungen mit dem Schwarzwald verband.

«Bennos Vita mag sich stark von Ihren Biographien unterscheiden, trotzdem bin ich auch in diesem Fall von der Diagnose Zens-Syndrom überzeugt», sagte Zens feierlich. Er nahm theatralisch die Kappe von seinem Stift und schrieb auf den großen Block: «Zens-Syndrom» und darunter «Symptome».

Dann folgte eine Aufstellung von Punkten, die er für jeden von uns prüfte und abhakte. Die Kennzeichen für das Vorliegen eines Zens-Syndroms waren demnach:

- totale Wehrlosigkeit des Patienten
- Konfliktunfähigkeit
- Gefühl der Sinnlosigkeit des eigenen Lebens
- totales Scheitern in Beruf und Beziehungen
- Distanz zur Gesellschaft
- fehlende familiäre Bindung
- evidentes Ausgestoßensein
- Mündung aller Kennzeichen in ein gesellschaftlich inkongruentes Verhalten (kleiner Handlungsexzess)
- mediale Ausbeutung

Mit dem vorletzten Punkt waren unsere Taten gemeint: zwanghaftes Nicht-Zustellen von Briefen. Öffentliches Kopfschusstraining in der Oper. Bus-Amokfahrt. Expressives Luftessen inklusive Körperverwandlung. Neunjähriges Aufbewahren des mütterlichen Leichnams. Es mochte sein, dass die anderen Kennzeichen auf einen nicht geringen Prozentsatz der deutschen Bevölkerung zutrafen, aber wir gehörten zu den wenigen, bei denen diese Symptome zu scheinbar absurden Taten geführt hatten. Wir waren nun einmal die mit dem Zens-Syndrom, die winzige Minderheit, welche aus der unglücklichen Masse hinausragte und damit eine gewisse, wenn auch kurze Bekanntheit erlangt hatte.

Zens machte einen Doppelstrich unter seine Notizen, dann drehte er sich schwungvoll zu uns um. «Wir wissen nun, dass Sie das Zens-Syndrom haben. Niemand möchte damit sein Leben lang herumlaufen, also sollten Sie noch heute damit beginnen, sich zu heilen: Das machen wir gemeinsam mit einem großen Handlungsexzess.» Er tänzelte wieder an sein Flipchart, riss die soeben beschriebene Seite herunter und ließ sie zu Boden segeln. Dann schrieb er «Großer Handlungsexzess».

«Was verstehen wir darunter? Sie alle haben bereits mehr oder weniger intensive Erfahrungen damit gemacht. Benno, Arnold und Rita haben ihren Handlungsexzess nicht nach außen gekehrt, sondern im Stillen vollzogen. Bernhard und Ünal hingegen sind in die Öffentlichkeit gegangen. Das Ergebnis, nämlich Aufmerksamkeit für ihre Person, war kurzfristig positiv, à la longue jedoch leider niederschmetternd. Keiner von Ihnen hat seine Probleme lösen können. Eher im Gegenteil. Nun sitzen wir hier.»

Mit gespielter Enttäuschung setzte Zens sich auf seinen Stuhl und drehte den Stift in seinen Fingern.

«Und jetzt sollen wir einen größeren Blödsinn machen, um nochmal ins Fernsehen zu kommen?», fragte Arnold.

«Gar nicht so schlecht, Arnold, gar nicht so schlecht. So könnten es Gutachter von außen betrachten. Ja, Sie werden für gewaltiges Aufsehen sorgen, Sie werden mit Ihrer Botschaft Millionen erreichen.»

«Was ist denn unsere Botschaft?», wollte Rita wissen, der die ganze Sache schon jetzt zu komplex war.

«Ünal, was ist unsere Botschaft?»

Ünal brachte sich in Position und redete eine Weile über

die Verwahrlosung des Staates, über Ungerechtigkeiten im Allgemeinen und im Besonderen, was seine Person betraf. Er sprach von Moral, von verlorengegangenen Werten und von der Chance, allein schon durch den gesetzlichen Zwang zur Höflichkeit das Leben der Deutschen auf eine Art zu bereichern, wie es zuvor nur ein Mal, nämlich durch die Erfindung des Radios, gelungen sei.

Ich fand, dass er recht hatte, auch wenn er wie immer zu weit ausholte.

«Und wie bringen wir unsere Botschaft zu den Menschen?», wollte Zens nun wissen, aber das konnte nur er selber beantworten. Ich hatte keine Ahnung, wie wir eine Vielzahl von Menschen mit unserer Botschaft erreichen sollten. Wir schafften es doch noch nicht einmal, einen Job in einer Hamburgerbude zu ergattern, geschweige denn einen Hamburger zu reklamieren.

«Wenn man Ihnen zuhören muss, wird durch das allgemeine Verständnis, welches Ihnen zuteilwird, die Blockade gelöst, das Zens-Syndrom fällt von Ihnen ab, und Sie können ein zufriedenes Leben in Ihrer Umwelt führen. Wir werden dazu eine Aktion planen, die uns diese Anteilnahme sichert. Wir gehen ins Fernsehen.»

Zens sagte das mit einem selbstgewissen Ton, der mich erstmals an seinem Verstand zweifeln ließ. Ich hatte keine Ahnung vom Fernsehen, aber ich wusste, dass man da nicht mit dem Bus vorfahren und fordern konnte: «Guten Tag, wir möchten bitte mal eben was in Ihrem Programm sagen.»

«Was möchten Sie uns mit dieser einerseits leicht verständlichen, jedoch andererseits vollkommen rätselhaften Äußerung mitteilen?», fragte Ünal, der leicht amüsiert wirkte.

«Ich erkläre es Ihnen. Wir werden im ersten Programm eine große TV-Sendung machen, in der wir die Menschen über unser Anliegen, über unseren Wunsch nach einer besseren Gesellschaft und unsere Ideen dazu informieren. Es wird eine Art Talkshow sein, in welcher Sie alle mit einem Gast über die Themen diskutieren, die Ihnen am Herzen liegen. Und das Fernsehen wird es ausstrahlen, bis wir fertig sind.»

«Was für ein Gast soll das denn sein?»

«Das zeige ich Ihnen jetzt.»

Zens verdunkelte den Raum und zog eine Leinwand herunter, die zusammengerollt unter der Decke hing. Dann schaltete er einen Diaprojektor ein, den er vor der Sitzung auf dem Tisch hinter uns platziert hatte. Er drückte auf einen Knopf der Fernbedienung in seiner Hand, und es erschien das Porträt eines Mannes. Er mochte Mitte sechzig sein, vielleicht etwas jünger, trug die grauen Haare akkurat geschnitten, seine Erscheinung besaß etwas Aristokratisches. Er hatte so einen Zug um seine Lippen, fast etwas höhnisch, gezupfte Augenbrauen. Er trug eine Brille, ein feines randloses Modell. So eine ähnliche hatte ich auch mal. Die Haut war makellos, leicht gebräunt, natürlich keine Solariumbräune. Trotz eines leichten Doppelkinns wirkte er trainiert. Man konnte sein Aftershave förmlich riechen. Krawatte, darunter ein gestreiftes Hemd, Button down, dunkler Anzug, Einstecktuch. Ein eleganter Bursche, ausgestattet mit allen Insignien der Macht.

«Wer ist das?», fragte ich. Was soll das?, dachte ich.

«Das, meine Herrschaften, ist Doktor Martin Barghausen, der letzte Vorstandsvorsitzende der Süddeutschen Reformbank. Doktor Martin Barghausen verkörpert alles, wofür Sie nicht stehen. Geboren 1948 in Garmisch-Partenkirchen, Studium in München, Harvard, Sankt Gallen. Doktor in Jura, Diplom in Betriebswirtschaft. Zweifacher bayerischer Juniorenmeister im Tennis, ausgezeichneter Skifahrer. Drei Ehen, vier Töchter im Alter zwischen vier und 28 Jahren. Zuerst einige Lehrjahre in den Vereinigten Staaten, dann zunächst Wilka-Versicherung, danach Ernst-Kremer-AG, dann Dulucorp und neun Jahre Vorstandsvorsitzender bei der Reformbank, bis diese im vergangenen Jahr mit der britischen Thomson Bank verschmolz. Letztes Jahresgehalt aus dieser Tätigkeit: 13,2 Millionen Euro. Er gilt als geschickter Restrukturierer. Unter seiner Führung stieg das Geldinstitut in die europäische Top Ten auf. Er gilt aber auch als Spitzenmanager mit sozialem Gewissen. Mit seiner dritten Frau hat er eine Stiftung zur Förderung der Forschung nach einem Medikament gegen eine seltene Knochenkrankheit gegründet. Namen habe ich vergessen.»

«Den Namen der Stiftung?»

«Nein, den Namen der Krankheit. Die Stiftung heißt natürlich ‹Martin-Barghausen-Stiftung›. Das ist unser Mann, das ist Ihr Diskussionspartner, Ihr Gegner im Ring.»

«Warum denn er?», fragte Arnold. Ich sah, wie ihm der Schweiß ausbrach. Er hatte jetzt schon Angst vor diesem Barghausen.

«Warum er? Das kann ich Ihnen sagen. Barghausen ist der Prototyp des Erfolgsmenschen. Niemand sieht besser aus, niemand hat mehr Schlag bei den Frauen, niemand kann Ihnen besser erklären, warum Ihre Stelle gestrichen wird. Er sitzt ständig in Talkshows und erklärt den Menschen, warum sie nicht mehr gebraucht werden. Barghausen ist ein rhetorisches Ass und unfassbar charmant. Bei der Reformbank hat er im vergangenen Februar zunächst vormittags Rekordgewinne verkündet und dann nach dem Mittagessen 12 000 Mitarbeiter entlassen.

Die Gewerkschaftler sehen in ihm eine Art Teufel in Menschengestalt. Die Betriebswirtschaftsstudenten, Aktionäre und zahlreiche Kollegen betrachten ihn hingegen als eine Gottheit. Das sind die Pole, dazwischen gibt es nichts. Seine Wohnsitze sind New York, Berlin, Karlsruhe, Gstaad und Mallorca. Barghausen umgibt sich gerne mit Prominenten, vor allen Dingen mit Schauspielerinnen. Er liebt das Theater und die Oper. Genau wie Sie, Bernhard.»

Das sollte wohl ein kleiner Scherz sein.

«Im Augenblick hat Herr Doktor Barghausen allerdings ein wenig Ärger. Er muss täglich nach Karlsruhe ins Gericht und sich dort rechtfertigen. Man will ihm die Abfindung nicht gönnen.»

«Was für eine Abfindung?», fragte ich.

«Nach der Übernahme der Reformbank durch die Thomson Bank war für ihn kein Platz mehr. Er wurde wie einige andere Vorstände also für den Verlust seines Arbeitsplatzes entschädigt und erhielt aus dem Vermögen der Reformbank 57,8 Millionen Euro. Es gibt Zeitgenossen, die sich nur schwer damit abfinden können, dass so etwas möglich ist. Jedenfalls hat jemand gegen diese Zahlung geklagt, weil sie angeblich den Tatbestand der Untreue erfüllt. Man hat Barghausen vorgeworfen, er habe die Bank absichtlich dem Konkurrenten zugeführt und dafür diese Summe als Provision fürs Stillhalten bezogen.»

«Und was sagt er dazu?», wollte Rita wissen.

«Er behauptet natürlich, es sei alles rechtens gewesen und dass er mit der deutschen Neidkultur nichts anfangen könne.»

«Und darüber sollen wir mit ihm reden? Im Fernsehen?»

«Sie können mit ihm über alles sprechen, was Ihnen einfällt. Herr Barghausen wird sich sehr gerne mit Ihnen unterhalten.»

Das kam mir nun wieder seltsam vor. Warum sollte dieser Mann das machen? Warum sollte er sich mit Verlierern wie uns an einen Tisch setzen? Ich hob die Hand: «Herr Doktor, warum sollte der das denn wollen?»

«Ganz einfach, Bernhard, weil sein Leben davon abhängt.»

«Wie bitte?»

«Sie werden Doktor Barghausen entführen und mit ihm hier in diesem Raum eine Sendung aufzeichnen. Das erste Programm wird sie ausstrahlen, denn andernfalls stirbt unser Gast.»

«Sie wollen ihn umbringen?», entfuhr es Ünal.

«Nein, ich nicht. *Sie* wollen ihn umbringen, Ünal. Sie und die anderen Drachenzähne.»

Was für ein unglaublicher Plan! Ich war sofort Feuer und Flamme, denn so etwas Verwegenes hatte ich noch nie gehört. Wenn das gelingen konnte, ohne dass dieser Barghausen dabei sterben musste, war ich dabei. Trotzdem hatte ich Zweifel an der Machbarkeit dieser Idee. «Sie haben gesagt, dass wir Millionen erreichen. Aber was ist, wenn keiner zusehen will, weil auf einem anderen Programm etwas Interessanteres läuft?»

«Da machen Sie sich mal keine Sorgen. Die Menschen werden bestimmt zusehen, es sei denn, sie möchten, dass Barghausen stirbt. Sein Leben hängt auch von unserer Einschaltquote ab. Schauen weniger als 20 Millionen Deutsche unsere Sendung, dann ...» Zens fuhr sich mit den Fingerspitzen der rechten Hand über den Hals.

«Aber ich will niemanden umbringen», stammelte Arnold.

«Ja, das will niemand von uns. Deshalb bleibt es ja auch bei der Theorie. Ich werde Barghausen spielen, und wir zeichnen das Ganze auf. Dann sehen wir es uns am Samstag um 20:15 Uhr gemeinsam an und werten es aus.»

Das war also Zens' Plan: Heilung durch höchste Anteilnahme der Öffentlichkeit. Bloß eben ohne Öffentlichkeit, er wollte das alles bloß simulieren, nicht wirklich ausführen.

Nach der Sitzung ging ich reichlich frustriert auf mein Zimmer. Auch bei den anderen spürte ich große Unzufriedenheit. Es machte mich sauer, dass wir die ganze Sache nur spielen sollten.

Den Rest des Tages verbrachte ich brütend in der Bibliothek und im Wohnzimmer, wo ich auf den Boxsack eindrosch. Arnold trat an mich heran und sagte leise: «Um 21 Uhr bei Ünal. Aber unauffällig, Zens soll nichts merken.»

Beim Abendessen blieben alle ziemlich zurückhaltend, nur Zens hatte auffällig gute Laune. Er hatte einen abscheulichen Kartoffelsalat zubereitet. Ich wünschte mir Ritas Fähigkeit, durch Autosuggestion zu speisen. Gegen 20:36 war ich auf meinem Zimmer und klopfte um 21:04 an Ünals Tür. Ich klopfte ein zweites Mal und trat ein. Drinnen war es dunkel.

«Ünal?»

«Wir sind hier», kam es aus dem Badezimmerchen. Ich öffnete die Tür. Es waren bereits alle versammelt. Sie saßen in der leeren Badewanne und auf dem geschlossenen Klosett.

«Was soll der Quatsch?»

«Hier haben die Wände Ohren. Wenn wir das Wasser laufen lassen, können wir uns hier am besten unterhalten.»

Ünal verließ das Klosett und drehte das Wasser in seinem

Waschbecken auf, um vermeintliche Wanzen damit zu irritieren. Er hatte diese Geheimsitzung einberufen, weil er genauso unzufrieden war wie wir anderen. Dafür hatten wir nicht monatelang geredet und geredet. Man muss sich das vergegenwärtigen: jeden Tag drei Stunden Therapiegespräch. Allein in meinem Fall kamen da bei 150 Tagen Anwesenheit bereits 450 Stunden zusammen, Einzeltermine bei Zens nicht mitgerechnet. Ünal beschwor uns als Gruppe, er beschwor die Drachensaat, endlich aus der Ackerfurche zu steigen und zu kämpfen.

Und er meinte mit «uns» nicht die friedlichen Drachenzähne des Kadmos, sondern die des Jason. Zens hatte einen Stein zwischen uns geworfen, das war Barghausen. Und den galt es zu bekämpfen.

«Wir können das. Wir können es vor allem ohne Zens. Der stört nur. Außerdem haben wir Platz für zwei Gäste. Wir setzen Zens fest, und dann schnappen wir uns diesen Barghausen.»

Abgesehen davon, dass mir schleierhaft erschien, wie ausgerechnet unsere Trümmertruppe so etwas vollbringen sollte, war ich dafür. Ich sagte: «Wer ist dabei?»

Rita hob die Hand, Ünal und ich hoben gleichzeitig die Hände. Arnold folgte zögernd. Und Benno sah mich in einer Mischung von Verwunderung und Neugier an. Er hob die Hand nicht, aber er sagte: «Misch is dat janz ejal. Tut, wat ihr nit lasse könnt.»

Wir beließen es dabei und verabredeten uns für den nächsten Abend zu einer erneuten Geheimsitzung, der noch vier weitere folgten, in denen wir gemeinsam ausheckten, wie wir Barghausen zu entführen gedachten. Ich bot als Treffpunkt mein Bad an, weil es etwas größer als Ünals war.

Übrigens gaben wir Benno in einer unserer geheimen Sitzungen einmal eine Thiopental. Die Wirkung war wirklich erstaunlich. Benno erzählte von einer Reise nach New York, wo er angeblich den Schauspieler Robert De Niro kennengelernt und in dessen Hotelsuite zusammen mit seinem Freund Antonio eine Schaumparty veranstaltet hatte. Und mit Drachenzähnen kenne er sich aus, denn er habe selber mal einen besessen, und zwar den Zahn eines Stegosaurus, den er im New Yorker Naturkundemuseum habe mitgehen lassen. Leider sei jedoch dieser Zahn auf dem Düsseldorfer Flughafen verlorengegangen. Schon verrückt, was Drogen mit einem Menschen anstellen können ...

9. Wie man einen dicken Benz aufhält

Keiner von uns besaß einen gültigen Führerschein. Als Insasse einer Anstalt verliert man den als Erstes, denn in der Regel erhält man dort Medikamente mit starken Nebenwirkungen, die zwar mitunter Freude bereiten, aber die Fahrtüchtigkeit einschränken. Und man fährt dort sowieso nicht mit dem Auto irgendwohin. Man wird gefahren. Dies war vielleicht die einzige Gemeinsamkeit zwischen Doktor Martin Barghausen und uns.

Es erwies sich als nicht ganz einfach, einen Fahrer für unsere Mission zu bestimmen, denn ganz egal, ob Ünal oder ich den Van fuhren, es war in jedem Fall nicht erlaubt. Eine Führerscheinkontrolle würde uns sofort auffliegen lassen. Mit diesem Risiko mussten wir leben.

Ünal drängte sich natürlich mit seiner Erfahrung im Straßenverkehr auf. Ich konnte auch fahren, fühlte mich aber nicht so sicher. Ich nahm immer noch täglich Pillen gegen meine Kopfschmerzen und naschte hier und da von Arnolds Tranquilizern. Sie bekamen mir gut und verbesserten meine Stimmung bis ins Alberne. Ünal wies mich dann immer streng zurecht und erläuterte, dass es für meine «seelenprothetischen Einnahmen», wie er das nannte, keinerlei diagnostische Grundlage gäbe und ich Arnold seine Drogen nicht wegfressen dürfe.

Arnold schied als Fahrer aus, denn er hatte viel zu viel Angst. Ünal konnte den Van aber auch nicht lenken, denn er spielte im Szenario unserer Entführung an anderer Stelle eine zentrale Rolle.

Unser Plan sah vor, zunächst Zens zu überwältigen und

in einem unserer Zimmer einzusperren. Wir stellten uns das nicht so schwer vor. Er war sowohl Arnold als auch mir körperlich mit Sicherheit unterlegen. Zur Not würden wir ihm eine Pfanne auf den Kopf schlagen. Das war Gewalt, aber wie sagt man so schön: Einen Tod stirbt man immer. Man muss das große Ganze im Auge behalten. Moralisch gesehen. Ünal hatte damit jedenfalls kein Problem. Außerdem würde es dazu nicht kommen, Zens war eine Memme.

Nachdem wir den Doktor eingesperrt hätten, würden wir gemeinsam im Van nach Karlsruhe fahren. Dort würde Phase zwei beginnen.

Ein Teil von uns würde an einem noch zu findenden Zebrastreifen auf Barghausen warten. Wenn er käme, würden sich Rita und Ünal auf den Zebrastreifen begeben und so den Wagen mit Barghausen darin zum Anhalten zwingen. Das war der komplizierteste Part, denn es kam darauf an, dass Barghausen mit seinem Fahrer direkt vor dem Fußgängerüberweg stoppte. Dann würde Rita sich fallen lassen und damit verhindern, dass der Wagen weiterfuhr. Sie würde einen Schwächeanfall oder einen Herzinfarkt vortäuschen. Der Fahrer würde aussteigen müssen und Erste Hilfe leisten. Dann könnte Ünal in den Wagen springen und ähnlich wie in Braunschweig einfach losheizen. Arnold würde sich neben Barghausen setzen und verhindern, dass dieser türmte. Ein paar Straßenecken weiter würden Ünal und Arnold mit Barghausen in den Van umsteigen. Wir würden, diesmal mit mir am Steuer, Barghausen ins Haus Unruh bringen. Dann würde ich umkehren und Rita abholen. Benno sollte bei ihr bleiben, um sie zu beschützen. Die Sache schien uns machbar, auch wenn sie einige Risiken und Komplikationen enthielt, die wir ausgiebig während unserer Nachtsitzungen diskutierten.

Wenn unsere Zielperson, wie Ünal Barghausen geschwollen nannte, beispielsweise mit Begleitfahrzeugen unterwegs war, konnten wir uns die Entführung gleich abschminken, das war uns allen klar. Wir nahmen an, dass Barghausen mit einem Chauffeur reiste und auf der Rückbank Börsenkurse studierte oder mit seinen Anwälten telefonierte. Aber auch dann kamen einige Schwierigkeiten auf uns zu.

Das erste Problem betraf Barghausens Wegstrecke zum Gericht und seine Fahrzeiten. Wir mussten beides recherchieren und sicher sein, dass er auch tatsächlich vorbeikam. Das schien uns der leichteste Teil der Planung. Zweites Problem: Was machten wir, um sicherzugehen, dass Barghausen als erstes Auto vor dem Zebrastreifen hielt? Das war elementar, denn zum einen mussten wir den Fahrer schnell und ohne Aufhebens aus dem Wagen bekommen, zum anderen brauchte Ünal ein bisschen Platz, um losfahren zu können. Eingeklemmt zwischen anderen Autos wäre das schlecht möglich. Als Erster am Zebrastreifen hingegen wäre es für ihn eine leichte Übung. Wir konnten nur darauf hoffen, dass Barghausen nicht mitten im Berufsverkehr zum Landgericht fuhr. Und wir mussten die richtige Stelle für unser Manöver finden. Eine Hauptverkehrsstrecke war dafür sicher ungeeignet.

Dann das dritte Problem: Wie brachten wir Barghausen dazu, uns zu folgen, ohne Widerstand zu leisten? Warum sollte er freiwillig mit uns in den Van umsteigen? Barghausen war ein sportlicher Typ. Rita schlug vor, ihn mit einer wassergefüllten Spritze zu bedrohen. Das gefiel mir, außerdem war so etwas im Haus Unruh leicht zu beschaffen.

Nächste Schwierigkeit: Falls alles gelänge, blieben Rita und Benno mit Barghausens Fahrer zurück. Es würde ein Leichtes für den sein, sie mit der Entführung seines Chefs in Zusammenhang zu bringen. Wenn er sie festhielt, konnte mindestens Rita festgenommen werden und die ganze Aktion auffliegen. Besonders dieser Teil machte uns Kopfzerbrechen, aber auch dafür hatte Rita eine Idee. Sie könnte dafür sorgen, dass er sie weder anfassen noch verdächtigen würde, behauptete sie. Niemand würde eine zerlumpte, stinkende und wirres Zeug daherredende Frau für eine Entführerin halten, geschweige denn festhalten wollen. Und wenn sie außerdem noch Benno dabeihätte, würde man sie ganz sicher nicht für kriminell halten.

Nun machte uns, zumindest theoretisch, nur noch eine Kleinigkeit Sorgen: Geld. Wir hatten keines. Wir mussten unter allen Umständen ausschließen, mit einem leeren Tank auf dem Rückweg liegen zu bleiben. Das fand ich eine sehr komische Vorstellung. Wie würden wir vor einem der mächtigsten Wirtschaftskapitäne der Welt dastehen, wenn uns unterwegs der Sprit ausging? Ich war aber sicher, dass Zens irgendwo Bargeld aufbewahrte. Sonst müssten wir eben mit ihm zum Geldautomaten fahren. Wäre machbar, aber unangenehm. Mir lag nicht viel daran, zu oft das Haus zu verlassen. Hier waren wir sicher und fielen nicht auf.

Tagsüber erörterten wir all diese Schwierigkeiten als theoretisch mit Zens, der sich ganz begeistert von unserem Engagement zeigte. Es gefiel ihm sichtlich, dass wir unseren großen Handlungsexzess so ernst nahmen. Und er recherchierte mit uns die möglichen Routen, die Barghausen täglich zurücklegte. Ich mache mir sonst nichts aus dem Internet, aber es ist ein gut informiertes Medium. Wir fanden heraus, wann Barghausen zu Gericht fuhr, nämlich von dienstags bis donnerstags. Die Sitzungen begannen stets um 11 Uhr. Es war einfach, zunächst seine Adresse und dann die beste Strecke im Routenplaner auszuknobeln.

Zens war es, der uns auf einen Schleichweg durch ein Wohngebiet hinwies, in welchem sich eine verkehrsberuhigte Zone und ein Zebrastreifen vor einem Kindergarten befanden. Wenn Barghausen dort entlangfuhr, war er unser Mann. Als Sicherheitsberater hätte ich ihm die Strecke nicht empfohlen. Aber diese Route sparte ihm mindestens zehn oder elf Minuten. Wenn er der effiziente Drecksack war, für den wir ihn hielten, würde er genau hier vorbeikommen, laut Routenplaner um 10:37 Uhr. Perfekt für uns, dann waren auch keine Kinder auf der Straße. Nach dem Zugriff sollten Rita und Benno nach Möglichkeit die Verwirrung nutzen und durch einen Trampelpfad zwischen den Häusern zu einer Bushaltestelle in der Nähe gehen und dort warten. Auch das konnten wir im Internet recherchieren.

Am Montag fragte ich Zens nach Geld. Ich gab vor, einmal anderes Wasser kaufen zu wollen, mit zugesetztem Koffein, nur um es auszuprobieren. Er antwortete, er könne das bei unserem Lieferanten bestellen, es würde dann mit dem Rest der Bestellungen geliefert und automatisch abgebucht. Da fragte ich ihn geradeheraus, ob er denn gar kein Bargeld im Haus habe, und er antwortete, es sei Geld in seinem Schreibtisch, für den Notfall.

Am Nachmittag trafen wir uns mit Zens zu einer Generalprobe der Sendung, für die er sich extra als Barghausen kostümiert hatte. Es war lächerlich! Zens hatte einen Camcorder auf einem Stativ installiert und mittels ein paar Stehleuchten und Scheinwerfern so etwas wie Studioatmosphäre zu erzeugen versucht. Er hatte mit Ünal und Arnold die Sessel aus der Bibliothek nach oben gebracht und in einem Halbkreis positioniert. Auf dem Besprechungstisch lagen Namensschilder, die wir uns an unsere Oberteile hefteten. Dann wies uns Zens unsere Plätze zu. Ich sollte quasi in der Mitte sitzen, zu meiner Rechten Rita, dann Benno und ganz außen Barghausen, also der kostümierte Zens. Links von mir sollte Arnold Platz nehmen, daneben Ünal. Das passte dem aber nicht.

«Darf ich erfahren, warum Bernhard in der Mitte sitzen darf?»

«Er sitzt nicht in der Mitte, lieber Ünal. Bei sechs Personen sitzt niemand in der Mitte.»

«Aber ich sitze am Rand.»

«Weil Bernhard moderiert.»

«Und warum nicht ich?»

Zens blieb geduldig. «Weil Sie dann nicht richtig diskutieren können. Der Moderator leitet nur das Gespräch, er soll aber nicht argumentativ in Erscheinung treten. Ich fand, Sie sollten auf jeden Fall mitdiskutieren.»

«Na gut», sagte Ünal misstrauisch.

Zens klatschte in die Hände.

«So, liebe Leute, jetzt versuchen wir das mal. Die Kamera läuft schon. Bernhard, Sie begrüßen das Publikum und stellen uns vor. Nicht vergessen, ich bin Herr Barghausen. Und dann nennen Sie auch das Thema der Sendung.»

«Was ist denn das Thema der Sendung?», fragte ich etwas unsicher. Wir hatten das gar nicht besprochen.

«Gerechtigkeit: Menschenrecht oder Privileg der Reichen? Wie finden Sie das?»

«Gut. Na gut. Also.»

«Moment noch. Benno, bitte schauen Sie auch in die Kamera. Rita, konzentrieren Sie sich jetzt auf uns, Ünal, könnten Sie ein bisschen freundlicher schauen, und Arnold, bitte kreuzen Sie nicht die Hände vor der Brust, das sieht nicht gut aus. Legen Sie sie einfach in Ihren Schoß. So ist gut. Also, Bernhard, Ihr Publikum wartet auf Sie.»

Ich räusperte mich, sah in die Kamera und fing an. «Guten Tag, hier ist Drachensaat-TV. Wir haben heute ein Thema. Das heißt Gerechtigkeit und ob es die auch für alle gibt oder nur für Typen wie hier der. Entschuldigung. Das war nichts.»

«Macht nichts, Bernhard, gleich nochmal.»

Ich brauchte fünf Anläufe, dann hatte ich das Thema des Abends gebührend angekündigt und alle Teilnehmer der Sendung präsentiert. Ich stellte Barghausen die erste Frage: «Herr Barghausen, Sie sind ja sehr erfolgreich. Was denken Sie, wenn Sie arme Leute sehen?»

Zens schürzte die Lippen und sprach mit verstellter tiefer Stimme: «Nun, die tun mir natürlich leid, die Menschen. Allerdings sind wir alle gleichen Ursprungs, es liegt bei jedem Einzelnen, etwas aus seinem Leben zu machen. Das ist nur eine Frage von Disziplin und Talent.»

«Und wenn jemand kein Talent hat?», fragte Arnold mutig.

«Dann kann er ja immer noch in die Politik gehen», antwortete Zens / Barghausen und lachte jovial. «Kleiner Scherz, lieber Herr März. Ich denke, für jedes Mitglied unserer Gesellschaft hat diese einen Platz vorgesehen, und wenn Sie es mal ganz nüchtern betrachten, so kann es eine Oberschicht nur dann geben, wenn auch eine Unterschicht existiert. Und wenn Sie alle gerne nach oben wollen, dann kann ihnen dies nur gelingen, wenn Sie gleichzeitig akzeptieren, dass andere dafür nach unten absteigen. So ist das Leben in der Zivilisation. Wenn Sie das nicht einsehen, müssen Sie eben unten bleiben.»

«Das klingt aber sehr arrogant», sagte Ünal.

«Mag sein, dass dies bei Ihnen da unten als Arroganz ankommt, aber tatsächlich ist es nur eine nüchterne Beschreibung des Ist-Zustandes. Es spricht für Ihre Sentimentalität und gegen Ihre Aufstiegschancen, wenn Ihnen das nicht behagt. Zum Trost bleibt Ihnen aber der Alkohol.»

Zens spielte seine Rolle in meinen Augen ziemlich perfekt. Er trat genau so auf, wie wir uns diesen Barghausen vorstellten, nämlich als unbezwingbaren rhetorischen Titanen der elitären Bosheit. Ich hatte Lust, ihn gleich jetzt einzusperren. Den anderen ging es genauso, das konnte man ihren Gesichtern ablesen.

«Herr Barghausen, glauben Sie an eine Revolution der Verzweifelten, der Unzufriedenen, der Ausgestoßenen?»

«Ich glaube an die Revolution der Märkte durch innovative Handelsstrategien. Revolutionen sind heute keine Sache der Unzufriedenen mehr. Und falls Sie damit den trostlosen Haufen Ihrer Gäste hier meinen, so bin ich sicher, dass man sie mit einer Dosis Idiotenfernsehen, fettigem Essen und Alkohol von nahezu allem abhalten kann, auch von der Wahrung ihrer demokratischen Rechte. Besonders davon. Mitbestimmung macht Arbeit, und wenn diese Leute hier Arbeit haben wollten, dann hätten sie welche. Wollen sie aber nicht. Sie wollen bloß versorgt werden.»

Ünal drang bereits Qualm aus den Ohren, so kam es mir jedenfalls vor. Er starrte Zens mit vorstehenden Augen an, seine Hände zitterten. Ich machte weiter.

«Was würden Sie einem Menschen raten, der sich am unteren Rand der Gesellschaft aufhält, ganz egal, ob er daran selber schuld ist oder nicht?»

Zens räusperte sich gekünstelt. «Ich sage es Ihnen noch einmal: Es muss solche Leute geben. Ich bin regelrecht dankbar dafür. Es ist wie in der Kunst: Sie nehmen das wahrhaft Schöne auch erst durch die Existenz des Hässlichen wahr. Natürlich ist das eine elitäre Einstellung, denn sie fußt ja darauf, dass es eine Gruppe gibt, die festlegt, was schön und was hässlich ist. Und diese Gruppe besteht aus den Leistungsträgern der Allgemeinheit, das ist doch klar, das müssen wir nicht diskutieren, oder? Aber um Ihre Frage zu beantworten: Ich würde diesen Leuten raten, sich einfach mal zu waschen und zu rasieren. Damit ist schon ein kleiner Schritt zur Menschwerdung getan. Alles andere unterliegt der Gnade Gottes und der wirtschaftlichen Stärke unseres Landes. Solange es uns gutgeht, können wir uns Menschen wie Sie leisten. So einfach ist das.»

«Und wenn nicht? Wenn es uns nicht mehr so gutgeht?»

«Ja, mein Gott, dann fallen eben welche hinten runter. Bin ich daran schuld? Ist der Markt daran schuld? Nein, es ist unsere Versorgungsmentalität, die jeden Stiesel im System hält, anstatt ihn abzuspalten. In früheren Zeiten hat man sich nicht mit solcherlei Debatte aufgehalten.»

Ünal kochte, Arnold krallte seine Finger in den Oberschenkel. Ritas Mund stand weit offen, und sogar Benno musterte den schlecht kostümierten Zens feindselig.

«Was heißt denn abspalten?», fragte Rita.

«Wir brauchen Sie nicht, Sie sind nichts wert. Entschuldigung, wenn das jetzt hier in dieser Plauderrunde etwas kühl klingt, aber was wollen Sie eigentlich hier? Warum leben Sie und verschwenden Sauerstoff, den unsereins zum Atmen benötigt? Vielleicht habe ich noch einen Rat: Graben Sie sich ein tiefes Loch und beerdigen Sie sich selbst. Sie werden niemals zu einem nützlichen Mitglied der Gesellschaft werden. Sie besitzen keinerlei Talent, keine Intelligenz und noch nicht einmal einen Funken Geschmack, wenn ich das mal so sagen darf. Sie sind so nutzlos wie, ..., äh, wie ...»

Zens kam nicht mehr dazu, einen Vergleich zu Ritas Existenz zu finden, denn Ünal sprang plötzlich auf: «Auf ihn, packt ihn!» Damit stürzte er dem erschrockenen Zens entgegen. Er ließ sich auf ihn fallen, und beide kippten mit dem Sessel rückwärts zu Boden. Ich reagierte als Erster und packte Zens' Beine. Ünal griff seine Arme. Zens bewegte sich wie ein Aal, er versuchte, sich aus unserem Griff zu befreien, aber das gelang ihm nicht, weil auch Arnold und Rita ihn an Hüfte und Oberkörper umschlangen. Nur Benno blieb auf seinem Sessel sitzen und schaute uns amüsiert zu. «Hörrens, tut dem Tünn ääwer nit weh», sagte er. Ünal rief: «In Bennos Zimmer mit ihm!», und wir trugen ihn dorthin. Benno kam hinterher, um seinen Koffer rauszutragen. Wir hatten am Vorabend gemeinsam beschlossen, Zens in Bennos Zimmer zu sperren. Wir stimmten über jedes andere Zimmer ab, und Benno hatte sich stets enthalten, während jeder andere Zimmerbewohner jeweils gegen die Benutzung seines Raumes als Gefängnis gestimmt hatte. Benno hatte sich auch bei sich selber enthalten.

Wir schleppten den verzweifelt strampelnden kleinen Zens in Bennos Zimmer und legten ihn auf das Bett, wo wir seine Taschen durchsuchten und ihm alles abnahmen, was uns wichtig erschien: Schlüsselbund, Handy sowie seine Armbanduhr. Als wir fertig waren, ließen wir ihn los. Er keuchte schwer. «Was soll denn das? Was haben Sie denn da vor?», rief Zens.

«Sie sind ein Gefangener der Drachensaat», sagte ich langsam, aber aufgeregt. «Sie bleiben hier und werden Zeuge unseres großen Handlungsexzesses.»

«Sie spinnen wohl!», empörte sich Zens. «Auf der Stelle gehen Sie in Ihre Zimmer!»

«Gute Nacht, Herr Doktor. Und zwingen Sie uns nicht, Sie ans Bett zu fesseln.»

Zens blieb liegen und sah mich beleidigt an. Wir gingen hinaus, und Rita betätigte die Fernbedienung, um Zens einzuschließen. Alles ging ganz einfach. Im Nachhinein muss ich sagen: zu einfach.

Nach dem Abendessen sahen wir uns alle gemeinsam die Videoaufnahme unserer Talkshow an. Das Licht war schlecht, in dem Punkt mussten wir uns noch etwas einfallen lassen. Da wir uns alle ständig im Bild befanden, waren Details in der Mimik zu weit vom Kameraobjektiv entfernt, um sie richtig sehen zu können. Aber inhaltlich gefiel es uns gut. Besonders die Szene, in der wir Zens überwältigten, löste Begeisterung und spontanen Applaus aus. Vor allen Dingen zerstreute die Sendung letzte kleine Zweifel. Zens machte seine Sache wirklich sehr gut und stachelte uns auch jetzt wieder an. Wir sahen es uns vier Mal hintereinander an, um richtig in Stimmung zu kommen. Leider existiert dieser Film nicht mehr. Wir besaßen nur diese eine Cassette und mussten die Aufnahme deshalb später überspielen. Schade eigentlich, sie hätte vor Gericht sicher geholfen, Zens' Beteiligung an der ganzen Sache zu beweisen. Er hat sich immer als Opfer dargestellt, dabei war er es doch, der uns überhaupt auf die ganze Idee brachte.

Am nächsten Morgen, dem Dienstag, war uns allen seltsam zumute. Wir bereiteten das Frühstück zu und aßen schweigend. Dann ging ich mit Ünal nach oben, um Zens sein Essen zu bringen. Wir schlichen uns an und öffneten ruckartig die Tür. Aber er stand nicht sprungbereit dahinter, sondern lag auf dem Bett und blinzelte uns nur zornig an. Ich stellte das Tablett ab, und wir verzogen uns wieder. Was hätte es auch mit ihm zu bereden gegeben?

Mit dem Schlüssel, den wir ihm am Vortag abgenommen hatten, gelangten wir in sein Büro. Und damit an sein Geld aus dem Schreibtisch. Das brauchten wir für den Dieselkraftstoff sowie für andere Annehmlichkeiten, die wir uns gegenseitig versprochen hatten: eine Zeitung für mich, für Arnold Süßholzwurzeln aus der Apotheke gegen den Stress, ein Rätselheft für Benno und für Rita ein Schaumbad mit Veilchenduft. Ünal wollte nichts, er fand unsere Wünsche kleinbürgerlich. Außerdem sei das nicht unser Geld, wir könnten davon nur veruntreuen, was dem Ziel unserer Gesundung und jener der Gesellschaft diente.

Keine zehn Minuten später saßen wir im Auto und fuhren Richtung Karlsruhe. Wir benötigten knapp eineinhalb Stunden, in denen wir meist schweigend aus dem Fenster schauten. Auf Ünals Weisung blieb das Radio ausgeschaltet. Ich hätte gerne Musik gehört, aber er hielt das für eine unstatthafte Ablenkung. Rita konnte er indes nicht daran hindern. Sie saß auf der Rückbank und summte einen Schlager mit, den sie auf der entsprechenden Welle des Südwestrundfunks entdeckt hatte.

Barghausens Villa hätte mir auch gefallen. Sie erschien mir nicht allzu prächtig, auch wenn man nicht viel davon erspähen konnte. Eigentlich sah man oberhalb der Thujenhecke bloß einen Fahnenmast ohne Beflaggung und den Dachgiebel sowie ein wenig weißes Holz. Die Einfahrt war durch ein schweres Metalltor gesichert, welches, in hohe gemauerte Pfosten eingehängt, wie der Eingang zu einer Burg aussah. Neben dem unbeschrifteten Klingelschild glotzte eine Kameralinse aus dem Mauerwerk. Wir warteten. Heute ging es nur darum, den Fahrtweg zu checken. Genau um 10:20 Uhr öffnete sich das Tor, ein schwarzer Mercedes kam heraus und setzte, ohne zu blinken, auf die Straße. Wir fuhren mit großem Abstand hinterher. Man konnte nicht sehen, ob Barghausen tatsächlich im Fond saß, aber wir gingen davon aus. Warum sollte er sich nicht in Sicherheit wiegen? Er erschien uns als Mensch gewordenes Selbstbewusstsein.

Der Chauffeur fuhr zunächst exakt jene Route, die wir angenommen hatten, bog dann jedoch nicht wie erhofft in die Tempo-30-Zone ab, sondern begab sich auf den Umweg über die Hauptverkehrswege. Es war so, wie ich befürchtet hatte: Seine Sicherheitsberater betrachteten das Wohngebiet offensichtlich als Risikobereich.

Barghausen erreichte das Gericht genau um 10:51 Uhr. Wenn wir morgen zugreifen wollten – und das war unsere Absicht –, mussten wir ihn irgendwie dazu bringen, seine Fahrtstrecke zu ändern, wir mussten ihn ins Wohngebiet lotsen. Ich dachte darüber nach. Und dann fiel es mir ein: Wir würden ihm fünf Minuten seiner wertvollen Zeit rauben, dann musste er die Abkürzung wählen. Ich schlug den anderen vor, ihn bei seiner Abfahrt von seinem Haus aufzuhalten.

«Dann können wir ihn auch gleich da einkassieren», sagte Ünal, aber das hätte nicht funktioniert. Sein Fahrer würde direkt vor der Einfahrt viel eher Verdacht schöpfen als auf offener Strecke und bestimmt wie ein Taschenkrebs zurück in die Sicherheit des Grundstücks stoßen, sobald er irgendjemand Verdächtigen auf der Straße sah. So ging es nicht.

Wir diskutierten verschiedene Methoden, unter anderem einen Sitzstreik Bennos vor dem Tor (der Fahrer würde die

Polizei rufen) oder ein Säureattentat auf das Auto (Rückzug aufs Grundstück und Absage des Gerichtstermins). Ich schlug vor, noch einmal zur Villa Barghausen zu fahren. Vielleicht hatten wir etwas übersehen, ein Detail, das uns helfen konnte.

Vor der Einfahrt gab es nichts Inspirierendes. Sie war schmal, wenig breiter als zwei Meter. Der Mercedes hatte sich recht mühselig aus dem Grundstück in die Straße gefädelt. Aber auf der Straße, direkt vor dem Tor zum Grundstück, musste der Wagen mit seinen beiden rechten Reifen etwas ganz Unscheinbares und völlig Alltägliches überqueren: einen großen runden Gullydeckel. Das war unsere Chance.

«Wir nehmen ihnen den Gullydeckel weg», rief ich begeistert von meiner Idee, als wir langsam an der Einfahrt vorbeifuhren. «Niemand von uns muss hier stehen und ein Risiko eingehen. Wir nehmen den Gullydeckel raus und legen ihn irgendwohin, wo der Fahrer ihn sehen kann. Er wird sich umsehen, ob Gefahr im Verzug ist, ein verdächtiges Fahrzeug oder Personen. Dann wird er mit dem Personenschutz klären, ob jemand ihm helfen kann, den Deckel wieder einzusetzen. Vielleicht ruft er auch die Polizei. Er muss auf jeden Fall warten, denn alleine wird er das schwere Ding nicht bewegen können. Und je länger er wartet, desto schneller muss er hinterher sein, um die Zeit aufzuholen.»

«Er kann bei Gericht anrufen und sagen, dass sie sich verspäten», wandte Arnold ein.

«Jetzt hoffen wir mal, dass er den Ehrgeiz besitzt, seinen Chef pünktlich abzuliefern», sagte ich. Ich fand meinen Plan exzellent und genau so haben wir ihn dann auch beschlossen, mit einer Enthaltung. Die kam von Benno.

Dann schrieben wir den Bekennerbrief. Eigentlich schrieb Ünal den Bekennerbrief. Er umfasste vier Seiten, und dies auch nur, weil wir abgestimmt und den Umfang festgelegt hatten. Wäre es nach Ünal gegangen, hätte unser Schreiben in etwa den Umfang von Franz Kafkas «Brief an den Vater» besessen. Mit dem Inhalt waren dann aber alle einverstanden. Ünal hatte zusammengefasst, worum es bei der Drachensaat ging und dass wir Barghausen als Diskutanten entführt hatten. Außerdem legten wir in der Mitteilung dar, dass es uns nicht um Lösegeld oder die Freipressung von Komplizen ging, sondern um die ungeteilte Aufmerksamkeit der Öffentlichkeit für unser Anliegen. Wir schrieben, dass wir bald eine konkrete Forderung stellen würden, ansonsten keinen Kontakt suchten und natürlich bei polizeilicher Verfolgung unseren Gast umbrächten. So etwas muss man ja schreiben, sonst nimmt einen niemand ernst. Wir unterschrieben mit «Drachensaat». Arnold regte noch an, unsere Fingerabdrücke auf den Bogen zu stempeln, aber das fanden wir zu melodramatisch.

In der Nacht schlief ich schlecht. Ich war zu aufgeregt. Kurz bevor es hell wurde, träumte ich von Ariane. Sie hatte einen Fächer in der Hand, mit dem sie mir den Rauch vom Kopf fächelte. Im Traum war sie eine Asiatin. Neben ihr stand ein Chinese, oder war es gar keiner? Nein, es war mein Sohn mit seinen merkwürdigen Augen. Beide lachten, als ich fragte, ob er denn gar nicht tot sei. Er sei doch gestorben. Als ich das sagte, lachten sie noch mehr, und Ariane sagte, wir seien alle tot, ob ich das nicht bemerkt habe. Ich lag eine Weile wach und ging dann in den Keller. Mir war nach etwas Stimmungsaufhellendem. Außerdem suchte ich nach einem wirkungsvollen Mittel, um Barghausen notfalls zu betäuben. Es kam mir zu riskant vor, ihm eine

Wasserspritze unter die Nase zu halten. Schließlich fand ich, was ich suchte: Midazolam. Ich habe es im Krankenhaus schätzen gelernt. Midazolam wird als Anästhetikum eingesetzt und ist sehr beliebt. Der Patient befindet sich in einem dem Schlaf ähnlichen Zustand, ist jedoch ansprechbar, regelrecht kooperativ. Er spürt auch Schmerzen, kann sich später aber überhaupt nicht daran erinnern. Das Zeug wirkt Wunder und beschert nebenbei angenehme Träume.

Ich zog zwei Spritzen auf, steckte mir noch zwei Ampullen in die Hosentasche und dazu eine Packung Benzos und Aspirin. Ich nahm je zwei und machte mich daran, für die anderen Drachenzähne das Frühstück zuzubereiten. Plötzlich kam bei mir Hochstimmung auf. Die ganze Quasselei war nicht umsonst gewesen, wir würden uns diesen Barghausen schnappen und uns endlich befreien, endlich einmal das Wort haben, nein, mehr noch: das Wort sein.

Wir tankten den Van auf und fuhren nach Karlsruhe. Ünal steuerte den Wagen, ich saß auf dem Beifahrersitz, den Schürhaken aus dem Kaminzimmer auf dem Schoß. Um 9:56 Uhr standen wir vor Barghausens Villa. Kein Mensch auf der Straße, kein Auto zu sehen oder zu hören. Wir warteten zehn Minuten, dann verließen Ünal, Arnold und ich das Auto. Ich hebelte mit dem Schürhaken den Gullydeckel aus seinem Rahmen. Zu dritt hoben wir ihn hoch und trugen ihn auf die andere Straßenseite. Er fiel mir beinahe auf den Fuß. Wir besahen unser Werk und waren ganz zufrieden. Wenn Barghausens Fahrer den Benz nicht in das Loch fuhr, musste er auf jeden Fall davor anhalten. Wir hatten zu dritt nur eine Minute gebraucht, um den Deckel rauszuholen und abzulegen. Aber das Ding war massiv und wirklich sehr schwer. Allein würde der Fahrer nichts ausrichten können. Er würde sicher auf Unterstützung warten müssen. Wenn sie schnell waren, würden sie vier oder fünf Minuten brauchen. Ich schätzte den Zeitbedarf aber eher auf mindestens sieben oder acht Minuten. Um pünktlich zu sein, mussten sie anschließend durch das Wohngebiet. Ich hatte ein gutes Gefühl.

Wir fuhren weiter zum Kindergarten, wo ich mit Benno, Rita und Ünal ausstieg. Wir hatten morgens beschlossen, dass Arnold nicht die Nerven besaß, um Barghausen zu bedrohen. Ich würde also mit der Spritze in der Hand zu ihm ins Auto steigen. Arnold sollte zwei Kilometer entfernt vor einer Bäckerei warten und sich schon mal auf den Beifahrersitz setzen. Wenn wir mit Barghausen kämen, sollte er aussteigen und die Schiebetür öffnen, damit wir die Zielperson hineinstoßen konnten. Wir alle hielten das für eine zumutbare Aufgabe, sogar Arnold.

Benno, Rita und ich setzten uns auf eine Bank, die vor dem Zaun des Kindergartens stand. Ünal blieb stehen, um die Lage besser überblicken zu können. Ein schöner sonniger Tag war das. Kleine Mädchen und Jungen tobten durch den Garten, kreischten vor Energie und Lebensfreude. Kleine Monster, kleine Prinzessinnen, kleine Bankdirektoren, Polizisten, kleine Handwerker und Komponisten. Liebenswerte kleine Clowns und aber auch kleine Arschlöcher, die später Kriege führen und Unternehmen aufkaufen würden. Zukünftige Patienten und Ärzte. Ehemänner und Huren. Verzweifelte Täter, skrupellose Opfer. Man sieht den Kindern ihr Schicksal nicht an. Ich war ein kleiner dünner Junge, der nur Häuser zeichnen konnte. Und was ist aus mir geworden? Man sollte die Kinder rechtzeitig vor dem Leben warnen. Aber was hätten sie schon davon?

Ich sah auf die Uhr. 10:18 Uhr. Vermutlich zog Barghausen jetzt so langsam den Mantel an, nahm den Koffer und küsste seine Frau. Kurze Abschiedszeremonie. Ich rufe dich nachher an. Heute Abend bitte Königsberger Klopse. Sieh doch mal nach, ob noch was von dem Riesling da ist. Oder wir trinken Bier.

10:19 Uhr, Tür öffnen, Fahrer begrüßen, Koffer und Mantel abgeben, mit Zeitung in den Wagen. Fahrer steigt ein, lässt den Motor an, fährt langsam Richtung Tor. Fahrer betätigt Fernbedienung, das Tor öffnet sich wie immer, und der Wagen fährt durch. Dann plötzlicher Stopp.

Der Rest war Spekulation. Ich konnte mir kaum ausmalen, was nun geschah, sah ständig auf die Uhr. Zwischen 10:37 und 10:45 Uhr musste Barghausen an uns vorbei. Kam er nicht, konnten wir unseren Plan vergessen. Die anderen schienen mir nicht so nervös wie ich. Nur Ünal tippelte mit den Füßen auf den Gehwegplatten herum wie ein Stepptänzer. Um 10:51 Uhr bat ich Ünal und Rita, auf Position zu gehen. Ich dachte, wenn Barghausen jetzt noch käme, würde er es vermutlich eilig haben. Es war eventuell besser, sich schon einmal an den Zebrastreifen zu stellen. Rita hakte sich bei Ünal ein, und beide stellten sich an den Straßenrand, worauf sofort eine Dame in einem Golf vorbeikam und anhielt. Ünal winkte sie unwirsch durch.

Um 10:53 Uhr bog ein schwarzer Benz in knapp achtzig Metern Entfernung um die Ecke. Er fuhr sicher nicht mit Tempo 30 und kam direkt auf uns zu. Barghausen in Eile. Ünal und Rita betraten den Zebrastreifen. Ich umklammerte die Spritzen in meiner Jackentasche. Es passte alles genau. Barghausens Fahrer erreichte den Fußgängerüberweg genau in dem Moment, als Ünal und Rita sich mitten auf dem Zebrastreifen befanden. Es war, als spürte man die Ungeduld des Chauffeurs. Ich versuchte, ins Wageninnere zu spähen. Saß Barghausen links oder rechts? Ich musste in jedem Fall auf der anderen Seite einsteigen, um neben ihm zu sitzen. Bestimmt saß er hinter dem Beifahrersitz, das war am wahrscheinlichsten.

Der Wagen fuhr ein paar Zentimeter vor, er rollte an in Erwartung freier Fahrt, fast schien es, als wolle er Ünal und Rita vom Zebrastreifen schieben. Plötzlich stieß Rita einen kurzen spitzen Schrei aus und fiel an Ünals Körper herab zu Boden. Ünal kniete sich neben sie und begann sofort zu jammern. Er rief «Hilfe» und «Hallo», aber Barghausens verdammter Fahrer rührte sich nicht. Da stand Ünal auf und lief zur Fahrertür, ich sah Tränen in seinen Augen. Er hämmerte an die Scheibe, die sich tatsächlich senkte. Er rief: «Bitte helfen Sie mir, ich weiß nicht, was es ist, vielleicht das Herz!» Offenbar antwortete der Mann etwas, denn Ünal rief: «Nein, bitte! Das dauert zu lange. Bitte helfen Sie mir, bitte, meine arme Frau!» Wieder entstand eine Pause. Und dann öffnete sich der Tresor. Ich sagte zu Benno: «Pass auf Rita auf», und ging los, Richtung Benz, wobei ich mich dem Wagen von hinten näherte. Der Fahrer, ein junger Mann mit Halbglatze, stieg aus und ging vorsichtig auf Rita zu, die leblos auf dem Zebrastreifen lag. Am Zaun standen dreißig stumme Kinder. Auf der Gegenfahrbahn hielt ein Auto mit einer Frau darin, die erschrocken in Richtung Rita sah.

Der Chauffeur war vielleicht drei Meter gegangen, als Ünal, der hinter ihm war, sich blitzartig umdrehte und auf die geöffnete Fahrertür zurannte. Unsere Blicke trafen sich. Beinahe gleichzeitig erreichten wir das Auto. Er musste noch die hintere Türverriegelung lösen, damit ich einsteigen konnte. Ich sah erst gar nichts von Barghausen, denn dieser befand sich hinter einer lachsfarbenen Zeitung. Erst nachdem er diese vor Schreck fallen gelassen hatte, konnte ich sein Gesicht sehen. Er war überrascht, schien jedoch keine Angst zu haben. Ünal ließ den Motor an, konnte aber nicht geradeaus fahren, weil ihm Rita, der Fahrer und das andere Auto den Weg versperrten. Über den Gehweg konnte er auch nicht, denn da stand Benno unbeweglich wie ein Denkmal. Also legte er nach halbsekündiger Bedenkzeit den Rückwärtsgang ein und bretterte die Straße hinunter. Er konnte beinahe nichts sehen, weil Barghausens Zeitung ihm die Sicht versperrte. Ünal sah sich ziemlich konzentriert um und durch uns hindurch, hatte aber noch die Zeit, seine Geisel zu begrüßen: «Guten Morgen, bitte machen Sie sich mal eben etwas kleiner.» Komischerweise gehorchte Barghausen.

Durch die Frontscheibe sah ich den Chauffeur hinter uns herlaufen. Er gestikulierte wild und besaß eine sehr ordentliche Kondition. Hinter ihm rappelte sich Rita auf. Mir wurde klar, dass ihr Vorsprung umso größer wurde, je länger der Kerl uns hinterherlief. Also rief ich: «Ünal, nicht so schnell, nicht so schnell. Lass ihn rankommen!» Ünal drehte seinen Kopf nach vorn, um zu sehen, was ich meinte. Dabei nahm er den Fuß nicht vom Gas, und sofort knallte es. Er war gegen ein parkendes Auto gebrettert. Der Chauffeur kam gefährlich näher, gleich würde er die Beifahrertür erreicht haben. Ünal schaltete die Automatik auf «D» und gab Vollgas. Ich denke, er ist dem Typen über den Fuß gefahren. Ünal hat das zunächst bestritten, aber es wäre ein ziemlich großer Zufall, wenn dem Mann genau an diesem Tag jemand anderes über den linken Spann gerollt wäre. Der Chauffeur verfolgte uns dann natürlich nicht mehr, sondern blieb auf der Straße sitzen. Wir wendeten in einer Einfahrt, fuhren noch einmal an ihm vorbei und dann zum Treffpunkt mit Arnold.

Seit unserem Einsteigen waren höchstens zwanzig Sekunden vergangen, aber es kam mir vor wie eine kleine Ewigkeit. Ich drehte mich um, weil ich sehen wollte, ob Benno und Rita noch irgendwo standen, aber sie waren verschwunden. Umso besser.

Unser Fahrgast meldete sich. Er sagte ziemlich ruhig: «Was soll das denn werden? Eine Entführung?» Er klang direkt amüsiert. Da fielen mir die Spritzen in meiner Tasche ein. Ich sagte: «Bitte kooperieren Sie. Sonst muss ich Ihnen wehtun.» Er fragte: «Womit denn?», und mir wurde klar, dass ich die Dinger auch rausholen musste, um meine Drohung zu untermauern. Umständlich kramte ich in meiner Tasche herum. Die Nadel der einen Spritze steckte im Futter der Jacke fest. «Moment», sagte ich und kam mir unglaublich dämlich vor. Wenn Ünal nicht gefahren wäre wie der Teufel, hätte Barghausen einfach aussteigen können. So aber blieb er neben mir sitzen und wartete ab, welche Art von Waffe ich ihm präsentieren würde. Schließlich hatte ich eine Spritze hervorgenestelt.

«Zwingen Sie mich nicht, davon Gebrauch zu machen.»

«Was ist denn da drin? Aidsviren?» Er schien belustigt.

«Nein, Midazolam. Ich werde es einsetzen, wenn Sie Gegenwehr leisten.»

«Was haben Sie denn mit mir vor?»

«Das werden Sie schon noch erfahren.»

«Wir sind da!», rief Ünal.

Ich sah unseren Van auf dem Parkplatz der Bäckerei stehen. Arnold stand schon davor und öffnete die hintere Tür. Barghausen schien ein Licht aufzugehen. Die Sache war ernster, als er angenommen hatte.

«Ich soll da rein?», fragte er.

«Allerdings.»

«Das können Sie vergessen.»

In diesem Moment ging ein Strom von Gedanken durch meinen rauschenden Kopf. Und mitten in diesem Strom handelte ich ohne Bewusstsein, ich kann es nicht anders beschreiben. Ich muss doch darüber nachgedacht haben, dass ich nicht durch Mantel und Sakko gekommen wäre mit der Spritze. Aber ich kann mich nicht daran erinnern. Mit einem Ruck hämmerte ich das Ding in seinen linken Oberschenkel und drückte den Kolben herunter. Ich weiß nicht, wie man Midazolam dosiert, ich tat es einfach. Barghausen sah mich ziemlich verwundert an und sagte: «Aua.» Und dann noch: «Was erlauben Sie sich? Das dürfen Sie nicht.» Zuerst hatte ich nicht den Eindruck, dass eine Wirkung einsetzte. Intramuskulär dauert das viel länger als intravenös. Das wusste ich aus meiner Zeit im Krankenhaus. Damals habe ich meine Schmerzmittel immer selber dosiert, indem ich an einem kleinen Rädchen gedreht habe, um die tröpfchenweise Abgabe von Drogen in meine Venen zu beschleunigen. Die Wirkung setzte bei mir nach wenigen Sekunden ein. Barghausen war aber viel zu aufgeregt und fit, um gleich einzuknicken. Ich spürte allerdings, dass er etwas langsamer sprach als zuvor. «Ich möchte meine Zeitung mitnehmen», sagte er etwas gedehnt. «Natürlich», antwortete ich.

Wir warteten noch ein paar endlose Minuten, in denen keiner etwas sagte. Wir glotzten ihn einfach an, und er glotzte zurück. Es war, als wartete er mit uns. Schließlich wurde ich ungeduldig. Wir konnten hier nicht herumsitzen, bis die Polizei die ganze Gegend abgeriegelt hatte. Arnold und Ünal öffneten die Tür des Fonds und hakten ihn unter. Barghausen ging selber zwei, drei Schritte, was ganz gut war, weil eine Frau aus der Bäckerei kam und uns sah. Ich sagte: «Komm, hopp, Martin, rein in die gute Stube», und er torkelte Richtung Van. Die Frau schüttelte den Kopf und ging weiter. Ich legte noch den Bekennerbrief auf den Rücksitz, dann schloss ich alle Türen des Mercedes und stieg zu Arnold und Barghausen in den Van.

Ünal fuhr los, bedächtiger als zuvor. Außer der Frau hatte uns niemand gesehen. Aber wenn sie in den Nachrichten von der Sache hörte, würde sie eine Aussage machen. Spätestens dann sollten wir im Haus Unruh sein und durften den Wagen danach auch am besten nicht mehr benutzen. Vorher mussten wir nur noch Rita und Benno einsammeln. Ünal erreichte die Bushaltestelle, und ich sah die beiden neben einem Papierkorb stehen. Rita wirkte sehr angespannt, als wir ihr die Tür öffneten.

Kurze Zeit später schlief Barghausen ein, wachte aber immer wieder kurz auf. Ich beruhigte ihn und bat ihn weiterzuschlafen, es sei alles gut und er in Sicherheit. Darauf lächelte er kurz und schloss wieder die Augen. Sicherheitshalber gab ich ihm auch noch die zweite Spritze.

Natürlich hatten wir Angst auf der Fahrt, unbeschreibliche Angst. Ich wollte die Nachrichten hören, aber Ünal verbot es. Wahrscheinlich war das richtig so. Wir wären ja ausgerastet, wenn wir unseren eigenen Fahndungsaufruf gehört hätten. Arnold wäre imstande gewesen, sich sofort zu stellen. Also schmissen wir reihum ein paar Pillen ein, und Ünal wurde richtig fröhlich davon. Er sang ein türkisches Kinderlied. Nur Rita war gedrückter Stimmung. Als ich sie fragte, was los sei, sagte sie: «Es ist weg.»

«Was ist weg?»

«Ich kann nichts mehr hören. Es ist weg, ich empfange nichts mehr. In meinem Kopf ist alles ruhig, seit ich auf der Straße lag.» Sie schien ehrlich besorgt und kummervoll. Kein Wunder, wenn Sie mich fragen. Ihr innerer Kühlschrank war ihr Ein und Alles, ihr Schatz, ihr ständiger Begleiter. Und nun war er einfach fort. Ich kann nur spekulieren, aber ich denke, das kam von der Aufregung.

Zens haben wir nicht danach gefragt, es fiel uns einfach nicht ein, und ich denke, er hätte auch keine Lust gehabt, Rita dahingehend noch zu behandeln. Immerhin war er unser Gefangener.

Mir fiel ein Stein vom Herzen, als wir die Auffahrt zum Haus Unruh hinauffuhren. Jetzt waren wir in Sicherheit. Zu viert trugen wir Barghausen die Treppe hinauf und quartierten ihn in meinem Zimmer ein.

Wir zogen Barghausen Mantel, Sakko und Schuhe aus, die wir mitnahmen, lockerten seine Krawatte, durchsuchten sicherheitshalber auch noch seine Hosentaschen, die erwartungsgemäß leer waren, legten ihn ins Bett und zogen die Vorhänge zu.

DER BERICHT

Teil 2

DER BERICHT

**Protokoll der Aussage von Dr. Martin Barghausen
zur Vorlage am Oberlandesgericht Karlsruhe,
aufgenommen in Sankt Moritz zwischen dem
28. Oktober und dem 9. November 2009**

Bevor ich mich zu den Vorfällen äußere, die am Morgen des 13. Mai dieses Jahres mit meiner Entführung begannen und noch immer nicht vollständig aufgearbeitet sind, möchte ich die Gelegenheit ergreifen, den Beamten des Sondereinsatzkommandos und der Polizei für meine Befreiung zu danken. Ich habe verschiedentlich deutlich gemacht, dass der massive Einsatz der Kräfte keineswegs nötig war, denn die Gruppe Drachensaat war in keinem Moment, den ich mich in ihrer Gewalt befand, eine Gefahr für mein Leben. Dies jedoch konnten die Strafverfolgungsbehörden natürlich nicht wissen, nicht einmal ich selber wusste es. Wenn ich mich nun also nicht unbedingt für die Rettung meines Lebens zu bedanken habe, so doch ganz sicher für die Bereitschaft der Beamten, mich aus der Hand meiner Geiselnehmer zu befreien.

Diese Aussage mache ich bei uneingeschränkter geistiger Gesundheit. Ich befinde mich zurzeit in einem Sanatorium, um mich von den Folgen meiner Befreiung zu erholen. Diese ging nicht ganz ohne Blessuren ab, man könnte sagen, dass mich die Einsatzkräfte bei weitem mehr verletzt haben, als es die Entführer je vermocht hätten. Aber ich bin deshalb nicht verärgert und erwäge selbstverständlich auch keinerlei rechtliche Schritte gegen die Polizei. Die Leute haben nur ihren Job gemacht.

Die Staatsanwaltschaft Karlsruhe hat mich um diese Aussage gebeten, da ich nicht als Zeuge im Prozess auftreten werde, denn ich kann und will die Schweiz in der nächsten

Zeit nicht verlassen. Dies hat Gründe, die ich gerne erläutere. Zum einen möchte ich diesem Strafprozess keine zusätzliche Publizität verschaffen. Ich bin der Meinung, dass den Angeklagten nicht damit geholfen wäre, ganz und gar nicht. Meine Anwesenheit würde bestimmt in den Medien hochgekocht, und das ist nicht in meinem Sinne. Meine Entscheidung hat aber auch damit zu tun, dass ich mich entschieden habe, nicht als Nebenkläger in diesem Prozess aufzutauchen.

In den vergangenen fünf Monaten geriet ich unter erheblichen Druck, befeuert zum einen durch meinen eigenen Prozess und die damit verbundenen Vorwürfe der Untreue gegenüber meinem früheren Arbeitgeber, der Reformbank. Unterstellungen, ich würde mit meinem Aufenthalt in der Schweiz versuchen, dieses Verfahren zu verschleppen, entbehren jeder Grundlage. Ich bin nach wie vor nicht prozessfähig, weder in der einen noch in der anderen Sache. Die andere Sache ist der Prozess gegen die Drachensaat. Auch hier wurde ich von den Medien und der Staatsanwaltschaft bedrängt. Man hat von mir erwartet, die Gruppe Drachensaat zivilrechtlich zu belangen und als Nebenkläger dem Verfahren noch mehr Gewicht zu geben. Aber nichts liegt mir ferner.

Ich denke gar nicht daran, diese Leute anzuklagen. Ich möchte nicht behaupten, dass diese armen Menschen mir einen Gefallen getan hätten, indem sie mich entführten und gefangen hielten, dies gewiss nicht. Aber sie haben mein Leben von Grund auf verändert. Ich bin ihnen dafür verbunden, mehr noch: verpflichtet. Diese Selbsteinschätzung hat übrigens nichts mit dem sogenannten Stockholm-Syndrom zu tun. Ich identifiziere mich nicht mit den Tätern und empfinde auch keine Solidarität mit ihnen oder ihren

Zielen. Aber ich habe großes Verständnis für sie. Ich habe während meiner Entführung Empathie kennengelernt, die mir zuvor überhaupt nie begegnet war. Und dafür bin ich den Mitgliedern der Drachensaat im Nachhinein dankbar. Sie werden diese pathetisch klingenden Worte vielleicht am Ende dieses Berichts verstehen.

Ich nehme vorweg, dass ich mir wünsche, dass Herr Schade, Herr Yilmaz, Herr Tiggelkamp und Herr März auf irgendeine Weise von meiner Aussage profitieren. Und mein Mitgefühl gilt Frau Bauernfeind. Ich habe die Nachricht von ihrem Ableben den Medien entnommen. Ihr Tod hat mich sehr berührt. Sie war eine ganz besondere Person. Ich werde im Verlaufe der Aussage darauf noch näher eingehen. Nun werde ich diese Aussage beginnen, welche übrigens von meiner Assistentin, Frau Dagmar Nagel, aufgenommen wird. Die Bänder stellen wir selbstverständlich zur Verfügung.

Ich bemühe mich im Folgenden um eine möglichst präzise und detailgenaue Schilderung aller Vorfälle im Zusammenhang mit meiner Entführung. Sie werden dafür Verständnis haben, dass ich nicht alle Fragen der Staatsanwaltschaft zu ihrer Zufriedenheit werde beantworten können. Ich war in erster Linie Gefangener der Gruppe und daher an Strategie- und Planungsrunden nicht beteiligt. Sie werden sich in diesen Fragen an die Herren Yilmaz und Schade halten müssen. Diese scheinen mir am ehesten dazu geeignet, Ihre Fragen zu beantworten.

Es kommt mir sehr darauf an, die innere Verfasstheit der Gruppe zu schildern. Ihre Mitglieder haben lange Gespräche mit mir geführt, zur Vorbereitung einer Fernsehsendung. Diese Diskussionen sind sehr wichtig zum Verständnis der Drachensaat. Ich werde versuchen, diese möglichst unvoreingenommen zu schildern, aber natürlich sind Interpretationen oder Kommentare meinerseits nicht ausgeschlossen, das liegt in der Natur der Sache. Meine Aussage gliedert sich in zehn Teile nach den zehn Tagen meiner Geiselhaft.

Tag 1, 13. Mai

Am Morgen des 13. Mai befand ich mich in der Küche meines Hauses, als der Fahrer, Herr Bramstetter, von der Haustür aus nach mir rief. Das war ungewöhnlich, denn normalerweise wartete er vor dem Haus. Ich weiß noch, dass ich darauf unwirsch reagierte. Ich war angespannt wegen des Prozesses und der Vorwürfe wegen Untreue und Bestechlichkeit. Ich war zwar gewohnt, ein schlechtes Image in der Öffentlichkeit zu besitzen, aber die Unsachlichkeiten der Berichterstattung und die gegen mich erhobenen Vorwürfe setzten mir dann doch zu. Damals war ich froh um jede Sekunde ungestörten Privatlebens.

Ich trank mit meiner Frau Annette Kaffee, sie lenkte mich von meinen Sorgen ab und erzählte von unserer kleinen Tochter Helen, die sich zu dieser Zeit bereits im Kindergarten befand. Morgens hatte Helen etwas Komisches gesagt. Sie sprach von mir als «Opa», dabei bin ich ihr Vater. Meine Frau lachte sehr darüber. Vielleicht liegt es am Altersunterschied zwischen ihr und mir. Sie ist knapp 30 Jahre jünger als ich und hat mir noch einmal ein Kind geschenkt. Jedenfalls war ich einigermaßen heiterer Stimmung, als Herr Bramstetter mich rief. Ich habe irgendwas wie «Was ist denn?» gerufen, meine Tasse abgestellt und bin zu Herrn Bramstetter an die Haustür gegangen. Dieser berichtete, dass vor dem Haus ein Gullydeckel fehlte. Herr Bramstetter sagte, er habe ein Geräusch gehört und sei deswegen nachsehen gegangen. Vor dem Tor sei niemand gewesen, aber der Deckel läge auf der anderen Seite der Straße. Er sagte, wir könnten das Grundstück deswegen mit dem Wagen nicht verlassen, und fragte, was jetzt zu tun sei. Ich war immer noch verärgert wegen der Störung und reagierte gereizt auf Herrn Bramstetter und sein Problem, was mir im Nachhinein leidtut. Wenn ich damals entspannter auf meinen Fahrer reagiert hätte, wäre ich womöglich auch professioneller mit der Situation umgegangen. So jedoch sagte ich: «Dann setzen Sie doch den Deckel wieder ein, Himmelherrgott.» Normalerweise hätte mich solch ein Ereignis sofort misstrauisch machen müssen. Ich hätte den Gerichtstermin absagen oder verschieben sollen. Keinesfalls hätte ich so gleichgültig darauf reagieren dürfen. Aber meine Frau, die Tasse Kaffee, das Bedürfnis nach einem bisschen Familienalltag führten dazu, dass ich die Sicherheitsregeln missachtete.

Herr Bramstetter sagte, er müsse zu diesem Zweck Verstärkung besorgen. Dies könne ein paar Minuten dauern. Ich erwiderte, er solle sich durch nichts in seiner Arbeit aufhalten lassen, und war insgeheim froh um die Verzögerung, weil sie mir die Chance bot, noch eine Weile mit meiner Frau zusammen zu sein.

Die Angelegenheit dauerte dann fast eine Viertelstunde. Herr Bramstetter holte mich in der Küche ab, und wir fuhren los. Auf der Fahrt fragte Bramstetter, ob er eine Abkürzung wählen könne, um die verlorengegangene Zeit aufzuholen. Ich antwortete, er solle tun, was er für richtig hielte. Das war natürlich der nächste Fehler. Die Route, die von der Sicherheitsfirma gewählt wurde, gilt als ausgesprochen sicher und jene kürzere durch das Wohngebiet als riskant, weil man dort langsam fahren muss und leichter gestoppt werden kann als im fließenden Verkehr auf der längeren Strecke. Die Sache mit dem Gullydeckel machte mich aber nicht misstrauisch, ich habe an diesem Morgen einfach nicht richtig geschaltet und war mit den Gedanken auch schon längst bei Gericht. An diesem Tag wollten wir einen Antrag auf Einstellung des Verfahrens stellen, eine heikle Sache zu einem recht frühen Zeitpunkt des Verfahrens. Um mich abzulenken, nahm ich die Zeitung zur Hand und las in den Börsennachrichten. Ich kann mich aber an keine Nachricht erinnern, wahrscheinlich war ich nicht sehr konzentriert bei der Sache. Im Nachhinein muss ich den Journalisten recht geben, die geschrieben haben, wir seien den Entführern fast schon leichtfertig ins Netz gegangen. Aber wie heißt es so schön: *Shit happens.* Man langt auch leichtfertig eine heiße Auflaufform an oder greift in das Messer eines Rasenmähers oder wirft ein Rotweinglas um. Alles Dinge, die sich durch größere Vorsicht vermeiden ließen. Hinzu kommt: Ich habe nie damit gerechnet, entführt zu werden. Und ich hielt den ganzen Überwachungsklimbim für überflüssig und lästig. Es hatte zuvor Millionen von Gelegenheiten gegeben, meiner habhaft zu werden. Warum sollte jemand ausgerechnet an diesem Tag zu dieser Stunde zuschlagen? Ich war einfach zu sorglos.

Herr Bramstetter bog links ab und fuhr durch die Tempo-30-Zone in Richtung des Kindergartens, in dem sich zu diesem Zeitpunkt unsere Tochter Helen aufhielt. Ich mahnte ihn, er solle langsamer fahren, aber er war in Eile, wollte die Gegend so schnell wie möglich durchqueren und drosselte das Tempo nur leicht. Dann musste er halten. Ich habe selber gar nicht hingeguckt, aber er sagte: «Jetzt beweg dich mal, Mutter.» Ich sagte, ohne aufzuschauen: «Von wessen Mutter sprechen Sie? Von Ihrer?»

«Nein, da ist so eine Pennerin auf dem Zebrastreifen und so ein komischer Mann. Die haben es nicht gerade eilig.»

Auch dies war ein Moment, in dem meine Alarmglocken hätten schrillen müssen. Eine Pennerin? Hier? In einem der teuersten Wohngebiete des Landes? Wie hätte die dorthin kommen sollen und warum? Aber ich habe die Unstimmigkeit des Bildes damals nicht mit Gefahr verbunden.

Mein Fahrer fluchte. «Auch das noch», hörte ich ihn murmeln. «Das geht alles von unserer Zeit ab», sagte er halblaut, und ich sah über die Zeitung. In diesem Moment erkannte ich, dass wir vor dem Kindergarten standen, und sagte: «Sehen Sie mal, Herr Bramstetter, das ist ja Helens Kindergarten.» Das war eine ganz unnötige Bemerkung, denn natürlich wusste Herr Bramstetter, wo wir waren, schließlich brachte er Helen jeden Tag hierher. Aber ich kam nur ganz selten an diesen Ort. Ich sah in den Garten und suchte nach Helen zwischen den Kindern. Dann erschreckte ich mich, denn jemand klopfte gegen die Fahrerscheibe. Herr Bramstetter öffnete das Fenster nicht, aus Sicherheitsgründen. Es klopfte noch einmal, und erst in diesem Augenblick sah ich, dass auf dem Zebrastreifen jemand lag. Ich forderte Herrn Bramstetter auf, die Scheibe zu senken, was dieser widerwillig tat. Ein Mann, es war Herr Yilmaz, redete sehr schnell und aufgeregt auf Herrn Bramstetter ein. Er rief, dass er Hilfe brauche. Herr Bramstetter sagte, dass er nichts für ihn tun könne, er solle bitte die Frau vom Zebrastreifen entfernen. Er würde anschließend einen Notarzt rufen. Da regte sich Herr Yilmaz sehr auf, und ich musste ihm recht geben. Ich zögerte einen Moment, weil ich nun schon einen gewissen Instinkt fühlte, aber ich finde, man kann niemanden auf der Straße liegen lassen, deshalb forderte ich Bramstetter auf, dem Mann zu helfen. Ehrlich gesagt, war ich sehr verärgert, mehr noch: Herr Bramstetter, bei dem ich mich auf diesem Wege noch einmal entschuldigen möchte, machte mich wütend. Erst die Sache mit dem Gullydeckel, für die er ja nichts konnte, mit der er mich aber genervt hatte, dann dieser erneute Zeitverzug und sein unhöfliches, ja herrisches Auftreten gegen den Mann an der Scheibe. Also wies ich ihn an, quasi zur Strafe, sich um die Frau zu kümmern und endlich auszusteigen. Zu spät waren wir sowieso.

Nachdem Herr Bramstetter den Wagen verlassen hatte, sah ich wieder in die Zeitung, denn ich wollte nicht Zeuge des unwürdigen Schauspiels sein, wenn mein Fahrer und der Fremde diese verlotterte Frau, es war übrigens Frau Bauernfeind, von der Straße trugen.

Auf diese Weise entging mir, dass Herr Yilmaz die Fahrertür öffnete und sich in den Wagen setzte. Ich nahm vielleicht im Unterbewusstsein an, es sei Herr Bramstetter. Dann hörte ich ein Klacken. Das kam von der Türverriegelung. Herr Yilmaz hatte sie offensichtlich entsichert, denn sofort wurde die Fondtür hinter dem Fahrer aufgerissen und ein Mann sprang in das Fahrzeug. Das war Herr Bernhard Schade. Ich erschrak natürlich und erstarrte gewissermaßen. Man glaubt immer, man könne sehr schnell reagieren, aber dies ist nicht der Fall. Ich fühlte mich wie auf meinem ersten Tauchgang, wo ich vollkommen unvermittelt einem Stachelrochen begegnet bin. Jeder Experte wird Ihnen zu bestimmten Verhaltensweisen raten, aber wenn so ein Moment eintritt, kann es sein, dass Sie total gelähmt sind. Das war hier der Fall. Ich empfand keinerlei Bedrohung, nur eben völlige Überraschung. Herr Yilmaz fuhr nun sehr schnell rückwärts. Ich weiß noch, dass er mich sehr höflich darum bat, mich etwas kleiner zu machen, damit er nach hinten mehr sehen konnte. Das fand ich sehr merkwürdig, denn gleichzeitig erkannte ich, dass dies eine Entführung war.

Herr Yilmaz fuhr dann nach einer Kollision mit einem parkenden Fahrzeug vorwärts und verletzte dabei Herrn Bramstetter. Ich glaube sagen zu können, dass Herr Yilmaz dies nicht mit Absicht gemacht hat. Nachdem wir ein paar hundert Meter gefahren waren, kehrte eine gewisse Ruhe bei den Entführern ein. Ich fand die beiden auf Anhieb seltsam, denn der ganz offensichtlich homosexuelle Herr Yilmaz und der introvertierte und gepflegt wirkende Herr Schade gaben überhaupt keine Gangsterfiguren ab. Es war eine reichlich skurrile Vorstellung. Ich habe dann gefragt, was das solle. Dies fragte ich, um die beiden und die Situation besser einschätzen zu können, nicht weil ich nicht merkte, was vorging. Man hat mir immer geraten, im Falle einer Entführung zu kooperieren, denn es ist absolut nicht gesagt, dass harmlos wirkende Menschen es auch tatsächlich sind. Aussteigen konnte ich ohnehin nicht, dafür fuhr Herr Yilmaz viel zu schnell.

Herr Schade beantwortete meine Frage sinngemäß dahingehend, dass ich mich ruhig verhalten solle, weil er mir sonst wehtun würde. Allerdings sah ich keine Waffe bei ihm. Auf Nachfrage zerrte er eine Spritze aus der Tasche, was ich ziemlich melodramatisch fand. Man kennt das ja aus Krimis, wenn ein Aidskranker Passanten mit einer womöglich infektiösen Spritze bedroht. Herr Schade sah aber nicht so aus, also machte ich mich unüberlegt darüber lustig. Ich denke, das hat Herrn Schade provoziert. Wir kamen dann am Treffpunkt mit Herrn März an. Da wurde mir klar, dass diese Leute nicht völlig planlos vorgingen. Ich hatte gerade geäußert, dass ich nicht mit ihnen umsteigen würde, da hieb Herr Schade schon die Spritze in mein linkes Bein, was schmerzte und mich schockierte, weil ich nicht damit gerechnet hatte. Ich kann mich ab da nur noch schemenhaft erinnern, aber ich weiß, dass wir nicht sofort ausgestiegen sind. Herr Yilmaz sah mich sehr ernst an und sagte immer wieder: «Bitte ruhen Sie sich aus.» Und Herr Schade fing, glaube ich, an zu singen, jedenfalls erinnere ich mich so. Ich möchte mich in diesem Punkt aber nicht festlegen.

Ich weiß noch, dass wir zu dritt von meinem Wagen zu einem Kleinbus gingen und ich in die Sonne sah. Angeblich wurde ich während der Fahrt ein weiteres Mal betäubt, aber auch dessen kann ich mich nicht entsinnen. Ich würde aber sagen, man ist den Umständen entsprechend recht anständig mit mir verfahren.

Tag 2, 14. Mai

Ich muss dann recht lange in dem Zimmer geschlafen haben, in welches man mich gebracht hat. Es handelte sich dabei um ein vergleichsweise geräumiges und gut ausgestattetes Zimmer mit daran angeschlossenem Bad. Ich nahm daher zunächst an, wir befänden uns in einem Hotel, zumal die aus dem Fenster sichtbare Umgebung sehr gepflegt wirkte. Ich konnte einen Park erkennen und eine mit Kies bestreute Auffahrt, welche auf einen Vorplatz unter meinem Fenster mündete.

Ich war noch sehr benommen und ungehalten. Letzteres übrigens weniger wegen der Entführung an sich, die ich auf eine mir selbst fremde Art sofort als Schicksal annahm, sondern wegen des versäumten Gerichtstermins und der sich daraus ergebenden Komplikationen. Man hatte mir meine Schuhe, mein Sakko und meinen Mantel samt Armbanduhr und Mobiltelefon abgenommen. Ich versuchte, die Tür zu öffnen, die erwartungsgemäß abgeschlossen war. Doch da ich gut im Schätzen von Uhrzeiten bin, kann ich mit einiger Sicherheit sagen, dass es früh am Morgen war. Wahrscheinlich befanden sich meine Entführer noch im Bett. Ich legte mich noch einmal hin und schloss die Augen. Ein paar Minuten später hörte ich ein zögerliches Klopfen. Ich ging dem Geräusch nach und stellte fest, dass es aus dem Zimmer nebenan kam. Jemand klopfte gegen die Wand, gleich hinter dem Kopfende meines Bettes. Sofort schoss mir durch den Kopf, dass es sich dabei nur um einen weiteren Gefangenen handeln konnte. Ich beantwortete das Pochen meinerseits mit Klopfzeichen. Nachdem wir nun beide voneinander wussten, hätten wir lediglich das Morsealphabet beherrschen müssen, um uns zu verständigen. Leider habe ich es verlernt. Als Pfadfinder vor über 40 Jahren habe ich es gekonnt. Später erfuhr ich, dass diese Person Kai-Uwe Rötten war, ein Produzent von Fernsehsendungen. Ich habe ihn in den zehn Tagen nur als klopfenden Geist erlebt und kann keinerlei Aussage darüber treffen, wie es ihm in Gewahrsam ergangen ist. Sein Bild kenne ich ausschließlich aus der Medienberichterstattung, allerdings war öfter in der Gruppe die Rede von ihm, wenn auch unter anderem Namen. Die Mitglieder der Drachensaat sprachen von ihm als Doktor Zens, und dies meist respektvoll.

Die Tatsache, dass es da ganz offensichtlich noch eine weitere Geisel gab, fand ich beunruhigend, das muss ich zugeben. Bisher hatte ich noch ein gewisses Selbstvertrauen, aber das wurde durch das Klopfen von nebenan geringer. Was wollten diese Leute von uns? Ich schlug gegen die Tür und rief um Hilfe, aber nichts geschah. Im Zimmer befanden sich Überwachungskameras, die mit weißer Farbe zugeschmiert waren. Je länger ich wartete, desto sorgenvoller wurde ich. Ich dachte an meine Frau und an meine Tochter. Nicht auszudenken, wenn Helen meine Entführung mitangesehen hätte. Natürlich wollte ich mich so schnell wie möglich zu Hause melden.

Schließlich öffnete sich die Tür, nachdem ich Stunden mit meinen Gedanken verbracht hatte. Herr Schade kam mit einer Spritze auf mich zu, dahinter gingen Frau Bauernfeind mit einem Tablett und Herr Yilmaz, der meine Schuhe und mein Sakko sowie in der anderen Hand einen Schürhaken hielt.

Herr Schade wies mich an, mich auf die Bettkante zu setzen. Man würde mir nun ein Frühstück servieren und später zu einem Gespräch bitten. Ich solle mich frisch machen und ruhig bleiben. Natürlich stellte ich die naheliegenden Fragen, also wo ich sei, was das solle und ob ich mit meiner Frau telefonieren könne. Der Türke, Herr Yilmaz, hielt eine kleine Rede, die ich noch ziemlich genau im Ohr habe, weil ich sie den Umständen gemäß sehr merkwürdig fand: «Lieber, sehr verehrter Herr Doktor Barghausen, bitte üben Sie sich noch ein wenig in Geduld. Sie werden bald die Gelegenheit zum Austausch erhalten und sicher ganz schnell wieder bei Ihrer lieben Familie sein. Es tut uns leid, dass wir Ihnen Umstände und Sorgen bereiten, und wir bemühen uns, diese in engen Grenzen zu halten. Damit Ihnen der Aufenthalt nicht zu unangenehm ist, haben wir Ihnen hier ein exquisites Frühstück zusammengestellt, wie Sie sehen, sogar mit krossem Schinken, was ich persönlich zwar im wahrsten Sinne als Schweinefraß, nämlich vom Schwein stammenden Fraß bezeichnen würde, was Sie jedoch bestimmt goutieren. Ich wünsche Ihnen eine angenehme Mahlzeit und würde Sie noch bitten, die kleine Tablette einzunehmen, die auf der Untertasse liegt. Es würde uns unsere Arbeit sehr erleichtern. Haben Sie recht herzlichen Dank.»

Ich antwortete, dass ich diese Tablette ganz sicher nicht zu mir nähme. Herr Yilmaz sagte darauf, dass er Verständnis für mein Misstrauen habe, aber davon ausginge, dass ich meine Familie wiedersehen wolle, und dies nur möglich sei, wenn ich das Präparat einnähme. Es handele sich dabei um ein Medikament, mit dem man meine Stimmung etwas auflockern wolle. Dann gab er mir Schuhe und Sakko zurück, und die drei verließen wieder mein Zimmer.

Das Frühstück war mit großer Sorgfalt zusammengestellt worden. Nicht Wasser und Brot, sondern Saft und Croissants, ein sehr guter Kaffee, Rührei mit Schinken, etwas Käse. Ich habe an jedem Morgen so ein Frühstück erhalten. Während ich aß, dachte ich daran, dass natürlich jede der Speisen vergiftet sein konnte. In Kaffee und Saft hätte man jede Art von Droge unterrühren können. Daher entschied ich mich, die Tablette zu nehmen. Diese Leute hatten bestimmt Mittel und Wege, mich dazu zu zwingen. Wozu also aufbegehren?

Nach etwa einer halben Stunde wurde das Frühstück abgeholt, wiederum von den Herren Schade und Yilmaz sowie von Frau Bauernfeind, deren Erscheinung ich damals sehr sonderbar fand. Ich fand, sie hatte Ähnlichkeit mit einem chinesischen Faltenhund. Das ist diese absonderliche Rasse mit den tiefen Falten und der herunterhängenden Haut. Eine sehr eindrucksvolle Person, wie ich an dieser Stelle noch einmal betonen will. Ich bemerkte, dass sie heimlich Reste von meinem Teller aß, was ich einerseits komisch, andererseits auch beruhigend fand. Wenn Gift im Essen gewesen wäre, hätte sie wohl kaum davon gegessen.

Herr Schade bat mich, Schuhe und Jackett anzuziehen, man wolle nun mit mir sprechen. Ich war ganz froh, aus dem Zimmer herauszukommen, und natürlich auch getrieben von einer gewissen Neugier. Furcht empfand ich nicht, das lag wohl auch an der Tablette. Wir gingen gemeinsam aus dem Zimmer und ein paar Meter über einen Gang, in dem ein Getränkeautomat stand.

Man hat mich später gefragt, warum ich solch einen Moment nicht zur Flucht benutzt habe oder einen meiner Häscher überwältigte, und ich möchte nur einmal, nämlich an dieser Stelle, darauf eingehen. Meine Aussage zu diesem Themenkomplex lautet: Machen Sie das mal! Zu diesem Zeitpunkt wusste ich gar nichts: Ich wusste nicht, ob nicht vielleicht auch meine Familie in der Gewalt dieser Leute war. Und: Wie viele Entführer und Entführte gab es eigentlich? Wie würde ich im Falle einer Flucht aus dem Gebäude gelangen? Verspielte ich mit einem Fluchtversuch meine Chancen auf ein schnelles und gewaltfreies Ende der Entführung? Würde ich nicht meine Entführer gegen mich aufbringen? Man will sich in so einer Situation mit dem Gegner gut stellen. Ich verweise hier auf den Fall einer in Österreich entführten Frau, der man vorgeworfen hat, Fluchtgelegenheiten nicht genutzt zu haben. Mit meinem Erfahrungshintergrund kann ich sie verstehen. Eine gescheiterte Aktion verschlechtert die Situation so dramatisch, dass man lieber kooperiert. So habe ich das übrigens auch immer wieder in Schulungen bei jedem Unternehmen eingebläut bekommen, wo ich im Vorstand saß. Mitmachen, ruhig bleiben, kommunikativ erscheinen, die Erwartungen erfüllen. Das ist das Motto. Und wenn ich mir diese Bemerkung erlauben darf: Diese Tugenden werden unser ganzes Leben hindurch von uns erwartet, insofern spielt die Entführung nur das Leben im verkleinerten Maßstab nach.

Nachdem wir eine Art Konferenzraum betreten hatten, wies man mir einen Sessel zu, in dem ich Platz nahm. Herr Schade, Herr Yilmaz und Frau Bauernfeind setzten sich in weitere Sessel. Jemand schaltete Scheinwerfer an, die mich ein wenig blendeten. Das war Herr März, der sich dann an einem auf einem Stativ befestigten Camcorder zu schaffen machte. Offenbar stellte er das Bild ein und startete eine Aufnahme. Dann setzte er sich ebenfalls. Herr Yilmaz fragte, wo denn der Benno bliebe, er meinte damit Herrn Tiggelkamp. Darauf stand Frau Bauernfeind auf und ging den Herrn Tiggelkamp suchen. Während wir auf dessen Eintreffen warteten, sprach niemand, was ich als unangenehm empfand.

Schließlich kamen Frau Bauernfeind und Herr Tiggelkamp, der einen unwilligen Eindruck auf mich machte. Herr Yilmaz sagte: «Benno, wir hatten uns auf zehn Uhr für den ersten Termin mit unserem Gast geeinigt.» Und Herr Tiggelkamp antwortete, dass Herr Yilmaz ihm einen Schuh aufblasen könne. Dann setzte er sich und verschränkte die Arme.

Herr Yilmaz machte eine Bewegung mit beiden Händen, wie ein Dirigent, der um die Aufmerksamkeit seines Orchesters bittet. Alle sahen in die Kamera. Herr Schade sagte: «Guten Abend, meine sehr verehrten Damen und Herren, herzlich willkommen zu dieser Testsendung von Drachensaat-TV. Ich freue mich sehr, dass Sie eingeschaltet haben, auch wenn Ihnen gar nichts anderes übrigblieb. Ja, so. Unser Thema lautet heute: Gibt es Gerechtigkeit nur für die oberen Zehntausend? Und warum ist die Welt so schlecht, oder ist sie es nur für uns?» Herr Schade blickte in die Runde und war offenbar unsicher, ob er den richtigen Ton für seine Moderation traf. Dann sprach er weiter. «Wir begrüßen heute im Studio Benno Tiggelkamp, dem man alles genommen hat, sogar seine Mutter. Daneben haben wir Arnold März, der seine Ängste jahrelang ebenso verstecken musste wie die Post seiner Kunden. Dann noch Rita Bauernfeind, die öffentlich gedemütigt wurde, nur weil sie ein bisschen anders ist, und *last, but not least* Ünal Yilmaz, Busfahrer und moralische Instanz des deutschen Rechtswesens. Außerdem unter uns: Martin Barghausen von der Reformbank, der uns sicher gleich erklären kann, was wir alles falsch machen im Leben.»

Glauben Sie mir, die Situation war wie ein realistischer Traum, wie die nächtliche Aufarbeitung des Alltagswahnsinns. Mir kam die Szenerie derart verrückt vor, dass ich sofort anfing zu lachen, was Herrn Yilmaz ganz offensichtlich sehr empörte. Er sagte: «Das ist also Ihr Kommentar zu unserem Thema. Das spricht Bände, wenn ich das sagen darf.»

Ich spürte, dass mein Amüsement unangebracht war, und fing mich schnell. Trotzdem wollte ich bei dem Theater nicht ohne weiteres mitmachen. Ich sagte in die Kamera: «Ich werde mich hier nicht äußern, solange mir niemand erklärt, was der ganze Unsinn überhaupt soll. Sind Sie alle vollkommen übergeschnappt? Und wer sind Sie überhaupt?»

Herr Schade sagte: «Das habe ich ja gerade in der Einführung gesagt, Herr Barghausen. Nun zu unserer ersten Frage: Wie fühlen Sie sich als erfolgreicher Macher und Millionär zwischen uns fünf Seelenkrüppeln?»

Darauf antwortete ich nicht. Ich sah an die Decke. Herr Yilmaz wurde laut: «So geht das nicht. Es wird nicht funktionieren, Bernhard.»

«Das sehe ich auch. Wir sollten ihm mehr Drogen geben», sagte Herr Schade.

«Nein, das sieht man ihm am Ende an, und dann ist er nicht authentisch», sagte Herr März zögerlich. Ich hatte den Eindruck, dass er nicht gerade der Wortführer in der Gruppe war. Diesen Job teilten sich Schade und Yilmaz.

«Ich will sofort meine Frau anrufen», sagte ich.

«Haben wir schon gemacht», behauptete Schade, und ich merkte sofort, dass er log. Ich habe so viele Personalgespräche geführt, ich spüre so etwas. Auch wenn mir die Droge, die man mir gegeben hatte, so etwas wie ein wohliges Gefühl, beinahe eine Art Plauderlaune vermittelte, so war ich doch in der Lage, mein Gegenüber einzuschätzen. Die Gruppe schien mir maximal verunsichert zu sein.

«Lüge», sagte ich. «Ich will meine Frau sprechen.»

«Was machen wir denn jetzt?», fragte Herr März besorgt.

«Wir bringen ihn zurück in sein Zimmer», schlug Herr Yilmaz vor.

Und so geschah es dann auch. Stunden vergingen, ohne dass sich irgendwas tat. Mein Bild von der Gruppe hatte sich noch nicht gerundet, aber ich hatte durchaus das Gefühl, es mit einer Bande von Psychopathen zu tun zu haben. Außerdem war ich nun nicht mehr der Ansicht, dass es sich hier um ein Hotel handelte, eher um ein Sanatorium. Mit beiden Eindrücken hatte ich recht.

Zwischendurch machte sich wieder der Klopfer bemerkbar, aber ich reagierte nicht. Dafür legte ich mir ein paar Fragen zurecht, die ich stellen wollte, wenn man wieder mit mir Kontakt aufnahm. Ich würde meine Kooperation bei dieser merkwürdigen Talkshow davon abhängig machen, dass man mich erstens danach sofort freiließ, mich über

Absichten und Identitäten der Teilnehmer informierte und meine Familie davon in Kenntnis setzte, dass es mir relativ gut ging. Wenn man meinen Forderungen nicht nachgab, würde ich kein Wort mehr sagen.

Die einzige Frage, die ich nicht mehr stellen musste, war die, warum man ausgerechnet mich entführt hatte. Die Sache schien mir klar zu sein. Ich sollte mal wieder als Sündenbock der Marktwirtschaft an den Pranger gestellt werden. Das war ich gewohnt, und ich konnte damit umgehen. Als die Drachensaat mich entführte, war ich unbedingt geprägt von einer ausgesprochen konfrontativen Haltung gegenüber Leuten wie Schade, Yilmaz oder Frau Bauernfeind. Ich sah die Auseinandersetzung unter folgender Prämisse: Wer auf der Sonnenseite steht, muss damit rechnen, dass die von der Schattenseite hier und da ein bisschen aus ihrem Dunkel heraus und ins Licht rücken wollen, wenn Sie mir dieses schiefe Bild gestatten. Ich hatte so viele Diskussionen mit Unterprivilegierten und Unterqualifizierten ausgestanden und betrachtete dies als Bürde und Herausforderung beim Leben in einer Neidkultur. Damals dachte ich: Die Leistungsträger in unserer Gesellschaft, also jene, die anderen die Jobs geben und nach Kräften verteidigen, waren zum Dank ständiger Anfeindung ausgesetzt. Zumindest dies sehe ich übrigens immer noch so. Und ich nutze die Gelegenheit, um hier mal Stellung zu beziehen. Es ist nämlich zum Beispiel volkswirtschaftlich völlig unerheblich, wie viel ich verdiene, das sind Kleckerbeträge, bezogen auf den Wirtschaftsraum Deutschland. Aber die Leute, die mir seit Jahren als Diskutanten gegenübersitzen – Gewerkschafter, Arbeitslose, Neunmalkluge, Kommunisten –, beklagen sich ja sogar schon darüber, dass der Bundespräsident 19 000 Euro im Monat für sein Amt bekommt. Dabei ist dieser Betrag lächerlich gering. Ein Witz, fast peinlich. Für 19 000 Euro bekommen Sie heutzutage nicht einmal einen Personalvorstand für eine kleine Schraubenklitsche in der Provinz. Das ist nicht einmal eine Viertelmillion im Jahr, und die Leute schreien auf, als bereichere sich der Präsident am Volkseigentum. In so einem Klima finden heute Streitgespräche statt. Da darf man sich nicht wundern, wenn die gesellschaftlichen Gruppen einander unversöhnlich gegenüberstehen. Ich trage gerne dazu bei, die Lager zusammenzubringen, und ich höre mir geduldig alles an, aber manchmal möchte man schon laut losheulen bei der ganzen Borniertheit, die einem da entgegenschlägt. Dieses muffige Kleinbürgertum mit Wahlrecht, diese Miesmacher und Würstchen. Ich befürchtete, es genau mit solchen Figuren zu tun zu haben.

Nach einigen Stunden, ich bekam langsam auch Hunger, öffnete sich die Tür, und alle fünf kamen in mein Zimmer. Rita Bauernfeind brachte belegte Brote auf einem Tablett mit. Die anderen hatten Stühle dabei, die sie sehr ernst abstellten. Dann schloss Herr Yilmaz die Tür mittels einer Fernbedienung, und alle setzten sich. Frau Bauernfeind stellte das Tablett auf ihren Knien ab und begann sofort mit großem Appetit die Brote zu verzehren, die wohl eigentlich für mich vorgesehen waren. Herr Schade ergriff das Wort. «Wir haben ausführlich diskutiert und sind zu dem Schluss gekommen, dass eine vertrauensvolle Zusammenarbeit zwischen Ihnen und uns nur auf der Basis größter Ehrlichkeit und Transparenz zustande kommen kann.» Ich nickte, dem konnte ich zustimmen. Herr Schade sprach weiter: «Wir haben uns daher entschlossen, Ihnen einen Einblick in unsere Pläne zu geben.»

Dann erzählte er mir ausführlich von jedem Mitglied der

Gruppe. Herr Schade fasste die Biographien und Leidens-
geschichten seiner Mitstreiter in jeweils fünfzehnminütige
Vorträge zusammen und stellte sich bei dieser Präsentation
nicht ungeschickt an. Ich nehme an, dass diese Menschen
sehr ausführlich und oft über sich gesprochen haben. Seine Schilderungen klangen beinahe wie auswendig gelernt.
Wenn ich sie hier weglasse, dann nur deswegen, weil ich an-
nehme, dass die Aussagen der Gruppenteilnehmer bereits
vorliegen. Außerdem sind die Lebensgeschichten dieser
Leute breit in den Medien besprochen worden. Nachdem
Herr Schade geendet hatte, übernahm Herr Yilmaz das
Wort und erklärte den therapeutischen Ansatz des Doktor
Zens. Ich fragte, was mit ihm sei, und Herr Tiggelkamp
sagte: «Dä is perdü.» Herr Schade verbesserte ihn dahingehend, dass Herr Zens nicht mehr Teil der Aktion sei. Ich
fragte ihn rundheraus, ob dieser Herr Zens sich im Zimmer
nebenan befände. Herr März reagierte darauf sehr unruhig.
Er sagte: «Nein, auf keinen Fall ist er da nebenan», woraus
ich schloss, das genau dies der Fall war. Schließlich erläuterte Herr Yilmaz noch, dass die Gruppe sich den Namen
«Drachensaat» gegeben habe, und erläuterte diesen Begriff
etwas weitschweifig, wie ich fand. Er sprach von verschiedenen Sagen des Altertums, welche er auf umständliche
Art schilderte. Er spannte einen recht weiten Bogen von
der Kadmos-Sage, wenn ich das richtig verstanden habe,
zu den Bemühungen der Gruppe, so eine Art neues Men-
schenbild zu propagieren, welches auf totaler Rücksicht
und Höflichkeit basiere. Mit meiner Entführung wolle man
eine breite Öffentlichkeit für die Belange aller Ausgestoßenen und Verfemten in diesem Land erreichen. Man würde
weder Lösegeld verlangen noch Gefangene hier oder woanders freipressen wollen. Nur ins Fernsehen wolle man. Ich

hielt den Gedanken auf Anhieb für ebenso interessant wie zum Scheitern verurteilt.

«Was passiert mit mir, wenn die Bundesregierung und die öffentlich-rechtlichen Fernsehanstalten nicht mitspielen?», fragte ich. Ich kenne beide Systeme aus nächster Nähe, und es ist kompliziert, in kurzer Frist etwas bei ihnen zu erreichen.

«Dann müssen Sie leider sterben», antwortete Yilmaz mit Besorgnis in der Stimme. Er klang traurig, aber fest in seiner Absicht. Ich glaubte ihm. Sie hatten ihren Plan immerhin bis hierhin durchgezogen.

Herr Schade fügte hinzu, dass wir wieder üben würden, dass ich mir Mühe geben müsse, damit man gemeinsam eine gute und glaubwürdige Show inszenieren könne. Man werde sich aber für die Vorbereitung der Show mehr Zeit nehmen. Ich würde Gelegenheit erhalten, eine Lebensbeichte abzulegen, was immer er damit meinte. Dann legte er eine Tablette auf meinen Nachttisch und sagte, es handele sich um eine Einschlafhilfe. Ich solle sie nehmen und mir nicht den Kopf zerbrechen. Wenn alles gutgehe, würde man mich schon bald freilassen. Die Entführung sei auch bereits Thema in den Nachrichten, man verfolge dies sehr genau am Radio. Für morgen würde man dort eine Reaktion auf das Bekennerschreiben erwarten. Man wisse dann, wie die andere Seite mit den Forderungen umginge. Komischerweise machten sie sich keine großen Sorgen wegen des immensen Fahndungsdrucks, der schon längst bestehen musste. Ich denke, die Drachensaat hat sich darüber einfach überhaupt keine Gedanken gemacht. Die haben vollkommen in ihrer Welt gelebt, in diesem Haus Unruh. Abgeschottet und isoliert. Aber dieses Gefühl kannten sie ja schon aus ihrem früheren Leben.

Tag 3, 15. Mai

Eine Geisel verbringt viel Zeit damit, sich vorzustellen, was wohl gerade außerhalb ihres Gefängnisses vor sich geht. Ich malte mir aus, wie Polizei und Staatsanwaltschaft bei mir zu Hause in der Küche saßen und meine Familie beruhigten. In den Zeitungen und in den Fernsehnachrichten war meine Entführung ganz sicher erste Meldung, Aufmacher. Bestimmt hatten sich Zeugen gemeldet, immerhin war ich mitten am Tag buchstäblich aus dem Verkehr gezogen worden. Ich stellte mir in dieser Situation und auch später vor, wie ich befreit würde. Allerdings befürchtete ich auch, dass die ARD als öffentlich-rechtliche Anstalt sich nicht erpressen lassen und die Sendung der Drachensaat ganz bestimmt nicht ausstrahlen würde. Und das machte mir große Sorgen. Ich würde Herrn Yilmaz und Herrn Schade anbieten, mit meinen Beziehungen zu intervenieren.

Mein Frühstück nahm ich unter der Beobachtung von Frau Bauernfeind ein. Sie saß mir gegenüber und sah mich stumm an, während ich aß. Die Tür hatte sie aufgelassen.

«Machen Sie die Tür zu, ich könnte ganz einfach fliehen», sagte ich. Tatsächlich nahm ich an, dass es sich um einen Trick handelte, um einen Fluchtversuch zu provozieren. Die wollten mich offensichtlich testen. «Nein, können Sie nicht», sagte Frau Bauernfeind sehr ruhig. «Sie können das Haus nicht verlassen. Da haben wir uns gedacht, dass Sie sich deshalb genauso gut frei hier bewegen können.» Das überraschte mich sehr. Trotzdem stand ich auf und ging zur Tür, um zu sehen, wo ihre Mitstreiter waren. Ich blickte den Gang hinunter in Richtung Treppe, sah aber niemanden. Da lief ich los, rannte die Treppe hinunter in die Halle, wo ich die Haustür vermutete und auch fand. Sie war allerdings verschlossen. Ich rüttelte an der Tür, drehte mich dann um und sah Herrn Schade, der im Türrahmen der Bibliothek stand und mir freundlich zulächelte.

Ich ging zu ihm und forderte ihn auf, mich unverzüglich aus dem Haus zu lassen, aber er lächelte weiterhin und sagte dann, er könne mich ohne einen gemeinsamen Beschluss der Gruppe nicht freilassen. Außerdem habe man mir schon verdeutlicht, dass man mich für den großen Handlungsexzess brauche und ich ruhig bleiben solle. Es habe keinen Sinn, laut zu werden. Und im Übrigen sei ich hier nicht der Chef und ich solle mich gefälligst zusammenreißen. Besonders seine Gelassenheit brachte mich auf, ärgerte mich. Ich schubste Herrn Schade, der hinfiel. Dabei glitt eine Fernbedienung aus seiner Hosentasche und fiel auf den Boden, rutschte auf dem Parkett einige Meter weit und unter eine Couch. Geistesgegenwärtig stürzte ich mich in Richtung der Fernbedienung, Herr Schade kam schnell wieder auf die Beine und warf sich auf mich, während wir kämpften, rief Herr Schade: «Ünal, Ünal, er will abhauen, Ünal!»

Ich erreichte mit der rechten Hand die Fernbedienung, und es gelang mir auch, Herrn Schade abzuschütteln. Ich stand auf und drückte dabei auf alle Knöpfe, die ich ertasten konnte. Ich sah, dass sich sowohl die Haustür als auch jene zur Terrasse öffneten. Ich musste mich entscheiden und rannte Richtung Haustür, die Fernbedienung immer noch in der Hand. Ich konnte nach draußen sehen. Ich hatte den Ausgang beinahe erreicht, und wer weiß, ob mir als mehrfachem Teilnehmer des New-York-Marathons nicht tatsächlich die Flucht geglückt wäre, wenn mich nicht von hinten etwas Schweres getroffen hätte. Ich sank zu Boden, mehr benommen als verletzt, meine Augen schlossen sich unwillkürlich. Aber ich verlor nicht das Bewusstsein. Ich hörte meine Entführer streiten. Zunächst vernahm ich die

Stimme von Bernhard Schade. Er sagte: «Arnold, du Vollidiot, du hast ihn umgebracht.»

Dann sagte Ünal Yilmaz: «Bei aller Bestürzung über diesen brutalen Akt der Gewalt muss ich dich bitten, dich bei Arnold zu entschuldigen. Er mag falsch gehandelt haben, aber das macht ihn noch nicht zu einem Vollidioten.»

Darauf hörte ich Arnold März sagen: «Es tut mir leid. Ehrlich. Wirklich. Ich wollte ihn doch nicht umbringen. Er hat versucht abzuhauen.»

«Aber das ist doch noch lange kein Grund, ihn gleich zu erschlagen», sagte Schade.

«Das ist natürlich für unseren Plan jetzt ganz schlecht», sagte Yilmaz.

«Vielleicht ist er ja auch gar nicht tot», sagte Arnold März vorsichtig. Gleich darauf fühlte ich, wie er meinen Arm anhob und fallen ließ. «Doch, tot», sagte er traurig.

«Das gibt's doch gar nicht. Arnold, du hast den Barghausen mit einem Weltatlas totgeschlagen. Wo gibt's denn so was?», sagte Schade, und das machte mich neugierig. Er hatte mir ein Buch über den Schädel gezogen? Das empfand ich als ziemlich kultivierte Methode der Körperverletzung. Ich musste ganz unwillkürlich grinsen, weil ich dachte, nun buchstäblich ein Opfer der Globalisierung geworden zu sein. Mein Grinsen blieb nicht unbemerkt.

«Der lächelt», sagte Arnold.

«Der lächelt nicht, das ist so eine Art Totenstarre. Vielleicht hat er an etwas Angenehmes gedacht, als du ihn erschlagen hast», sagte Schade.

«An Flucht hat er gedacht. Das ist doch nicht lustig. Und sag nicht immer, dass ich ihn erschlagen habe.»

«Hast du aber.»

Ich konnte mir nicht helfen und fing an, laut zu lachen.

Das erschreckte die Männer derart, dass sie einen Meter zurücksprangen. Sie fingen sich aber schnell und halfen mir beim Aufstehen. Die Fernbedienung hatte Schade schon wieder an sich genommen und betätigte sie, um die Haustür zu schließen. Man brachte mich in die Bibliothek, wo Herr März den Atlas, eine wirklich sehr repräsentative Ausgabe, wieder ins Regal stellte. Schade und Yilmaz setzten mich in einen Sessel.

Die drei Herren belehrten mich, dass sie mich wieder einsperren würden, wenn ich versuchte zu fliehen.

«Oder Sie machen rücksichtslos von Ihrer Bibliothek Gebrauch», scherzte ich. Der Atlas hatte mir sicher eine leichte Gehirnerschütterung beigebracht. Ich verspürte ein Übelkeitsgefühl.

«Sie müssen uns ernst nehmen», sagte Bernhard Schade und fügte hinzu: «Wir nehmen Sie auch ernst.»

Arnold März ging in die Küche, um Eiswürfel für meinen Kopf zu holen. Schade und Yilmaz blieben bei mir und beschworen mich, für ein gütliches Ende unserer Wohngemeinschaft die Unannehmlichkeiten der Gefangenschaft auf mich zu nehmen. Ich gelobte schließlich Besserung, denn ich wollte nicht mehr eingesperrt werden. Tatsächlich hatte ich aber vor, meinerseits einen von ihnen, vielleicht die Frau, in meine Gewalt zu bringen. In der Küche gab es Messer, und es würde ein Leichtes sein, Rita zu überwältigen und das Öffnen der Tür zu erzwingen. Als hätte er meine Gedanken gelesen, sagte Herr Schade: «Kommen Sie nicht auf die Idee, Rita, Benno oder Arnold anzugreifen. Es hätte keinen Sinn. Sie dürfen nicht vergessen: Wir sind zu allem entschlossene Verrückte, denn wir haben nichts mehr zu verlieren.» Dieser Satz verunsicherte mich, auch wenn ich mir dies nicht anmerken ließ.

Ich nahm durchaus an, dass diese Leute nicht ganz richtig im Kopf waren, doch hatte ich auch den Eindruck, dass ihr Handeln einer inneren Logik folgte, der sich zu entziehen niemand von ihnen in der Lage war. Solange ich den Vorstellungen entsprach, die sie sich von mir machten, also als arroganter Manager auftrat oder Fluchtversuche unternahm, würde ich ihren Zusammenhalt eher stärken als schwächen. Ich nahm mir daher vor, den Erwartungen der Gruppe immer weniger gerecht zu werden, um so Zweifel zu säen. Also sagte ich: «Gut, okay. Ich werde nicht flüchten, ich greife niemanden an, ich verhalte mich kooperativ. Aber in spätestens drei Tagen will ich wieder zu Hause sein.» Dieses Ziel erschien mir unrealistisch, aber man soll erst einmal mit der Maximalforderung beginnen, wenn man einen Kompromiss aushandeln will.

Darauf gingen sie nicht ein. Herr Yilmaz erläuterte, dass die Dauer des Prozesses nicht davon abhing, was wir alle wünschten, sondern davon, wie sehr die staatlichen Stellen zur Kooperation bereit seien. Es sei nun vonnöten, das Radio einzuschalten, da heute mit einer Reaktion auf das Bekennerschreiben zu rechnen sei.

Das machte mich auch neugierig. Wir gingen alle in die Küche, wo Rita Bauernfeind bereits auf uns wartete. Sie hatte das Radio auf eine Arbeitsplatte gestellt, die Nachrichten liefen. Komischerweise kann ich Ihnen sehr detailliert darüber Auskunft geben, was an diesem Tage im Haus Unruh geschehen ist, aber den Inhalt der Nachrichten vermag ich mir nicht ins Gedächtnis zu rufen. Eigentlich komisch. Zum Schluss sagte der Sprecher in etwa: «Und nun noch eine Nachricht an die Entführer von Doktor Martin Barghausen. Wir haben Ihre Mitteilung erhalten und möchten gerne mit Ihnen in Kontakt treten, um ausführlich Ihre Forderungen zu besprechen. Wir bitten Sie darum, unter dieser Telefonnummer anzurufen.» Dann folgte zwei Mal die Durchgabe einer Rufnummer, anschließend das Wetter und Verkehrsnachrichten. Die Gruppe machte einen enttäuschten Eindruck.

«Die wollen uns hinhalten», vermutete Frau Bauernfeind.

«Wir können da nicht anrufen», sagte Herr Schade. «Das ist ein Trick. Die haben sicher eine Fangschaltung installiert. Wenn wir länger als ein paar Sekunden mit denen reden, wissen sie, wo wir sind.»

Ünal Yilmaz korrigierte Herrn Schade dahingehend, dass es schon länger als nur ein paar Sekunden dauere, um einen Anruf zurückzuverfolgen. Außerdem war er der Ansicht, dass uns gar nichts anderes übrigbliebe, als dort anzurufen, zumal die Briefeschreiberei zu viel Zeit kostete. Ich teilte diese Meinung und sagte dies auch, sehr zum Eigennutz, wie ich gerne zugebe. Rita Bauernfeind bemerkte dazu scharf, dass ich nicht Teil der Gruppe und somit nicht stimmberechtigt sei und es ja noch schöner sei, wenn der Herr Gefangene sich in wichtige Strategiegespräche einmischen dürfe. Die Gruppe stimmte dann ab, und ich musste die Küche verlassen. Über den weiteren Fortgang der Diskussion kann ich aus diesem Grund nichts sagen.

Ich ging in mein Zimmer und versuchte Ordnung in meine Gedanken zu bringen. Natürlich wurde mit Hochdruck nach mir gesucht. Sicher wähnte man mich in einem Umkreis von 200 Kilometern um Karlsruhe. Das erschien mir logisch, denn der Transport einer Geisel wird riskanter mit jedem Kilometer Fahrt. Unfallgefahr, Fahndung, Stress, mögliche Verletzungen machen es unwahrscheinlich, dass ein Entführter im ersten Schritt viel weiter gebracht wird. Es existieren rund um Karlsruhe drei Autobahnen: die A 8, die A65 und die A5. Ich konnte mich also im Großraum Stuttgart, in und um Frankfurt oder im Schwarzwald befinden. Die westliche Möglichkeit in Richtung Saarbrücken schloss ich aus, denn auch wenn ich die Fahrt weitgehend verschlafen hatte, so war ich doch sicher, dass wir eine Autobahn benutzt hatten. Wieso, kann ich nicht sagen, es war ein Gefühl.

Das Netz der Fahnder zog sich zu. Es war mir ein Rätsel, dass dies meine Entführer vollkommen kaltließ. Sie mussten sich sehr sicher fühlen. Oder nicht darüber nachdenken, was auf dasselbe hinausläuft. Auf jeden Fall schienen wir uns fernab einer Ortschaft zu befinden, denn es war bei gekipptem Fenster kein Laut zu hören, nur das Zwitschern der Vögel und das Rauschen der Bäume im Wind.

Nach einer guten Stunde kamen die Herren Yilmaz und März in mein Zimmer, nicht ohne am Türrahmen anzuklopfen. Sie berichteten, dass man telefoniert habe und einen guten Kontakt zu einem Staatsminister im Innenministerium habe, der zunächst nur freundliche Fragen gestellt hätte. Unter anderem habe er wissen wollen, wie es mir ginge und wie der Hund geheißen hätte, den meine Frau und ich gekauft hatten und bald darauf einschläfern lassen mussten, weil er nach jeder Hand schnappte, die ihm zu nahe kam. Der Hund hieß Rascal. Ich teilte dies meinen Entführern mit und bat sie, dem Minister Grüße für meine Frau auszurichten. Arnold schrieb sich den Hundenamen auf, was ich sehr beflissen fand. Dann gingen die beiden wieder, und ich wartete erneut.

Nach zwanzig Minuten kamen alle fünf zu mir und sagten, die Bundesregierung sei bereit, die Sendung auszustrahlen, vorbehaltlich der Zustimmung der Intendanten der ARD. Man müsse aber die Sendung auf etwaige jugendgefährdende Inhalte prüfen und benötige sie daher einen Tag vor der Ausstrahlung. Rita und Ünal fanden das nicht akzeptabel. Ihre Befürchtung war, dass man die Sendung womöglich schneiden und ihrer besten Stellen berauben könnte oder anders manipulieren würde. Ich spürte, dass hinter dieser Furcht eine viel größere lauerte, nämlich die der Konsequenz. Wenn man die Sendung zu unseren Ungunsten veränderte, müsste die Drachensaat darauf reagieren, und das hätte Folgen für mich, das schien mir ganz eindeutig zu sein.

Bernhard Schade sagte, man habe den Unterhändler darauf hingewiesen, dass die Sendung nicht gekürzt, geschnitten oder mit Texttafeln unterlegt oder unterbrochen werden dürfe. Sie müsse um 20:15 Uhr ausgestrahlt werden.

Ich fragte, ob man mich sofort nach der Sendung freilassen würde, und Ünal Yilmaz antwortete, dass man erst die Reaktionen abwarten wolle, mich aber spätestens am darauffolgenden Mittag an einer Raststätte abliefern würde, er nannte auch den Namen: Mahlberg Ost. Ich fragte, wo das sei, und Herr Schade sagte, das sei ganz in der Nähe von wo wir uns befänden. Ich kenne mich mit Rastplätzen nicht besonders gut aus und fragte ihn, wo das denn ungefähr läge, und zu meiner Überraschung sagte er, dass wir uns in der Nähe von Freiburg befänden, es sei nur eine gute Viertelstunde Fahrt zu der Raststätte und ich könne das ruhig wissen, weil ich es nur jemandem erzählen könne, der dies ohnehin schon wisse. Dann verließen sie den Raum und sagten, sie müssten jetzt das Mittagessen zubereiten, danach sei eine Probe geplant. Essen gäbe es um 13 Uhr, die Probe fände dann gegen 16 Uhr statt. Als die Dame und die Herren gingen, sah ich, dass das schnurlose Telefon in Herrn Yilmaz' Hosentasche steckte. Er führte es fortan stets mit sich. Er war es auch, der mit den Behörden telefonierte.

Seine Stimme hat auf diese Weise eine gewisse Bekanntheit erlangt. Ich finde es unerträglich, dass es Menschen gibt, die mit seiner Art zu sprechen, mit seiner Stimme, Geld verdienen, indem sie Fragmente seiner Anrufe als Klingeltöne für das Handy verkaufen. Das mag auf Anhieb ja alles sehr ulkig scheinen, aber das ist es nicht. Dieser Mann hat alles sehr ernst gemeint, und er verdient es nicht, verhöhnt zu werden. Dies nur als kleiner Einschub.

Es gab Nudeln, von denen Frau Bauernfeind ungefähr die Hälfte verzehrte. Es war mir damals nicht erklärlich, wie diese so unglaublich dünne Frau, die meines Erachtens keine 50 Kilo wog, solche gewaltigen Mengen zu sich nehmen konnte. Auch ihre Kollegen am Tisch waren davon überrascht. Sie wurde mehrfach darauf angesprochen und äußerte sich nur knapp, indem sie «Hunger» sagte oder «Na und?».

Gegen 16 Uhr begann die Probe, zu der Herr Tiggelkamp pünktlich erschien, wofür er von Herrn Schade gelobt wurde. Tiggelkamp schien so eine Art Sonderstatus zu genießen. Er beteiligte sich kaum, eigentlich gar nicht an jedweder Aktion, er war nur dabei, körperlich anwesend. Ich habe es nicht vermocht, in der ganzen Zeit ein Gespräch mit ihm zu führen. Wir setzten uns in bewährter Manier, und Herr Yilmaz sagte: «Wir zeichnen heute nicht auf, sehr verehrter Freund Barghausen.» Er sagte wirklich «Freund Barghausen» zu mir, eine Respektsbezeugung, die ich in diesem Moment als sehr ehrenvoll auffasste. Dann fuhr er fort. «Wir wollen in dieser Probe ein lockeres Gespräch mit Ihnen führen und einiges von Ihnen erfahren. Die Sache ist ja nun einmal so: Sie sind der Feind.»

Ich hakte gleich ein: «Warum bin ich Ihr Feind? Was habe ich Ihnen überhaupt getan?»

Yilmaz beugte sich vor, und sein Ton wurde scharf. Ich hatte nun erstmals einen Eindruck davon, welche Gefahr tatsächlich von diesem kleinen Mann ausgehen konnte. Er sagte: «Das kann ich Ihnen gerne sagen. Ihr Stand ist es, der uns untergehen lässt. Sie ahnen es vielleicht nicht, aber Sie stehen inzwischen einem Heer von Ausgestoßenen gegenüber. Sie wissen das nicht, weil Sie niemals Bus fahren und noch nie ein Hemd für 5 Euro gekauft haben. Je breiter Sie grinsen, je mehr PS Ihr Auto hat, je schöner Ihre Sonnenuntergänge sind, desto dreckiger geht es uns da unten.»

Ich war diese materiellen Diskussionen so leid. Ich fand, Geld war so ein Neunziger-Jahre-Thema. Und das sagte ich auch. Da ergriff Bernhard Schade das Wort. «Es geht hier nicht alleine ums Geld. Schon auch, aber nicht nur. Herr Yilmaz beschreibt ein Lebensgefühl, keine momentane finanzielle Schieflage. Es geht um das Gefühl, abgehängt zu sein, nichts zu sagen zu haben, nicht gehört zu werden.»

«Gründen Sie einen Debattierklub», sagte ich. «Treten Sie in eine Partei ein. Nutzen Sie Ihre Lebenszeit sinnvoll. Und entführen Sie nicht schwer arbeitende Menschen.»

Das gefiel ihnen nicht.

«Ich habe nicht den Eindruck, dass es uns etwas nutzen würde, wenn wir uns untereinander in einem Verein darüber austauschten», sagte Arnold März. «Ich meine, ich weiß nicht, aber ich glaube, es wäre an der Zeit, dass die Gesellschaft sich verändert, damit alle glücklich sein können und nicht nur Sie und Ihresgleichen. Entschuldigung.»

«Und das wollen Sie erzwingen, in dem Sie mich entführen und vor der Kamera bloßstellen? Das ist ja ein toller

Plan. Wie wollen Sie denn verhindern, dass die Menschen Mitleid mit mir haben?»

Bernhard Schade sagte: «Niemand hat Mitleid mit Ihnen. Dafür sehen Sie viel zu gut aus. Dafür sind sie zu reich, zu erfolgreich, zu gebildet. Mit uns hat aber auch keiner Mitleid, obwohl wir nichts von dem haben, was Sie besitzen. Wir werden die Leute zwingen, uns zuzuhören. Und dann werden wir sie überzeugen.»

Yilmaz klatschte in die Hände, das Gespräch schien nicht in seinem Sinne zu verlaufen. Er sagte: «Wir haben ein paar Fragen vorbereitet, die wir gerne mal mit Ihnen durchgehen würden. Sind Sie bereit?»

Ich bejahte, und Herr Schade blätterte durch Karteikarten, auf denen er offenbar seine Fragen notiert hatte. «Frage Numero eins», sagte er unkonzentriert, «lautet, ach ja, hier: Herr Barghausen, was muss geschehen, damit in Deutschland alle Menschen zufrieden sind?»

Ich gab mir ernsthaft Mühe bei der Beantwortung dieser kindlichen Frage: «Zunächst einmal ist das kein präziser Begriff. Manche sind zufrieden, wenn sie ein Wiener Würstchen bekommen, andere essen lieber Hummer. Insofern ist Zufriedenheit von Fall zu Fall sehr schnell, langsam oder gar nicht zu erzielen, schon gar nicht für alle. Und zweitens ist Zufriedenheit kein Gut, sondern eine Empfindung. Die kann nicht von staatlichen Stellen garantiert oder hervorgerufen werden. Herr Schade, das ist eine dumme Frage.»

«Dann stelle ich eben eine andere. Hier, die: Was sagen Sie zu dem Vorwurf, dass es eine Elite an der Spitze der Gesellschaft gibt, die sich schamlos bereichert und ein rücksichtsloses Leben auf Kosten der Allgemeinheit führt, kaum noch Steuern zahlt und sich faktisch asozial benimmt?»

Ich nahm mir eine kurze Bedenkzeit und sagte dann:

«Das ist eine Sauerei, ganz ehrlich. Ich glaube, ich verstehe, was Sie meinen. Und da sage ich Ihnen, dass es nicht recht ist.»

«Was haben Sie im vergangenen Jahr verdient?»

«Ungefähr dreizehn Millionen Euro.»

«Und finden Sie, Sie haben dieses Geld wirklich verdient in dem Sinne, dass Ihnen so viel Geld für Ihre Arbeit zusteht?»

«Das kann ich nicht beurteilen. Ich sage Ihnen ganz einfach: Wenn Sie für meinen Job jemanden finden, der ihn genauso gut für ein Zehntel dieses Betrages macht, dann kündige ich sofort freiwillig. Sie werden aber niemanden finden.»

«Warum nicht?»

«Weil es für jede Aufgabe nur eine begrenzte Anzahl von Leuten gibt, die sie bewältigen können.»

«Wieso haben Sie Ihre Aufgabe erfüllt, wenn unter Ihrer Leitung ein ganzer Bankenkonzern verschwindet und Zehntausende Arbeitnehmer ihre Jobs verlieren? Der Einzige, der davon profitiert, sind doch Sie mit Ihrer Abfindung.»

«Jetzt machen Sie es sich sehr leicht. Die Kunden profitieren ebenfalls und die Aktionäre, besonders auch die Kleinaktionäre. Und alle Mitarbeiter, die nach der Umstrukturierung noch im Hause sind, profitieren ebenfalls. Sogar die freigesetzten Mitarbeiter profitieren, weil sie Abfindungen bekommen, die so manchen Minderleister in schiere Euphorie versetzen.»

«Reden Sie nicht immer über die anderen. Sie haben eine Firma verscherbelt und sich das mit 57 Millionen Euro bezahlen lassen.»

«So sehen das Menschen, die keine Ahnung haben. Ich bin das gewohnt und nehme es Ihnen nicht übel. Erlauben

Sie mir mal, da ein wenig Licht hineinzubringen.» Ich führte dann aus, was ich auch in Interviews und bei Gericht zu erklären versuchte, seit man mich wegen Untreue angezeigt hat. Die Sache ist im Prinzip sehr einfach. Als Vorstandsvorsitzender erhalte ich ein Gehalt wie jeder andere Arbeitnehmer auch. Dieses Gehalt ist nicht so hoch, wie man immer denkt. Es setzt sich aus verschiedenen Bestandteilen zusammen. Wichtig für die Auseinandersetzung im Moment sind die Boni. In meinem Vertrag mit der Reformbank sind die Bonuszahlungen an den Aktienkurs gebunden, das ist eine fairer Maßstab für Erfolg und Misserfolg eines Topmanagers. Fällt der Kurs unter eine festgelegte Marke, so erhalte ich keinen Bonus. Steigt der Kurs, so bekomme ich für jeden Zehntelpunkt 30 000 Euro. Pro Prozentpunkt sind das also 300 000 Euro. Der Kurs der Reformbank-Aktie stieg kurz vor der Übernahme um 190 Prozent, dann wurde mein Vertrag gelöst. Durch den immensen Kursgewinn kamen 57 Millionen Euro Bonus dabei heraus. Ich kann nichts dafür. Weder habe ich den Kauf der Reformbank gewollt, noch habe ich ihn betrieben. Im Gegenteil. Ich habe mich öffentlich dagegen ausgesprochen. Aber Vertrag ist Vertrag. Und eine Abfindung in dem Sinne habe ich gar nicht erhalten, sondern nur die mir zustehenden Bonuszahlungen. Ich bin sicher, dass die Reformbank so einen Vertrag niemals gemacht hätte, wenn sie davon ausgegangen wäre, dass der Aktienkurs auf diese abenteuerliche Weise ansteigen könnte.

Herr Yilmaz schien mit meinen Ausführungen nicht zufrieden zu sein. «Ich kann mir nicht vorstellen, dass Ihre Arbeit so viel wert ist. Ich war Busfahrer und habe nicht einmal 2000 Euro verdient. Machen Sie etwas, das komplizierter und verantwortungsvoller ist als Busfahren?»

«Ich weiß es nicht», antwortete ich. «Kann ich nicht beurteilen. Aber ich weiß, dass Sie ein moralisch integrer Mensch sind und sicher etwas Besseres verdient hätten. Nur: Ich kann Ihnen nicht helfen, das müssen Sie selber machen.»

«Sie könnten Herrn Yilmaz ja etwas abgeben?», sagte Herr März mit vorsichtiger Stimme.

«Ja, das könnte ich ganz gewiss», sagte ich. «Ich könnte Ihnen allen etwas abgeben. Ich könnte vielen Menschen etwas abgeben, aber es löst Ihr Problem nicht. Ich glaube nämlich nicht, dass Sie etwas von mir geschenkt haben möchten, Sie möchten, dass es in der Gesellschaft allgemein gerechter zugeht. Und dafür bin ich nicht zuständig. Mein Vermögen ist nicht durch Diebstahl zustande gekommen. Ich habe nicht betrogen oder geraubt. Wahrscheinlich habe ich geschickt verhandelt, war im Leben schlauer als Sie und hatte vielleicht überhaupt bessere Ausgangsbedingungen. Aber ich kann nichts dafür. Es ist Zufall, dass ich hier und Sie dort sitzen. Ich bin nicht dazu da, dass es Ihnen bessergeht. Entführen Sie beim nächsten Mal einen Politiker, am besten entführen Sie gleich alle Politiker. Stürzen Sie die Regierung und führen Sie eine neue Staatsform mit sich an der Spitze ein. Viel Erfolg.»

Für eine Weile sagte niemand etwas. Dann war es wieder Bernhard Schade, der das Wort ergriff. «Aber irgendwer muss doch irgendwas tun», sagte er.

«Ja, das stimmt. Aber ich sage es Ihnen gleich: Sie würden davon nichts haben. Mal angenommen, es herrschte Vollbeschäftigung, die Wirtschaft würde brummen, niemand hinterzöge Steuern, es gäbe keine Schwarzarbeit und es wären Milliarden da, um sie an die Bevölkerung zurückzugeben. Wissen Sie, wer davon garantiert nichts abbekäme? Sie! Und warum nicht? Weil Sie ganz hinten in der Schlange stehen. Es ist mir bewusst, dass inzwischen ziemlich viele hinten in der Schlange stehen, besonders im Osten. Aber so ist unser System nun einmal. Vergleichen Sie es mit einem Blumentopf. Ich und meinesgleichen sind die Blümchen, die oben rausgucken. Und Sie befinden sich ganz unten im Topf, wo kaum Wasser und gar kein Licht hinkommt. So ist die Lage. Und das werden Sie ebenso wenig verhindern, wie ich es verhindern kann, es ist systemimmanent.»

Wiederum betretenes Schweigen. Meine Entführer taten mir leid.

«Würden Sie das denn ändern wollen?», fragte Frau Bauernfeind, die mit den Tränen kämpfte.

«Das spielt überhaupt keine Rolle. Ich könnte Ihnen jetzt etwas vorlügen und Ihnen sagen, dass ich natürlich möchte, dass sich bei uns alles ändert. Aber es gibt keine Gerechtigkeit in modernen Zivilisationen. Es herrscht nun einmal ein gewisser Sozialdarwinismus. Ob ich persönlich den ändern will oder nicht, hat keine Auswirkungen auf den Lauf der Dinge. Wenn ich morgen meinen Posten räume, kommt jemand anders, der Ihnen genauso wenig helfen kann wie ich. Und um ehrlich zu sein: Solange ich kann, werde ich natürlich ein Blümchen sein. Ich werde alles dafür tun. Und meine Mitblümchen ebenfalls. Niemand außer Ihnen selber hat ein Interesse daran, dass aus Ihnen ein Blümchen wird.»

«Können Sie bitte mal mit diesem Blümchenquatsch aufhören?», sagte Schade. «Reden Sie nicht mit uns wie mit Idioten.»

Ich entschuldigte mich. Zumindest Schade war von einer gewissen Bildung, wie ich bereits bemerkt hatte. Er hat bestimmt ein Studium absolviert. Auch Ünal Yilmaz kennt sich zumindest in der Moralphilosophie aus, selbst wenn er seine Kenntnisse zuweilen etwas selbstherrlich einsetzt. Bei den anderen war ich mir nicht sicher, inwieweit sie mir folgen konnten. Benno Tiggelkamp schien gar nicht zuzuhören. Dies jedoch entpuppte sich nun als Trugschluss, denn es war Herr Tiggelkamp, der unvermittelt sagte, dass er die Welt, die ich repräsentiere, nicht verstehen würde, dass er gar nicht mehr wisse, was er denken solle, es sei alles zu kompliziert. Und das Einzige, was er begriffen habe, sei, dass ich offenbar sehr gut im Leben zurechtkäme und wir anderen nicht und dass ich daran aber keine Schuld hätte. Er sagte es in seiner eigenen Sprache, die ich als aus Bayern stammender Deutscher hier nicht imitieren kann, aber was er da sagte, entwaffnete mich, denn auf einen kleinen Nenner gebracht, war das völlig richtig.

Ünal schimpfte mit Benno Tiggelkamp und sagte, ich sei immerhin noch der Feind der Gruppe. Tiggelkamp entgegnete leichter verständlich: «Dä Mann hätt misch nix jedonn.» Daraufhin wurde ihm nahegelegt, die Probe zu verlassen, aber wider Erwarten blieb Herr Tiggelkamp sitzen und verschränkte die Arme vor der Brust. Auf eine gewisse Weise war er ja nun als Ausgestoßener in der Gruppe der Ausgestoßenen das ärmste Schwein. Und ausgerechnet er ergriff für mich Partei. Das konnte Yilmaz nicht gefallen. Er beendete die Sitzung und entließ mich in mein Zimmer, wo ich bis zum Abendessen blieb. Es gab belegte Brote, dazu wurde schweigend Radio gehört. Wie erwartet waren wir Thema Nummer eins. Aus den Nachrichten ließ sich jedoch nicht entnehmen, wie der Stand der polizeilichen Ermittlungen war.

Rita Bauernfeind lud mich ein, nach dem Essen mit ihr

und den anderen Mitgliedern der Drachensaat in der Bibliothek zu sitzen und zu diskutieren, aber ich lehnte ab, nahm ein Buch über den bewaffneten Kampf der mittelamerikanischen Guerilla aus dem Regal und zog mich damit in mein Zimmer zurück. Ich hatte schon lange keine linken Kampfschriften mehr gelesen, genauer gesagt, seit meinem Studium. Um ehrlich zu sein, verstand ich kein Wort. Dabei konnte ich so etwas früher beinahe auswendig.

Tag 4, 16. Mai

Der vierte Tag meiner Gefangenschaft begann mit einem Motorengeräusch. Ich sah durch das Fenster einen Lieferwagen die Auffahrt hinunterfahren. Leider hatte ich seine Ankunft nicht bemerkt, da befand ich mich im Badezimmer. Als ich ihn hörte, war er praktisch schon weg. Rufen oder Klopfen wäre vergebens gewesen. Offenbar war eine Lebensmittellieferung eingetroffen. Diverse Kisten standen auf dem Vorplatz und warteten darauf, hineingeholt zu werden.

Wenige Augenblicke später tauchten Herr Yilmaz und Frau Bauernfeind auf. Beide hatten Spritzen in der Hand, und Herr Yilmaz bat mich, für einen Moment auf dem Bett Platz zu nehmen, bis Arnold und Bernhard die Lebensmittel ins Haus geholt hätten. Man wolle nur sichergehen, dass ich nicht die Treppe hinabstürzen und einen erneuten Fluchtversuch unternehmen wolle. Ich sagte, dass wir eine Verabredung hätten und es mich enttäusche, dass die Gruppe mir so wenig vertraue. Ich fügte hinzu, dass ich annahm, dass unten an der Einfahrt ohnehin ein unüberwindbares Tor auf mich wartete. Diesen ungeschickten Versuch, sie auszuhorchen, parierte Yilmaz mit den Worten: «Aber ja, sicher. Das ist so.» Später habe ich erfahren, dass zwar der rückwärtige Park von einer Mauer umgeben war, die Auffahrt hingegen ohne weiteres Tor in einen öffentlichen Wald mündete. Die Sorgen meiner Bewacher waren also in Wahrheit nicht unbegründet.

Nach dem Frühstück sagte Bernhard zu mir: «Wir wollen Sie ein bisschen besser kennenlernen. Sie sind so über die Maßen selbstbewusst, so stark. Wir möchten wissen, wo das herkommt. Daher werden wir in der heutigen Probe über Ihre Herkunft sprechen. Über Ihre Kindheit, darüber, wie das mit Ihnen angefangen hat.»

Ich fragte zurück, wie was angefangen habe, und er antwortete, das sei so eine Therapeutenformulierung, ich solle einfach von mir erzählen. Da kam mir wieder der Klopfer nebenan in den Sinn, und ich fragte, ob dieser gut versorgt wäre, was vor allem von Herrn März intensiv bejaht wurde, sodass ich den Eindruck gewann, der Mann neben mir müsse über Gebühr leiden. Trotzdem ließ ich das Thema fallen.

Im Radio gab es am Vormittag nichts Neues. Der Tag schien sich endlos hinzuziehen, bis wir uns endlich im Besprechungszimmer trafen. Natürlich hatte ich mir so meine Gedanken gemacht. Sie wollten wissen, inwieweit die biographischen Unterschiede zwischen ihnen und mir zu der gewaltigen Differenz in der Lebensbilanz geführt hatten. Und ich denke, das kann man so sehen.

Ich schildere nun, was ich auch den Mitgliedern der Drachensaat von mir berichtet habe. Es fiel mir am Anfang nicht gerade leicht, das werden Sie mir glauben. Ich bin es nicht gewohnt, vor Fremden über meine Kindheit zu sprechen. Ich kann es nicht einmal vor meiner eigenen Frau. Letztlich wusste Rita Bauernfeind über einige Details meiner Lebensgeschichte später mehr als meine Gattin. Ich erwähne das an dieser Stelle nur, um klarzustellen, dass ich mich wirklich kooperativ verhalten habe.

Geboren wurde ich am 14. September 1948 in Garmisch-Partenkirchen als Sohn der Eheleute Rosi und Hans-Rudolf Barghausen. Meinen Vater habe ich in den ersten Jahren kaum gesehen, was daran lag, dass er meistens unterwegs war, er war Kaufmann, später erster Vorstand bei der Denko-Chemie. Meine Eltern haben spät geheiratet, nämlich 1943, da war mein Vater schon in den Vierzigern. Ich habe mich nie danach erkundigt, weil man so etwas nicht macht, aber ich nehme an, dass ich für ihn kein Wunschkind mehr war. Mein Vater war Mitglied der Nationalsozialisten, Ortsvorstand, aber nicht in der SA oder der SS. Er war ein rein politischer Nazi, einer von jenen, die ihr Fähnchen in den Wind hingen, um ihrem Geschäft nicht zu schaden. Ich habe damit lange sehr gehadert.

Meine Kindheit war behütet. Wir lebten in einer überaus prunkvollen Villa, die sich meine Eltern in der unmittelbaren Nachkriegszeit drei Jahre lang mit amerikanischen Offizieren teilen mussten. Diese besaßen immerhin die Großzügigkeit, meine Eltern mit ihnen darin wohnen zu lassen. Meine Mutter arbeitete in jener Zeit als Hausangestellte für sie. Mein Vater war bereits im August 1945 aus der Kriegsgefangenschaft heimgekehrt, als einer der ersten Soldaten aus der Gegend. Aber er war ja auch Offizier. Er hat mir später einmal erzählt, dass er sofort nach seiner Rückkehr damit begonnen habe, die Hakenkreuze aus dem Haus zu entfernen, aus Angst vor revanchistischen Maßnahmen der Amerikaner. Sie müssen sich das so vorstellen: Am schmiedeeisernen Eingangstor zum Grundstück waren Hakenkreuze eingearbeitet. In den Gittern vor den Kellerfenstern: Hakenkreuze. Auf dem Dach in Form von schwarzen Schindeln: Hakenkreuze. Im Jägerhäuschen unten im Wald: Getränkeuntersetzer mit Hakenkreuzen. Und im Eichenparkett im großen Wohnzimmer befand sich sogar ein besonders großes Hakenkreuz, kunstvoll als Intarsie verlegt, eine vorbildliche Handwerksleistung, die sich nicht herausbrechen oder übermalen ließ. Im Ganzen hatte das Kreuz einen Durchmesser von vier Metern, und mein Vater legte einen großen Teppich darüber. Er hoffte, dass die Amerikaner nicht darunterschauen würden, als diese kurz darauf bei uns einzogen.

Die Offiziere blieben dann fast drei Jahre, und an Silvester 1947 rollten sie den Teppich zur Seite, weil einer der Amerikaner eine Stepptanzdarbietung zeigen wollte. Dabei kam das Hakenkreuz zutage, und die empörten Amerikaner verhafteten meinen Vater als offensichtlich hochrangigen Nazi. Ich kam Mitte September des kommenden Jahres zur Welt, und dies hat vor einigen Jahren Spekulationen ausgelöst, ich sei der Sohn eines amerikanischen Soldaten. Schuld an diesen Gerüchten ist meine eigene Offenheit gegenüber einem Biographen, der sich das zusammengereimt hatte und sogar meinen wahren Vater in einem Altenheim in Kentucky aufgespürt haben will. Die angebliche Ähnlichkeit zwischen mir und diesem Mann entspricht jener zwischen zwei kaukasischen männlichen Personen mit derselben Haarfarbe. Einen Gentest habe ich stets abgelehnt, auch aus Respekt meiner Mutter gegenüber.

Das größte Hakenkreuz in unserem Haus haben die Amerikaner damals übrigens übersehen, obwohl es die ganze Zeit über sichtbar war. Sie hätten bloß mal in den Grundriss des Hauses sehen oder beim Gang in den Keller besser aufpassen müssen. Schritt man die Treppe hinab, landete man in einem quadratischen Vorraum. In jeder der vier

Wände dieses Raumes befand sich eine Tür. Diese führten in Lagerräume, welche sich schlauchartig durchschreiten ließen und nach einer scharfen Rechtsbiegung noch einmal dieselbe Raumgröße aufwiesen. Alles in allem ein riesiges gemauertes Hakenkreuz. Das ist mir selber erst aufgefallen, als ich vor ein paar Jahren Renovierungsarbeiten in Auftrag gab. Ich suchte dafür nach den Originalplänen des Hauses und fand zu meiner großen Überraschung unter den erhaltenen Bauplänen auch jenen des Kellers, der sich dabei als begehbares Nazisymbol entpuppte.

An die ersten Jahre meiner Kindheit habe ich kaum Erinnerungen, mein Vater saß nur kurz im Gefängnis und war danach sehr intensiv und erfolgreich am Wiederaufbau unseres Landes beteiligt. 1953 wurde mein Bruder Josef geboren, welcher leider im Dezember 1960 verstorben ist.

Meine späte Jugend war geprägt vom Widerstand gegen meinen Vater, das gehörte damals in die Zeit. Der Konflikt entzündete sich natürlich an seiner Vergangenheit im Nationalsozialismus, die ich ihm vorwarf wie viele in meiner Generation ihren Eltern. Das führte zu teils rabiaten Auseinandersetzungen. Er hat mich übrigens niemals geschlagen, aber er benutzte eine andere Form der Gewalt, indem er fürchterlich brüllte. Ich habe ihn eigentlich fast nur entweder schlafend oder brüllend erlebt. Sie können sich den Schmerz nicht vorstellen, den so etwas verursacht. Als kleiner Junge habe ich mich eingenässt, sobald er damit anfing. Ich habe alles getan, um zu vermeiden, dass er mich oder meine Mutter so grauenhaft anschrie. Manchmal steigerte er sich dabei in vollkommen unartikulierte Laute, dann glich er eher einem Bären als einem Menschen. Natürlich hatte ich eine schreckliche Angst vor meinem Vater und tat zumindest als kleiner Junge alles, um es ihm recht zu machen. Heute würde man sagen, er war autoritär, und das hat ja stets einen sehr unangenehmen Beigeschmack. Die Autorität hat keinen guten Ruf. Dabei hat mir das nicht geschadet. Es hat mich allerdings geprägt. Ich lehne es grundsätzlich ab, wenn jemand die Stimme erhebt, und habe schon Manager für solcherart Verhalten abgemahnt.

Ich war ein sehr guter Schüler und Student. Küchenpsychologisch könnte man gut und gerne behaupten, dass ich damit meine Flucht aus dem Elternhaus vorbereitete, denn die guten Ergebnisse führten zu frühen und langen Studienaufenthalten in den USA und der Schweiz. Ich habe später kaum noch Kontakt zu meinem Vater gehabt, der meine Mutter um einige Jahre überlebte und am 12. Mai 1981 gestorben ist. Ich habe in meiner Karriere nie von seinen Verbindungen profitiert, sondern Wert darauf gelegt, es allein zu schaffen. Es war, als wäre ich ein Waisenkind. Daher vielleicht auch mein großer Bedarf an Liebe. Ich habe immerhin drei Mal geheiratet und sehr darauf achtgegeben, dass sich niemand vor mir jemals hat fürchten müssen, insbesondere meine Töchter. Ich habe zu allen ein ausgezeichnetes Verhältnis.

Sie müssen mir dies aber nicht auf die Habenseite schreiben, denn durch meine Form der Sozialisation habe ich Tugenden und Wertvorstellungen herausgebildet, die heutzutage nicht unbedingt en vogue sind: Ich halte auf unbedingten Fleiß. Ich sehe Ehrgeiz nicht nur als sportliche Grundbedingung für Erfolg an. Ich finde, wer arbeitet, soll Leistung bringen und muss sich immer und immer aufs Neue beweisen und durchsetzen. Ich hasse Schmarotzertum, Langsamkeit, Denkfaulheit. Wer nicht mitdenkt, betrügt die Allgemeinheit um seinen Intellekt.

Natürlich biete ich mit dieser leistungsorientierten Haltung genug Angriffsfläche für Kritiker. Wer morgens Rekordgewinne verkündet und abends Tausende Mitarbeiter entlässt, hat kein Mitleid nötig, bloß: Sozial sein kann ich nur, wenn ich überhaupt etwas zu verteilen habe. Nur ein wettbewerbsfähiges Unternehmen kann den eigenen Mitarbeitern sozial verantwortlich gegenüberstehen. Und wenn in einem Betrieb zu viele sind, dann ist er im Ganzen gefährdet.

Es ist trotz aller Einsicht in diese Sachverhalte nie einfach, unpopuläre Entscheidungen zu treffen, die womöglich Zehntausende, manchmal Hunderttausende Menschen und deren Familien betreffen. Aber ich halte meinen Kopf hin. Und dafür werde ich nun einmal besser bezahlt als die Schalterkollegen an der Front, die Überweisungsträger entgegennehmen.

Ich ergreife hier die Gelegenheit und stelle ein für alle Mal richtig, dass ich nicht, wie häufig unterstellt und falsch zitiert, unsere Filialmitarbeiter bei der Reformbank als «Schalterschwengel» tituliert habe. Das entspricht weder meinem Sprachgebrauch noch meiner Haltung.

Die letzte Bemerkung habe ich für die Leser dieser Abhandlung eingefügt, sie war nicht Bestandteil meiner Ansprache gegenüber der Drachensaat.

Nachdem ich von meiner sozialen Verantwortung gesprochen hatte, unterbrach mich Herr Yilmaz und kündigte an, man werde sich nun Gedanken und Notizen zu meinen Ausführungen machen und morgen ginge es dann weiter im Gespräch. Ich fragte, ob es so dringend nötig sei, haarklein weit zurückliegende biographische Einzelheiten zu besprechen, und ob es nicht interessanter sei, ernsthaft das Gespräch zu proben, aber das wurde mir abgeschlagen. Herr

Schade sagte, das Gespräch müsse spontan sein, um die richtige Wirkung zu erzielen.

Der Rest des Tages verging ohne größere Zwischenfälle oder bemerkenswerte Ereignisse. Es trat zu meiner großen Überraschung beinahe so etwas wie eine Gewohnheit ein, auch wenn ich es weiterhin ablehnte, mit meinen Entführern die Abende in der Bibliothek zu verbringen. Stattdessen machte ich mir Notizen, schrieb allerhand auf, was ich für diese Niederschrift, aber auch zur Vorbereitung meines Prozesses verwendet habe. Sie sehen daran, dass ich mich nicht in akuter Gefahr wähnte, auch wenn ich mir natürlich ständig Sorgen machte.

Tag 5, 17. Mai

Ihr Einverständnis voraussetzend, überspringe ich die Schilderung von alltäglichen Verrichtungen und oberflächlichen Gesprächen mit Arnold März und Rita Bauernfeind und komme gleich zur nächsten Sitzung, die Bernhard Schade eröffnete, indem er sagte: «Herr Barghausen, wir glauben Ihnen nicht. Wenn ich das richtig sehe, dann sind Sie ein richtig guter Mensch. Sie hatten einen schlimmen Vater, der sie oft angebrüllt hat, und ansonsten einen wunderbar geradlinigen Lebensweg. Sie sind ein großer Macher, wirklich. Und da soll es gar keine Brüche geben, abgesehen von ihrem konsequenten Kontaktabbruch mit dem Vater? Da ist nichts passiert? Sie haben nichts zu bereuen, nichts zuzugeben, nichts einzuräumen? Das glaube ich Ihnen nicht, glauben wir nicht. Kein Ideendiebstahl? Keine Vorteilsnahme? Kein Kokain? Keine Bestechung? Gar nichts? Jemand wie Sie muss mal irgendwas gemacht haben.»

«Und wenn es so wäre, was ginge es Sie an?»

«Eine Menge, denn wir sitzen hier alle ganz tief in der

Patsche, und dabei sind wir keine schlechteren Menschen als Sie. Und deshalb will ich wissen, was Sie auf dem Kerbholz haben.»

Ich fand, das klang drohend, deshalb fragte ich: «Sonst passiert was?»

«Sonst gibt es keine Sendung, und wir bleiben bis zum Sankt-Nimmerleins-Tag hier zusammen.»

«Das ist gegen die Absprache.»

«Ja.»

Die Herren März, Schade und Yilmaz sowie Frau Bauernfeind standen auf und gingen hinaus. Herr Yilmaz sagte, man wolle mir nun Gelegenheit geben, über meine Sünden nachzudenken. Herr Tiggelkamp blieb sitzen. Ich fragte ihn, warum er nicht mit den anderen ginge, und er äußerte auf seine unnachahmliche Art, das sei ihm alles hier «drissejal», womit wohl «scheißegal» gemeint war.

Für mich war die Situation nicht angenehm. Ich verspürte einen erheblichen Druck. Ich musste die in therapeutischen Fragen offenbar bestens geschulte Gruppe zufriedenstellen. Gleichzeitig hatte ich überhaupt keine Lust, mich hier seelisch zu entblößen.

Nach einiger Zeit kamen die Frau und die drei Männer zurück und setzten sich wieder. «Nun», begann Herr Yilmaz, «möchten Sie jetzt von dem Angebot, sich zu erleichtern, Gebrauch machen? Ich persönlich würde dies ausgesprochen begrüßen. Wir kommen auf diese Weise alle näher an uns heran. Und es hilft uns zu verstehen, was uns trennt.»

Ich sagte, dass ich bereit sei, über einen Bruch in meinem Leben zu sprechen, über einen außerordentlichen Tag, der mich und meine Art, zu leben und zu handeln, tatsächlich sehr beeinflusst hat. Komischerweise hat auch dieses Ereignis mit unserem Familiensitz bei Garmisch zu tun.

Ich war damals erst 33 Jahre alt und gerade in den Vorstand der Ernst-Kremer-AG berufen worden, als jüngster Personalvorstand Deutschlands. Ich galt als Wunderkind. Alles lief glatt bei mir, ich hatte acht Berufsjahre hinter mir, die erste Ehe war gescheitert, was ich als Kollateralschaden ansah. Ich war finanziell unabhängig – und ich trank. Rückblickend ein sehr merkwürdiges Phänomen. Ich hatte damals großen Erfolg, aber mein Suff unterschied sich praktisch nicht von dem eines Arbeitslosen. Wenn Sie Alkoholiker sind, dann ist es am Ende egal, ob sie in einer Favela vor einem Wellblechhäuschen sitzen und Verdünner trinken oder Rotwein für 300 Euro die Flasche. Das erniedrigende Moment des Elends ist gleich, auch wenn Sie das zynisch finden.

An dem Abend, von dem ich berichten möchte, fuhr ich mit dem Auto nach Hause, ich fuhr damals noch selber. Es war ein später Sommerabend im Juli 1982, schwül und etwas regnerisch, Sommergewitter. Ich steuerte den weißen Dienstmercedes, ein Modell 200 D, das ich noch von meinem Vorgänger übernommen hatte, auf der Landstraße zur Villa Barghausen. Es dämmerte. Ich konzentrierte mich auf den rechten Fahrbahnrand, um die Spur zu halten.

Der Tag war mühsam gewesen, eigentlich zu viel für einen Menschen meines Alters. Ich verbrachte meine Zeit hauptsächlich mit älteren Männern, die mich zum Teil stark an meinen Vater erinnerten. Oft habe ich mich damals in Sitzungen gefragt, was wohl der eine oder andere Aufsichtsrat in der Nazizeit verbrochen hatte.

Wir rangen in jener Zeit um Umstrukturierungen in der Ernst-Kremer-AG, was nichts anderes bedeutet als Personalabbau. Für mich war das die Ultima Ratio, die es zu verhindern galt, für die meisten anderen eine lästige Übung, die man mir zuschustern wollte. Mir schwante damals, dass man mir nur aus diesem Grund den Vorstandsjob gegeben hatte. Die ganze Sache verursachte mir ein ständiges Unwohlsein, geradezu eine Übelkeit, die ich unvernünftigerweise mit Alkohol betäubte. Wenn ich abends die Firma verließ, schaffte ich es mit Mühe bis zur nächsten Tankstelle und trank drei Fläschchen zur Beruhigung meines Magens, wie ich dem Tankwart erläuterte. Natürlich war da auch Scham über diese Form der Disziplinlosigkeit.

Ich schraubte die erste Flasche noch in der Tankstelle auf und ging damit hinter ein Regal mit Motorölen. Ich trank den Weinbrand und tat so, als studierte ich die Beschriftung der Dosen. Nun war es Wochenende, und ich hatte vor, zwei Tage in unserem alten stillen Haus zu verbringen und den Weinkeller leer zu trinken.

Kurz bevor ich in den Wald fuhr, der unterhalb der Villa liegt, wurde die Straße schmaler. Es begann zu nieseln, was mich irritierte. Ich fuhr aber nicht langsamer, sondern beschleunigte. Bald würde ich zu Hause sein, vielleicht ein Bad nehmen. Und dann knallte es plötzlich.

Ich reagierte langsam, aber immerhin nicht falsch, kuppelte aus, ließ dem Lenkrad Spiel und rutschte von der Straße. Es knallte ein zweites Mal, als ich gegen einen betonierten Strommast fuhr. Der Mercedes wickelte sich geradezu um diese völlig unbewegliche Säule. Und ich wurde nach vorn gerissen, flog mit dem Kopf gegen die Scheibe. Ich verlor das Bewusstsein. Als ich wieder zu mir kam, ließ ich den Kopf aufs Lenkrad sinken und atmete durch. Ich spürte mein Herz klopfen, es schmerzte in meiner Brust. Nüchternheit. Ich hob den Kopf. Die kleinen scharfen Nieseltropfen prasselten mir ins Gesicht. Die Windschutzscheibe war herausgebrochen, sodass der Wind ins Auto trieb.

Ich war bis auf eine schwere Schnittwunde an der Schulter wie durch ein Wunder unverletzt, jedenfalls fühlte ich gar nichts. Ich blieb eine Weile regungslos sitzen. Mit zittrigen Händen suchte ich den Griff und drückte gegen die Tür, die sich nicht mehr öffnen ließ. Also rutschte ich durch die Öffnung der Windschutzscheibe.

Ich ging, immer noch blutend, ums Auto, was mir einige Mühe bereitete, und konstatierte einen Totalschaden.

Dann fiel mir der erste Knall wieder ein. Ich musste etwas gerammt haben, was mich dann von der Fahrbahn abgebracht hatte. Ich lief auf der Landstraße zurück, ungefähr fünfzehn Meter. Dann sah ich das Reh. Es lag mitten auf der Straße. Zwar war es dunkel, doch das Licht der immer noch brennenden Schlussleuchten meines zerstörten Autos beleuchtete es. Seine Augen glänzten feucht. Es schien zu leben, bewegte die Beine wie ein Hund, der schlafend davon träumt, über eine Wiese zu laufen.

Ich kniete mich neben das Tier und sprach es an. Auch wenn das für Sie nun komisch klingt – komisch im Sinne von seltsam, meine ich –, ich sprach das Reh an. «Was machst du denn hier ganz alleine auf der Straße?», fragte ich es, als könne es mich verstehen. «Warum bist du nicht im Wald bei deiner Familie?» Das Reh sah mich an, es schnaufte ein wenig, sein Atem ging schnell.

Ich fragte mich, ob dem Reh vielleicht kalt war. Aber nein, ein Reh friert doch nicht. Ich sah seinen Atem im roten Licht. Es hörte auf zu regnen, und die Luft war klar. Ich war nun absolut nüchtern und entschied, mit dem Reh auf seinen Tod zu warten. Es wäre einfach nicht gerecht gewesen, es zu überfahren und dann sich selbst zu überlassen. Ich zog mein Jackett aus, deckte es über das Tier, wartete und fror. Das Reh bewegte sich immer noch, aber langsamer. «Jetzt stirb doch. Bitte stirb», flehte ich es an. Ein Gefühl von Wärme durchfloss mich, ein Mitgefühl, das ich noch nie empfunden hatte und das mich erschreckte. «Bitte, kleines Reh.» Und dann berührte ich das Reh mit der Hand. Es zuckte nicht, wehrte sich nicht, sah mich nur wie gleichgültig an. Ich streichelte das sterbende Tier, und das war einer der schönsten Momente meines Lebens. Das Reh erwartete nichts, und ich musste nichts erklären.

Plötzlich und ohne schon einmal auch nur ähnlich empfunden zu haben, fühlte ich eine tiefe Liebe für dieses Reh. Nichts ging mir durch den Kopf, keine Taktik, kein Konzept, kein Plan. Ich war für einen langen Moment einfach ich selbst, ein Gefühl, das ich tief atmend genoss.

Dann starb das Tier, das mir in einer knappen halben Stunde mehr Leben gegeben hatte, als ich jemals in mir gespürt hatte. Ich stand auf und klopfte mein Jackett sauber. Ich wollte mein Reh nicht auf der Straße liegen lassen, fasste es an den Vorderläufen und zog es rückwärtsgehend an den Fahrbahnrand, wo es nicht noch einmal überfahren werden konnte.

Ein Reh ist nicht schwer, es wog vielleicht nur 15 Kilo. Aber irgendwie knickte ich mit dem Fuß um und stürzte. Es muss beinahe so ausgesehen haben, als ob wir tanzten. Ich fiel mit dem Reh in den Graben neben der Straße, es landete auf mir und umarmte mich. Ich lag ungünstig, konnte mich vor Schmerzen nicht bewegen, auf mir das kalt werdende Tier. In der Nüchternheit, die mich ganz ergriffen hatte, entschied ich, dass wir beide sterben sollten. Mit letzter Kraft schob ich das Reh von meiner Brust und blickte in die Sterne. Ich dachte darüber nach, dass es ein schöner Moment zum Sterben sei, und überließ mich dieser Phantasie, bis mich ein Bauer aus der Gegend fand. Er nahm mich mit zu sich nach Hause, und dort holte mich ein Krankenwagen ab.

Ich war nicht lange im Spital, vielleicht nur zwei Tage. Aber es reichte, um Entscheidungen zu treffen. Die Begegnung mit dem Reh hatte mich verändert. Ich wollte ganz allgemein ein besserer Mensch werden, das nahm ich mir damals vor.

Hier unterbrach mich Frau Bauernfeind und fragte, ob mir das denn geglückt sei. Ich antwortete, dass ich dieser Meinung sei. Zum Beispiel hätte ich seitdem nie mehr über die Maßen getrunken. Frau Bauernfeind fragte weiter, ob ich denn die Leute bei meiner damaligen Firma gekündigt hätte, und ich antwortete: «Ja, natürlich. Was hat das damit zu tun?»

Diese Antwort war nicht nach ihrem Gusto, das war mir auch klar. Aber ich wollte nicht lügen. Herr Schade sagte: «Sie waren hinterher genauso ein Knecht Ihres Konzerns wie vorher.»

«Das stimmt nicht», sagte ich, denn es stimmte wirklich nicht. Ich bin eben danach kein Knecht mehr gewesen, sondern habe jede Entscheidung zuerst mit mir selber diskutiert und keine einzige so leicht gefällt wie vormals. Das ist eben der Unterschied. Mögen die Ergebnisse sich gleichen, der Prozess des Zustandekommens gleicht sich eben nicht, und das macht etwas aus. Mir jedenfalls.

Ünal Yilmaz regte sich darüber auf. Höflich wies er mich darauf hin, dass ich ein Mörder sei, ein kultivierter Mörder, aber dennoch ein Mörder. Und dann fragte Rita Bauernfeind unvermittelt: «Woran ist Ihr Bruder gestorben?»

Ich fragte zurück, was das mit dem Reh zu tun habe, und sie sagte, es sei ihr am Vortag aufgefallen, dass ich relativ lapidar von dem Tod meines Bruders gesprochen hätte.

Viel mehr als seinen Namen sowie seinen Geburts- und To-
destag hätte ich nicht über ihn preisgegeben. Das wundere
sie, da ich soeben sehr ausführlich über den Tod eines Rehs
gesprochen habe. Irgendwie passe das nicht zusammen. Ich
sagte, dass ich nun einmal nicht über meinen Bruder sprechen wolle, und sie sagte, dass dies genau das Problem sei.

«Warum wollen Sie nicht darüber sprechen?», fragte sie.

Ich antwortete nicht. Es entstand eine lange Pause, eine
von jenen Pausen, in denen niemand sich traut zu äußern,
was alle denken. Schließlich brach Arnold März das Schweigen. Mit seiner sanften Stimme sprach er aus, wovor ich
jahrzehntelang ausgewichen war. Er sagte den Satz, vor
dem ich mich immer gedrückt hatte, den ich nie zulassen
konnte, der jedoch seit bald fünfzig Jahren wie schwere
feuchte Graberde auf meinem Gemüt lastet. Er sagte die
Wahrheit: «Sie sind schuld an Josefs Tod, nicht wahr?»

Ich nickte. Es war mir mein ganzes Leben lang gelungen, diese Schuld zu verdrängen. Es hat mich nie jemand
verdächtigt, nicht einmal mein Vater. Im Gegenteil. Er hat
immer behauptet, ich hätte alles Mögliche versucht, um Josef zu retten, und das ist auch wahr. Wir haben alle immer
diesen Teil der Begebenheit in den Mittelpunkt der Erinnerung gerückt. Wie der Martin versuchte, den Josef aus dem
Eis zu ziehen, wie dieser ihm entglitten sei, wie der Martin noch Stunden geweint und gerufen hat. Aber warum
der Josef ins Eis gegangen war, das wusste bisher niemand.
Nun kann ich es schildern, weil ich es auch der Drachensaat
gegenüber getan habe. Die Geschichte ist repariert, es ist
ein Flicken auf die Lüge gekommen, indem ich die Wahrheit über dieses Ereignis einmal geschildert habe. Das ist
ein Grund für meine Dankbarkeit gegenüber der Drachensaat.

Mein kleiner Bruder Josef ist ertrunken, und zwar im Dezember 1960, ein paar Tage vor Weihnachten. Warum ist er ertrunken? Ich bin schuld, ich ganz allein. Damals hatte Josef Würmer. Sie krochen weiß und dünn in seinem Stuhl herum, den wir uns abends gemeinsam ansahen. Würmer zu haben war nichts Besonderes, viele Kinder hatten das, auch ich hatte ein paar Jahre zuvor damit zu tun. Aber Josef ekelte sich beträchtlich. Allerdings traute er sich auch nicht, gegenüber unserer Mutter offen darüber zu sprechen, aus Scham. Er malte sich aus, wie sein ganzer Körper verwurmt und dem Zerfall gewidmet sei. Das erzählte er mir.

Natürlich tröstete ich ihn und wies ihn auf die Ungefährlichkeit dieses Madenwurms hin, aber dann machte ich einen schweren Fehler. Ich behauptete zu meinem Vergnügen und um Josef zu foppen, man könne die Würmer loswerden, indem man sein Hinterteil vereise. Die winzigen Würmer würden im Eiswasser erfrieren. Niemals hätte ich damit gerechnet, dass Josef, der damals schon sieben Jahre alt und in der Schule war, diesen Unsinn tatsächlich glaubte. Natürlich hatte ich Lust darauf, ihn mit dem Po in einer Schüssel mit Eiswasser baden zu sehen. Ich würde ihn ein wenig damit aufziehen und ihm dann die Wahrheit sagen, nämlich dass ich mir diese Therapie bloß zum Spaß ausgedacht hatte. Er würde mich durchs Haus jagen, und mein Vater würde «Ruhe» brüllen. So stellte ich mir den Ablauf dieses harmlosen Streiches vor.

Abends schickte meine Mutter mich, um Josef zu suchen, denn er reagierte nicht auf ihr Rufen. Ich suchte ihn im ganzen Haus und fand dann die Tür, welche von der Küche in den Park führte, geöffnet vor. Es war ein kalter Dezemberabend, und es fror. Ich rief immerzu Josefs Namen, und dann hörte ich, wie er zurückrief. Ich folgte seiner Stimme und gelangte an unseren künstlichen Angelteich, den mein Vater angelegt und mit Karpfen befüllt hatte, die er samstags dort herausangelte. Der Teich war nicht viel größer als ein Tennisplatz und nicht tiefer als zwei Meter.

Josef hockte nur schemenhaft erkennbar auf dem zugefrorenen See. Er winkte mir. «Was machst du da?», rief ich ins Dunkle. Er erwiderte: «Ich mache die Würmer tot.» Ich lief aufs Eis, das unter meinen Schuhen laut knackte und sprang. Ich rief, dass er mit diesem Unsinn aufhören solle und dass ich ihn nur verulkt hätte. Darauf hörte ich ihn lachen. Er rief, dass er ein Loch ins Eis gehackt und seinen Po abgelassen habe. Ich schritt weiter in seine Richtung. Dann hörte ich unvermittelt etwas wie einen Peitschenknall. Das war springendes Eis. Ich hörte, wie Josef mit einem leisen Plumpsgeräusch durch das Loch ins Wasser fiel. Ich legte mich auf den Bauch und robbte an das Loch heran. Daneben lag eine Spitzhacke. Ein großes Stück Eis schwamm im Loch, es war von der Eisdecke abgebrochen und hatte Josef mit ins schwarze Wasser fallen lassen. Ich rief seinen Namen, immer wieder. Ich steckte den Stiel der Hacke ins Wasser, rührte darin herum und endlich brach das Stück, auf dem ich lag, ebenfalls ab, und ich fiel in das eiskalte Wasser, bekam den Rand der Eisdecke zu fassen und hielt mich daran fest, schreiend vor Schmerz, vor Angst und Panik. Meine Füße strampelten, und mir war, als hielte sich Josef daran fest und zöge mich herab.

Von meinen Rufen alarmiert, kam mein Vater in den Garten gelaufen. Er barg mich mit einer Leiter, während meine Mutter mit Decken herangestürmt kam. Dann suchten wir nach Josef, ich weinend, rufend, mit der Spitzhacke die Eisdecke teilend. Schließlich fand ihn am nächsten Morgen der Gutsverwalter, nachdem wir das ganze Eis zerstört hatten. Er zog den leblosen, erstarrten Körper meines kleinen Bruders heraus. Niemand hat sich damals darüber gewundert, dass seine Hose und Unterhose bis zu den Socken heruntergezogen waren. Ich war der Einzige, der den Grund dafür kannte. Und ich habe ihn bis zum 17. Mai dieses Jahres für mich behalten.

Ich beendete meine Schilderung und fragte die Runde, ob sie an solcherart Abgrund gedacht hätten. Bernhard Schade sagte, es tue ihm sehr leid, was da passiert sei. Er kenne sich mit dieser Art Schuld aus, und sie wöge schwer. Er hoffe, dass es mir besserginge, nachdem ich davon erzählt habe.

Dies war augenblicklich der Fall. Herr Yilmaz sagte, dass er den Eindruck habe, wir seien allesamt arme Schweine, allerdings gebe es eben doch noch gehörige Unterschiede zwischen Ausgestoßenen wie den Mitgliedern der Drachensaat und «Einbezogenen» wie mich. Er nannte mich schon zum wiederholten Male einen «Einbezogenen», womit er meine Beziehung zur Gesellschaft charakterisierte. Dann fragte er mich, woran es läge, dass ich an meiner tragischen Geschichte nicht zugrunde gegangen sei, sondern im Gegenteil zu einem der Herrscher des Imperiums wurde, das über die Menschen richtet. Diese Formulierung war mir zu pathetisch, aber ich versuchte mich dennoch an einer Erklärung: «Das liegt vielleicht daran, dass ich nie aufgebe. Ich habe einen anderen Behauptungswillen als Sie alle. Das ist mir in die Wiege gelegt, oder es ist Erziehung oder beides. Aber ich gebe nicht auf, besonders nicht mich selbst.»

Damals fiel mir das nicht ein, deshalb füge ich es an dieser Stelle hinzu, weil ich gerade daran denken muss. Dieses Nichtaufgeben ist schon immer ein Zug an mir gewesen.

Gerade kommt mir die Erinnerung, wie ich als Kind eine Fliege gejagt habe. Die meisten Menschen erschlagen Fliegen mit einer Fliegenklatsche, eine sehr effiziente Maßnahme. Andere nehmen Zeitungen oder die flache Hand dafür, wenn sie geschickt genug sind. Ich jedoch hetzte sie.

Ich verhinderte, dass die Fliege sich setzte, weil ich annahm, dass sie irgendwann an Erschöpfung eingehen würde. Also scheuchte ich die Fliege durch mein Zimmer. Ich hinderte sie unter Aufbietung aller Kräfte daran, sich auszuruhen. Ich weiß nicht, ob Sie so etwas schon einmal gesehen haben, aber nach drei Stunden fiel sie einfach auf den Boden und war tot. Ohne dass ich sie berührt habe. Das nenne ich Ehrgeiz.

Es gibt einfach Menschen, die zerbrechen an ihrer Schuld und an ihrer Schwäche. Die können irgendwann einfach nicht mehr, oder sie haben es nie gekonnt, das Spiel des Lebens. Ihnen gegenüber stehen solche mit eiserner Disziplin, die imstande sind, alles zu unterdrücken. Die suchen sich nach einem Unfall einen Fahrer, damit sie nicht mehr ins Reh fahren. Die vergessen mit der Zeit, dass sie überhaupt einen Bruder hatten. Und das ist der Unterschied zwischen den Mitgliedern der Drachensaat und jemandem wie mir.

Tag 6, 18. Mai

In der Nacht auf den sechsten Tag schlief ich schlecht. Die Erinnerung an jenen Dezemberabend lastete auf mir. Wie Josef auf dem Eis saß und mir zulachte, wie er plötzlich ohne ein Geräusch, ohne ein Rufen verschwand und versank, wohl unter das Eis geriet, welches er nicht aus eigener Kraft zu brechen imstande war. Wie seine Hände einen letzten Halt an meinen Füßen fanden und dann abglitten. All dies lastete als Albdruck auf mir und ließ mich nicht zur Ruhe kommen.

Es war richtig: Meine Disziplin und meine Meisterschaft, dieses Grauen ebenso beiseitezuschieben wie die Furcht vor meinem herrischen Vater, machten es mir möglich, ein Leben in Erfolg, Wohlstand und Erfüllung zu leben. Die Frage war nur: War es das richtige Leben, stand es mir zu? Ich bejahte dies immer wieder, jawohl, ich hatte verdient, was ich im Leben erhalten habe. Ich bin nun einmal besser als andere, klüger, geschickter auch. Und ich muss so weiterleben. Ich bin für mein Leben nun einmal bestimmt, so wie Ünal Yilmaz für das Unglück ausersehen ist. Das macht ihn womöglich heiliger als mich, aber dafür trage ich die besseren Schuhe und kenne mich mit moderner Kunst aus. Mit diesen verschwommenen Gedanken schlief ich ein, als es bereits dämmerte.

Beim Frühstück war ich dementsprechend gerädert. Meine Entführer schienen an diesem Morgen nervös. Man wartete über das Radio auf eine Mitteilung der Bundesregierung, schließlich sollte morgen die Aufzeichnung der Sendung stattfinden. Und wir hatten noch nicht mitgeteilt bekommen, ob das öffentlich-rechtliche Fernsehen dazu bereit war. Wir hörten also eine aus Herrn Yilmaz' Sicht vollkommen unerträgliche Morgenshow, an welcher ihm nicht nur die Musik, ein allfälliger Mix aus Hitparadenmusik und dem «Besten der siebziger, achtziger und neunziger Jahre», missfiel, sondern auch die ständigen Gewinnspiele, mit denen Hörer angestiftet wurden, per Telefongebühr «diesen Nervensägen das Skrotum zu vergolden», wie Ünal Yilmaz empört behauptete. Ich fand, dass er in diesem Punkt recht hatte. Überhaupt lagen Herr Yilmaz und ich in vielen Bereichen auf einer Linie. Wenn wir uns unter anderen Umständen kennengelernt hätten, wäre so etwas wie eine Freundschaft durchaus denkbar gewesen. Aus Ünal Yilmaz hätte unter anderen Lebensbedingungen ein großer Philosoph werden können.

Nachdem die Sendung vorüber war, begannen die Nachrichten, und an deren Ende wurde die Gruppe Drachensaat gebeten, unter der bekannten Telefonnummer anzurufen. Dies hatte Bernhard Schade schon zuvor mehrfach erfolglos probiert. Es hatte niemand abgehoben. Wahrscheinlich wollten die Behörden auf diese Weise Herr über die Kommunikation sein. Zu welchem Nutzen, erschloss sich mir aber nicht. Es wäre besser gewesen, jederzeit für die Gruppe erreichbar zu sein. Wie dem auch sei, Herr Schade wählte die Nummer und übergab das Telefon an Herrn Yilmaz, welcher sich mit «Hier spricht die Drachensaat» meldete. Dann hörte er aufmerksam zu, was der Mann am anderen Ende sagte. Er entschuldigte sich nach etwa einer halben Minute und legte auf, dann wählte Schade erneut die Nummer, und das Gespräch wurde fortgesetzt. Es waren sechs Unterbrechungen nötig, die jeweils von Rita Bauernfeinds Fingerschnipsen eingeleitet wurden. Sie stoppte – mit meiner Armbanduhr – die Dauer des Telefonats und schnippte nach dreißig Sekunden.

Herr Yilmaz trug wenig zur Konversation bei, sagte zwischendurch nur mehrmals «Ich verstehe» oder «Aha», nur einmal sprach er länger und sagte: «Das ist natürlich ganz unannehmbar, das werden Sie wissen», und dann noch: «Ich werde das im Plenum besprechen und melde mich wieder.» Dann legte er auf.

Wie ich vermutet hatte, machte die ARD Probleme. Die Intendanten hatten sich gegen eine Ausstrahlung unserer Show ausgesprochen, da die erzwungene Sendung erstens nicht unter der Federführung einer ARD-Anstalt zustande gekommen war und womöglich inhaltlich nicht dem Bildungsauftrag der Sender entsprach und zweitens auf solche Weise Erpressern Tür und Tor geöffnet würde, was man nicht dulden könne. Natürlich tobte Ünal Yilmaz und sagte, dass der Bildungsauftrag des öffentlich-rechtlichen Rundfunks heute offenbar vor allem darin bestünde, zur besten Sendezeit schunkelnde Trachtentrottel zu zeigen. Bernhard Schade fragte ihn, ob es denn einen Vorschlag gegeben habe, um das Projekt trotzdem zustande zu bringen. Darauf antwortete Yilmaz, dass der Unterhändler angeregt hätte, die Geisel laufenzulassen und sich zu stellen. Man könne dann über eine Sendung sprechen, die von der ARD hergestellt würde und in inhaltlicher und ästhetischer sowie technischer Hinsicht bestimmt die beste Lösung für alle wäre. Arnold März zeigte sich davon begeistert und sagte: «Das ist doch eine wirklich ganz gute Lösung», worauf er von allen Gruppenmitgliedern mit Ausnahme von Benno Tiggelkamp getadelt wurde.

Rita Bauernfeind nannte ihn einen Naivling, eine Einschätzung, die ich teilte. Dann sagte Yilmaz, dass es noch eine zweite Möglichkeit gebe. Der Unterhändler habe von einem anderen interessierten Sender gesprochen, der über eine vergleichbare Reichweite verfüge, aber nicht von irgendwelchen Aufträgen oder Gremien blockiert sei und das Programm unter Umständen ausstrahlen würde. Herr Schade fragte, um welchen Sender es sich dabei handele, und Herr Yilmaz sagte, es ginge nun um RTV1, den Marktführer unter den Privatsendern. Man müsse sich darauf einstellen, dass diese Anstalt die Sendung mit Werbung unterbreche, es sei sogar die Bedingung des Senders. Dann sei dieser bereit, die geplante Ausstrahlung einer Hochzeitsshow zu verschieben, um Drachensaat-TV kurzfristig ins Programm zu nehmen. Man würde im Falle einer Zustimmung augenblicklich mit der Bewerbung der Sendung beginnen, um den von uns gewünschten Quotenerfolg sicherzustellen.

Ich erlaubte mir die Frage, von welchem gewünschten Quotenerfolg die Rede sei, und Yilmaz antwortete kühl, man habe in den schriftlichen Forderungen niedergelegt, dass die Sendung zwanzig Millionen Zuschauer haben müsse, um mein Überleben zu sichern. Ich sagte: «Wissen Sie, was zwanzig Millionen Zuschauer hat? Ein Fußball-Länderspiel während der Weltmeisterschaft! So viele sehen uns nie, das ist völlig unrealistisch.» Yilmaz erwiderte, das sei nicht sein Problem und auch nicht meines, sondern das des Senders. Dieser allein sei für mein Überleben verantwortlich.

Dann stimmte die Gruppe ab und entschied bei einer Enthaltung von Benno Tiggelkamp, den Unterhändler anzurufen und Zustimmung zu signalisieren. Es wurde dann festgelegt, dass wir am kommenden Tag aufzeichnen und das Band irgendwo ablegen würden, wo es die Polizei anschließend abholen und dem Sender übergeben konnte. Es war uns klar, dass die Strafverfolgungsbehörden sofort eine Kopie anfertigen und analysieren würden, aber das machte niemandem etwas aus. Man erwartete die Ausstrahlung für Donnerstag. Wenn alles gutging, war ich am Freitagmittag ein freier Mann. Wenn!

An diesem Tag war kein Gruppengespräch vorgesehen. Wir sollten uns sammeln und über das Leben nachdenken, sagte Yilmaz. Ich verbrachte den ganzen Nachmittag mit einem ausgedehnten Spaziergang im Park, bei welchem mich Rita Bauernfeind begleitete. Sie war gedämpfter Stimmung und berichtete von ihren verlorengegangenen Fähigkeiten, Radio- und sogar Fernsehprogramme zu empfangen und zu essen. Der Verlust dieser Eigenschaft sei für sie nur durch das Verzehren größerer Mengen Lebensmittel auszugleichen. Ich verbat es mir, kritische Fragen zu stellen oder Zweifel an ihrer Geschichte zu äußern, denn ich wollte sie nicht verärgern.

Den Abend verbrachte ich erstmals in der Bibliothek mit den anderen Mitgliedern der Drachensaat, die offenbar ein Ritual verfolgten, indem sie Psychopharmaka einnahmen und sich Geschichten aus ihrem Leben erzählten, in denen sie selber entweder als Opfer oder als Rächer auftraten. Alle Mitglieder, sogar Benno Tiggelkamp, frönten diesem Laster.

Tag 7, 19. Mai
Der Tag der Aufzeichnung begann mit einem wie immer sehr anständigen Frühstück. Herr Yilmaz bat alle, sich für die Sendung vorzubereiten und gegen 11 Uhr in den Besprechungsraum zu kommen.

Ich legte meine Krawatte an, putzte meine Schuhe und bekam von Herrn März ein weißes Oberhemd aus seinem Fundus, das weniger verschwitzt und gebraucht aussah als das meine. Es war mir zu groß. Besser als zu klein, fand ich und zog mein Jackett darüber. Dann ging ich in den Besprechungsraum, wo bis auf Herrn Yilmaz und Frau Bauernfeind alle Mitglieder der Drachensaat bereits versammelt waren. Herr Schade trug eine Cordhose und ein hellblaues Hemd, darüber einen Pullover. Er hatte sich die Haare sorgsam gescheitelt und sah aus wie mein früherer Erdkundelehrer. Arnold März trug eine blaue Hose und ein ebensolches Hemd, welches er bis zum obersten

Knopf geschlossen hatte. Seine Brille hatte er abgenommen und in die Brusttasche gesteckt. Herr Tiggelkamp sah aus wie immer. Rita Bauernfeind kam in einem fliederfarbenen langärmeligen Einteiler aus Frottee mit einem weißen Reißverschluss. Es handelte sich um eine Art Overall, über welchem sie eine Halskette aus unterschiedlich großen und farbigen Holzkugeln trug. Die dunklen Haare trug sie offen, hatte sich allerdings wie zum Schutz ihrer Persönlichkeit den Pony ins Gesicht gekämmt, was in Kombination mit dem seltsamen Aufzug reichlich exzentrisch aussah.

Als Letzter tauchte Herr Yilmaz auf, welcher in einer Art Safari-Uniform das Zimmer betrat. Das Jackett seines hellbraunen Anzuges wies mehrere Taschen auf sowie einen Gürtel, den er fest um die Taille geschnallt hatte. In einer Brusttasche steckte ein weißes Einstecktuch, welches farblich mit den weißen Kniestrümpfen harmonierte, die unter der Hose zum Vorschein kamen. Seine Schuhe glänzten ebenso wie sein Schnurrbart, den er zu diesem feierlichen Anlass gewichst hatte. Seine überaus seltsame Erscheinung wurde von einem breitkrempigen Hut gekrönt, welcher die pomadigen Haare des Türken bedeckte. Ganz offensichtlich hatte er sich geschminkt, denn sein Teint wirkte viel dunkler als beim Frühstück. In jedem Fall hatte er sich die Wimpern getuscht und die Augenbrauen für meinen Geschmack zu dick übermalt. Er duftete intensiv.

Zu meiner Überraschung hatte die Drachensaat eines nicht mitgebracht: Masken. Ihre Mitglieder würden spätestens nach zehn Sekunden von Zuschauern identifiziert werden, das war ganz klar. Ich wies sie darauf hin, aber Herr Schade sagte, das sei vollkommen egal. Sie hätten nichts zu verbergen, im Gegenteil: Sie wollten ja an die Öffentlichkeit, das sei das Ziel der ganzen Unternehmung. Die Glaubwürdigkeit der Drachensaat als Gründer einer neuen Zivilisation hinge sogar davon ab, dass man sich bekenne, sich zeige.

Dann begann die Aufnahme, die nur zwei Mal neu gestartet wurde. Beim ersten Mal bat Yilmaz darum, weil Schade mich in seiner Anmoderation als Gott der fortschrittsgläubigen, technokratischen und ungerechten Wirtschaftsordnung der Globalisierung ankündigte, wogegen ich mich mit dem Zwischenruf «Lüge!» wehrte. Herr Yilmaz stoppte daraufhin die Aufzeichnung und bat Herrn Schade darum, mich etwas wertfreier einzuführen, und mich, nicht dazwischenzurufen. Beim zweiten Mal mussten wir die ersten acht Minuten wiederholen, weil Benno Tiggelkamp plötzlich aufstand, durchs Bild lief und sagte, er würde sich jetzt einen Apfel aus der Küche holen.

Herr Schade ermahnte ihn, sich zu setzen und auch sitzen zu bleiben, was Tiggelkamp mit den Worten «Jawohl, Chef» quittierte.

Den Inhalt des erfolgreichen dritten Versuchs der Aufzeichnung gebe ich an dieser Stelle nicht wieder. Das Video kann jeder im Internet in den einschlägigen Portalen ansehen, was ja bis heute millionenfach erfolgt ist. Die Popularität dieses Filmes kann ich mir allerdings nicht erklären. Sie geht zurück auf einen hemmungslosen Voyeurismus, der wohl bezeichnend für unsere Zeit und niederschmetternd beschämend zugleich ist. Was sieht man denn da? Sechs Personen, die reden, schreien, weinen, in ihrer ganzen Blöße womöglich peinlich wirken, authentisch, wie das manche Journalisten genannt haben.

Ich kann dazu nur so viel sagen, dass mir vor den Menschen graut, die sich über Rita und Ünal lustig machen, die Ausschnitte ihrer Redebeiträge imitieren oder karikieren.

Ich weiß, dass es inzwischen Ünal-Klubs gibt, deren Mitglieder sich in Wettbewerben darin zu überbieten suchen, ihn lächerlich zu machen. Ich finde das schäbig und schändlich. So exzentrisch sein Auftreten sein mag, sein Anliegen ist es nicht. Die Ziele der Drachensaat sind humanitär, sie verfolgen eine vielgestaltige Verbesserung der menschlichen Gemeinschaft. Sich darüber zu mokieren und lustig zu machen, beweist nur, dass Yilmaz, Schade, März und Bauernfeind auf dem richtigen Weg waren. In vielen Leitartikeln und ernsthaften Auseinandersetzungen mit der Drachensaat ist das ausgesprochen worden. Bedauerlich ist nur, dass ihr Anliegen nicht auf fruchtbaren Boden gefallen ist. Der Misserfolg der Mission der Drachensaat ist aus meiner Sicht ein Misserfolg unserer ganzen Gesellschaft.

Als wir die Aufzeichnung der Sendung beendet hatten, sie geriet eine knappe Minute zu lang, nahm Schade das Band aus dem Camcorder und steckte es in die Hosentasche. Ich wurde in mein Zimmer geschickt, denn nun wurde die Haustür geöffnet. Herr Schade und Herr März verließen das Haus, um mit dem Auto davonzufahren. Dies war ein relativ riskantes Unternehmen, denn sie konnten nicht wissen, ob die Polizei inzwischen nach diesem Fahrzeug fahndete. Aber es blieb ihnen nichts anderes übrig.

Nach eineinhalb Stunden kehrten sie zurück und berichteten, sie hätten das Band in einem Umschlag einer weiblichen Aushilfskraft in einer sechzig Kilometer entfernten Tankstelle übergeben und darum gebeten, den Umschlag für ihren Chef aufzubewahren. Dann rief Bernhard Schade die bekannte Nummer an, um die Adresse der Tankstelle durchzugeben. Es hob aber wieder niemand ab, was Yilmaz in große Wut versetzte. Das sei die Arroganz der Macht, tobte er. Schließlich rief er selber bei der Notrufnummer der Polizei an, gab die Adresse durch und legte auf.

Von nun an bestimmte eine große Nervosität die Gruppe, die versuchte, mit Beruhigungsmitteln der Situation Herr zu werden. Sie haben sich regelrecht vollgedröhnt, ich kann es nicht anders sagen. Die relative Gelassenheit zu Beginn meiner Geiselhaft wich nun einer flatterigen, übersensiblen Atmosphäre unter den Gruppenmitgliedern. Die Spannung entlud sich stündlich und richtete sich vor allem gegen die Schwächsten, also gegen Arnold und Benno, die es den anderen nicht mehr recht machen konnten. Für Benno war das nicht schlimm, weil es ihn nicht interessierte, aber Arnold März schien darunter zu leiden, dass ihn Rita, Ünal und Bernhard offensichtlich nicht als vollwertiges Gruppenmitglied anerkannten. Am Abend des siebten Tages sagte Bernhard plötzlich, dass Arnold bisher zu wenig gebracht habe. Insbesondere seine Begeisterung für den vollkommen durchsichtigen Versuch der Bundesregierung, die Drachensaat in eine Falle zu locken, weise ihn letztlich als Kollaborateur und nicht als kampfbereiten Drachenzahn aus. Zunächst bestritt Arnold diese im Übrigen absurden Vorwürfe hartnäckig, fing dann aber an zu weinen. Es war erstaunlicherweise Herr Tiggelkamp, der Herrn Schade in seine Schranken verwies und ihn aufforderte, «dä Jung in Ruh zu lasse», sonst gebe es von ihm «wat hinner die Hörner».

Es war das einzige Mal, dass ich bei Herrn Tiggelkamp so etwas wie Engagement aufblitzen sah. Da mir das alles zu anstrengend war und ich absolut keine Lust auf die Gesellschaft der Gruppe verspürte, zog ich mich in mein Zimmer zurück und nahm auch nicht am Abendessen teil. Jetzt hieß es also warten.

Tag 8, 20. Mai

Die Nervosität hielt auch über den nächsten Tag an, an dem eigentlich nichts passierte. Tatsächlich kann ich nur von einer Besonderheit berichten, nämlich von meinem Versuch der Kontaktaufnahme mit der Außenwelt.

Ich hatte schon an den Tagen zuvor ein waches Ohr für Motorengeräusche gehabt, genauer gesagt, seit dem Tag der letzten Lebensmittellieferung. Ich hatte vor, den Fahrer beim nächsten Mal auf mich aufmerksam zu machen. Durch das gekippte Fenster zu rufen wäre der falsche Weg gewesen, denn dies hätte erstens dazu geführt, dass meine Bewacher sofort aufgeschreckt worden wären, und zweitens hätte es womöglich den Fahrer in eine gefährliche Lage gebracht. Außerdem wäre es sicher taktisch gut, wenn die Entführer nichts von ihrer baldigen Festnahme ahnten. Mein Plan sah daher vor, dem Fahrer einen Brief zu schreiben. Ich verfasste diesen am frühen Morgen, und er hatte folgenden Wortlaut: «Achtung! Im Inneren dieses Hauses werde ich seit einer Woche festgehalten. Bitte informieren Sie die Polizei! Dies ist kein Witz! Dr. Martin Barghausen, 20. Mai 2009.»

Das las sich zwar ungelenk, aber seriös, fand ich. Ich bastelte aus dem DIN-A4-Bogen eine Papierschwalbe und plante, diese aus dem Fenster zu werfen, sobald der Lieferwagen vor dem Haus hielt. Ich wusste natürlich nicht, wann dies das nächste Mal stattfinden würde, aber die letzten Waren erhielten wir vier Tage zuvor. Es war nicht ausgeschlossen, dass der weiße Transporter irgendwann am Morgen die Auffahrt heraufgefahren kam.

Ich verzichtete dafür auf mein Frühstück. Ich hatte schon großen Hunger, denn am Vorabend hatte ich ja auch nicht gegessen. Aber die Lieferung war mir wichtiger.

Und tatsächlich rollte nach einer einstündigen Wartezeit der Wagen auf den Vorplatz des Hauses, und der Lieferant stieg aus. Ich zielte durch das gekippte Fenster und warf die Schwalbe hinaus. Sie segelte sanft Richtung Auto – und landete auf seinem Dach. Derweil stellte der junge Mann Kartons und Wasserkästen vor der Eingangstür ab. Ich versuchte, seine Aufmerksamkeit zu erregen, und pfiff leise, schnalzte mit der Zunge und klatschte zwei Mal, aber er hörte mich nicht. Schließlich stieg er in seinen Wagen und fuhr langsam los. Der Papierflieger rutschte auf dem Dach hin und her. Meine Mühe war vergebens, mehr noch, sie war dabei, sich in eine unmittelbare Gefahr zu verwandeln. In wenigen Sekunden würde das Papier herunterfallen und auf dem Kies liegen bleiben. Sobald Herr Schade oder Herr Yilmaz die Lebensmittel ins Haus trügen, würden sie es entdecken, und das hätte mit Sicherheit unschöne Konsequenzen für mich. Dies ging mir durch den Kopf, als ich den Wagen abfahren sah. Doch dann bremste er plötzlich und hielt an. Die Papierschwalbe fiel seitlich vom Dach, genau vor die Fahrertür. Diese öffnete sich, und der junge Mann sprang heraus, direkt auf das Papier. Er hatte offenbar vergessen, den Lieferschein auf die Waren zu legen, was er nachholte, indem er zum Haus lief und einen Zettel zwischen die Flaschen in den Getränkekasten stopfte. Und auf dem Rückweg zum Wagen sah er dann den Flieger. Ich konnte mein Glück kaum fassen. Er nahm den zertrampelten Flieger, faltete ihn auf, sah sich hektisch um, sprang schnell in den Lieferwagen und fuhr mit hohem Tempo davon. Kein Zweifel: Er hatte gelesen und verstanden. Nun war meine Befreiung sicher nur noch eine Sache von wenigen Stunden.

Er würde der Polizei exakt mitteilen können, wo ich war,

und die Behörden müssten nur noch einen Schlachtplan entwerfen und in die Tat umsetzen. Ich rechnete damit, spätestens in den Abendstunden befreit zu werden. Vor lauter Freude klopfte ich ein paar Mal an die Wand meines Nachbarn. Der arme Mann wusste natürlich nicht, was das bedeuten sollte, antwortete aber umgehend mit heftigen Schlägen.

Sie können sich nicht vorstellen, wie niederschmetternd für mich die Erkenntnis war, dass sich bis zum Abend nichts und überhaupt nichts tat. Ich hatte den Tag weitgehend in meinem Zimmer verbracht, weil ich damit rechnete, dass ein Sondereinsatzkommando der Polizei mit Sprengsätzen, Blendgranaten und Tränengas das Haus stürmen würde. Ich dachte, in meinem Zimmer sei ich am sichersten. Zum Abendessen ging ich dann doch, der Hunger trieb mich nach unten. Dort berichtete mir die Gruppe in einigermaßen aufgeräumter Stimmung, dass man telefoniert habe. Das Band sei von der Polizei in der Tankstelle abgeholt und übergeben worden. Es würde nun digitalisiert, um es senden zu können, inhaltlich sei es nicht beanstandet worden. Überall im Land würde für die Sendung geworben, alle Beteiligten, also Behörden, Bundesregierung und die Leute von RTV1, seien so weit zufrieden. Schon morgen würde man gesendet. Der Erfolg der Mission sei zum Greifen nahe. Der Gründung einer neuen, auf Moral und richtigen Werten basierenden Gesellschaftsordnung stünde quasi nichts mehr im Wege. Die Zuschauer würden sich nach der Sendung in Scharen zur Drachensaat bekennen, die Regierung und alle Wirtschaftslenker könnten abdanken. Ünal war geradezu euphorisiert. Ich hatte da so meine Zweifel, aber die behielt ich für mich.

Tag 9, 21. Mai

Im Radio gab es nun kein anderes Thema mehr als die bevorstehende Ausstrahlung unserer Sendung. «Eigentlich müssten wir uns das doch auch ansehen», sagte Rita. Und da wurde mir erst bewusst, dass sich die Gruppe nie Gedanken darüber gemacht hatte, dass sie gar keinen Fernseher besaß, um die Sendung selber anzuschauen.

Die Drachensaat tagte ausgiebig, um zu entscheiden, ob man ein TV-Gerät anschaffen solle oder ob die Gefahr, dabei aufzufliegen, zu groß wäre. Es war der Gruppe bewusst, dass sie ein unwahrscheinlich großes Risiko einging, wenn sie nun, nachdem ihre Gesichter schon zumindest den Fahndern bekannt waren, noch in der Öffentlichkeit auftauchte. Keiner konnte wissen, ob nicht überall in Deutschland längst personalisierte Fahndungsaufrufe kursierten. Andererseits konnte die Polizei nicht wissen, ob die Drachensaat solches nicht als ungemeine Provokation werten und unter diesen Umständen die Geisel eventuell töten würde. Risiken bestanden also auf beiden Seiten, und Bernhard Schade argumentierte, dass die Polizei nichts unternehmen würde, was mein Leben gefährdete. Letztlich waren sie einfach viel zu neugierig und auch zu eitel, um dem Kauf eines TV-Gerätes zu widerstehen. Man stimmte ab und entschied sich für eine Fahrt in einen möglichst großen Laden, wo man nicht weiter auffallen würde. Arnold März und Bernhard Schade sollten sich unauffällig unters Volk mischen und irgendeinen billigen Apparat kaufen. Sie verließen das Haus gegen Mittag und waren fast vier Stunden unterwegs. Inzwischen war ich bald wahnsinnig vor lauter Spannung. Von der Polizei war weiterhin nichts zu sehen. Ich fing an, meine Papierflieger-Aktion anzuzweifeln. War der Text nicht eindeutig gewesen? Oder hatte der Mann ihn nicht verstanden? Vielleicht war er Ausländer und des Deutschen nicht mächtig? Womöglich hatte er den Brief auf den Beifahrersitz gelegt und dort vergessen. Vielleicht war er vom Sitz in irgendeine Ritze gerutscht. Natürlich weiß ich inzwischen, was damals passiert ist. Aber da es Bestandteil der Erörterungen in einem Untersuchungsausschuss ist, werde ich nicht näher darauf eingehen.

Damals stürzte mich das Nichterscheinen der Polizei jedenfalls in eine tiefe Depression, die nicht unbemerkt blieb. Rita gab mir eine Tablette, um mich ein wenig «hochzubringen», wie sie es nannte. Auch Benno bemühte sich um mich, auf seine seltsame Art war er sehr freundlich und bot mir an, doch irgendwann einmal kegeln zu gehen, das brächte einen auf ganz andere Gedanken.

Gegen 16 Uhr waren Herr März und Herr Schade wieder da. Sie berichteten, dass es offenbar noch nicht zu großen Fahndungsaufrufen mit Porträts und Namen gekommen sei. Allerdings habe man im Fernsehen fast dauernd von der Drachensaat berichtet. Man habe sich das im Media Markt angesehen und es sei ein berauschendes Gefühl gewesen, so viel Aufmerksamkeit zu erhalten. Dies würde ab heute Abend sicher noch viel größer, «noch viel geiler» werden, wie sich Herr Schade ausdrückte.

Die Männer hatten gleich mehrere Geräte gekauft, nämlich zum einen den Fernseher, dann noch einen kleinen Zimmer-Satelliten sowie ein Empfangsgerät. Sie brachten alles ins Besprechungszimmer, wo sie anschließend mehrere Stunden damit beschäftigt waren, alle Geräte miteinander zu verbinden und irgendwas zu empfangen. Dies erwies sich bei der technisch mangelhaften Bildung aller Mitglieder der Drachensaat als ausgesprochen schwierig. Beinahe hätten wir die Ausstrahlung verpasst. Erst gegen 20 Uhr waren die Geräte so weit installiert, dass sich auf RTV1 ein einwandfreies Bild erkennen ließ.

Rita hatte für alle in der Gruppe ein «TV-Dinner» hergerichtet, wie sie es nannte. Ich war herzlich zu diesem skurrilen Fernsehabend eingeladen und nahm daran teil, auch wenn ich sekündlich mit der Erstürmung des Hauses Unruh rechnete.

Alle waren sehr aufgeregt und freudig gespannt. Um 20:15 Uhr erschien eine Frau auf dem Bildschirm und kündigte die Sendung an: «Meine sehr verehrten Damen und Herren. Es folgt ein Novum in der Geschichte der Bundesrepublik Deutschland. Sie sehen nun eine Sendung, zu deren Ausstrahlung wir gezwungen worden sind und die wir ohne Kürzung oder Kommentar senden. Es handelt sich dabei um ein Gespräch der terroristischen Vereinigung ‹Drachensaat› mit ihrem Entführungsopfer, dem früheren Vorstandsvorsitzenden der Reformbank, Doktor Martin Barghausen. Nach dieser Sendung folgt eine Bewertung und Diskussion des Videos, dessen schlechte Bild- und Tonqualität wir zu entschuldigen bitten.» Danach flog eine Bierflasche durch die Luft, und ein männlicher Sprecher rief, von militärisch klingender Musik begleitet: «Diese Sendung wird Ihnen präsentiert von Neuendorfer, das Pils für Deutschland.»

«Was soll denn das? Das war so nicht abgesprochen», sagte Ünal entsetzt.

Nun sah man das Besprechungszimmer, in dem wir uns auch jetzt aufhielten und uns selber im Fernsehen ansahen. Welch eine groteske Situation! Von Benno Tiggelkamp war nicht viel zu erkennen, er saß zu weit links im Bild, eine Körperhälfte fehlte ganz, die andere befand sich im Schatten, sodass er nicht hätte identifiziert werden können. Daneben saß ich, relativ gelassen aussehend, wenn auch zu hell angestrahlt. Dann folgte Rita, die sich ständig nach links und rechts umsah und deren Overall aussah wie ein Duschvorhang. Jedes Mal, wenn sie den Kopf bewegte, klackerten die Holzkugeln um ihren Hals. Dann Bernhard Schade mit seinen Karteikarten, in denen er ständig herumblätterte, der unglücklich, aber konzentriert wirkende Herr März und schließlich rechts im Bild Ünal Yilmaz mit seinem merkwürdigen Tropenanzug.

«Benno, man sieht dich gar nicht», sagte Rita. Benno schien das eher zu amüsieren, denn er antwortete: «Isch werd berühmt als dä halve Hahn. Wat willze mache, kannze nix mache.» Die Sendung selbst werde ich auch hier nicht inhaltlich beschreiben, sie ist ja überall verfügbar.

Die Drachensaat verfolgte die Ausstrahlung mit großer Spannung. Wann immer Ünal Yilmaz im Fernsehen das Wort ergriff – und er beanspruchte den größten Teil der Sendezeit –, kommentierte der leibhaftige Ünal seine Ausführungen mit lauten Rufen wie «Jawohl!» und «Völlig richtig!».

Was allen, sogar mir, missfiel, waren allerdings die drei schier endlosen Werbeblöcke, welche von Trailern für andere Sendungen bei RTV1 eingerahmt wurden. Zu Beginn jeder Werbepause sah man zunächst einen Ausschnitt des nächsten Blocks unserer Sendung, und eine männliche Stimme rief Sätze wie: «Sehen Sie gleich, wie Martin Barghausen seinen Entführern die Hammelbeine langzieht.» Ich fand das ziemlich plakativ und ungehörig.

Dann folgten Werbespots für Bier, Autos, Damenbinden und Fertiggerichte. Als sei es der Drachensaat nur um den Krawall gegangen. Ihre Forderungen nach einer für alle Menschen lebenswerten Gesellschaft verhallten in dem Getöse um billige Tütensuppen, Baumärkte und feuchtes

Klopapier. Die ganze so ernsthaft und unter Inkaufnahme langer Haftstrafen geplante Aktion verwandelte sich von Minute zu Minute mehr in eine Farce. Ich habe das schon bei der Aufzeichung so kommen sehen, aber ich besitze auch eine gewisse Medienerfahrung.

Nach der Sendung flog wieder das Bier durchs Bild, und die Stimme rief: «Das war eine Sendung der terroristischen Vereinigung Drachensaat, präsentiert von Neuendorfer, das Pils für Deutschland.»

Yilmaz klatschte Applaus, die anderen fielen ein. Auch ich klatschte mit, denn immerhin war die Sendung als solche ganz brauchbar gewesen. Mit ein wenig Übung würden es zumindest Bernhard Schade und Ünal Yilmaz im Fernsehen zu etwas bringen können, auch wenn Herr Yilmaz die wenig telegene Eigenschaft besitzt, bei seinen weitschweifigen Redebeiträgen unablässig mit den Augen zu rollen wie ein Südsee-Kannibale.

Wir sahen uns auch die nachfolgende Diskussionsrunde an, in welcher die Identitäten der Drachensaat-Mitglieder bis auf Bennos gelüftet wurden. Das war ja nicht schwer gewesen und ließ mich darauf hoffen, dass nun endlich bald das Ende meiner Gefangenschaft bevorstand.

Außerdem trat ein Psychologe auf, der vom histrionischen Charakter der Inszenierung sprach, den Drachensaatlern einen pathologischen Geltungsdrang vorwarf und nicht mit arroganten Beleidigungen sparte. In kurzen Filmchen wurden bis auf Benno alle Mitglieder porträtiert und als Verbrecher gegeißelt. Ein Politiker sprach davon, dass man den Strafvollzug für Mehrfachtäter wie Schade, der ja schon auf einen Innenminister geschossen habe, oder für Yilmaz, der bereits Erfahrung als Entführer vorweisen könne, niemals lockern dürfe. Kriminelle Elemente und eine

Gefahr für die Allgemeinheit seien diese Leute, rief er. Und dass es nur noch eine Frage der Zeit sei, wann ich freikommen würde.

Später in der Sendung trat ein Polizeisprecher auf, der behauptete, man gehe vielversprechenden Hinweisen aus der Bevölkerung nach und sei sicher, zeitnah Fahndungsergebnisse präsentieren zu können. Was mich an dieser Sendung nachhaltig schockierte, war, dass sich niemand aber auch nur ansatzweise mit dem Anliegen der Gruppe auseinandersetzte. Zum Glück ist das später in den Medien geschehen, zumindest in den anspruchsvolleren Blättern. Ich finde es bezeichnend, dass der Programmchef des Senders RTV1 eine entsprechende Kritik an seiner Analysesendung mit der Bemerkung kommentierte, man habe im Sinne der RTV1-Zuschauer auf eine inhaltliche Diskussion verzichtet, weil diese intellektuell nicht dem Zuschauerprofil des RTV1-Publikums entspräche. Letztlich habe man ja vor allem eine große Einschaltquote erzielen müssen, um das Leben von Dr. Martin Barghausen zu retten, und dafür seien qualitative Abstriche im Programm die Grundbedingung.

Die Drachensaat hat diesen letzten gemeinsamen Abend in Freiheit in einer Art Agonie verbracht. Es war sicher allen klar, dass mit der Bekanntgabe der Identitäten der Mitglieder ihre baldige Festnahme bevorstand. Umso mehr wunderte mich, dass diese nicht noch in der Nacht stattfand, sondern erst am Vormittag des 10. Tages.

Tag 10, 22. Mai

Man kann sich vorstellen, dass die Nacht unruhig war. Ich hörte immer wieder Schritte, mal von Ünal Yilmaz, dann wieder von Rita Bauernfeind. Ich hatte inzwischen gelernt, die Geräusche zu unterscheiden. Wir hatten uns abends voneinander verabschiedet, jeder hatte dem anderen die Hand gegeben, Arnold März weinte ein wenig und zitterte stark.

Das Netz, das die Strafverfolgungsbehörden ausgeworfen hatten, würde sich unweigerlich zuziehen. Die Landeskliniken, die die Drachensaat-Mitglieder überwiesen hatten, waren sicher im Besitz der Adresse des Hauses Unruh. Tankwarte, Verkäufer, Passanten konnten sie inzwischen womöglich beschreiben, vermutlich war der Van längst zur Fahndung ausgeschrieben. Auch musste dieser Doktor Zens irgendwelche Spuren hinterlassen haben, jemand würde ihn doch vermissen, womöglich wissen, dass er in diesem Haus arbeitete und wohnte. Dass er tatsächlich in dieser Identität gar nicht existierte, wusste ich zu diesem Zeitpunkt ebenso wenig, wie die Drachensaat etwas von dem Kassiber ahnte, den ich als Papierflieger in die Freiheit geschickt hatte. Irgendwann schlief ich ein und wunderte mich am nächsten Morgen über die Maßen, dass wir um acht Uhr früh immer noch zusammen waren. Wir frühstückten schweigend.

Gegen neun Uhr ging ich in die Bibliothek und fand dort Herrn Yilmaz vor, der in einen Text vertieft schien, den er gerade schrieb. Ich sprach ihn an und fragte, was er da mache, und er antwortete, dass er seine Verteidigung vorbereite. Ich fragte ihn, ob das nicht etwas verfrüht sei. Er antwortete, dass er seine Gedanken sortieren müsse und dass unsere Verhaftung ja schließlich nicht das Ende, sondern erst der Anfang der Drachensaat sei. Ich fand diese Bemerkung sehr intelligent, denn natürlich bescherte meine Entführung der Gruppe anschließend eine extreme Aufmerksamkeit. Die Untersuchungshaft und der nachfolgende Strafprozess würden die Drachensaat auf Dauer in den Medien halten. Und Ünal wollte die Zeit nutzen, um möglichst viele Menschen für ihr Anliegen zu erreichen. Er war wirklich der geborene Populist.

Ich fragte ihn, ob er gar keine Angst vor den Konsequenzen seiner Taten hätte, und er sagte, dass ihn dieses Thema nicht interessiere. Er habe wohl große Angst vor abgelaufenen Lebensmitteln, aber sicher nicht vor der lächerlich gekleideten Exekutive Deutschlands und erst recht nicht vor der deutschen Justiz. Er sagte, dass er auf Freispruch plädiere, aber damit sicher nicht durchkäme. Er rechnete mit einer Haftstrafe von mindestens 15 Jahren wegen Körperverletzung (er schämte sich immer noch sehr, Herrn Bramstetter über den Fuß gefahren zu sein), Menschenraubes, Erpressung, Nötigung und der Bildung einer kriminellen Vereinigung. Aber das machte ihm rein gar nichts aus. Ünal Yilmaz hätte sich für seine Überzeugungen aufs Rad flechten lassen.

Nach und nach kamen seine Mitstreiter in die Bibliothek, es herrschte eine feierliche Stimmung. Als alle sich gesetzt hatten, dankte Bernhard Schade mir für meine Mitwirkung an der Sendung. Er sagte, er fände es fein, dass ich mich «zur Verfügung gestellt» habe, was ja nun nicht ganz der Wahrheit entsprach. Ich bedankte mich ebenfalls für das gute Frühstück und die angenehmen Gespräche. Dann sagte Yilmaz: «Sie sind frei. Gehen Sie. Der Rest erfordert Ihre Anwesenheit nicht.» Bernhard Schade zog seine Fernbedienung hervor und drückte einen Knopf, worauf sich die Haustür öffnete. Um mich wie abgesprochen mit dem Auto irgendwohin zu fahren, fehlte ihnen die Kraft, ich verstand das und empfand es nicht als Wortbruch. Ich sah in Richtung Tür, dann in die Gesichter der Drachensaat. Ohne darüber nachzudenken, ging ich zu jedem Einzelnen von ihnen, wünschte jedem Glück und gab jedem Mitglied die Hand. Es fiel mir nicht leicht, diese Leute schutzlos zurückzulassen. Die Männer von den Sondereinsatzkommandos der Polizei sind keine zimperlichen Burschen. Vor allem um die zarte Rita Bauernfeind machte ich mir Sorgen. Schade, Yilmaz und März und wohl auch Benno würden so eine Verhaftung schon überstehen.

Dann wendete ich mich zum Gehen und schritt durch die Haustür ins Freie. Ich sah mich noch einmal um und sah Bernhard auf die Haustür zukommen. Er zeigte in Richtung der Auffahrt. «Da lang», sollte diese stumme Geste bedeuten. Nun war ich frei. Ich ging zügig, aber nicht hastig die Auffahrt hinunter, die recht steil abfiel und zunächst durch eine Parkanlage mäanderte. Das Ende des Grundstückes konnte ich schon sehen, denn dort begann der Wald und mit ihm eine geteerte einspurige Straße. Ich war vielleicht 350 Meter gegangen, als ich das Geräusch eines Hubschraubers hörte. Es gab kein Vertun, dies waren ganz sicher meine Befreier. Ruckartig drehte ich mich um und ging zurück. Kaum zu beschreiben, was ich fühlte, aber ich wollte meine Entführer in dieser Situation nicht allein lassen. Wenn ich bei ihnen war, würde man vielleicht nicht ganz so brutal vorgehen, war meine Hoffnung.

Ich begann zu laufen, rannte zum Haus zurück, dessen Tür wieder geschlossen war. Ich klingelte und klopfte zusätzlich, aber nichts regte sich. Darauf rief ich die Namen der Drachensaat-Mitglieder, ich rief: «Hier ist Barghausen, machen Sie auf.» Die Tür öffnete sich einen Spalt, und das grenzenlos überraschte Gesicht von Rita Bauernfeind kam zum Vorschein. «Was wollen Sie denn noch hier?», fragte sie. «Ich bleibe bei Ihnen. Ich kann ja hinterher aussagen, dass Sie mich freigelassen haben, aber jetzt will ich das mit Ihnen zusammen durchstehen.» Sie antwortete, dass man darüber abstimmen müsse, und schloss wieder die Tür. Währenddessen hörte ich, wie der Hubschrauber immer näher kam. Auch andere Motorengeräusche konnte ich ausmachen. Nach einer knappen Minute öffnete Rita wieder die Tür und bat mich herein.

Ünal Yilmaz rief: «Welch angenehmer Besuch in unserer bescheidenen Hütte.» Ich setzte mich wieder zu ihnen und sagte, die Polizei sei im Anmarsch. Darauf schlug Rita vor, dass wir unsere Sessel in einen Kreis schieben und uns an den Händen halten sollten, was wir dann auch machten. Ich hielt rechts die manikürte und sehr weiche Hand von Herrn Yilmaz und links die von Herrn Schade. Wir blieben etwa vier oder fünf Minuten in dieser Stellung, Frau Bauernfeind schloss die Augen.

Plötzlich splitterten sämtliche Scheiben im Untergeschoss, und die Haustür flog auf. Beinahe im selben Augenblick gab es einen unerhörten Knall und einen hellen Blitz. Ich weiß noch, dass sich die Hand von Bernhard Schade in meiner verkrampfte, während jene von Herrn Yilmaz vollkommen ruhig blieb. Dann stürmten durch die Haustür und die Terrassentür sowie durch zwei Fenster Beamte das Haus, eine große Truppe schwarz gekleideter und behelmter Einsatzkräfte. Sie sahen furchterregend aus. Alles ging sehr schnell. Sie rissen uns aus den Sesseln zu Boden und schrien sich gegenseitig Kommandos zu. Wir wurden auf den Bauch geworfen, jemand kniete auf meinem Nacken, sodass ich in Panik geriet, was den Mann über mir veranlasste, den Druck zu verstärken. Ich versuchte, meinen Namen zu rufen, aber das ging nicht, weil ich auf meinem Gesicht lag und durch den Druck des Beamten kaum Luft bekam. Ich spürte, dass meine Nase gebrochen war. Dann wurde an meinem Arm gerissen, offenbar, um mich zu fesseln. Dabei kugelte mir einer der Kräfte den Arm aus, was ungeheure Schmerzen verursachte. Ich verlor das Bewusstsein.

Als ich zu mir kam, lag ich auf der Kiesauffahrt des Anwesens. Um mich herum große Hektik. Offenbar suchte man nach mir im Haus, hatte nicht angenommen, dass ich mich während der Erstürmung des Hauses unter den mutmaßlichen Entführern befand, und zählte mich zu jenen. Ich konnte Ünal Yilmaz sehen, der ein paar Meter entfernt auf dem Boden lag und etwas auf Türkisch schrie. Ich habe ihn zuvor nie etwas Türkisches äußern hören. Die anderen Mitglieder der Drachensaat konnte ich von meiner Position aus nicht sehen. Ich nehme aber an, dass sie sich auch irgendwo in der Nähe befanden. Neben mir kniete ein maskierter Polizist und sah mir ins Gesicht. Ich versuchte zu sprechen, musste aber husten und spuckte das Blut aus, das mir hinten von der Nase in den Rachenraum gelaufen war. Ich sagte meinen Namen zwei Mal, drei Mal. Und dass ich der Entführte sei, was den Mann wenig rührte. Ich hatte furchtbare Schmerzen. Dann sagte ich: «Da ist noch eine Geisel im ersten Stock. Ein Doktor Zens. Im zweiten Zimmer auf der rechten Seite.» Der Polizist rief einen Kollegen herbei und gab weiter, was ich ihm gesagt hatte. Dieser lief weg. Kurz darauf kam ein nicht maskierter Beamter und sah mich an. Dann rief er: «Zielperson gefunden», und Sanitäter eilten herbei, die sich gleich um mich kümmerten. Man legte mich auf eine Trage, schob mich in einen Notarztwagen, ich spürte den Stich einer Nadel im Oberarm, und dann wurde alles dunkel.

Das waren meine Erinnerungen zu den Vorgängen um die Drachensaat. Ich habe keines ihrer Mitglieder später noch einmal persönlich getroffen oder gesprochen. Sie befinden sich ja meines Wissens bis auf Frau Bauernfeind nach wie vor in Untersuchungshaft.

Meine Geschichte endete mit einem eintägigen Krankenhausaufenthalt und den ersten Befragungen durch die Polizei.

Nach meiner Entlassung kehrte ich zunächst zu meiner Familie zurück. Das Wiedersehen mit meiner Frau und meiner Tochter war der schönste Moment, den ich seit ihrer Geburt erlebt habe. Wir sind dann erst einmal für zwei Wochen weggefahren. Ich habe keinerlei Interviews zu meiner Entführung gegeben. Mein eigenes Verfahren wurde zum Glück zunächst einmal ausgesetzt, bis ich wieder prozessfähig bin, was immer noch nicht der Fall ist.

Was die Mitglieder der Drachensaat angeht, so würde ich mir wünschen, dass ihre Tat zwar bestraft wird, dass dieses jedoch mit Augenmaß geschieht. Meine Einschätzung des jeweiligen Tatanteils fällt folgendermaßen aus: Arnold März würde ich als einfaches Mitglied einstufen. Er hat an der Entführung ebenso mitgewirkt wie an meiner Bewachung. Er war aber kein planerisches Mitglied, seine kriminelle Energie würde ich als eher gering einschätzen, auch wenn er meinen Fluchtversuch vereitelte.

Bei Bernhard Schade und Ünal Yilmaz fällt meine Beurteilung anders aus: Herr Yilmaz hat alle Texte der Gruppe geschrieben und als ihr Sprecher fungiert. Außerdem vertritt er die Thesen der Drachensaat am entschlossensten. Ihn würde ich gemeinsam mit Herrn Schade als Kopf der Gruppe bezeichnen. Herr Schade war wesentlich an der Ausführung aller Taten beteiligt und moderierte viele Gespräche, nicht nur das im Fernsehen gesendete mit mir, sondern auch Diskussionen innerhalb der Drachensaat.

Rita Bauernfeind wäre auch als ein einfaches Mitglied einzuschätzen. Allerdings ist ihr Verfahren mit ihrem bedauerlichen Tode erloschen.

Bei Herrn Tiggelkamp bin ich mir gar nicht sicher, ob er im eigentlichen Sinne Teil der Gruppe war. Es schien ihm alles gleichgültig zu sein, seine Tatbeteiligung an der Entführung meiner Person beschränkte sich darauf, mit Rita Bauernfeind auf die anderen Mitglieder zu warten und in den Minibus zu steigen. Er hat nie an meiner Bewachung mitgewirkt. Auf mich machte er einen passiven, wenn nicht gar unbeteiligten Eindruck. Ich halte es für möglich, dass er die Gruppe verlassen hätte, wenn Herr Schade ihm die Tür geöffnet hätte. Er hätte natürlich darum bitten müssen, und das hat er nicht getan. Von Herrn Tiggelkamp geht mit Sicherheit keine Bedrohung für irgendjemanden aus. Ihn einzusperren wäre nicht nur ungerecht, sondern würde auch Herrn Yilmaz bestätigen, der in diesem Zusammenhang bereits von Rachejustiz gesprochen hat. Das Leben selbst ist für Herrn Tiggelkamp schon Strafe genug, man muss es ihm nicht noch erschweren. Auch wenn ihm das ganz egal wäre.

Teil 3

PRESSESCHAU

dpa-Meldung vom 13. Mai 2009, 11:18 Uhr

Barghausen entführt

Der frühere Vorstandsvorsitzende der Reformbank, Dr. Martin Barghausen, ist offenbar auf dem Weg zu einem Gerichtstermin in Karlsruhe entführt worden. Um kurz vor elf Uhr wurde sein Wagen von unbekannten Personen gestoppt und überfallen. Barghausens Chauffeur erlitt schwere Verletzungen. Die Polizei fahndet im Großraum Karlsruhe nach dem Wagen, einem Mercedes Benz mit dem Kennzeichen KA-OG-546.

dpa-Meldung vom 13. Mai 2009, 12:47 Uhr

Reformbank-Chef in der Hand von Terroristen

Der frühere Vorstandsvorsitzende der Reformbank, Dr. Martin Barghausen (60), ist auf dem Weg zu einem Gerichtstermin in Karlsruhe entführt worden. Die Polizei entdeckte Barghausens verlassenen Wagen in der Nähe des Tatorts und darin ein Bekennerschreiben, welches zurzeit vom Bundeskriminalamt ausgewertet wird. Barghausen galt wegen seiner häufig als radikal kapitalistisch kritisierten Äußerungen als extrem gefährdete Person. Er steht zurzeit in Karlsruhe im sogenannten Reformbank-Prozess vor Gericht, wo gegen ihn wegen Bestechlichkeit und Untreue verhandelt wird.

heute-Sendung vom 13. Mai 2009, 19:00 Uhr

(Moderator:) Guten Abend, meine Damen und Herren. Doktor Martin Barghausen ist entführt worden. Der frühere Chef der Reformbank befand sich mit seinem Fahrer auf dem Weg zum Karlsruher Oberlandesgericht, als ihn heute Morgen bisher Unbekannte entführten.

(Video: Filmbilder zeigen den Ort der Entführung. Audio: Off-Sprecher) Es geschah um kurz vor elf, als der frühere Reformbank-Vorstand mit seinem Wagen auf dem Weg zum Gericht an diesem Zebrastreifen anhielt und bisher unbekannte Täter seinen Fahrer aus dem Auto lockten, um den Wagen in ihre Gewalt zu bringen.

(Video: Bilder vom verlassenen Auto vor der Bäckerei) Wenig später entdeckte die Polizei das verlassene Fahrzeug.

(Video: Polizeisprecher vor modernem Gebäude, Einblendung Name: Karlheinz Wenig, Polizei Karlsruhe. Audio: stark dialektgeprägter Polizeisprecher im On) Die Entführer haben ein Bekennerschreiben hinterlassen, das momentan beim Bundeskriminalamt, äh, ist. Zu dieser, äh, Gruppe können wir im Moment noch wenig sagen. Ich bitte auch um Verständnis, dass wir aus ermittlungstaktischen Gründen nichts über den Inhalt des Schreibens zu dieser Stunde, äh, verlauten, äh, zu haben.

(Video: Filmbilder zeigen die Hecke vor Barghausens Haus und davorstehende Polizeifahrzeuge. Audio: Off-Sprecher) Den ganzen Tag warteten Polizei und Ermittler des BKA auf eine Nachricht der Entführer. Bis eben jedoch vergeblich.

(Video: Reporter mit Mikrofon vor der Hecke vor Barghausens Haus. Audio: Reporter im On) Seit heute Mittag warten hier Verwandte und Polizei auf ein Lebenszeichen von Martin Barghausen. Eben sickerte durch, dass die Entführer offenbar weder Geld erpressen noch die Entlassung von Gesinnungsgenossen aus dem Gefängnis erzwingen wollen. Was sie jedoch genau vorhaben, ist bislang nicht bekannt.

(Video: Moderator im Sendestudio. Audio: Moderator im On) Gefährdet war Martin Barghausen schon lange. Aber wer ist dieser einerseits hochgradig erfolgreiche, andererseits aber auch umstrittene Topmanager? Isabell Scheen hat ihn für uns porträtiert.

(Video: Barghausen mit Sektglas in der Hand, danach frühe Bilder aus den Siebzigern als Jungmanager, dann bei verschiedenen Aktivitäten als Redner bei einer Aktionärsversammlung, Wasserskifahrer, Logengast des Wiener Opernballs, dann mit Politikern in einer Talkshow. Audio: weibliche Sprecherin aus dem Off) Doktor Martin Barghausen, das ist zunächst einmal der glamouröse Star auf dem deutschen Börsenparkett, ein Überflieger, der bereits in jungen Jahren als Sanierer auf sich aufmerksam macht und in den frühen Achtzigern die marode Ernst-Kremer-AG wieder auf Kurs bringt. Damit beginnt eine Musterkarriere durch die deutsche Wirtschaft. In seinen Jahren bei der Reformbank zeigt er sich gerne als knallharter Manager mit menschlichem Antlitz, auch wenn ihm, wie hier, manchmal die Gesichtszüge entgleisen.

(Video: Talkrunde, Barghausen redet auf einen ungepflegt wirkenden Diskutanten ein. Audio: Barghausen im On) Ich kann es bald nicht mehr hören: Sie bekommen keine Arbeit, und der Staat soll sich gefälligst um Sie kümmern. Soll er Ihnen vielleicht auch die Zähne putzen? Nein, das hätten Sie selber vor der Sendung machen können. Ich habe mir die Zähne geputzt, und ich suche nicht dringend einen Job!

(Video: Demonstranten vor der Reformbank, Barghausen auf dem Weg zum Gericht. Audio: weibliche Sprecherin aus dem Off) Es sind Äußerungen wie diese, die Martin Barghausen für viele Menschen zum Prototyp des zynischen Raubtierkapitalisten werden lassen. Bei der Fusion der Reformbank mit der britischen Thomson Bank im vergangenen Jahr spielte Barghausen eine zumindest fragwürdige Rolle, die nun vom Karlsruher Oberlandesgericht untersucht wird. Er selbst bestritt bis zuletzt die Vorwürfe der Bestechlichkeit und Untreue.

(Video: Barghausen im Mantel mit Aktentasche vor dem Gericht, daneben sein Verteidiger. Audio: Barghausen im On) Ich kann Ihnen dazu nur eines sagen: Die gegen mich erhobenen Vorwürfe sind unwahr und lächerlich. Sie entspringen dem Geist einer kleinbürgerlichen Neidgesellschaft. Wer in diesem Land Werte schafft, muss sich immerzu dafür verteidigen, so sieht es aus. Danke schön.

(Video: Bilder vom Tatort. Audio: Sprecherin aus dem Off) Seit heute Mittag ist Martin Barghausen in der Hand von Entführern. Und die Frage ist: Wurde Deutschlands Topmanager Nummer eins ein Opfer seiner markigen Sprüche?

(Video: Moderator im Sendestudio. Audio: Moderator im On) Wir werden Sie auf dem Laufenden halten, wenn sich während unserer Sendung noch Neuigkeiten ergeben. Und natürlich berichten wir auch im Rahmen des heute-journals um 21:45 Uhr ausführlich. Zu unserem nächsten Thema ...

BILD-Zeitung, 14. Mai 2009

Banker Barghausen entführt – und die kleine Helen musste alles mit ansehen

Seit gestern Mittag bangt die kleine Helen (5) um ihren Papa. Martin Barghausen (60) befindet sich in den Händen von fanatischen Kriminellen. Noch ist nicht bekannt, was sie von Deutschlands umstrittenstem Wirtschaftsboss wollen, aber sie haben ihn vor den Augen seiner kleinen Tochter brutal entführt. Es war elf Uhr, als Helen ein Bild fertig gemalt hatte (einen bunten Hahn, süß, für Mama Annette) und mit ihren Freundinnen zwischen den Apfelbäumen im Garten herumtollte. Vor dem Zaun des Kindergartens spielte sich währenddessen die Entführung ab: Zwei Männer stürzen an einem Zebrastreifen auf Barghausens Dienst-Mercedes, ziehen den Fahrer brutal aus dem Wagen, setzen sich ans Steuer und überfahren den Chauffeur. Wenig später steigen die Entführer mit ihrer Geisel in ein anderes Fahrzeug um, der Manager ist spurlos verschwunden. Und Helen? Sie muss alles mit ansehen. Schamlos und unbarmherzig haben die bisher unbekannten Entführer dieses Trauma einkalkuliert. Der Chauffeur liegt im Krankenhaus, ist außer Lebensgefahr.

Radiomeldung B5 Aktuell, 14. Mai 2009, 12:15 Uhr

Von dem entführten Manager Martin Barghausen fehlt weiterhin jede Spur. Unterdessen veröffentlichte die Bundesregierung Auszüge aus dem Bekennerschreiben der Geiselnehmer. Demnach handelt es sich bei den Entführern um eine Terrorgruppe mit dem Namen «Drachensaat». Diese fordert eine Live-Sendung im Fernsehen, um auf ihre Anliegen aufmerksam zu machen. Ein Regierungssprecher bezeichnete in einer ersten Stellungnahme die Forderung der Geiselnehmer als «abstrus und wahn-witzig». Die Intendanten der ARD beraten zur Stunde mit Vertretern der Bundesregierung, ob und wie auf dieses Schreiben eingegangen werden soll. Währenddessen läuft die Fahndung nach den Geiselnehmern auf Hochtouren. Sie sollen mit ihrem Opfer in einem dunkelblauen oder schwarzen Minibus geflüchtet sein. Die Polizei bittet weiterhin Zeugen der Tat, die sich gestern Mittag in Karlsruhe ereignet hat, um Mithilfe.

Spiegel Online, 14. Mai 2009, 16:29 Uhr
Terrorgruppe «Drachensaat» hält Barghausen gefangen

Noch fehlt jede Spur von den Entführern des ehemaligen Reformbank-Chefs, dafür sind nun zumindest die Forderungen der Terroristen öffentlich. Nach Angaben der Bundesregierung handelt es sich um eine bisher nicht in Erscheinung getretene Gruppierung mit dem Namen «Drachensaat». Das sehr ausführliche Schreiben der Terroristen enthält neben der Forderung nach einer Fernsehshow im ersten deutschen Fernsehen detaillierte Vorwürfe gegen die Bundesregierung und gegen die bundesrepublikanische Gesellschaft im Allgemeinen. Die Gruppe weist in ihrem mehrseitigen Brief vor allen Dingen auf den allgemeinen Verfall der Werte hin und nennt ihr Opfer Martin Barghausen einen «General im Krieg der Eliten gegen die ausgegrenzte und entrechtete Mehrheit der Bevölkerung». Die Mitglieder der «Drachensaat» seien anständige Bürger, hätten keine religiösen Motive, wohl aber genug Erfahrung mit dem Rechtsstaat, um gegen ihn in dieser Weise vorzugehen. An anderer Stelle prangert die «Drachensaat» unter anderem die Unzumutbarkeit von tiefgefrorenen Lebensmitteln, Volksmusiksendungen und Gelb als Farbe für Autos an. Trotz dieser Passagen stuft das Bundespresseamt den Fall als «sehr ernst» ein und kündigte eine Erklärung der Bundeskanzlerin für den Abend an.

Tagesschau, 14. Mai 2009, 20:00 Uhr

Erklärung der Bundeskanzlerin

(Video: Bundeskanzlerin in ihrem Büro am Schreibtisch, spricht in die Kamera. Audio: Bundeskanzlerin im On) Mit diesen Worten wende ich mich an die Entführer von Doktor Martin Barghausen. Sie haben eine hochgestellte Persönlichkeit unseres Landes entführt, um auf Ihre Nöte aufmerksam zu machen. Das kann nicht das letzte Mittel sein, um persönliche Probleme zu lösen. Diese sind, das gebe ich zu, vielfältig in unserem Land. Noch immer drückt uns die Arbeitslosigkeit, doch immer mehr Menschen finden wieder eine Arbeit, immer mehr Menschen erhalten bei uns die Chance auf Bildung und eine Zukunft. Auch Sie haben eine Zukunft, wenn Sie Doktor Martin Barghausen freilassen und in einen Dialog mit Ihrer Umwelt treten. Bitte melden Sie sich, die Telefonnummer sehen Sie jetzt. Kommen Sie zur Vernunft und lassen Sie vor allem Doktor Barghausen unversehrt zu seiner Familie zurückkehren. Bitte melden Sie sich.

Süddeutsche Zeitung, 15. Mai 2009

Aktuelles Lexikon: Drachensaat

Die Entführer des Ex-Reformbankchefs Barghausen nennen sich «Drachensaat». Diese Bezeichnung stammt aus der griechischen Sagenwelt und bezieht sich normalerweise auf die Geschichte des Jason. Dieser kämpfte mit zwei

Stieren, um zur Belohnung das Goldene Vlies zu erhalten. Nach dem Kampf übergab ihm König Aietes die Zähne eines Drachen, welche Jason in einen Acker säte. Aus diesen Zähnen wuchsen Krieger, die den Jason angriffen, worauf dieser einen Stein zwischen sie warf. Die Krieger stritten sich um den Stein und brachten sich gegenseitig um. Etwas aus der Mode gekommen ist das sprichwörtliche «Säen von Drachenzähnen» als Metapher für das Säen von Zwietracht. Wenn man davon spricht, dass eine Drachensaat aufgeht, so meint man damit, dass etwas Böses entsteht. Welche der möglichen Interpretationen sich auf die Entführer des Managers Barghausen anwenden lassen, ist momentan nicht zu klären. Am ehesten lässt sich aber vermuten, dass sich die Mitglieder der «Drachensaat»-Gruppe als kompromisslose Kämpfer betrachten.

Die Welt, 15. Mai 2009, Kommentar

Warum wir der «Drachensaat» nicht nachgeben dürfen

Da sind sie wieder, die Verzagten und Unzufriedenen. Und es reicht ihnen nicht mehr, mit Trillerpfeifen durch die Straßen zu ziehen und nach alter Tradition und Unsitte die öffentliche Ordnung mit der Forderung nach einer Rückkehr zum Versorgungsstaat vergangener Zeiten zu stören. Nun haben sie einen Protagonisten unserer Wirtschaftsordnung entführt und stellen Forderungen. Ganz Kinder unserer Zeit, beanspruchen sie was? Sendezeit natürlich! Sie stellen das Leben ihres Opfers zur Disposition für jene 15 Minuten des Ruhmes, die Andy Warhol vor bald vierzig Jahren postulierte und die heute mehr wert zu sein scheinen als ein Menschenleben. Was sind das nur für Menschen? Sind sie am Ende bloß ein Produkt der Mediengesellschaft? Muss man die Schuld an ihrer Tat demnach nicht nur bei ihnen selber suchen, sondern auch bei der unumkehrbar ins Beliebige abdriftenden Unterhaltungsindustrie, in welcher heute jedermann ein Star sein kann? Sie haben Schulden? Lassen Sie sich öffentlich beraten und an den Pranger stellen. Ihre Kinder überfordern Sie? Kein Problem, da kommt die Erzieherin von der Sendeanstalt und zeigt Ihnen, wie man das macht. Sie können nicht singen? Macht nichts, das Fernsehen verwandelt Sie für einen kurzen Augenblick in so etwas Ähnliches wie einen Superstar.

Und nun also diese neue Bande mit dem schwülstig aus der antiken Sagenwelt entlehnten Namen «Drachensaat». Immerhin kann man diese Namenstaufe auch als Hinweis auf einen gewissen intellektuellen Hintergrund der Verbrecher interpretieren, denn wer weiß heute schon noch, woher dieser Begriff überhaupt kommt? Das macht die Dinge aber nur noch unübersichtlicher, denn gerade von der Intelligenzija sollte man erwarten, dass sie von gewaltsamen Entführungen absieht und eben eines nicht will, nämlich ins Fernsehen. Es ist zu hoffen, dass die Politik und die ARD-Intendanten sich gegen die Forderung der «Drachensaat» durchsetzen. Dies ist kein Votum gegen freie Meinungsäußerung. Diese wird nicht beschnitten, wenn wir uns dagegen verwahren, dass Einzelne ihre Haltung der Allgemeinheit quasi mit Gewalt aufnötigen. Diese wird sich zu wehren wissen.

tageszeitung, 15. Mai 2009, Kommentar

Erst reden, dann schießen

Ein Vertreter der Globalisierungswirtschaft wurde entführt, und die Täter fordern nicht etwa Geld oder politische Konsequenzen, sondern Aufmerksamkeit für ihre Belange. Man kann auf diese Tat mit der berühmten klammheimlichen Freude reagieren, kann sie aber mit demselben Recht verwerflich finden. Ganz prinzipiell sollte dieses Beispiel der Gewaltanwendung nicht als Beispiel für den Diskurs unserer Gesellschaft dienen, aber über den Furor der Öffentlichkeit wird gerade vergessen, wofür die Entführer eigentlich eintreten.

Was sie verlangen, ist eigentlich nur, was einem großen Teil unserer Bevölkerung zunehmend verwehrt bleibt, nämlich Teilhabe an der Bildung von Meinung. Die Haltung, die aus dem Bekennerschreiben der Drachensaat sichtbar wird, kann man sich ohne weiteres zu eigen machen. Vom Diktat weniger über viele ist da gerüchteweise die Rede, von der Gewalt, die nur mehr von Unternehmen ausginge, vom Staat, der gegen seine Bürger regiere. Die Bundesregierung sollte die Kraft besitzen, dieses Bekennerschreiben zu veröffentlichen, damit wir alle uns ein Bild von dieser Gruppe machen können. Erinnert sich noch wer? So eine ähnliche Diskussion gab es schon einmal. Das Beharren auf einem starken Staat bescherte Deutschland damals einen Jahrzehnte andauernden Terrorismus.

Klaus-Peter Wörner schreibt der Drachensaat

An die Entführer meines Freundes

Wenn ich manchmal abends durch meine Nachbarschaft gehe, dann sehe ich hell erleuchtete Fenster, Kerzenschein, meine Mitmenschen beim Abendbrot oder vor dem Fernseher. Es mag schon sein, dass nicht jeder von ihnen glücklich ist, nicht genug Geld für die Autoraten verdient, zu viel wiegt oder gerade verlassen wurde. Manche von denen, an deren Wohnungen ich mit meinem Hund vorbeilaufe, haben vielleicht Krebs, leiden in der Chemotherapie, müssen schon bald sterben. Ein hartes Schicksal, das man ihren Wohnungen nicht ansieht, wenn man abends den Hund Gassi führt. So unterschiedlich die Schicksale hinter den Fassaden auch sein mögen, eines haben die Menschen in meiner Nachbarschaft alle gemeinsam: Sie sind trotz aller Probleme gute, friedliche Menschen. Und nun sind Sie in diesen Frieden eingebrochen mit Ihrer Tat. Aus Frust über Ihr verpfuschtes Leben haben Sie mir einen Freund genommen, den Martin. Er kann Ihnen nicht helfen, Martin kann nichts für Ihre Niederlagen und für Ihre Unfähigkeit, aus dem Geschenk des Lebens etwas zu machen. Und deshalb sage ich Ihnen: Geben Sie mir meinen Martin zurück – und nehmen Sie sich gefälligst ein Beispiel an meinen Nachbarn.

Ihr Klaus-Peter Wörner

Tagesschau, 16. Mai 2009, 17:00 Uhr

Noch immer fehlt jede Spur von dem entführten Manager Martin Barghausen. Ein Sprecher des Innenministeriums teilte mit, man sei jedoch in Kontakt mit den

Geiselnehmern und habe von ihnen ein eindeutiges Lebenszeichen Barghausens erhalten. Daraus ginge hervor, dass sich Barghausen tatsächlich in der Gewalt der Gruppe «Drachensaat» befindet. Es war zuvor in einigen Medien gemutmaßt worden, Barghausen würde durch eine fingierte Entführung seinem eigenen Prozess zu entgehen versuchen. Derartigen Spekulationen erteilte die Bundesregierung vor wenigen Minuten eine Absage. Der Sprecher teilte mit, dass man weiter von einer Geiselnahme ausginge und die Situation als sehr ernst einstufe. Zu der Forderung der Entführer nach einer Fernsehdebatte sagte der Sprecher, man prüfe weiterhin die Möglichkeiten zu einem Dialog.

BILD-Zeitung, 17. Mai 2009

Kleine Helen fleht: Gebt mir meinen Papa wieder!

Sie geht seit drei Tagen nicht mehr in den Kindergarten. Die kleine Helen Barghausen wartet zu Hause auf ihren Papi, Ex-Bankchef Martin Barghausen (60). Der ist nun schon den fünften Tag in der Gewalt der «Drachensaat»-Terroristen. Ihre Forderung: Sendezeit in der ARD. Noch ist keine Entscheidung darüber gefallen. Die Intendanten sind uneins, und auch von der Bundesregierung (kann im öffentlich-rechtlichen Rundfunk mitreden) gibt es noch keine endgültige Meinung. BILD meint: Schaut in diese Kinderaugen und entscheidet dann!

sueddeutsche.de, 17. Mai 2009, 18:10 Uhr

Drachensaat erpresst alle Deutschen

Von den Entführern Martin Barghausens fehlt zwar weiterhin jede Spur, doch nach und nach werden immer neue Details aus dem Forderungskatalog der «Drachensaat» bekannt. So fordert die Gruppe nicht nur eine Talkshow zur besten Sendezeit in der ARD, sondern auch eine Traumquote. In dem Brief, der der *Süddeutschen Zeitung* in Auszügen vorliegt, heißt es wörtlich: «Die Sendung muss eine hervorragende Einschaltquote erzielen. Mindestens 20 Millionen Zuschauer müssen unsere Show ansehen, sonst stirbt Barghausen.» Erpresst werden demnach nicht nur die Bundesregierung und das öffentlich-rechtliche Fernsehen, sondern die ganze Nation. «Wir haben es hier mit einer neuen Qualität von Verbrechen zu tun», konstatiert Professor Volker Rückert (54), Mitbegründer des Lehrstuhls für Medienkriminalität an der Universität Bremen. «Wer nicht zuschaut, macht sich mitschuldig am Tod der Geisel. Indem der Kreis der Erpressten so groß wird, dass er an die achtzig Millionen Personen umfasst, werden die Täter allerdings wenig Aussicht auf Verständnis bei der Bevölkerung haben.» In früheren Zeiten sei jedoch gerade der Rückhalt in der Bevölkerung ein wesentliches Ziel des Terrorismus gewesen. Der sei auf diese neue Weise ganz sicher nicht zu erreichen, sagte Rückert in Bremen. Der Sturz einer Regierung sei nicht zu erzwingen, indem man deren Wähler erpresse.

Unterdessen geht die Suche nach den Tätern weiter und konzentriert sich auf den Südwesten Deutschlands. Die Polizei teilte mit, dass man nach der Auswertung des Briefes und nach der Analyse von Stimme und Intonation des Täters, mit dem die Regierung in Kontakt steht, davon ausgeht, dass es sich bei der «Drachensaat» um Deutsche handelt, möglicherweise um Mediziner. Dies sei am Jargon des Anrufers erkennbar gewesen, teilte ein Polizeisprecher soeben mit.

dpa-Meldung vom 18. Mai 2009, 11:01 Uhr

ARD strahlt Drachensaat nicht aus

Die ARD hat mitgeteilt, dass es im Rahmen des öffentlich-rechtlichen Rundfunks nicht zu der erzwungenen Ausstrahlung einer selbstproduzierten Sendung der «Drachensaat»-Gruppe kommen wird. Ein ARD-Sprecher sagte, so eine Sendeform sei nicht mit dem Auftrag des öffentlich-rechtlichen Rundfunks in Deutschland in Einklang zu bringen. Die Intendanten bedauerten gleichzeitig das Schicksal des Entführten Martin Barghausen, der sich nunmehr seit sechs Tagen in der Gewalt der Entführer befindet. Das ZDF hatte bereits gestern Abend in einer Presseerklärung mitgeteilt, dass es nicht einspringen würde, falls die ARD den Forderungen nicht nachgäbe.

Spiegel Online, 18. Mai 2009, 11:49 Uhr

«Dann machen wir es eben»

Nach der Weigerung der ARD, eine von der «Drachensaat»-Gruppe hergestellte TV-Sendung auszustrahlen, hat sich nun der Chef des Privatsenders RTV1 zu Wort gemeldet. Detlev Mörser erklärte in einer Pressemitteilung seines Senders, RTV1 habe sich bereitgefunden, der Familie des Entführten zu helfen und die Sendung zeitnah ins Programm zu nehmen, «um zur Deeskalation beizutragen und der Seelenqual der Familie Barghausen ein Ende zu setzen». Mörser kündigte an, sofort nach der Zustimmung der Geiselnehmer mit der Bewerbung der Sendung zu beginnen, um sicherzustellen, dass die erforderliche Quote am Ausstrahlungstag zustande käme. «Wenn sonst niemand hilft, dann machen wir es eben», hieß es in der Mitteilung. Diese Variante, die offenbar auch die Zustimmung der Kanzlerin findet, soll nun den

Entführern vorgeschlagen werden. Ob RTV1 ein in der Größenordnung von 20 Millionen Zuschauern gefordertes Publikum hinter sich bringen kann, gilt in Branchenkreisen als wenig wahrscheinlich. Gestern Abend erreichte der Sender 4,3 Millionen Zuschauer mit dem Film «Ich glaub, mich knutscht ein Hirsch».

wuv.de, 18. Mai 2009, 15:34 Uhr

Drachensaat-Preise stehen fest

Depamedia, die Vermarktungsgesellschaft von RTV1, teilt soeben die Preise mit, die für eine Einbuchung in die am Donnerstag geplante Ausstrahlung von «Drachensaat-TV» fällig sind. Der Sender rechnet fest mit einer Traumquote, weil davon das Leben des entführten und in der Sendung auftretenden Dr. Martin Barghausen abhängt. Demzufolge kostet ein 30-Sekünder während der Sendung 96 000 Euro, ein 20-Sekunden-Spot kommt auf 43 000 Euro. Diese ungewöhnlich hohen Preise orientierten sich an der zu erwartenden Quote, teilt Depamedia auf seiner Homepage mit. Der Platz fürs Presentership ist übrigens schon weg. Altendorfer Pils angelte sich die Opener- und Closer-Minuten nach dem Bekanntwerden der Kooperation zwischen der «Drachensaat» und RTV1. Ein großes Risiko, denn bisher weiß niemand, was in der Sendung überhaupt zu sehen sein wird. Die ursprünglich für Donnerstag geplante Ausgabe der Hartz-IV-Empfänger-Spielshow «Rein in den Matsch, raus aus dem Dreck» wird auf nächste Woche verschoben.

stern.de, 19. Mai 2009, 20:47 Uhr

Warten auf die Drachensaat

Mit Spannung wird die für übermorgen geplante Ausstrahlung von «Drachensaat-TV» erwartet. Inzwischen
ist das Band, auf dem die Entführer eine Talkrunde mit
sich und ihrer Geisel Martin Barghausen (60) gefilmt haben, beim Sender RTV1 angekommen. Laut Programm-
direktor Detlev Mörser handelt es sich «um einen Knal-
ler». Auf welche Weise das Video zu RTV1 gelangt ist,
wollte Mörser nicht sagen, aber die Polizei habe bereits
eine Kopie zur Analyse erhalten. Bis zur Ausstrahlung
am Donnerstag werde man keine Bilder zeigen, um das
Leben der Geisel nicht zu gefährden.

BILD-Zeitung, 20. Mai 2009

«Ich habe die Drachensaat gesehen»

Nur wenige Menschen kennen schon den Film, auf den
Millionen Deutsche warten. Seit gestern wertet die Polizei die «Talkshow» der terroristischen «Drachensaat»-
Bande aus, kennt die Gesichter der Barghausen-Entführer, ihre Stimmen. Auch bei RTV1 (zeigt den Film
morgen, 20:15 Uhr) liegt eine Kopie. BILD sprach mit
dem Techniker, der das Videoband für die Sendung vorbereitet hat. Was man genau sieht, worüber gesprochen
wird, darf er nicht verraten. Nur so viel: Das Band: eine
ganz normale Mini-DV, hat fast jeder zu Hause, um
Urlaubsfilmchen zu drehen. Der Inhalt: brisant! Die
Geiselnehmer beschimpfen ihr Opfer, den Staat, uns alle.
Pfui-TV aus der Hand von Kriminellen. Die Täter: Sechs
Personen sind zu sehen, davon eine Frau, NIEMAND
MASKIERT! Das Opfer: Dr. Martin Barghausen wirkt
müde und angeschlagen, trägt Anzug und Krawatte wie

bei seiner Entführung. Morgen wissen wir, mit wem wir es zu tun haben.

Pressemitteilung der Staatsanwaltschaft Karlsruhe, 20. Mai 2009, 13:00 Uhr

Ermittlungsbehörden setzen auf Zuschauer

Nach der Auswertung des Bandes, das die «Drachensaat» gestern der Polizei zukommen ließ, finden sich darauf einige Rückschlüsse auf die Identität der Entführer. Es wird diesen Details des Filmes aber zunächst nicht öffentlich nachgegangen, Standbilder mit den Gesichtern der Entführer werden nicht vor Ende der offiziellen Sendung am morgigen Donnerstagabend verbreitet.

Dazu der Leiter der Sonderkommission «Privatfernsehen», Klaus Ewermann: «Ich verstehe, dass seitens der Öffentlichkeit ein erhebliches Interesse an der Veröffentlichung des Filmes besteht, bitte jedoch um Verständnis dafür, dass wir mit Blick auf die Situation von Dr. Barghausen darauf verzichten, den Fahndungsdruck auf diese Weise zu erhöhen und sein Leben damit zu gefährden.» Die Beamten der Sonderkommission werden zumindest bis zur Ausstrahlung der von den Terroristen geforderten Sendung weiterhin verdeckt ermitteln. «Spätestens morgen Abend um 21:15 Uhr sind die Täter bekannt. Ich kann mir nicht vorstellen, dass 20 Millionen Zuschauer die Sendung sehen und niemand diese Leute erkennt.»

Fernsehzuschauer, die glauben, einen der Entführer zu kennen, werden gebeten, folgende gebührenfreie Rufnummer zu wählen: 0800 72 72 722.

20. Mai 2009, Werbetrailer bei RTV1

(Video: Bilder von Martin Barghausen, über die von oben
rote Farbe läuft. Standbild von seinem Kopf, rot einge-
färbt, darüber eine schwarze Zielscheibe. Dann Einblendung des Titels der Sendung: «Drachensaat-TV, Donnerstag, 20:15 Uhr, nur bei RTV1.» Audio: dramatisch
rhythmische und militärisch klingende Filmmusik, männlicher Sprecher) Martin Barghausen: Manager, Sanierer,
Hassfigur der Armen, Galionsfigur der Wirtschaft. Seit einer Woche Geisel der Drachensaat. Nun spricht er exklu-
siv bei RTV1 mit seinen Entführern. Das TV-Highlight
des Jahres: Drachensaat-TV. Erleben Sie Martin Barghausen in der Gewalt skrupelloser Geiselnehmer. Schalten
Sie ein! Retten Sie sein Leben! Morgen, um 20:15 Uhr.

(Video: buntes Senderlogo. Audio: von einer Frauenstim-
me gesungener Senderjingle) RTV1: Fernsehen mit
Herz

spiegel.de, 20. Mai 2009, 21:52 Uhr
Kritik an Soko «Privatfernsehen»

Im Rahmen der Fahndung nach der «Drachensaat» und
ihrer Geisel Martin Barghausen hat die Ehefrau des Entführten, Annette Barghausen, erstmals Kritik an den
Fahndungsmethoden der Sonderkommission «Privatfernsehen» formuliert. Gegenüber dem SPIEGEL äußerte sie
Unverständnis dafür, dass man nicht alles tue, um «die
Leute vor der Ausstrahlung dieser Sendung zu fassen».
Es sei demütigend und brutal, ihren Ehemann einem Mil-
lionenpublikum zu dessen Unterhaltung zu präsentieren
und dabei auf eine hohe Quote zu spekulieren, um sein
Leben zu retten. «Die Polizei soll ihren Job machen –
und nicht fernsehen», sagte die Frau des Entführten. Sie

selbst habe das Video bisher nicht anschauen dürfen und sich daher auch kein Bild vom Zustand des seit einer Woche verschleppten Barghausen machen können.

RTV1, 21. Mai 2009, 20:15 Uhr
Um Werbeblöcke, Trailer und Sprechpausen gekürzte Fassung der Ausstrahlung von Drachensaat-TV. Auch Wortbeiträge mit sich wiederholenden Inhalten wurden für die schriftliche Version gekürzt.
(Video: sechs im Halbkreis positionierte Personen auf Ledersesseln in der Totalen vor einer weißen Wand. Diese Kameraeinstellung verändert sich während der ganzen Sendung nicht. Die Person am linken Bildrand [Benno Tiggelkamp] ist nicht zu erkennen, da nur halb im Bild und im Schatten befindlich. Die zweite Person von links ist offenbar eine kurzhaarige Frau in einem violetten Overall [Rita Bauernfeind], daneben sitzt Martin Barghausen, neben ihm als vierte Person von links ein weiterer Mann [Bernhard Schade], daneben ein weiterer Herr [Arnold März], und ganz außen rechts sitzt eine ebenfalls männliche Person mit einem großen Schnurrbart und einem auffälligen Anzug [Ünal Yilmaz]. Audio: Diskussion der sichtbaren Personen im On)
Bernhard Schade: Guten Abend, meine Damen und Herren, und willkommen zu dieser Sendung, in der wir beleuchten wollen, wieso das Leben immer ungerechter wird, wer daran die Schuld trägt und wie wir alle an einer besseren Gesellschaft arbeiten können. Eingeladen sind hier ganz außen der Benno, dem man so gut wie alles genommen hat. Daneben sehen Sie Rita, die durch die Hölle des Internets gejagt wurde, dann bin ich noch da, und zu meiner Linken sitzt Arnold, der sein Leben

lang Angst haben musste, und ganz außen, das ist Ünal, unser tapferer Kämpfer für die Gerechtigkeit. Wir sind die Drachensaat. Und nun zu unserem Gast. An meiner rechten Seite sehen Sie Martin Barghausen. Er ist einer, vielleicht der herausragende Vertreter der Clique, die uns heimlich regiert und darüber bestimmt, wer in unserer Gesellschaft überlebt und wer nicht. Kann man das so sagen, Herr Barghausen?

Martin Barghausen: Wenn Sie mit Clique die deutsche Wirtschaft meinen, so überschätzen Sie diese maßlos. Es gibt Gesetze, und die werden nicht von der Wirtschaft gemacht.

B. S.: Ist es denn nicht so, dass die Wirtschaft unter Einsatz von Lobbyisten Gesetzesvorhaben manipuliert und auf diese Weise Einfluss auf die Politik nimmt?

M. B.: Das mag sein, ich weiß es nicht. Ich würde das aber auch nicht grundsätzlich bestreiten. Natürlich gibt es so etwas. Aber würden Sie das nicht machen, wenn Sie die Möglichkeit hätten? Und im Übrigen: Das ist zum Nutze der Unternehmen, und was denen nutzt, hilft auch den Arbeitnehmern und den Verbrauchern. Das wird leicht vergessen.

B. S.: Sie haben gerade gefragt, ob ich meine Lobby auch nutzen würde, um meine Interessen durchzusetzen. Das würde ich gerne, aber ich habe keine Lobby.

M. B.: Das ist bedauerlich. Normalerweise sollte es eine Partei geben, die sich für Ihre Belange einsetzt.

Ünal Yilmaz: Ich darf Sie darauf aufmerksam machen, dass Sie von sich ablenken. Tragen Sie als Chef von 78 000 Bankmitarbeitern keine Verantwortung?

M. B.: Zum einen bin ich nicht mehr Chef dieser Bank. Und zum Zweiten haben Sie recht. Die Verantwortung ist groß. Aber ich verantworte auch die Aktiendividende für die Anleger und Geschäftspartner unserer Bank. Es ist schwer, eine Balance zwischen den Interessen aller Gruppen zu finden, und ich gebe zu, dass sich die Waagschale immer weiter auf die Seite der Anleger und Profiteure neigt.

Ü. Y.: Das ist aber nicht gerecht!

M. B.: Das Thema Gerechtigkeit wird bei uns leider immer noch völlig falsch diskutiert. Natürlich muss man den Armen und Schwachen helfen, das ist doch klar. Aber die bloße Alimentierung von Armut schafft keine Gerechtigkeit, im Gegenteil: Sie schafft nur eine Abhängigkeit der Armen von den Reichen wie zu vorrevolutionären Zeiten. Das können Sie doch nicht wollen.

Ü. Y.: Erklären Sie uns doch mal den Begriff Gerechtigkeit.

M. B.: Dieses große Wort steht bei mir für Chancengleichheit und vor allem für Leistungsgerechtigkeit. Es kann nicht sein, dass einige schuften wie verrückt – und damit meine ich unsere Topmanager – und dann dafür angefeindet werden, dass sie entsprechend bezahlt werden. Ständig sollen diese Leute etwas abgeben, und zwar vielfach an solche, die eben gar nichts leisten. Mehr als die Hälfte der Einkommenssteuer kommt von den zehn Prozent Spitzenverdienern in Deutschland. Finden Sie das gerecht?

B. S.: Natürlich. Dafür besitzen Sie Privilegien, von denen andere nicht einmal träumen können. Und glauben Sie übrigens, dass Ihre Arbeit im vergangenen Jahr 70 Millionen Euro wert war? Das soll wohl ein Witz sein! Wollen Sie uns auf den Arm nehmen?

M. B.: Sie addieren mein Gehalt und die Bonuszahlung bei meinem Weggang von der Reformbank, das ist keine faire

Rechnung. Mein Gehalt betrug im vergangenen Jahr 13 Millionen Euro. Auch das klingt natürlich für einen normalen Arbeitnehmer nach viel Geld. Es wird Sie nicht trösten, dass ich mich damit im Vergleich zu einigen meiner früheren Kollegen im besten Fall im Mittelfeld bewege.

Rita Bauernfeind: Das tut mir aber leid. Soll ich eine Kerze für Sie anzünden?

M. B.: Danke, nein. Sie müssen mich nicht bedauern. Aber ein wenig mehr Respekt wäre schön.

R. B.: Respekt vor so Leuten wie Ihnen, die andere belügen und sich die Taschen vollstopfen? Ihr kriegt doch alle den Hals nicht voll!

M. B.: Sehen Sie, da ist sie wieder, die deutsche Neidgesellschaft. Was soll das? International haben deutsche Unternehmen einen ausgezeichneten Ruf. Die Firmeninhaber und die Manager in den Vorständen leisten gemeinsam mit ihren Belegschaften sehr gute Arbeit, überall werden wir dafür beneidet, nur im eigenen Land nicht. Wir sollten stolz sein, anstatt systematisch herumzunörgeln wie Sie jetzt. Wir sind Weltspitze, auch im Meckern. Das geht mir auf die Nerven.

R. B.: Und mir geht auf die Nerven, dass Diebe wie Sie immer ungeschoren davonkommen. Egal, was auch passiert: Sie haben immer dicke Backen. Und die Betrüger aus der Politik helfen Ihnen noch dabei.

M. B.: Sie meinen gewählte Volksvertreter.

Ü. Y.: Die werden von unmündigem Stimmvieh gewählt, nicht von kritischen Bürgern.

M. B.: Das ist eine Unterstellung. Glauben Sie im Ernst, dass unser Land nur von Idioten bewohnt wird? Da machen Sie sich jetzt aber bei Ihren Zuschauern keine Freunde.

Ü. Y.: Bemerken Sie nicht, dass immer mehr Menschen ausgegrenzt werden und gar nichts mehr mitbekommen von diesen Erfolgen, sich komplett aus der Gesellschaft ausgeschlossen fühlen und nicht mehr verstehen, wie tiefgreifend sich unser aller Leben ändert?

M. B.: Ich gebe zu, dass ich zu solchen Leuten normalerweise keine Beziehungen pflege, aber natürlich verfolge ich die Diskussionen. Mir ist bewusst, dass es bei Ihnen nicht mehr nur um die Frage geht, wer sich oben und wer sich unten in der Gesellschaft befindet, sondern um das viel dramatischere Thema: «Wer ist drin und wer ist draußen?» Ich habe aber nicht das Gefühl, dass es sich hier um eine schweigende Mehrheit handelt. Das versuchen Sie mir seit einer Woche weiszumachen, aber ich glaube nicht daran.

Ü. Y.: Das ist Ihr Problem. Während wir hier sitzen, formiert sich millionenfacher Widerstand gegen Sie und eine Politik, die gegen uns und zum Wohle einer winzigen Gruppe von Wissenden und Profitierenden regiert. Sie werden sehen, dass sich schon morgen erste Demonstrationen gegen diesen Staat regen. Am Ende wird eine neue Gesellschaft entstehen, eine mutige Gesellschaft der Höflichen und Gerechten.

M. B.: Da bin ich mal gespannt. Und wer wird die Entscheidungen in diesem Land dann treffen? Wer wird die unbequemen Wahrheiten in Ihrem Kuschelstaat aussprechen? Wer ist der Buhmann, den man nicht wiederwählt?

Ü. Y.: Wir werden eine Staatsform etablieren, in der man einander zuhört, nicht so eine, wie wir sie momentan das Missvergnügen haben in den Nachrichten zu sehen. Das ist doch jammervoll: Im Bundestag spricht jemand vor leeren Rängen, und die wenigen Anwesenden lesen Zeitung. Das soll Demokratie sein? Das ist ein Staat in Agonie!

M. B.: Ich gebe zu, dass unser Parlament manchmal nicht den besten Eindruck macht, aber das ist doch noch kein Grund, ein bewährtes System in Frage zu stellen.

Ü. Y.: Doch! Es handelt sich nicht um ein bewährtes, sondern um ein marodes System. Wir leben in einer perversen Zeit unter perverser Regentschaft.

M. B.: Ich freue mich sehr darüber, dass Sie alles besser machen wollen.

R. B.: Ünal, der nimmt dich nicht ernst.

Ü. Y.: Ja, danke, Rita. Das ist das Problem. Sie stehen so weit oben, dass Sie gar nicht merken, wie weit Sie sich von den Menschen entfernt haben. Leute wie Sie zahlen doch nicht einmal Steuern.

M. B.: So will es das Klischee vom bösen Unternehmer. Sie haben mich entführt, Sie wissen, wie ich wohne. Das ist gehobener Mittelstand, nichts weiter. Soll ich freiwillig in eine Berliner Mietskaserne ziehen, nur damit Sie sich besser fühlen? Ist mit meiner persönlichen Verelendung irgendwas gewonnen?

B. S.: Tatsache ist doch, dass die Schere zwischen den Reichen und den Armen immer weiter aufgeht, oder?

M. B.: Ja, das stimmt, und das ist nicht gut. Aber es ist vor allen Dingen eine Schere zwischen denjenigen, die mit den modernen Lebensumständen gut zurechtkommen, und jenen, die das nicht bewerkstelligen. Zwischen Wissenden und Unwissenden, wenn Sie so wollen. Aber die Wissenden haben den Unwissenden nichts gestohlen. Wir sind keine Monster. Ich kenne viele Kollegen, die lieber in schwierigen deutschen Unternehmen arbeiten, um dort etwas für die Menschen zu bewegen, als zu irgendwelchen Private-Equity-Firmen nach London zu wechseln. Dort könnten sie ein Vielfaches verdienen.

B. S.: Vielleicht gehen wir mal weg von Ihnen und Ihresgleichen. Wie stellen Sie sich denn eine bessere Welt vor? Eine Welt, in der jeder zufrieden sein kann?

M. B.: Bereits in der jetzt vorhandenen Welt kann jeder zufrieden sein, wenn er sich bescheidet. Mein Lieblingsessen ist Graubrot mit Butter und Salz. Dazu ein Glas Bier, und ich bin der zufriedenste Mensch der Welt. Daran kann sich jeder Hartz-IV-Empfänger mal ein Beispiel nehmen. Man kann sich doch auch mal am Sonnenschein erfreuen, es muss nicht immer nur Konsum sein, der uns glücklich macht.

R. B.: Sagt der Multimillionär. Zynischer geht's nicht mehr.

M. B.: Reduzieren Sie mich doch nicht immer bloß auf meinen vermeintlichen Reichtum.

B. S.: Sie sprachen vorhin von Chancengleichheit. Die ist schon längst nicht mehr gegeben. Die Möglichkeiten des Aufstiegs der sozial Schwachen sind so schlecht wie nie, Bildung ist ein Privileg der sozial Starken.

M. B.: Das ist leider wahr, es birgt große Risiken für unser System, und es verhindert, dass Talente aus unteren sozialen Schichten nach oben kommen. Deswegen dürfen wir Manager uns nicht in unser Schneckenhaus verkriechen. Wir müssen uns den Zukunftsfragen stellen und aktiv daran mitarbeiten, jedem eine Chance auf Bildung zu geben.

R. B.: Blablabla. Sobald wir Sie freilassen, steigt die große Champagnerparty auf Ihrer Terrasse, und schon übermorgen sitzen Sie sich den Arsch in einem neuen Vorstandssessel breit. Der einzige Unterschied zu jetzt ist, dass Sie in Ihrem nächsten Job mehr Leibwächter haben werden.

Ü. Y.: Ich entschuldige mich bei Ihnen in aller Form für den von meiner Mitkämpferin verwendeten Begriff «Arsch».

M. B.: Danke, das bin ich gewohnt. Das sind so die Parolen aus dem linken Spektrum. Ich bin der Raubtierkapitalist, und jeder, der es nicht bringt, darf sich moralisch überlegen nennen. Glauben Sie mir, das prallt an mir ab.

B. S.: Was machen wir und mit uns Millionen anderer Deutsche eigentlich falsch?

M. B.: Wie gesagt, Sie stellen keine Mehrheit dar, sondern nur eine kleine Gruppe von ständig Scheiternden, die statistisch nicht ins Gewicht fällt.

Ü. Y.: Statistiken sind uninteressant. Nach der Statistik ist jeder dritte Mensch Chinese. Sehen Sie hier einen Chinesen?

M. B.: Nein, aber lassen Sie mich die Frage bitte beantworten. Sie machen im Prinzip gar nichts falsch, sie sind nur zu langsam. Im Denken, im Handeln, mit ihren Empfindungen, Sie sind Mensch gewordener Stillstand in einer sich immer schneller drehenden Welt. Ich gebe Ihnen ein Beispiel dafür. Für Sie ist ein Unternehmen ein Backsteinbau mit großen Fenstern und einem rauchenden Schornstein, wo man morgens rein- und abends wieder rausgeht. Und das ein Leben lang. Aber die Industrie hat sich lange verändert. Moderne Unternehmen sind wie ein Nomadenstamm. Wenn die Bedingungen woanders besser sind, mehr Subventionen fließen und die Lohnnebenkosten geringer sind, dann ziehen sie weiter, ganz unabhängig davon, wie lange sie irgendwo waren und wie sehr sich die Mitarbeiter mit ihnen identifizieren. Das mag unschön sein, aber es kommen neue Chancen für jeden, der sich damit arrangiert. Die Zeiten des treusorgenden Firmenpatriarchen sind vorbei.

R. B.: Das ist brutal.

M. B.: Das ist modern. Eine Firma, die nicht so denkt, wird aufgekauft, vom Markt genommen. Und dann sind eben rucki, zucki alle Arbeitsplätze weg.

R. B.: In so einer Gesellschaft will ich nicht leben.

M. B.: Dann gehen Sie doch weg! Es gibt auch niemanden, der Sie hier braucht.

B. S.: Moment mal. Wir brauchen Rita. Nicht wahr, Arnold? Du hast noch gar nichts gesagt.

Arnold März: Ich? Wozu?

B. S.: Du brauchst doch auch die Rita, oder etwa nicht?

A. M.: Ach so. Ja? Ich glaube schon, oder?

B. S.: Findest du, dass man Leute wie Rita nicht braucht?

A. M.: Doch. Schon, irgendwie. Wozu jetzt?

Ü. Y.: Das ist doch jetzt Zeitverschwendung. Wenn Sie so klug sind, Herr Vorstandsvorsitzender, dann erklären Sie mir doch mal, wie wir das System verbessern müssten, damit Leute wie wir nicht mehr so unangenehm auffallen.

M. B.: Sie können das System nicht verbessern.

R. B.: Dann Sie!

M. B.: Ich kann nichts für Sie tun.

R. B.: Doch, das können Sie. Wissen Sie noch, als Sie uns erzählt haben, wie sich Ihr Leben verändert hat?

M. B.: Was meinen Sie?

A. M.: Ich weiß es. Sie meint, wir sind Rehe. Wir sind verletzte Tiere, die Ihnen vors Auto gelaufen sind. Sie tragen eine Verantwortung, denn Sie sind stärker als wir, und Ihre Welt bestimmt über uns. Verstehen Sie das? Es hat nichts zu tun mit Gerechtigkeit, sondern mit Menschlichkeit.

M. B.: Ja, Arnold, das verstehe ich.

B. S.: Dann können Sie uns auch helfen.

M. B.: Man müsste mehr für die Bildung tun, das scheint mir das A und O zu sein. Wenn ich in der Politik wäre, würde ich versuchen, dafür zu sorgen, dass die Leute ihre Umwelt besser verstehen. Die größten Probleme in unserem Land kommen daher, dass die Politiker nicht in der Lage sind, den Menschen ihre Arbeit zu vermitteln. Ob die Themen nun «soziale Einschnitte», «Globalisierung» oder «Gesundheitsreform» heißen: Sie werden nicht auf eine Art vermittelt, die die Leute auch erreicht. Man muss ihnen die Zusammenhänge besser erklären, das scheint mir wesentlich zu sein.

B. S.: Sie sind doch klug und verstehen alles, oder?

M. B.: Na ja.

B. S.: Dann könnten doch Sie diese Aufgabe übernehmen, oder?

M. B.: Das kann ich, und das werde ich. Ich glaube, es ist eine gute Idee, wenn diejenigen, die mehr haben, also mehr Know-how, mehr Durchblick und natürlich auch Geld, nicht nur von Letzterem spenden. Ich würde mich dafür zur Verfügung stellen, wenn Sie mich freilassen.

B. S.: So weit sind wir noch nicht. Sie würden uns also in grundsätzlichen Forderungen unterstützen.

M. B.: Und die wären?

Ü. Y.: Wir verlangen mehr Höflichkeit zwischen den Menschen und eine entsprechende Erziehung, ein ganz grundsätzliches Eintreten der Starken für die Schwachen, gleiche Bildungschancen für alle, eine Schulung in Geschmack und Stilsicherheit sowie Ernährungsberatung ab der vierten Grundschulklasse. Des Weiteren verlangen wir, dass jeder zur Gewaltlosigkeit erzogen wird, Zuhören erste Bürgerpflicht wird, totale Transparenz bei Regierung und Unternehmen, eine Obergrenze für Managergehälter und Fußballspieler, mehr Kultur für alle sowie Rederechte für die vermeintlich Dummen.

M. B.: Das war es schon?

Ü. Y.: Wir verlangen eine prinzipiell neue Ausrichtung des Staates auf das Gemeinwohl, also das Wohl aller Menschen, anstatt der jetzt vorherrschenden Bevorzugung der Eliten. Es darf keine Ausgeschlossenen mehr geben.

M. B.: Ich würde meinen Beitrag zu so einem System leisten. Aber das mit den Obergrenzen für Gehälter können Sie getrost vergessen. Da finden Sie nur Pfeifen, die Guten hauen ins Ausland ab, wo ihre Arbeit noch geschätzt wird.

Ü. Y.: Bevor sich hier nun alle vor Rührung in den Armen liegen, möchte ich wissen: Können wir uns wirklich auf Ihr Wort verlassen?

M. B.: Erstens gebe ich es Ihnen vor hoffentlich mehr als zwanzig Millionen Zeugen. Und dann setzt mein Engagement für Ihre Ausgeschlossenen natürlich voraus, dass Ihresgleichen es auch wirklich abruft. Nur Zigaretten rauchen, Bier trinken und auf die Erfolgreichen schimpfen ist das eine. Tatsächlich aktiv daran mitzuarbeiten, die eigene Situation zu verbessern, das andere. Ich bin gespannt, wie viele Menschen Sie erreichen. Ich behaupte: Ihre Zielgruppe hat längst auf den Softsex-Kanal umgeschaltet.

B. S.: Das wäre schade. Auch für Sie. Das war Drachensaat-TV. Vielen Dank, dass Sie eingeschaltet haben. Ich bedanke mich bei unseren Gästen, also bei Rita und Benno, auch wenn der nichts gesagt hat, aber er war da. Vielen Dank, Arnold und Ünal, und auch an Sie, Herr Barghausen, geht mein Dank. Gehen Sie auf die Straße, ändern Sie Ihr Leben! Guten Abend.

Benno Tiggelkamp: Kann isch misch jetz wat hinlegen?
(Audio: A. M. steht auf, geht auf die Kamera zu und verdeckt diese mit seinem Körper)
A. M.: Soll ich das jetzt anhalten, Bernhard?
B. S.: Mach's aus, ich glaube es ist ... (Ende der Aufnahme)

sueddeutsche.de, 21. Mai 2009, 21:42 Uhr

Identitäten der Drachensaat-Mitglieder gelüftet

Bei den Personen, die den früheren Bankvorstand Barghausen in ihrer Gewalt haben, handelt es sich um vier ehemalige Insassen psychiatrischer Kliniken. Zu den Entführern gehört demnach der als «Irrer von Bayreuth» bekannt gewordene Attentäter Bernhard Schade (50), der in der heute Abend bei RTV1 ausgestrahlten Talkshow als Moderator fungierte. Des Weiteren konnte Ünal Yilmaz (38) identifiziert werden. Er wurde durch die sogenannte Höllentour durch Braunschweig berühmt sowie durch eine Rekordzahl von Klagen vor verschiedenen Gerichten. Zwischen Schade und Yilmaz saß in der Sendung Arnold März (41), der «Briefräuber von Bielefeld». Die Frau links neben Martin Barghausen wurde als Rita Bauernfeind (45) wiedererkannt, die als «fette Frau, die Luft isst», eine enorme Popularität im Internet erlangte. Lediglich die Identifikation der am linken Bildrand halb verdeckten Person ist noch nicht zweifelsfrei gelungen. Es handelt sich um einen Mann mit rheinischem Akzent, der im Laufe der Sendung einmal als «Benno» angesprochen wurde. Seine Rolle in der Runde ist bislang unklar, man hält es für möglich, es hier mit dem Hauptdrahtzieher zu tun zu haben, da er als Einziger während der Sendung sein Gesicht verbarg.

Bereits wenige Minuten nach dem Beginn der Ausstrahlung von «Drachensaat-TV» brachen die Leitungen zur extra eingerichteten und kostenlosen Rufnummer der Sonderkommission «Privatfernsehen» zusammen. Viele Zuschauer glaubten, die Personen im Fernsehen zu erkennen. Es wird nun mit einer baldigen Verhaftung der Gruppe gerechnet.

«Die können sich nicht in Luft auflösen», sagte der Leiter der Sonderkommission «Privatfernsehen», Klaus Ewermann (47), im Anschluss an die Sendung bei RTV1. «Sie können nirgendwohin, denn jeder erkennt sie sofort. Und wo auch immer sie sich verstecken, wir werden sie finden.»

Wenn dies nicht sehr schnell geschieht, hängt das Leben der Geisel von der Einschaltquote der Sendung ab. Aus technischen Gründen kann diese erst morgen früh veröffentlicht werden. RTV1-Senderchef Detlev Mörser gab sich jedoch zuversichtlich, die erforderliche Zuschauerzahl erreicht zu haben.

B5 Aktuell, 21. Mai 2009, 23:00 Uhr

Die Festnahme der «Drachensaat» und die Befreiung von Martin Barghausen stehen offenbar kurz bevor. Während der Ausstrahlung einer Talkshow mit den Entführern und ihrer Geisel konnten zahlreiche Zuschauer die Täter identifizieren, die sämtlich bis vor kurzem in verschiedenen Pflegeeinrichtungen für psychisch Erkrankte gelebt haben. Wie sie von dort in Freiheit gelangt sind und wo sie sich nun befinden, ist zur Stunde noch nicht geklärt. Auch die Höhe der von den Entführern geforderten Einschaltquote ist bislang nicht bekannt.

kress.de, 22. Mai 2009, 9:09 Uhr

Drachensaat mit sensationeller Quote bei RTV1

Die Rechnung ist aufgegangen: «Drachensaat-TV» bescherte dem ausstrahlenden Sender RTV1 gestern Abend zwischen 20:16 Uhr und 21:17 Uhr die beste Einschaltquote der Sendergeschichte. In der Spitze schauten 23,8 Millionen Deutsche (Marktanteil Zuschauer 14–49: 62%) die Debatte zwischen Martin Barghausen und seinen Entführern an. Zum Ende der Sendung verlor diese auffallend viele Zuschauer an «Sexy-TV», was laut Minutenauswertung offenbar auf einen Wortbeitrag Barghausens zurückging.

Auch die Quote der nachfolgenden Analysesendung kann sich sehen lassen: Immerhin noch 14 Millionen Zuschauer sahen die Bekanntgabe der Identitäten der «Drachensaat»-Mitglieder. Senderchef Detlev Mörser (39) kommentierte den Tagessieg seines zuletzt schwächelnden Senders so: «Jetzt machen wir erst einmal ein Fläschchen Sekt auf. Insbesondere freut uns natürlich, das Leben von Martin Barghausen gerettet zu haben.» Die ehrenvolle Tat hat nach Insiderschätzungen für einen auf beide Abendsendungen bezogenen Umsatz von 3,36 Millionen Euro gesorgt.

dpa-Meldung, 22. Mai 2009, 09:58 Uhr

Barghausen aus Gewalt der Drachensaat befreit

Die Entführung von Martin Barghausen ist beendet. Vor wenigen Minuten stürmte ein Sondereinsatzkommando der Polizei eine Villa bei Freiburg. Die Terroristen der Drachensaat-Gruppe ergaben sich nach kurzer Gegenwehr, und die Einsatzkräfte konnten das im Kampf von den Tätern schwer verletzte Opfer befreien.

B5 Aktuell, 22. Mai 2009, 10:45 Uhr

Barghausen frei, alle Täter gefasst

Die Entführung von Dr. Martin Barghausen ist am frühen Vormittag unblutig zu Ende gegangen. Um 9:47 Uhr stürmte ein Sondereinsatzkommando eine Villa bei Villingen-Schwenningen, in der sich die Entführer mit ihrer Geisel verschanzt hatten. Bei der Befreiung wurde Dr. Barghausen leicht verletzt, alle Geiselnehmer blieben unversehrt. Neben den aus dem Fernsehen bekannten vier Tätern konnte nun als fünftes Mitglied der Drachensaat der 67-jährige Benno Tiggelkamp identifiziert werden. Die Polizei entdeckte in dem Haus noch einen weiteren Gefangenen, dessen Identität bisher nicht eindeutig geklärt ist.

Tagesschau, 22. Mai 2009, 20:00 Uhr

(Video: Sprecher im Studio. Audio: Sprecher im On) Guten Abend, meine Damen und Herren. Martin Barghausen ist frei.

(Video: Außenansicht der Villa Unruh, viele Polizeiwagen, zwei Notarztwagen, dann Bilder von einem Hubschrauber über der Villa, danach unscharfe Videostandbilder aus der Drachensaat-Sendung mit Porträts von allen Beteiligten, danach ein Bild von Kai-Uwe Rötten vor dem Haus im Gespräch mit der Polizei. Audio: Sprecher aus dem Off)

Aus dieser Villa im Schwarzwald befreite ihn die Polizei am frühen Vormittag aus der Gewalt seiner Entführer. Die Mitglieder der Drachensaat-Gruppe sind für Polizei, Justiz und Öffentlichkeit kein unbeschriebenes Blatt. Ünal Yilmaz, Bernhard Schade, Rita Bauernfeind und Arnold März gelten als psychisch labil und sind zum Teil bereits straffällig geworden. Sie befanden sich in verschiedenen Landeskrankenhäusern, von wo sie vor Monaten in diese Privatklinik überstellt wurden. Die gehört diesem Mann, Dr. Heiner Zens, den die Polizei aus einem verschlossenen Krankenzimmer befreite.

(Video: Leiter der Sonderkommission «Privatfernsehen» vor der Villa, er spricht nicht in die Kamera, sondern daran vorbei zu einer ihn befragenden Person, Untertitel: Klaus Ewermann, Leiter Soko «Privatfernsehen». Audio: Klaus Ewermann im On)

Den Beamten bot sich das Bild, dass alle Täter und das Opfer sich in einem Raum aufhielten. Sie konnten dann überwältigt werden, und bei der Durchsuchung der Örtlichkeit entdeckten wir dann eine Art Gefängniszelle mit dem Leiter der Privatklinik hier.

(Video: Bilder vom Haus Unruh und vom Park rundherum. Audio: Sprecher aus dem Off)

Den entscheidenden Tipp erhielt die Polizei von einem Pfleger, der bis vor kurzem in der Privatklinik Villa Unruh arbeitete und die Täter als Patienten betreute.

(Video: ein sehr altes Foto von Benno Tiggelkamp mit einem Glas Bier in der Hand. Audio: Sprecher aus dem Off) Und auch das letzte Mitglied der Drachensaat ist nun bekannt. Es handelt sich um Benno Tiggelkamp, der 2006 Aufsehen erregte, weil er neun Jahre lang mit dem Leichnam seiner Mutter in einem Haus verbracht hat.

(Video: abfahrende Polizeiautos, Hecke vor Barghausens Haus. Bild von Barghausen aus dem Drachensaat-Video. Audio: Sprecher aus dem Off) Der befreite Martin Barghausen befindet sich noch zur Beobachtung im Krankenhaus, morgen will er zu seiner Familie zurückkehren. Am Montag wird sich Barghausen erstmals zu den Umständen seiner Entführung und Geiselhaft äußern.

Welt am Sonntag, 23. Mai 2009
TV-Kritik

Melodien für Millionen

Eine Casting-Show ist nichts dagegen: Fünf Interpreten traten am Freitagabend bei RTV1 gegeneinander an, und keiner gewann. Die Entführer, allen voran der in der Justiz als gerichtsnotorisch gefürchtete Türke Ünal Yilmaz, sangen ihr Lied von der ungerechten Gesellschaft und den traumatischen Bedingungen, unter denen man als Außenseiter heute in diesem Land lebt. Yilmaz gelang es dabei, sich gleichzeitig zur Galions- und Witzfigur einer selbsterfundenen Bewegung der wütenden Unzufriedenen zu machen. Auch nicht schlecht: Rita Bauernfeind, die traurige dicke Frau aus dem Internet, wundersam abgemagert, aber dadurch kein bisschen sympathischer. Privatfernsehen at its best, könnte man angesichts dieses Medienprekariats sagen, wenn da nicht Moderator Bernhard Schade gewesen wäre. Auch er ohne Zweifel ein eitler Gewaltverbrecher, aber nicht untalentiert. Man hat schon Profis in ähnlichen Situationen versagen sehen. Bald werden wir erfahren, wie intensiv die «Drachensaat» ihren einmaligen Auftritt mit ihrem Opfer Barghausen geprobt hat. Dieser blieb einen Teil seiner medialen Präsenz schuldig. Offenbar der Situation geschuldet, machte er Zugeständnisse, ging auf seine Diskutanten ein, schonte den Gegner und bot sogar seine Hilfe an. Das war ein ganz neuer Barghausen und ehrlich gesagt einer, auf den wir im Fernsehen verzichten können. Wohltuend hingegen Benno Tiggelkamp und Arnold März. Sie sagten fast nichts. Vielleicht, weil sie wussten, dass sie nichts zu sagen haben?

spiegel.de, 23. Mai 2009, 19:01 Uhr
Angeblicher Arzt Zens in Haft

Nach den ersten Vernehmungen mehrerer Drachensaat-Mitglieder wurde am Nachmittag der Leiter der Privatklinik «Haus Unruh» verhaftet. Wie ein Polizeisprecher mitteilte, wurde Heiner Zens auf einem Parkplatz bei Unna festgenommen. Offensichtlich befand sich Zens seit den Mittagsstunden mit dem Auto auf der Flucht. Die Mitglieder der Drachensaat-Gruppe hatten Zens übereinstimmend beschuldigt, sie im Rahmen einer Therapie zu der Entführung Barghausens angestiftet zu haben und ihnen bei der Planung behilflich gewesen zu sein.

stern.de, 24. Mai 2009, 12:34 Uhr
Angeblicher Arzt entpuppt sich als TV-Produzent

Der Leiter und Besitzer des Hauses Unruh, in dem die Drachensaat-Gruppe den Manager Martin Barghausen über eine Woche lang gefangen hielt, heißt nicht, wie von ihm zunächst behauptet, Heiner Zens, und er ist auch kein Psychotherapeut, sondern der vor einem guten Jahr abgetauchte TV-Produzent Kai-Uwe Rötten (43). Dieser verkaufte im vergangenen Jahr seine Anteile an der von ihm gegründeten Produktionsfirma «KURsiv-Media» und verschwand kurz darauf spurlos. Über die Zusammenhänge zwischen ihm und der Drachensaat kann bisher nur gemutmaßt werden. Allerdings hatte KURsiv-Media bis kurz vor Röttens Verschwinden noch an einem neuen TV-Format gearbeitet, welches auffällige Ähnlichkeit mit der von RTV1 ausgestrahlten Drachensaat-Sendung aufwies. Mehrere Sender bestätigten, mit Rötten über eine von ihm konzipierte «Moral-Talkshow» gesprochen zu haben. Bernd Kufermann von Tel6 erinnert sich «an erbitterte Diskussionen» mit Rötten. Am Ende habe man abgelehnt, da das Format «viel zu negativ war und Rötten auch keine Bereitschaft signalisierte, es unterhaltsamer zu gestalten», wie Kufermann sagt. Der Senderchef von RTV1, Detlev Mörser (39), erklärte auf Anfrage, er könne sich an kein Gespräch mit Rötten zu diesem Thema erinnern. Allerdings überlege man zurzeit, «Drachensaat-TV» regelmäßig ins Programm zu nehmen.

Süddeutsche Zeitung, Die Seite 3, 29. Mai 2009

Die zwei Leben des Kai-Uwe Rötten

Wie sich ein erfolgreicher Fernsehmacher in einen Psychiater verwandelte und die Terrorgruppe «Drachensaat» erfand.

Kann das sein, dass einer einfach verschwindet? Dass sich einer mitten in Deutschland in Luft auflöst, sodass ihn kein Freund, kein Verwandter und nicht einmal das Finanzamt findet? Kai-Uwe Rötten ist nicht nur dies gelungen, er ist auch auf ebenso spektakuläre Weise wiederaufgetaucht, nämlich mit einer Glatze, einem neuen Namen und einem neuen Beruf: als Psychiater Doktor Heiner Zens.

Als die Polizei ihn am vergangenen Samstag aus einem verschlossenen Krankenzimmer in einer Privatklinik im Schwarzwald befreit, macht der Herr im grauen Anzug noch einen verwirrten Eindruck. Das legt sich jedoch, als man ihn zur Befragung bittet. Noch bevor die Beamten damit anfangen können, stellt er die erste Frage: «Wie war die Quote?» Und als die Polizisten ihm mitteilen, dass sie über 20 Millionen Zuschauer betragen habe, ruft er freudig erregt: «Ich hab's doch gewusst!» Da ahnen die Ermittler schon, dass der befreite Arzt keineswegs nur Opfer ist. Und dann verblüfft dieser seine Zuhörer mit dem Satz: «Mein Name ist nicht Heiner Zens, ich bin Kai-Uwe Rötten.»

Rötten, das ist seit fast zwanzig Jahren ein Synonym für leichte, massenkompatible TV-Unterhaltung. Der 43-Jährige galt in der Branche als Menschenfänger, als Quotensau, auch als harter Hund, der schon mal zehn Leute feuert, um die restlichen zu motivieren. Ihm verdankt der Fernsehzuschauer Shows wie «Das Goldbad», «Vier gegen Mutti», «Schlag zu!» oder das besonders aparte «Stripduell». In seinen besten Zeiten bedient Rötten alle, die privaten und die öffentlich-rechtlichen Fernsehveranstalter. Er versorgt sie mit großen Gefühlen und kleinen Sensationen. Rötten versöhnt zerstrittene Familien, lässt Haustiere operieren, filmt Ehepaare beim Seitensprung, um ihnen dann gegenseitig die Videos in seiner Show «Pech gehabt» zu zeigen. Er organisiert Grillabende für Tumorpatienten, die in ihrem Krankenbett im Kölner Stadtpark liegen, Würstchen kauen und Sätze sagen wie: «Jetzt noch ein Kölsch, und ich kann sterben.» Das alles ist Kai-Uwe Rötten.

Der stammt aus kleinen Verhältnissen, aus Bochum, wo er schon als Kind am Samstagabend die Familie mit lebhaften Fußballkommentaren unterhält. Dann wird die Sportschau leise gedreht, und der kleine Kai darf Sportreporter spielen. Moderator ist sein Traumberuf. Aber daraus wird nichts. Monatelang steht der Kai vor dem Tor des WDR am Appellhofplatz in Köln, aber eine Chance bekommt er nicht. Zu ehrgeizig sei er damals gewesen, zu wenig charmant, vielleicht auch nicht talentiert genug, wird er später in einem Interview über sich selber urteilen. Er kommt nie auch nur am Pförtner vorbei. Also sattelt er auf Videoreporter um.

Kaum ist er achtzehn Jahre alt, fährt Rötten mit dem Auto des Vaters rastlos im Ruhrgebiet herum, filmt Brände, Unfälle, Schlägereien und interviewt Opfer und Zeugen. Seine Videokassetten verkauft er an lokale Fernsehsender, manchmal auch an den WDR oder RTV1. Seine kleine Firma, Röttenblitz, grast bald ganz Nordrhein-Westfalen nach Flammen, Wunden, Tränen und gesplittertem Glas ab. Röttens Videoreporter hören dafür den Polizeifunk ab und sind auch sonst nicht zimperlich, Trüffelschweine fürs Abseitige und Schmuddelige. Es entstehen Filme vom Dortmunder Straßenstrich, von der Mutter, die ihre Tochter im Bordell sucht, von dem Familienvater, der sich nachts im schwulen Strichermilieu herumtreibt. Mit Mitte zwanzig hat Rötten genug von den kleinen Filmchen und vom Klinkenputzen bei den Boulevardmagazinen. Ihm schwebt Größeres vor. Und gleich das erste Format, das er bei einem Sender anbietet, hat Erfolg. «Gelddusche» heißt das Quiz, bei dem entkleidete Passanten in einer Duschwanne mitten in der Fußgängerzone stehen, Fragen beantworten und dann den Lohn aus einer Art Münzbrause auffangen müssen. Die Menschen, sagt er später, sind sich für nichts zu blöde.

Und die Sender auch nicht. Rötten gründet KURsiv-Media, ein stetig wachsendes Kreativ-Imperium, mit dem er die Fernsehwelt aufmischt. Er veranstaltet Bierdeckelschnips-Weltmeisterschaften und Komasaufen mit warmer Milch, er zeigt debile Jodler, fröhliche Matrosen und immer wieder «nackte Weiber mit Gummihupen», wie er seine erotischen Vorlieben beschreibt. Hauptsache, die Bilder sind bunt und die Tonlage ist schrill. Mitte der neunziger Jahre ist KURsiv-Media der größte Produzent von Unterhaltungsfernsehen in Deutschland, Rötten expandiert, kauft im Ausland Konkurrenten und Formate auf und bringt sein Unternehmen 1998 an die Börse. Damals lässt sich der gerade mal 32-Jährige mit Zigarre im Mund und einer Aktie in der Hand fotografieren, im weißen Anzug. Kai-Uwe, der kleine Fußballreporter aus Bochum, will es allen zeigen, besonders denen vom öffentlich-rechtlichen Fernsehen, vor deren Tor er als Jugendlicher gestanden und darauf gewartet hat, dass einer ihn entdeckt. Und jetzt ist er Vorstandsvorsitzender.

Rötten kauft eine Villa im schönen Essener Süden, gibt rauschende Partys, die Fotos stellt er ins Internet. Auf den Bildern ist die terrassenförmige Anlage seines Grundstückes zu sehen, auf jeder Ebene elegante Gäste mit Getränken. Und ganz oben steht er mit seiner Frau, dem früheren Model Isa Ko, und prostet dem Fotografen zu. Ein Traumpaar ist das, auch wenn die Hemden und die Zähne immer ein wenig zu weiß aussehen, auch wenn die Uhren zu groß ausfallen und das Grinsen zu breit. Rötten grinst noch, als er den Zenit längst überschritten hat, als das Finanzamt anfängt, Fragen zu stellen. Doch erst als ihm die Frau mit dem Moderator einer seiner Sendungen durchbrennt, hört er auf zu lächeln. Da hat er wohl gemerkt, dass nach dem Aufstieg irgendwann einmal der Abstieg ins Tal folgt.

2005 stehen die Steuerfahnder vor der Tür. Jahrelang hat Rötten große Sprüche geklopft, hat vom Leben des einen gegen alle gesprochen, seinen weißen Hummer in der Düsseldorfer Altstadt vor dem Lieblingsrestaurant in der Fußgängerzone geparkt, wenn ihm danach war. Und nun wollen ihm vier schlecht gekleidete Finanzbeamte den Spaß am Leben verleiden. Als bei der anschließenden Durchsuchung neben zahllosen Akten und Computern auch noch fünf Gramm Kokain sichergestellt werden, entscheidet sich Rötten zu einer ersten Flucht. Es geht nach Indien, von wo er sich bei den Behörden meldet und erklärt, er müsse sich erst einer ausführlichen Ayurveda-Kur unterziehen und werde sich dann stellen. Das halten viele für einen Witz, aber genau so passiert es. Nach fünf Monaten ist er wieder da und fährt vom Düsseldorfer Flughafen gleich zur Staatsanwaltschaft.

Das Verfahren endet schließlich mit einer Freiheitsstrafe auf Bewährung. Aber der Verurteilte ist inzwischen ein anderer Rötten. «Einen Esoterikknall» habe der gehabt nach der Indienreise, sagt sein früherer Partner Michael Gundelher (42). Für Brainstormings sei der Kai nicht mehr zu gebrauchen gewesen. Er habe nicht mehr so laut gelacht, sei still gewesen und gar nicht mehr der durchgeknallte Kreative, den in der Branche alle gleichermaßen gefürchtet und geliebt haben.

Zu jener Zeit ist KURsiv-Media nur noch ein Torso. Die abseitigen Ideen, der Rohstoff, den Rötten jahrelang gefördert und gehandelt hat, sind ihm und seinen Leuten längst ausgegangen. Es ist nun immer wieder von Bestechung zu hören, Senderchefs und Programmverantwortliche sollen jahrelang auf Kosten des irrlichternden Rötten Urlaube gemacht haben, so manches Sportcoupé in Unterföhring, Hamburg und Köln stamme aus dem Fundus von KURsiv-Media, raunt man nun. Zwar fehlen die Beweise, doch die Geschäfte laufen nicht mehr, die Aktie gibt nach, und Rötten ergeht sich in Konferenzen mit Kunden und Mitarbeitern in ausführlichen Anleitungen zur Erlangung seelischer Gesundheit. «Auf seinem Tisch standen Räucherstäbchen herum, und Kai lief nur noch barfuß durch die Firma», erinnert sich Gundelher. Röttens vormals stets von einem bunten Gummi gebändigte Haare fallen einer Hermann-Hesse-artigen Kurzfrisur zum Opfer.

In dieser Zeit muss Rötten die Idee zu Drachensaat-TV gekommen sein. Es ist ein Showkonzept, bei dem es nichts zu lachen gibt, Nacktheit ist nicht vorgesehen, kein Getrommel, keine bunten Lichter. Für einen wie Kai-Uwe Rötten ein Quantensprung in die Ernsthaftigkeit. «Kai kam damals zu mir und zeigte mir das Exposé für die Show. Ich habe ihm gesagt, dass wolle keiner sehen. Darauf wurde er wütend und knallte mit den Türen. Er war geradezu besessen von Drachensaat-TV.» Michael Gundelher hat das Konzept abgeheftet, es vergilbt zwischen dem «Autorennen auf dem Rhein» und «Kinderqual» in einem schwarzen Leitzordner mit dem Titel «Ideen, verworfen 2002–2006.» Wer einen Blick auf das Exposé wirft, stellt fest, dass es sich um einen ziemlich exakten Entwurf der Sendung handelt, die am vergangenen Freitag bei RTV1 zu sehen war. Es liest sich, als wolle Rötten damit etwas gutmachen bei den Menschen, die er jahrelang mit seinem unermüdlichen TV-Frohsinn gefoltert oder betäubt hat, je nach Perspektive des Betrachters.

In Röttens Exposé ist vom Rederecht für gesellschaftlich Außenstehende zu lesen. In jeder Sendung sollen fünf Menschen stellvertretend die Möglichkeit haben, mit einer erfolgreichen und exponierten Persönlichkeit aus Politik oder Wirtschaft zu sprechen. Ein Moderator ist nicht vorgesehen. Der Manager oder Politiker soll den anderen Gästen die Welt erklären. Das klingt moderat und nicht unspannend, wäre da nicht der Schluss der Sendung. Der fällt dann doch ziemlich röttenmäßig aus. Gelingt es nämlich dem Gast, die Fragen der fünf zu deren Zufriedenheit zu beantworten, so haben die Drachensaat-Krieger am Schluss die Möglichkeit, ihn mit Rosenblättern der Dankbarkeit zu überschütten. Versagt der Wirtschaftsboss oder Minister, so dürfen sie 300 Liter Jauche aus einer Wanne über ihm entleeren.

Rötten macht noch einmal Termine bei allen Sendern, bietet die Drachensaat mit beinahe verzweifelter Emphase an, hält Vorträge über den Wertewandel, über die Verkommenheit des Programms, über seine eigene bisher mangelhafte Moral. Doch niemand beißt an. Für die einen ist die Show zu unkomisch, andere vermuten eine fehlende Zielgruppe. Auch Detlev Mörser von RTV1 soll das Konzept abgelehnt haben. Zu wenig krass sei es ihm gewesen, behauptet Gundelher. Dass Mörser die Sendung jetzt doch machen wolle, sei schon eine Art Treppenwitz, findet der Produzent. Mörser bestreitet übrigens, das Format damals angeboten bekommen zu haben.

Für Rötten ist die Ablehnung ein schwerer Schlag. Er zieht sich wochenlang in sein Büro zurück, und als er es wieder verlässt, macht er seinem Partner Gundelher ein Verkaufsangebot. Er wolle nichts mehr mit der Branche zu tun haben, er sehne sich nach einem anderen Leben, er hasse alles, was er bisher getan habe. Gundelher kauft Rötten dessen Anteile «zu einem fairen Preis» ab, wie er heute sagt. Und dann verschwindet Rötten.

Innerhalb weniger Tage ist er Geschichte. Michael Gundelher versucht mehrfach, ihn zu finden. Da sind noch

Dinge zu klären, wie das eben ist, wenn einer aussteigt. Doch das Haus ist verkauft, die Telefone abgemeldet, das Handy hat Rötten gleich im Büro liegen lassen, wo es noch einige Tage hin und wieder piept. Dann ist der Akku leer. Wie die meisten Freunde nimmt Gundelher an, dass Rötten nach Indien zurückgegangen ist. «Wir haben alle gesagt, der taucht schon wieder auf. Spätestens, wenn das Geld alle ist, ist der wieder da», sagt Röttens früherer Nachbar, der Schauspieler Gerd Schindhelm (49). Er traure den Partys ein bisschen nach, sagt er. Und nach einer längeren Pause fügt er hinzu: «Der war schon ein Hund, der Rötten.»

Und dieser Hund befindet sich keineswegs in Indien, sondern im Schwarzwald. Wollte er die Sendung erzwingen, einfach recht haben mit seiner Erfolgsprognose oder tatsächlich ein Forum für gesellschaftlich ausgegrenzte Menschen herstellen? Niemand weiß bis heute, was Rötten antrieb. In den Monaten nach seinem Ausstieg legt er sich eine neue Identität zu. Aus dem zynischen TV-Produzenten Rötten wird der sanfte Psychoanalytiker Zens. Die restlichen Haare verschwinden wie das laute Lachen und die dicken Uhren. Aus dem ruppigen Rötten schält sich der vermeintliche Arzt, dem es mit einem professionell gestalteten Briefkopf gelingt, reihenweise echte Kollegen zu täuschen. Die Privatklinik Haus Unruh sucht im Umkreis von Freiburg Pfleger; Rötten stellt ein, lässt renovieren, bildet sich mit Fachbüchern weiter, richtet sogar so etwas wie ein Fernsehstudio ein. Nun fehlen ihm nur noch Kandidaten für seine Sendung. Diese rekrutiert er in den psychiatrischen Abteilungen der Landeskliniken. Sein Kalkül: Wer schon einmal als nackte Sau durch das Mediendorf getrieben wurde, macht sich besser im Fernsehen als irgendjemand von der Straße. Rötten denkt noch einmal ganz groß, «eigentlich war die Auswahl seiner Protagonisten doch wieder ganz typisch für ihn», sagt Gundelher, dem die Sendung «besser gefallen hat, als ich erst dachte».

Fünf Fälle sucht Rötten aus und bringt die behandelnden Ärzte dazu, sie ihm zu überstellen. Ein Meisterwerk der Täuschung, findet selbst Professor Anselm von Linkwitz (66), der zwei Mal mit Rötten telefonierte. «Dieser Zens beschwor mich, ihm Rita Bauernfeind zu überlassen. Und er nannte gute Gründe dafür, schickte sogar einen Therapieplan. Mir erschien er als integer und ausgesprochen engagiert.» Von Linkwitz, der seit über zwanzig Jahren eine Therapieeinrichtung in Bremen leitet, schöpft keinen Verdacht und lässt Bauernfeind nach ihrer Zustimmung in den Schwarzwald bringen. Auf die Idee, sich das Institut dort einmal anzusehen, kommt er nicht. Das sei nicht üblich, sagt er.

Im April hat Rötten seine Drachensaat zusammen. Es dauert noch sieben Wochen, bis die erfolgreichste Show seines Lebens auf Sendung geht.

bild.de, 30. Mai 2009, 10:21 Uhr

«Do the Ünal» auf Platz 1 der Charts

Das ist der Sommerhit der Saison: Crazy Hump mit dem lustigen «Do the Ünal». Der Rap mit den Originalzitaten von Ünal Yilmaz verdrängte heute Micky Kely vom ersten Platz der Charts. Und ganz Deutschland singt mit: «Wir verlangen mehr Höflichkeit, mehr Höflichkeit, Arsch, Arsch.»

wuv.de, 1. Juni 2009, 10:53 Uhr

Drachensaat von nun an immer donnerstags

Die Fans von Drachensaat-TV kommen von nun an jeden Donnerstag um 20:15 Uhr auf ihre Kosten. RTV1 teilte mit, dass man an der Serienfähigkeit des Konzepts bastle. Man sei sich mit KURsiv-Media bereits über die Lizenzierung einig geworden und arbeite nun fieberhaft an einem adäquaten Sendestudio. Zumindest die Sessel aus der Originalsendung werde man dafür übernehmen. Natürlich sei klar, dass nicht mehr so viele Leute zuschauen würden, wenn das Leben eines Gastes nicht mehr auf dem Spiel stehe, aber man sei auf dem Sendeplatz schon mit 10 Millionen zufrieden, sagte Senderchef Detlev Mörser (39).

TVTV, 1. Juni 2009, 23:11 Uhr

(Video: Moderator sitzt vor einer Videowand. Audio: Moderator im On)

Und dann habe ich noch das hier für Sie, haben Sie bestimmt auch gesehen: Drachensaat-TV mit der fetten Frau, die Luft isst. Die kennen wir noch alle, hier nochmal zur Erinnerung meine Lieblingsszene. (Video: Filmausschnitt von der Luft essenden Rita Bauernfeind im Krankenbett. Audio: lachende Zuschauer, danach wieder Moderator im On) Und da haben wir jetzt nochmal ganz genau hingesehen, ob sie vielleicht zwischendurch in ihrer Talkshow Hunger hatte (Audio: vereinzelte Lacher im Publikum), und dabei haben wir das hier gefunden. Schauen Sie mal hier.

(Video: vergrößerter Ausschnitt von Drachensaat-TV. Man sieht in Zeitlupe Rita Bauernfeinds Kopf sich hin und her drehen. Dabei bewegen sich ihre Wangen stark. Außerdem schlagen die Holzkugeln ihrer Halskette rhythmisch aneinander. Audio: Publikum lacht, dann wieder Moderator im On)

Nein, Hunger hat sie nicht, aber sieht sie nicht original aus wie Droopy, der Hund? Sehen Sie mal hier!

(Video: Einblendung von Droopy. Audio: Publikum lacht. Dann wieder Moderator im On)

Was mich aber noch viel mehr anmacht als dieses Gesicht, ist ja diese Holzkette. Ich habe mal eine hier, auch unsere Band hat heute welche um, und damit spielen wir jetzt live für Sie den Rita-Song.

(Video: Totale vom Studio. Die Band hängt sich Holzketten um, der Moderator greift eine Gitarre und geht damit zur Band. Währenddessen tragen Assistentinnen Holzketten ins Studio und verteilen diese an das Publikum. Audio: Musik beginnt, der Moderator singt dazu im On)

Oh, oh Rita,

Du machst mich ganz schwach,

Oh, oh Rita,

Ich liege noch wach,

Oh Rita, Rita,

Schüttel deine Kette aus Holz,

Mach mich stolz,

Schüttel dein Haar,

So ist's wunderbaaar.

Schlacker die Haut,

Sie fliegt auf mich zu,

Ich lieb es, ach du:

Oh, oh Rita,

Du machst mich ganz schwach,

Und jetzt alle die Backen und die Ketten schütteln!

(Video: Schnitt auf das Publikum, das die Köpfe be-

wegt und die Wangen und die Holzketten hin und her
schwingt)
Schlacker die Haut,
Sie fliegt auf mich zu,
Ich lieb es, ach du:
Oh, oh Rita,
Du machst mich ganz schwach!
Danke schön!

SWR1-Nachrichten, 2. Juni 2009, 13:30 Uhr

Der Drachensaat-Terrorist Ünal Yilmaz hat heute Morgen mit einem Hungerstreik begonnen. Der in der Justizvollzugsanstalt Bruchsal einsitzende Yilmaz möchte damit auf die seiner Ansicht nach unmenschlichen Zustände
im Gefängnis aufmerksam machen. Sein Anwalt Florian
Heffner sagte, es ginge Yilmaz vor allem darum, dass die
Gitterstäbe vor seinem Zellenfenster umgehend entfernt
werden müssten, da sie, so Yilmaz, ein ordnungswidriges
Verhalten seinerseits präjudizierten. Er habe aber nicht
die Absicht zu fliehen, und daher brauche es keine Gitter.
Es gebe keinen Grund, ihn derart zu kriminalisieren. Yilmaz kündigte an, so lange nichts zu essen, bis die Gitter
abmontiert seien.

spiegel.de, 3. Juni 2009, 10:10 Uhr

«Knast ist kein Ponyhof»

Laut einem Sprecher der Vollzugsanstalt Bruchsal lehnt
diese es ab, die Gitterstäbe vor Ünal Yilmaz' Zelle abzu-
montieren. Der Sprecher sagte, der Häftling würde sehr
freundlich behandelt und habe keinen Grund zu einem
Hungerstreik. «Ein Gefängnis ist nun einmal kein Ponyhof», hieß es von der Gefängnisleitung. Man sei bereits

auf einige Wünsche des Häftlings eingegangen. Diesem Ansinnen könne man jedoch beim besten Willen nicht entsprechen.

Süddeutsche Zeitung, 4. Juni 2009
Yilmaz isst wieder

Ünal Yilmaz, 37, mutmaßlicher Entführer des Bankmanagers Barghausen, hat gestern Abend ein Käsebrot gegessen. Damit brach er seinen Hungerstreik ab. Er hatte auf diese Weise gegen die Gitterstäbe vor seinem Fenster protestiert und habe nun laut seinem Anwalt «eingesehen, dass Gitter im Gefängnis dazugehören. Aber die Wand könnte man mal tapezieren. Ich werde dafür kämpfen.»

BUNTE, 4. Juni 2009
«Bernhard war ein Monster»

Zum ersten Mal spricht die Frau, die den Drachensaat-Terroristen Bernhard Schade am besten kennt.

Eine elegante, zarte Frau zwischen Rosen. Schmale Finger schneiden braune Blättchen ab, immer in Gefahr, von einer Dorne gestochen zu werden. Ariane Engel (51) war einmal mit Bernhard Schade (50) verheiratet. Fast 20 Jahre verbrachte sie an der Seite des Mannes, der Martin Barghausen entführte, Drachensaat-TV moderierte und als «Irrer von Bayreuth» ein Attentat auf den früheren Innenminister Baumann verüben wollte. Inzwischen ist sie in zweiter Ehe mit Randolf Engel verheiratet. Der Juwelier hat sie aufgefangen, als sie nach der Trennung und dem Tod des Sohnes tiefer und tiefer fiel. «Er ist wirklich mein Engel», sagt sie sanft und schneidet eine Blüte ab, die sie in einem Teelichtglas auf die Kaffeetafel stellt.

BUNTE: Wie haben Sie Bernhard Schade kennengelernt?

Ariane Engel: Im Studium. Bernhard hat wie ich Architektur studiert. Es war Liebe auf den ersten Blick, jedenfalls für mich.

BUNTE: Was hat Ihnen denn an ihm gefallen?

Ariane Engel: Seine Hände, die waren so schön und schlank. Er war sehr schüchtern, sehr sanft.

BUNTE: Und doch hat Ihre Ehe nicht gehalten.

Ariane Engel: Das ist richtig. Wir hatten einen behinderten Sohn, er litt an Trisomie 21.

BUNTE: Dem Downsyndrom.

Ariane Engel: Ja. Das hat Bernhard nie verwunden.

BUNTE: Was? Aber das sind doch Menschen wie du und ich?

Ariane Engel: Er war enttäuscht. Er hat dann seinen Frust mit anderen Frauen abreagiert.

BUNTE: Er hat Sie betrogen?

Ariane Engel: Viele Male. Ich habe es immer gemerkt, aber ihm nie eine Szene gemacht. Ja, ich habe diesen Mann geliebt, ich habe ihm viel verziehen. Bis zum 18. Geburtstag meines Kindes.

BUNTE: Was ist da passiert?

Ariane Engel: Da hat er meinen Sohn in ein Bordell geschleppt, um dort gemeinsam mit Prostituierten zu verkehren.

BUNTE: Eine schöne Geburtstagsfeier!

Ariane Engel: Sie sagen es. Er kam abends mit ihm nach Hause, und beide stanken regelrecht nach Unzucht. Das war für mich der Gipfel. Ich habe die Scheidung eingereicht.

BUNTE: Mehr als verständlich.

Ariane Engel: Wir haben uns dann aus den Augen verloren.

Er hat zwar von seinem Besuchsrecht Gebrauch gemacht, aber ich wollte ihn nicht sehen. Bernhard war für mich ein Monster.

BUNTE: Und dann kam Bayreuth.

Ariane Engel: Dazu kann ich nichts sagen. Ich habe es nur in den Nachrichten verfolgt und dachte, jetzt ist er ganz unten angekommen. Da konnte ja niemand ahnen, dass er sich dieser Bande anschließen würde.

BUNTE: Haben Sie Drachensaat-TV gesehen?

Ariane Engel: Ja, wir haben es hier zu Hause angeschaut. Sie machen sich keine Vorstellung davon, wie überrascht ich war, als ich da plötzlich mittendrin meinen Ex-Mann entdeckte.

BUNTE: War da noch etwas von ihrem Bernhard zu sehen?

Ariane Engel: Nein. Gar nichts, das war ein Fremder, ein Verrückter für mich. Ich kann nicht verstehen, wie Menschen so sein können. Und ich hoffe, dass ich ihn nie wiedersehe.

BUNTE: Gibt es denn gar nichts, was Sie an dem Mann im Fernsehen an früher erinnert?

Ariane Engel: Doch, wenn ich jetzt so darüber nachdenke: Seine Hände sind immer noch sehr schön.

Cosmopolitan, Juli-Ausgabe 2009
Neue Must-haves für den Sommer

Rita Bauernfeind hat es vorgemacht: Bei Drachensaat-TV trug die wundersam verschlankte Terroristin eine polynesische Holzkette. Thomas Beer machte sich in seiner Sendung darüber lustig, und jetzt wollen alle plötzlich die Rita-Kette. In Deutschland ist sie ausverkauft, aber zum Glück gibt's ja das Internet. Die Polynesier schreiben der

Kette übrigens magische Kräfte zu. Wer weiß, vielleicht ist sie ja schuld an Ritas Topfigur?

32 Euro, gesehen bei www.stylefans.com

Stern, 2. Juli 2009

Das Haus im Wald

Eine Woche war Martin Barghausen in dieser Villa eingesperrt. Für die Terroristen fing die Haft schon viel früher an. Ein Besuch im Haus Unruh, wo die Geschichte der Drachensaat begann.

Wenn Joachim Sauer (29) gewusst hätte, worauf er sich da einließ, hätte er bestimmt nie auf die Stellenanzeige im «Schwarzwälder Boten» geantwortet. Er hat sie ausgeschnitten und behalten, sie liegt in einer Klarsichtfolie zu Hause auf seinem Schreibtisch.

Eine Privatklinik und Forschungsstätte für forensische Psychiatrie sucht in der Anzeige vom Dezember 2008 nach männlichen Pflegekräften. Sauer ist gelernter Pfleger und zu jener Zeit seit einem halben Jahr arbeitslos. Das Wort «forensisch» schlägt er nach und findet es spannend, denn er hat bisher nie mit Kriminellen zu tun gehabt, nur mit alten Menschen und auf der Intensivstation. Harte Arbeit und lange Dienstzeiten ist der kräftige Mann also gewohnt, und die Klinik liegt in der Nähe seines Wohnortes Villingen. Also bewirbt er sich und wird ins «Haus Unruh» eingeladen. Nach einem kurzen Gespräch hat er den Job.

Nun ist er wieder hier, steht vor der Jugendstilvilla und zeigt auf die Fenster in der ersten Etage: «Da war das Zimmer von Schade, da war Bauernfeind, da März, da Yilmaz und da drüben Tiggelkamp.» Er hat sie alle betreut, die ganze Drachensaat.

Für den STERN ist Joachim Sauer noch einmal aus Villingen gekommen, zum ersten Mal seit Mai. Er war es, der am Abend der Ausstrahlung von «Drachensaat-TV» die Polizei in Karlsruhe anrief und sagte: «Ich kenne die alle, und ich weiß, wo sie sind.» Sauers Tipp führte zur Befreiung von Martin Barghausen, aber so richtig stolz scheint er darauf nicht zu sein. «Ich glaube, sie hätten ihn ohnehin freigelassen. Das waren keine gefährlichen Leute.» Er weiß es, denn er hat ihre Betten gemacht, ihnen das Frühstück serviert und darauf geachtet, dass niemand von ihnen aus der Klinik türmte. «Das waren doch selber Gefangene», sagt er und zeigt auf die Fenster im Erdgeschoss. Die sind ebenso vergittert wie die Terrassentüren. Opfer seien sie gewesen, allesamt, behauptet Sauer.

Bei der Fernsehsendung fehlte ihm die wichtigste Person: der Mann, der ihn angestellt hat. «Dr. Heiner Zens hieß der Leiter der Klinik, er hat alle Therapiegespräche geführt, er hat die Gruppe zusammengestellt und an diesem Ort vereint – und er hat die Drachensaat erfunden. Schade und die anderen waren doch bloß seine Marionetten», sagt Sauer und geht vor der Villa auf und ab. Er sagt Zens und meint Kai-Uwe Rötten, den Fernsehproduzenten, der sich als Arzt ausgab und alle getäuscht hat, auch Joachim Sauer. «Der war total überzeugend. Ich bin sicher, dass er auch einen Fußballtrainer oder einen Astronauten glaubwürdig verkörpert hätte.»

Joachim Sauer fängt Anfang Januar in der Privatklinik Haus Unruh an. Der Putz ist kaum trocken und die Ausstattung noch gar nicht komplett, als Zens / Rötten ihn und seine Kollegen in der renovierten Villa empfängt und einweist. «Er erklärte uns, dass er hier besondere

Patienten behandle, die auf die Ruhe des Hauses angewiesen seien.» Strikte, aber freundliche Isolation von
der Außenwelt sei die Hauptaufgabe gewesen, erzählt
Joachim Sauer, der sich damals nicht darüber wunderte, dass außer seinem Chef kein weiterer Mediziner im
Haus tätig war. Bei zunächst einem und selbst am Ende nur fünf Patienten sei sonst niemand nötig gewesen,
sagt er.

Auch die anderen Pfleger, Köche und Putzhilfen vertrauen dem Mann mit der ruhigen Stimme, der immer
mal Fachbegriffe in Alltagsgespräche einstreut und wirkt
wie der geborene Psychiater. «Er erklärte uns nur, dass
er eine neuartige Therapie ausprobieren wolle», erinnert
sich Sauer. Worin diese besteht und dass sie zu der Entführung eines der wichtigsten deutschen Wirtschaftsbos-
se führen wird, davon verrät er nichts. Und das bleibt
nicht das einzige Geheimnis. Die Angestellten dürfen die
zweite Etage mit der Chefwohnung nicht betreten. Und
während der Gesprächstherapie ist es ihnen verboten,
sich im ersten Obergeschoss aufzuhalten. Niemand soll
mitbekommen, was da besprochen wird.

Joachim Sauer ist von Anfang an für den ersten Patienten
zuständig, der eingeliefert wird. Das ist Bernhard Schade,
der «Irre von Bayreuth». Den hat er damals gar nicht erkannt und kann nur Gutes von ihm berichten. Ein ganz
verträglicher Typ sei der Schade gewesen, höflich und gebildet. «Dass der jemanden entführt, hätte ich ihm nie zu-
getraut», sagt Sauer. Es habe allerdings so etwas wie ein
Grauschleier über dem Bayreuther Attentäter gehangen,
etwas Düsteres, Melancholisches. Man habe dem Schade
angesehen, dass er eine traurige Lebensgeschichte hatte.
Aber das sei bei vielen Patienten mit psychischen Erkran-

kungen der Fall, «es wäre eher bemerkenswert gewesen, wenn es anders gewesen wäre», findet Sauer.

Viele Stunden hat er mit dem Patienten Schade verbracht, meistens schweigend als Aufsicht beim Essen oder in der Freizeit, die Schade mit Spaziergängen und Lesen verbrachte. Der Pfleger schaut durch ein Fenster und erkennt dahinter die Bibliothek des Hauses. «Hier haben sie oft gesessen und geredet oder gelesen», sagt Sauer. Eine für einen Heilungsprozess wichtige tiefer gehende Beziehung hat er nicht zu den Patienten aufbauen können, das sei in therapeutischer Hinsicht auch nicht wünschenswert gewesen, und der Chef hätte es ohnehin verboten.

Knapp fünf Monate lang fährt Sauer jeden Tag zur Arbeit in die abgelegene Villa, erzählt zu Hause und im Sportverein wenig bis nichts von seinem neuen Job. Auch dies ist nicht ungewöhnlich, ebenso wenig die Verschwiegenheitserklärung, die er beim Dienstantritt unterschreibt. Sauer hält sich an die Schweigepflicht, auch wenn ihm die Patienten und ihr Arzt immer merkwürdiger vorkommen, wie Gleiche unter Gleichen, fast wie eine Sekte.

Nach dem Frühstück tagen sie hinter verschlossenen Türen, essen gemeinsam zu Mittag, nachmittags folgen Einzelgespräche im Behandlungszimmer im zweiten Stock. Völlig eingekapselt in die Gruppe, schwört der Klinikleiter seine «Gäste», wie die Patienten intern genannt werden mussten, auf seine Idee des Kampfes der «Drachensaat» gegen die Gesellschaft ein. Mit seinen Angestellten spricht er indes kaum. «Er hat uns nicht eingeweiht. Und es hat ihn auch niemand nach seinen medizinischen Ansätzen gefragt. Wir waren doch alle froh über den lauen Job und die gute Bezahlung.» Und die ist wahrhaft fürstlich. Sauer und seine Kollegen verdienten jeweils über

4000 Euro, das ist viel für einen Krankenpfleger und genug, um die Stelle nicht mit kritischen Fragen zu gefährden. Für Sauer hätte das endlos so weitergehen können, «es war eigentlich ein Traumjob». Was er nicht ausspricht, aber erahnen lässt: Er und seine Kollegen sind im Nachhinein froh, dass sie nicht wussten, was im ersten Stock der Klinik ausgebrütet wurde. Wer weiß, der eine oder andere hätte wohl mitgemacht. Sauer umschreibt es so: «Zens hatte eine unglaubliche Überzeugungskraft. Was er denen eingetrichtert hat, grenzte schon an Gehirnwäsche. Man konnte sich ihm nicht entziehen.»

Mit den Wochen verändern sich die Patienten. Aus scheuen Anstaltswracks werden nach und nach selbstbewusste Streiter, die auch schon mal ein Essen reklamieren oder die Pfleger mit ihrer Unordnung provozieren. Besonders Rita Bauernfeind habe sich ständig quergestellt.

Zu pflegen gibt es indes nichts und niemanden, eigentlich arbeiten Sauer und seine drei Kollegen als Wachpersonal. Da die Insassen der Klinik aber keinerlei Ambitionen zur Flucht zeigen, sitzen die Pfleger meist herum, spielen Karten oder unterhalten sich. Der Dienst dauert täglich 12 Stunden von 6 Uhr bis 18 Uhr, nachts sind nur zwei Kollegen im Haus, nie geschieht etwas Bemerkenswertes. Die Kameras in den Fluren und Krankenzimmern sind ohnehin bloß Attrappen, man hätte die Patienten nicht einmal bewachen können, wenn man gewollt hätte.

Nicht einmal zum Einkaufen müssen die Pfleger in den nächsten Ort. Ein Lieferservice bringt vom Klopapier bis zum Mineralwasser ins Haus, was der Chef bestellt. Nicht nur zwischen den gut verdienenden Angestellten herrscht ein ruhiges Klima, auch die Patienten vermitteln untereinander eine ziemlich aufgeräumte, wenn auch zunehmend verschwörerische Stimmung. «Auf mich wirkten die allesamt nicht krank. Überspannt waren die, vielleicht seltsam, aber nicht psychisch krank. Da habe ich schon ganz andere erlebt», sagt Joachim Sauer und zeigt auf den Carport neben dem Haus. Darin stand der Van des angeblichen Arztes, mit dem man gemeinsam zwei Ausflüge in die Stadt machte. Die Patienten sollten dort Übungen absolvieren. Der Umgang mit den normalen Menschen sollte geübt werden, und als sie nach dem ersten Manöver zum Auto zurückkamen, sei die Gruppe vollkommen fertig gewesen. «Die taten mir richtig leid.»

Joachim Sauer hat die ganze Drachensaat kennengelernt, er hat ihre Kleidung gewaschen und fast täglich die Wasserautomaten aufgefüllt. Er hat die Entführer des Bankenchefs Barghausen gemocht. «Am liebsten war mir eigentlich der März. Der war so ein ruhiger Riese. Yilmaz hingegen konnte ziemlich aufbrausend sein.» Sauer hat Diskussionen erlebt, in denen Ünal Yilmaz, der Busfahrer aus Braunschweig, über zwanzig Minuten lang redete, ohne dass ihn jemand unterbrochen hätte. Die Gruppe sei ungewöhnlich höflich miteinander gewesen, meistens hätten Schade und Yilmaz das Wort geführt.

Aber es gab auch einen Außenseiter. Benno Tiggelkamp trug praktisch nichts zu den Gesprächen bei. «Der war einfach nur dabei. Manchmal hat er genickt, das war es dann aber auch schon. Für mich gehörte der gar nicht richtig dazu.»

Ein besonderes Verhältnis pflegte Joachim Sauer bis zuletzt zu Bernhard Schade, dem Patienten Nummer eins. Seinetwegen verlor Sauer schließlich auch seinen Job. Böse ist er ihm trotzdem nicht. «Ich war unbeherrscht, das darf nicht passieren», sagt Sauer und deutet zur Mauer, hinter der sich der weitläufige Park der Klinik erstreckt. Dann erzählt er von seinem Ende als «Drachensaat»-Pfleger.

Das kam Ende März, als er und Schade mal wieder im Garten des Hauses auf einem ihrer ausgedehnten Spaziergänge unterwegs waren. Plötzlich machte Schade einen Fluchtversuch, rannte überraschend davon und versuchte, die Mauer zu überwinden, was dem sportlichen Patienten beinahe gelungen wäre, wenn Sauer ihn nicht am Hosenbein zu fassen bekommen hätte. Was dann geschah, schildert Sauer mit Schuldbewusstsein. Er habe dem Schade «eine verpasst, vielleicht auch zwei». Dabei sei es zu einem Nasenbeinbruch gekommen, der ihm leidtue. Er würde sich gerne dafür entschuldigen, aber er traut sich nicht, den Kontakt herzustellen. Außerdem wurde Joachim Sauer hart bestraft. Wenige Minuten nachdem er mit dem stark blutenden Schade zurück im Haus Unruh war, wurde er von Rötten entlassen. «Das Gespräch dauerte höchstens eine Minute. Er sagte, ich könne gehen und dass er noch zwei Gehälter überweisen würde.» Dann ist Schluss. Sauer fährt nach Hause und trinkt erst einmal einen Schnaps, «was ich sonst nie tagsüber mache». Bald darauf beschleicht ihn das Gefühl, dass etwas mit diesem Laden nicht stimmte. Keine Untersuchung nach dem Vorfall, keine Diskussionen, nicht einmal Fragen. Im normalen Klinikalltag kennt er das anders. Und dann trifft er eine Woche später zufällig einen ehemaligen Kollegen aus der Villa Unruh im Baumarkt, mitten am Tag, während der Dienstzeit. Und der erzählt ihm, dass der Chef alle entlassen habe, sogar den Koch. Die

Patienten sollten sich nun selbst versorgen, habe es zur Erklärung geheißen. Das ist gegen jede therapeutische Praxis. Sauer wundert sich, aber er hält still. Da ist die Verschwiegenheitserklärung und eine gewisse Unsicherheit. Was hätten wir denn bei der Polizei aussagen sollen? Ein Verbrechen hatten sie nicht zu melden, nur Merkwürdigkeiten. Und die gibt es überall auf der Welt.

Natürlich bekommt Sauer den Hype um die Entführung des Bankmanagers Barghausen mit. Und am Donnerstag vor sechs Wochen sitzt er wie viele Millionen Deutsche mit seiner Frau vor dem Fernseher. Es ist eine fast surreale Szene, als der Pfleger, auf dem Sofa sitzend, seinen früheren Arbeitsplatz wiedererkennt. «Ihm ist buchstäblich die Salzstange aus dem Gesicht gefallen», sagt seine Frau Susanne. Zuerst erkennt er gar nicht die etwas unscharfen und weit von der Kamera postierten Personen, sondern die Sessel, auf denen sie sitzen. «Das kenne ich doch», fährt es ihm durch den Kopf. Dann berichtet er seiner Frau, hektisch, aufgeregt, die Gedanken schwirren in seinem Kopf herum.

Die vom Sender vorher eingeblendete Telefonnummer hat er sich nicht gemerkt, wozu auch? Er ruft die 110 an, besetzt. Er wählt die Nummer der Polizei in Villingen, auch besetzt. Er ruft in Furtwangen und in Freiburg an, schließlich in Karlsruhe, da kommt er durch. Was er zu sagen hat, unterscheidet sich von den Anrufen der anderen Fernsehzuschauer. Die können manchmal sogar alle vier Terroristen nennen, aber niemand den Ort, von dem die Aufnahme stammt.

Zwölf Stunden später ist die Drachensaat Geschichte. Sauer und die anderen Angestellten melden sich noch einmal bei der Polizei, machen Aussagen bei der Staatsanwaltschaft, skizzieren Räume, erläutern ihre Aufgaben. Zunächst ist da viel Misstrauen auf Seiten der Behörden, aber auch die Entführer sagen aus, dass niemand in ihre Pläne eingeweiht gewesen sei. Dasselbe erklärt auch ihr Arbeitgeber mit dem richtigen Namen Kai-Uwe Rötten. Der Drachensaat-Pfleger will wieder nach Hause, er hat genug vom Ortstermin, «dieses Haus hat mir kein Glück gebracht», sagt er. Er muss heute noch die Stellenanzeigen in der Zeitung nach einem Job absuchen. Und er hat einen Termin bei der Agentur für Arbeit, den will er nicht versäumen. Gerade kam die Überweisung seines letzten Gehalts, Rötten hat Wort gehalten. Nun ist Joachim Sauer wieder arbeitslos.

Für Sie, Inhaltsverzeichnis, August 2009
Leicht, schnell, schön: Rita-Ketten zum Selbermachen.
Alle wollen sie kaufen, dabei bekommt sie jeder hin, die Rita-Kette. Wir zeigen, wie es geht und wo Sie kleine verrückte Holzperlen bekommen für Rita-Ketten im Afro-Style.

Spiegel Online, 9. September 2009, 13:21 Uhr
Rita Bauernfeind ist tot
Sie wird für immer ein Rätsel bleiben. Rita Bauernfeind (46), Mitglied der Drachensaat-Gruppe und weltweit bekannt als «fette Frau, die Luft isst», ist gestern Abend einem Herzinfarkt erlegen.
Nach Angaben der Justizvollzugsanstalt Freiburg hatte sie sich seit ihrer Inhaftierung Ende Mai nur noch von stark zucker- und fetthaltigem Essen ernährt und dabei schnell zugenommen. Diesen Ernährungsschock habe

ihr Körper nicht mehr mitgemacht, erklärte ein Sprecher der JVA.

Rita Bauernfeind war berühmt geworden wegen einiger unfreiwillig komisch geratener Filme, die seit Jahren im Internet kursierten. Darauf sah man die weit über 200 Kilo schwere Frau scheinbar Luft essen. Später trat die auf unter 50 Kilo abgemagerte Bauernfeind als Mitglied der Entführergruppe des Bankenchefs Martin Barghausen in Erscheinung. Nach ihrer Verhaftung lehnte sie Vernehmungen und Interviews ebenso strikt ab wie jedwede gesunde Ernährung. Gestern Abend dann versagte das Herz seinen Dienst in der wieder über 80 Kilo schweren Frau. «Es kommt mir vor wie ein Selbstmord», sagte ihr behandelnder Arzt Professor Heinz Scherer (59) von der Uniklinik Freiburg.

BUNTE, 5. November 2009
Die zehn nervigsten Gimmicks
(und ihre Lebenszeit)

1. Smiley-Flicken (vier Jahre)
2. Atomkraft-nein-danke-Button (zwei Jahre)
3. Zauberwürfel (ein Jahr)
4. Tanzende Blume (neun Monate)
5. Slime aus der Dose (acht Monate)
6. Wackel-Elvis (sieben Monate)
7. Wackel-Dieter (sechs Monate)
8. Lance-Armstrong-Bändchen (fünf Monate)
9. Deutschland-Autofähnchen (vier Monate)
10. Rita-Kette (drei Monate)

faz.net, 15. November 2009, 17:18 Uhr
Fahndungspanne bei Barghausen-Entführung?

Bei der Fahndung nach der Terrorgruppe «Drachensaat» hat es womöglich eine schwere Fahndungspanne gegeben. Wie heute bekannt wurde, gab es schon Tage vor der Befreiung des früheren Reformbank-Chefs Barghausen Hinweise auf dessen Aufenthaltsort.

Der Manager hatte schon in ersten Befragungen immer wieder davon gesprochen, einen Kassiber aus dem Fenster seines Gefängnisses geworfen zu haben. Dieser Kassiber sei aber offenbar von einem Lieferfahrer nicht weitergeleitet worden. Der Angestellte eines Supermarktes in der Nähe von Villingen hatte bisher bestritten, den Kassiber jemals gesehen zu haben.

Heute änderte der junge Mann offenbar seine Meinung. Er legte bei der Polizei das Schriftstück vor und sagte aus, er habe es am 20. Mai aus Angst nicht zur Polizei gebracht. Er habe gefürchtet, dort Ärger zu bekommen, da er seiner Tätigkeit als Fahrer damals ohne gültigen Führerschein nachgegangen sei. Um unangenehme Fragen zu vermeiden, habe er bei RTV1 angerufen und das Blatt per Fax dorthin geschickt. Man habe ihm dann versichert, alles Nötige in die Wege zu leiten. Dies alles habe sich am Tag vor der Ausstrahlung von «Drachensaat-TV» abgespielt.

Welt online, 16. November 2009, 18:58 Uhr
Mörser unter Druck

RTV1 gerät in der Angelegenheit Barghausen schwer unter Beschuss. Wie heute bekannt wurde, hatte der Senderchef Detlev Mörser (39) schon vor der Ausstrahlung der umstrittenen Drachensaat-Sendung Ende Mai

Kenntnis vom Aufenthaltsort des entführten Managers, teilte aber sein Wissen der Polizei nicht mit. Eine frühzeitige Befreiung Barghausens hätte wahrscheinlich zur Nichtausstrahlung der Sendung und zur Stornierung zahlreicher Werbespots geführt. Das lag nicht im Interesse des Senders. Detlev Mörser erklärte auf Anfrage, die Behauptung, man habe vorher gewusst, wo Barghausen sich aufhalte, sei «totaler Stuss», er werde gegen diesen Rufmordversuch juristisch vorgehen.

tageszeitung, 19. November 2009
Mitarbeiter atmen auf: Mörser zerrieben

Der Chef von RTV1, Detlev Mörser (39), hat in einer Pressemeldung seines Senders erklärt, bis zur restlosen Aufklärung der Kassiber-Affäre nicht an seinen Schreibtisch zurückzukehren. Mitarbeiter von RTV1 gehen davon aus, dass es dazu nicht mehr kommt. Gestern wurde bekannt, dass der für seine rustikalen Umgangsformen berüchtigte Fernsehmann einer Assistentin, die mit der Faxkopie des Barghausen-Kassibers zu ihm gekommen sei, das Schreiben aus der Hand genommen und in den Papierkorb geworfen habe. Das sei «bloß irgendeine Trittbrettscheiße», habe Mörser entschieden und es abgelehnt, den Brief der Polizei zu übergeben. Ob er an diese Interpretation des Fax tatsächlich geglaubt oder nur die Ausstrahlung der Drachensaat-Show nicht habe stoppen wollen, ist noch nicht geklärt, wohl aber die Authentizität des Schreibens. Ein Supermarktfahrer aus Villingen hatte das Original-Schriftstück mit Barghausens Handschrift sowie die Faxquittung mit Datum, Uhrzeit und der Faxdurchwahl des RTV1-Chefs am Sonntag bei der Polizei vorgelegt.

Tagesschau, 10. Dezember 2009, 20:04 Uhr

(Video: Sprecher im Studio, dann Bilder vom Gerichtssaal, der Angeklagte März versucht, sein Gesicht zu verdecken, alle anderen Mitglieder sind zu erkennen. Audio: Sprecher im Off)

Der Prozess gegen die sogenannte Drachensaat hat heute vor dem Oberlandesgericht Karlsruhe begonnen. Vier Männer sind angeklagt, den früheren Reformbank-Manager Barghausen im Mai entführt zu haben. Das fünfte Mitglied der Gruppe, Rita Bauernfeind, verstarb vor Prozessbeginn. Beobachter gehen von einer langen Verfahrensdauer aus. (Video: Reporter mit Mikrofon vor dem Gerichtsgebäude. Audio: Reporter im On) Der Prozess begann und wurde gleich wieder vertagt, weil der Angeklagte Ünal Yilmaz sechzehn Anträge, unter anderem wegen Befangenheit der Strafkammer, gestellt hat.

RTV1, Menschenbilder 2009, 19. Dezember, 20:54 Uhr

Auftritt von Martin Barghausen bei Georg Sassen

(Video: Filmbilder von M. Barghausen nach seiner Befreiung aus dem Haus Unruh, danach Bilder von der Drachensaat und dem Haus Unruh. Audio: Moderator im Off)

Es war die Entführung des Jahres. Zehn Tage lang hielten diese Terroristen den Bankmanager Martin Barghausen gefangen, nur um mit ihm im Fernsehen auftreten zu können. Sie zwangen ihn zu einer TV-Sendung, die von über 24 Millionen Deutschen angesehen wurde. Einen Tag später wurde er befreit. Er sagt: Diese zehn Tage haben mein Leben verändert.

(Video: Moderator im Studio mit Publikum. Audio: Moderator im On) Und hier ist Doktor Martin Barghausen.

(Video: Totale vom Studio, Barghausen tritt auf und geht zu Sassen, der sich erhebt und ihm die Hand gibt. Beide setzen sich, das Publikum applaudiert. Audio: Applaus, Auftrittsmusik. Video: Das Gespräch beginnt mit einer Nahaufnahme von Sassen, danach wechselt die Perspektive zwischen Moderator und Gast hin und her. Audio: abwechselnd sprechend Moderator und Gast)

Sassen: Herr Barghausen, schön, dass Sie heute Abend bei uns sind. Als Erstes eine ganz naheliegende Frage: Wie geht es Ihnen heute?

Barghausen: Danke, es geht mir gut. Ich habe inzwischen alle Blessuren von der Befreiung auskuriert und fühle mich wieder fit und gesund.

Sassen: An der Gerichtsverhandlung gegen Ihre Entführer wollen Sie dennoch nicht teilnehmen.

Barghausen: Ich sehe darin keinen Sinn. Ich finde nicht, dass man diese Leute nach den normalen Umständen verurteilen sollte, und daher nehme ich auch als Nebenkläger nicht am Prozess teil.

Sassen: Aber als Zeuge müssten Sie aussagen.

Barghausen: Ich habe schon schriftlich ausgesagt. Das muss reichen. Ich werde da nicht auftreten.

Sassen: Sie haben eben gesagt, Sie sähen keinen Sinn in einer Verurteilung dieser Drachensaat-Leute. Da könnte man jetzt meinen, Sie teilten deren Ansichten. Oder halten Sie die Mitglieder dieser Gruppe für krank?

Barghausen: Weder noch. Die sind nicht krank, sondern verzweifelt. Natürlich muss man festhalten, dass eine Entführung ein krimineller Akt ist. Dafür werden sie ihre Strafe bekommen, das ist keine Frage. Aber ich will nicht daran mitwirken, denn ich finde abseits der strafrechtlichen Bewertung der Tat den Tathintergrund viel wichtiger, die

Frage: Was wollten die denn erreichen? Und diesen Hintergrund finde ich ehrenwert.

Sassen: Obwohl Sie immerhin das Opfer einer Entführung waren.

Barghausen: Das klingt paradox, und natürlich hat mich der ganze Vorgang sehr mitgenommen. Und meine Familie noch mehr, das ist klar. Trotzdem muss man sehen, dass die Themen, die von Herrn Yilmaz und Herrn Schade ...

Sassen: ... den beiden Haupttätern ...

Barghausen: ... die Themen, die da angesprochen wurden, natürlich wichtige Themen sind. Das können wir aus Wirtschaft und Politik nicht leugnen. Denen müssen wir uns stellen.

Sassen: Wie war das Leben innerhalb dieses Hauses? Man weiß, Sie haben in einer Art Krankenzimmer gelebt. Gab es keine Möglichkeiten zur Flucht?

Barghausen: Wenn sich eine geboten hätte, dann hätte ich sie wahrgenommen. Einmal habe ich einen Fluchtversuch unternommen, aber es hat nicht funktioniert. Ich wurde überwältigt ...

Sassen: ... von wem?

Barghausen: Ich habe das in meiner Aussage geschrieben, das muss reichen. Ich werde hier keine Tatbeteiligungen öffentlich machen. Auf jeden Fall wurde ich überwältigt, und danach ergab sich keine solche Chance mehr.

Sassen: Hatten Sie Angst?

Barghausen: Wovor Angst?

Sassen: Vor der Drachensaat. Immerhin haben diese Leute damit gedroht, Sie umzubringen. Glauben Sie, dass die das gemacht hätten, wenn ihren Forderungen nicht nachgegeben worden wäre?

Barghausen: Das kann ich nicht mit Gewissheit sagen. Sie wären dazu bereit gewesen, das glaube ich schon. Aber das bedeutet nichts, die Frage hat sich nicht gestellt.

Sassen: Wie waren die denn so? Von jedem weiß man ja so ein bisschen was, aber richtig vorstellen kann man sich diese Leute nicht. Gelingt es einem da, so etwas wie eine Beziehung aufzubauen?

Barghausen: Ich werde jetzt nicht ins Detail gehen, weil sich das nicht gehört. Jeder Mensch hat so seine Eigenheiten, auch im normalen Alltag. Ich werde das hier nicht ausbreiten.

Sassen: Anders gefragt: Hatten Sie so etwas wie einen Lieblingsentführer?

Barghausen: Nochmal: Ich möchte nichts Persönliches über die Mitglieder der Drachensaat sagen.

Sassen: Wie muss man sich das Leben im Haus Unruh vorstellen? Sie sitzen zusammen mit Ihren Peinigern bei Kaffee und Kuchen und diskutieren die Wirtschaft?

Barghausen: Ohne Kaffee und Kuchen. Aber so ähnlich war das wirklich. Es war eine Stimmung wie in einem Sanatorium, allerdings ohne Ärzte oder Pfleger oder sonstiges Personal.

Sassen: Stichwort Personal. Die Gruppe wurde von einem früheren Fernsehproduzenten geleitet ...

Barghausen: ... nicht, solange ich dort war. Ich habe diesen Mann nicht gesehen. Im Zimmer nebenan war jemand, der manchmal an meine Wand geklopft hat. Ich nehme an, das war dieser Rötten. Ich habe ihn aber weder gesehen noch gesprochen.

Sassen: Der war da neben Ihnen eingesperrt?

Barghausen: Ich denke, so war es.

Sassen: Wurde von ihm gesprochen?

Barghausen: Kaum. Wenn von ihm die Rede war, dann meistens recht freundlich. Die wussten ja auch nicht, dass er gar kein Arzt war.

Sassen: Ist denn das vorstellbar, ich meine, diese Leute machen eine Gruppentherapie bei einem Mann, der Fernsehshows produziert, und merken das nicht?

Barghausen: Ist es vorstellbar, dass ein Mann seine Tochter und ein halbes Dutzend Kinder, die er mit ihr hat, unbemerkt über zwanzig Jahre lang in einem Keller versteckt? Ich will da nichts miteinander vergleichen, aber vorstellbar ist in unserer Zeit alles, glaube ich. Und dieser Rötten hat ja mit vielen seiner Ansätze für die Gruppe nicht unrecht gehabt.

Sassen: Noch einmal zurück zu Ihrer Geiselhaft. Sie waren zehn Tage mit diesen Leuten zusammen. Bildet sich da so eine Art Alltag heraus?

Barghausen: Sie meinen so etwas wie eine Gewöhnung? Das ist komisch, die gibt es tatsächlich. Natürlich will man nur raus, aber wenn man verstanden hat, dass man darauf keinen Einfluss hat, dann versucht man, die Zeit sinnvoll zu verbringen.

Sassen: Womit haben Sie sich beschäftigt?

Barghausen: Zunächst einmal natürlich mit der Gruppe, da wurde ja viel diskutiert, es gab auch so etwas wie eine Probe dieser Sendung. Und dann habe ich gelesen, was es dort gab, also Bücher, medizinische Fachliteratur, so etwas.

Sassen: Das klingt fast beschaulich ...

Barghausen: Tut mir leid, wenn es Ihre Erwartungen nicht befriedigt. Wie gesagt, ich war nicht freiwillig da.

Sassen: Sie haben auch versucht, mit der Außenwelt Kontakt aufzunehmen. Dieser Kassiber, den Sie da durchs Fenster geworfen haben, war dann Ihre große Hoffnung.

Barghausen: Ja, ich habe natürlich damit gerechnet, dass der Mann das bei der Polizei abgibt, und habe dann jede Stunde mit dem Ende der Geiselnahme gerechnet, aber die Polizei kam und kam nicht.

Sassen: Was ist das für ein Gefühl: Man sieht, dass dieser Lieferant den Brief aufhebt, und man sieht, wie er wegfährt. Und dann passiert nichts!

Barghausen: Das ist ein Scheißgefühl, auf gut Deutsch gesagt, es macht Sie noch hilfloser. Irgendwann beginnen Sie, an Verschwörungen zu glauben, so in der Art: Die stecken alle unter einer Decke. Aber inzwischen ist ja bekannt, was da passiert ist.

Sassen: Sind Sie böse auf diesen Lieferfahrer? Er hatte Angst vor der Polizei.

Barghausen: Nein, auf den bin ich nicht böse. Ich bin auf niemanden böse.

Sassen: Auch nicht auf den ehemaligen Chef dieses Senders? Immerhin hat er die Weitergabe Ihres Briefes an die Behörden verhindert.

Barghausen: Wenn er das weitergeleitet hätte, wäre ich viel früher befreit worden, allerdings wäre dann auch die Sendung ganz sicher nicht ausgestrahlt worden. Das hätte ich im Nachhinein bedauert, denn inhaltlich war die Sendung gut. Die Anliegen der Drachensaat ...

Sassen: ... wurden ja schon in dieser berühmten Talkshow sehr ausführlich geschildert. Jetzt hat am Montag der Prozess gegen diese Drachensaat begonnen. Verfolgen Sie das?

Barghausen: Nein, ich versuche, das nicht an mich heranzulassen. Ich will möglichst wenig davon mitbekommen.

Sassen: Nun haben sich Ihre Entführer da ja auch schon über Sie geäußert.

Barghausen: Aha.

Sassen: Es ging dabei um Ihre Kindheit, um Ihr problematisches Verhältnis zu Ihrem Vater, der ein Nazi war, und um Ihre Schuld am Tod Ihres Bruders. Haben Sie tatsächlich in dieser Gruppe davon erzählt?

Barghausen: Ja, in der Gruppe. Es war wichtig für mich, darüber zu reden. Ich habe auf diese Weise viel gelernt über mich, auch über meine Lebenslügen.

Sassen: Wollen Sie darüber sprechen?

Barghausen: Bei Ihnen? Nein, natürlich nicht. Es war Bestandteil meiner Gespräche mit der Drachensaat, hier hat das nichts verloren.

Sassen: Würden Sie sagen, dass diese Entführung Ihr Leben verändert hat?

Barghausen: Ja, ganz bestimmt. Ich bin nicht mehr derselbe wie früher. Ich hatte nun ein paar Monate Zeit, um mir die Konsequenzen dieser Sache zu überlegen. Ich denke, dass die Leute in dem Haus Unruh in mancher Hinsicht recht hatten, eine neue Gesellschaft zu verlangen. Und ich denke, dass unser Umgang miteinander, die ganze Art, wie wir Menschen uns gegenseitig behandeln, wie wir uns im Grunde gegenseitig bekämpfen wie Wilde, wie wildgewordene Drachenzähne, dass das aufhören muss.

Sassen: Herr Barghausen, nun sind Sie ein freier Mann, wenn auch nicht ganz frei. Auf Sie wartet noch Ihr eigener Prozess wegen Untreue und Bestechlichkeit. Der wird vermutlich bald fortgesetzt.

Barghausen: Ja, vermutlich.

Sassen: Wollen Sie sich dazu äußern?

Barghausen: Ich war eben noch nicht fertig. Wir müssen lernen, dass die Menschen zusammengehören, dass es kein

Draußen und Drinnen geben darf, dass wir die Talente jedes Einzelnen benötigen, um die Welt vor uns selber zu retten.

Sassen: Ihr Prozess ...

Barghausen: ... mein Prozess ist Kokolores. Ich werde ihn gewinnen, juristisch habe ich nichts Strafbares getan. Moralisch aber schon.

Sassen: Dann könnten Sie ja aus moralischen Gründen auf Ihre Abfindung verzichten.

Barghausen: Das habe ich auch vor. Ich glaube, dass die Starken ihre Stärke nicht dafür einsetzen sollten, die Schwachen noch schwächer zu machen, sondern ihnen zu helfen. Daher werde ich nicht mehr im bisherigen Sinne unternehmerisch tätig werden, vielmehr habe ich mich entschlossen, ein Coaching-Institut zu eröffnen, um die Ausgeschlossenen der Gesellschaft wieder zu uns hereinzuholen. Meine Mitarbeiter und ich sind dabei, entsprechende Trainingsprogramme zu entwickeln. Im Augenblick bemühen wir uns darum, das Haus Unruh zu erwerben, um es umzubauen. Die Mittel aus meiner letzten Bonuszahlung fließen in dieses Projekt.

Sassen: Dabei wünsche ich, wünschen wir Ihnen natürlich viel Erfolg. Martin Barghausen!

(Video: Totale vom Studio. Audio: Publikum applaudiert. Danach Moderator im On) Sooo, wir machen eine kurze Pause, und dann stelle ich Ihnen eine Frau vor, die uns im Sommer begeistert hat: Sie heißt Hedwig Bunz, und sie kann mit den Ohren rauchen. Gleich zeigt sie uns, wie das geht. Außerdem nach der Werbung bei uns zu Gast: vier schwule Kaninchen aus dem Emsland und ihr Züchter. Bleiben Sie dran.

Süddeutsche Zeitung, Wirtschaft, 16. Januar 2010

Schwere Vorwürfe gegen Heinlein

Am Rande des Prozesses gegen die Entführer des früheren Reformbank-Chefs Barghausen hat einer der Angeklagten schwere Vorwürfe gegen den Personalvorstand der Ketter AG, Frank Heinlein (45), erhoben. Arnold März (41) behauptete am gestrigen sechsten Prozesstag, ein Junge namens Frank Heinlein habe in seiner Jugend ein Mädchen vergewaltigt, was zu einer Traumatisierung des Angeklagten geführt haben soll. Nach Recherchen des ARD-Magazins «Report» wuchs der heutige Ketter-Vorstand Heinlein in der direkten Nachbarschaft des Angeklagten März auf. Heinlein war für eine Stellungnahme bisher nicht zu erreichen.

Handelsblatt, 19. Januar 2010

Heinlein wehrt sich gegen Anschuldigungen

Frank Heinlein (45), Vorstandsmitglied der Ketter AG, hat den Vorwurf, als Sechzehnjähriger an einer Vergewaltigung beteiligt gewesen zu sein, scharf zurückgewiesen. In einer Pressemitteilung rügte er die Medien, diese von einem «bundesweit bekannten Irren» aufgestellte Behauptung zu verbreiten, und erklärte, «selbstverständlich niemals so eine verwerfliche Tat begangen zu haben». Er prüfe Rechtsmittel gegen März, der am Freitag vergangener Woche im Drachensaat-Prozess eine Beihilfe an Heinleins angeblicher Tat durch Duldung eingeräumt hatte. Beide Straftatbestände sind lange verjährt.

Spiegel, 4. Mai 2010

«Am Ende gibt es nur Opfer»

Kurz vor dem Ende der Verhandlung kann bald niemand mehr sagen, wer bei der Entführung des Managers Barghausen eigentlich Schuld auf sich geladen hat – und wer nicht. Wie Richter, Staatsanwälte und Angeklagte durch den «Drachensaat»-Prozess taumeln.

Es ist der 36. Prozesstag, und der vorsitzende Richter Eberhard Wünsche (64) nimmt wieder einmal die Brille ab, reibt sich die Nase und sieht sich im Gesichtssaal um, wo Zuschauer, Vollzugsbeamte und Staatsanwaltschaft den Ausführungen des Angeklagten Yilmaz (38) lauschen. Dieser gibt eine Erklärung zum Wesen des deutschen Fernsehens ab. Es ist nicht der erste Monolog des enervierenden Busfahrers, sondern der gefühlt hundertste im Rahmen dieses Prozesses. Wann immer er kann, nutzt er die Aufmerksamkeit, die ihm zuteilwird, er genießt sie, sie spornt ihn an. Mal beschwert sich Ünal Yilmaz über das Gefängnisessen, dann über die Rolle der Medien während des Prozesses, dann ermahnt er die amüsierten Prozessbeobachter zum Tragen einfarbiger Hemden, da alles andere unwürdige Clownerie sei.
Er prangert die Hersteller von Fertigmahlzeiten ebenso an wie die Bundespolitik und «verbrecherische Meteorologen, die uns arme Unwissende ohne Schirm zum Sonntagsspaziergang aufbrechen lassen». Dann wieder hebt er an zu großen moralischen Appellen, und die klingen ebenso dringlich wie richtig. Aus diesem Angeklagten wird der Richter nicht schlau. Die meisten von Yilmaz' Volksreden lässt Wünsche mit stoischer Ruhe über sich ergehen, manchmal wirkt er verunsichert ob der starken

Wirkung, die der Angeklagte selbst mit den nichtigsten Einlassungen bei seinem Publikum erzielt.

Nur einmal ist Wünsche bisher der Kragen geplatzt. Das war, als Ünal Yilmaz am 15. Verhandlungstag über die Verbindung der deutschen Autoindustrie mit der Atomlobby schwadronierte. Da unterbrach der Richter den Mann in dem Safari-Anzug und fragte ihn unwirsch, was denn dies mit dem Prozessinhalt zu tun habe, und Yilmaz schrie, dass alles mit allem zu tun habe. Wünsche verbat sich den Ton, Yilmaz schrie weiter, beschimpfte Wünsche als Knecht eines korrupten Unrechtsstaates, und schließlich wurde er dafür ausgeschlossen, zum achten Mal seit Mitte Dezember.

Nun sitzen sie sich also zum 36. Mal gegenüber, der Richter und der Drachensaat-Krieger, und sie wirken wie die zwei gegensätzlichen Pole einer Person. Hier der bedächtige Schwabe Wünsche, ein erfahrener Jurist mit Fingerspitzengefühl und der besonderen Gabe der Toleranz. Auf der anderen Seite der aufgeregte Prediger Yilmaz, ehrgeizig argumentierend für seine Sache, ungeduldig, hochfahrend, bisweilen gemein. Was sie eint, ist der feste Glaube an die Gerechtigkeit, so weit liegen sie nicht auseinander. In anderen Zusammenhängen kann man sie sich gut als Freunde von unterschiedlichem Temperament vorstellen. Beiden fehlt etwas vom anderen.

Wünsche wartet geduldig auf das Ende der Rede, setzt die Brille wieder auf und unterbricht die Verhandlung für die Mittagspause. Man kennt sich inzwischen, man bildet Rituale aus. Zunächst redet Yilmaz, dann gibt es Mittagessen, erst danach treten Zeugen und Gutachter auf, um Licht in ein Verbrechen zu bringen, das bis heute beispiellos ist in Deutschland, vielleicht auf der Welt.

Wo hat es das schon einmal gegeben: Eine Gruppe entführt jemanden, um ins Fernsehen zu kommen.

Ünal Yilmaz hat dieses Verbrechen begangen, welches er nicht bestreitet, dessen er sich nicht schämt, dessen Sinn er nur immer wieder erklären möchte. Wünsche formuliert keinen Zweifel an der moralischen Aufrichtigkeit des sich selbst vertretenden Angeklagten, aber eine Straftat bleibt eine Straftat, das ist eine unverrückbare Tatsache in der Rechtsauffassung des Richters und des Staates, den er vertritt. Ünal Yilmaz, der häufig für die ganze Gruppe spricht, redet dann von einem übergesetzlichen Notstand, der die Drachensaat-Kämpfer dazu veranlasst habe, größeren Schaden von der Gesellschaft abzuwenden, indem man den wichtigsten Funktionsträger einer moralisch verwurmten Wirtschaft aus dem Verkehr gezogen habe; doch so edel die Motive klingen, so wenig vermag der Richter im Verhalten der Drachensaat-Gruppe einen Gewinn für die Allgemeinheit erkennen. Immer wieder liefern sich die beiden Protagonisten des Prozesses juristische, manchmal fast philosophisch anmutende Diskussionen, in denen Yilmaz für einen Laien gar nicht so schlecht dasteht, auch wenn das häufigste von ihm verwendete Wort «trotzdem» lautet.

Der Deutsch-Türke könnte es viel einfacher haben, wenn er sich der Taktik seiner Mitangeklagten anschließen würde. Die verfolgen seit der Anklageerhebung wegen erpresserischen Menschenraubes und Bildung einer kriminellen Vereinigung eine ganz andere Politik. Die Verteidiger von Bernhard Schade (51), Benno Tiggelkamp (68) und Arnold März (42) sehen ihre Mandanten selbst als Opfer, was einen Keil zwischen diese und den streitbaren Yilmaz getrieben hat. Reingefallen seien sie, sagt Schade einmal, am 20. Prozesstag. Reingefallen auf den vermeintlichen Arzt Zens, der sie habe behandeln wollen, dem sie vertraut hätten in der Gruppe. Man habe als Patient nicht wissen können, dass die Betätigungen des Arztes illegal gewesen seien, ein klassischer Rechtsirrtum sei das gewesen. Auch Yilmaz, der zusätzlich wegen Körperverletzung angeklagt ist, weil er dem Chauffeur des Managers auf der Flucht den Fuß gebrochen hat, sei letztlich nur Opfer, sagt Schade, ein ehemaliger Architekt. Wenn er von Rötten spricht, dann klingt das, als wäre er enttäuscht vom Verhalten eines Freundes.

Als der ehemalige TV-Produzent Kai-Uwe Rötten (43) einige Tage später als Zeuge aussagt und berichtet, wie man theoretisch eine Entführung geplant habe, wie er damit das Selbstbewusstsein seiner Therapiegruppe habe heben wollen, da gerät der Prozess endgültig zum Volkstheater, denn dieser Rötten hat seinen Patienten den Arzt bloß vorgespielt. Auch er wird sich vor Gericht verantworten müssen, die Vorbereitung der Anklage läuft, es stehen Anstiftung zu einer Straftat, Nötigung, der Missbrauch von Titeln, Urkundenfälschung und Betrug im Raum. Die meisten dieser Delikte gereichten den Mitgliedern der «Drachensaat» zum Nachteil. Ohne Rötten und seine vorgespiegelte Funktion, ohne seine kruden Therapie-ideen hätten sie die Entführung niemals begangen. Und so weht eine Ahnung durch die Kammer: Sind die Täter am Ende nur Opfer?

Die Anklage befindet sich ohnehin immer wieder kurz vor der Kapitulation, schon seit dem ersten Verhandlungstag. Da nahmen Tiggelkamp, Schade und März über ihre Verteidiger für sich in Anspruch, als Dauerinsassen von Landeskliniken mit entsprechenden Diagnosen gar nicht schuldfähig zu sein, zudem wegen Medikamentenabhängigkeit vermindert steuerungsfähig. Und so kreist der Prozess erst einmal wochenlang um die Frage, ob es sein könnte, dass dieser Prozess gar nicht geführt werden darf. Der Psychologe Dr. Leonhard Degenhardt (52) hat als Gutachter mit allen Angeklagten gesprochen. Er kennt sich aus mit diesen Grenzfällen, mit diesen auf der Kippe stehenden Persönlichkeiten, diesen «Menschen zwischen Melancholie und Wahnsinn», wie er es einmal ausdrückt, als er sein Gutachten vorträgt. Er hat den Frauenmörder von Elspe ebenso begutachtet wie das Monster von Badersleben und gilt als ausgesprochen versiert im Umgang mit Kriminellen wie auch mit psychisch Kranken. Und Degenhardt kommt zu sehr unterschiedlichen Bewertungen für die Angeklagten. Im Falle von Benno Tiggelkamp schließt er nicht nur das Tatbewusstsein aus, sondern auch gleich eine Tatbeteiligung. Der Mann, der neun Jahre die Leiche seiner Mutter neben sich im Wohnzimmer ertrug, sei nicht krank und kein Verbrecher, sagt Degenhardt. Tiggelkamp sei «ein Leben lang einfach nur zur falschen Zeit am falschen Ort» gewesen, und das in diesem Falle nicht einmal freiwillig. Als er dies ausführt, schaut Tiggelkamp ihn nur unverwandt an, als merke er gar nicht, dass von ihm die Rede ist. Fazit: Man darf diesen Benno Tiggelkamp einsperren, aber man muss es nicht.

Arnold März, der sanfte Riese, der mit der Erzählung einer traumatischen Erfahrung aus seiner Kindheit für Aufregung beim Ketter-Konzern gesorgt hat, ist laut Degenhardt ein typisches Beispiel für einen Angstpatienten. März leidet seit Jahrzehnten an sozialen Phobien und an einer generalisierten Angststörung, lebt seit Jahren auf eigenen Wunsch weggeschlossen in Heimen. Leicht beeinflussbar sei dieser Arnold März, sagt Degenhardt, ein Mann, der nicht wüsste, wohin mit sich, ein Mitläufer, aber eben nicht im engeren Sinne krank. In einer Therapie könne ihm geholfen werden. Bemerkenswert ist in diesem Zusammenhang, dass Degenhardt keine Behandlung des Patienten März in einer geschlossenen Abteilung empfiehlt. «Leute wie März laufen überall herum, und meistens gibt es keinen Grund, sie einzusperren.» Es gibt nicht wenige, die diese Nachricht für beunruhigend halten. Dieser Mann soll schuldfähig sein? Auf viele Beobachter wirkt er nicht einmal tatfähig, aber das eine schließt das andere nicht aus.

Auch Schade, der als Moderator von «Drachensaat-TV» und als Attentäter von Bayreuth einen gewissen Bekanntheitsgrad erreicht hat, ist für Degenhardt eine zwar histrionische, also den Weg in den Mittelpunkt der Aufmerksamkeit suchende Persönlichkeit, aber deswegen noch lange kein Fall für die Anstalt. Das ist ein überraschendes Ergebnis, denn alle drei Angeklagten behaupten – ob aus taktischen Gründen oder nicht – genau das Gegenteil: Wir sind krank. Wir tragen keine Schuld. Wir wurden benutzt. Das ist die Strategie der Verteidigung, die für den Richter Sprengstoff birgt, denn Gutachter Degenhardt hat auch Ünal Yilmaz untersucht und kommt zu dem Schluss, dass dieser keinesfalls hinter Schloss und Riegel des Justizvollzuges gehört, sondern in die geschlossene Abteilung eines Landeskrankenhauses. Ausgerechnet der einzige Angeklagte, der sich für kerngesund, höchstens missverstanden hält und gerne in den Knast möchte, soll nach der Ansicht des Gutachters nicht dorthin.

Das macht die Angelegenheit so kompliziert, zumal sich

Ünal Yilmaz mit einem Gegengutachten gewehrt hat. Er selbst hat es in Auftrag gegeben, und es attestiert ihm einen Intelligenzquotienten von 148. Und so jemand soll verrückt sein? Zu den Petitessen des Falles gehört auch, dass März und Schade als Nebenkläger im Prozess gegen Rötten auftreten möchten, Yilmaz hingegen nicht, denn er behauptet, aus freien Stücken und leidenschaftlichem eigenem Antrieb die Entführung Barghausens geplant zu haben. Er nennt Rötten einen Impulsgeber, aber nicht den Drahtzieher der Aktion. Gegensätzlicher können Interpretationen nicht ausfallen.

Unstrittig und gut durch die Aussagen Beteiligter und von Gesprächsprotokollen aus Röttens privater Klapsmühle dokumentiert ist der Ablauf des Falles. Demnach kommen Anfang des vergangenen Jahres innerhalb von vier Monaten fünf Patienten in das Haus Unruh. Der fünfte, Rita Bauernfeind, ist zwischen Tat und Prozessauftakt verstorben. Im Rahmen einer angeblichen Gruppentherapie werden sie von einem Doktor Zens alias Rötten behandelt. Dieser redet seinen Schutzbefohlenen ein, an einer Zivilisationskrankheit zu leiden, die man über die Aufmerksamkeit der Allgemeinheit in den Griff bekommen könne. Man plant gemeinsam eine öffentlichkeitswirksame Aktion, und schließlich überwältigen die Patienten den Arzt, sperren ihn ein und setzen in die Tat um, was dieser bloß als theoretische Handlung geplant haben will. Kann das sein? Oder hat Rötten seine Patienten ausgetrickst und zu Werkzeugen seines spinnerten Planes einer Moral-Show gemacht? Er selbst spricht als Zeuge von einer Intrige, von seinem Wunsch zu helfen, von einer späten Berufung als Arzt. Dabei hat er just die Talkshow, die er seine Patienten inszenieren lässt, selber zigfach als Format bei so ziemlich jedem Sender angeboten. Ein glaubwürdiger Zeuge sieht anders aus und hört sich anders an. Auch Rötten wird sich in seinem Prozess einem Gutachter stellen müssen.

Nur einer kommt in diesen Monaten des Prozesses nicht zu Wort, er hat schriftlich ausgesagt und verweigert sich ansonsten. Das Opfer der Entführung, Martin Barghausen, stellt die Drachensaat als verirrte Straftäter mit ethisch wertvollen Grundsätzen dar, auch eine Lesart. In seiner Aussage, die an einem der ersten Verhandlungstage verlesen wurde und seitdem immer wieder von verschiedenen Parteien zitiert wird, gibt er der Allgemeinheit eine Mitschuld am Entstehen der «Drachensaat». Aber wie zieht man die Allgemeinheit zur Rechenschaft? Als Nebenkläger wollte Barghausen nicht dienen, das macht es der Kammer noch schwerer.

Man möchte nicht in Wünsches Haut stecken, und man möchte erst recht nicht seine Brille sein. Ein ständiges Auf und Ab ist das, von der Nase auf die Akte, von der Akte auf den Tisch und zurück auf die Nase.

Am Ende des 36. Prozesstages fragt Richter Wünsche, ob der Angeklagte Yilmaz das Gefühl habe, durch den von Rötten erfundenen sogenannten «großen Handlungsexzess» tatsächlich von einer Krankheit geheilt worden zu sein. Da blickt ihn Ünal Yilmaz lange an, überlegt und antwortet: «Ja, Herr Vorsitzender. Dank diesem Arzt bin ich das Zens-Syndrom endlich losgeworden. Ich bin vollkommen gesund und bedanke mich dafür.» Dann lehnt er sich zurück und verschränkt die Arme. Und lächelt, zum ersten Mal an diesem Tag.

Handelsblatt, 6. Mai 2010
Heinlein tritt zurück

Der umstrittene Personalchef der Ketter AG, Frank Heinlein (45), hat die Konsequenzen aus den monatelangen Gerüchten um seine Person gezogen und tritt mit sofortiger Wirkung aus dem Vorstand der Ketter AG zurück. Der nach den Aussagen eines Angeklagten im Drachensaat-Prozess vor 30 Jahren an einer Vergewaltigung beteiligte Heinlein hatte zunächst jede Form der Teilnahme an einer solchen Straftat bestritten. In den letzten Wochen hatten jedoch insgesamt sieben ehemalige Mitarbeiterinnen Heinleins Anzeige wegen Vergewaltigung und sexueller Nötigung erstattet. Zwar lagen die meisten Fälle weit zurück, doch der Rechtfertigungsdruck wurde immer größer, zumal aus mindestens einem der Fälle ein Kind hervorgegangen sein soll.

dpa-Meldung, 20. Mai 2010, 19:21 Uhr
Lange Freiheitsstrafen im Drachensaat-Prozess

Fast auf den Tag genau ein Jahr nach der Befreiung von Martin Barghausen (61) aus der Gewalt der Drachensaat fielen heute die Urteile im Strafprozess gegen die Entführer des früheren Managers und heutigen Institutsleiters des Hauses Unruh. Demnach erhält der als «Moderator» bekannt gewordene Bernhard Schade (51) eine Freiheitsstrafe von neun Jahren, Arnold März (42) muss für siebeneinhalb Jahre hinter Gitter. Der Wortführer der Gruppe, Ünal Yilmaz (39), protestierte noch im Gerichtssaal gegen die Entscheidung, ihn auf unbestimmte Zeit in eine geschlossene Anstalt einzuweisen. Er bezeichnete das Urteil als reinen Wahnsinn, gegen den er sich behaupten müsse, und kündigte im Gegensatz zu seinen

Mitangeklagten Revision an. Überraschend ging der Angeklagte Benno Tiggelkamp (68) straffrei aus. Ihm konnte eine Tatbeteiligung nicht nachgewiesen werden. Er selbst hatte im Prozess die Aussage verweigert, war aber von allen anderen Beteiligten, Zeugen wie Angeklagten, immer wieder entlastet worden und verließ das Gericht als freier Mann.

wiwo.de, 9. November 2010, 12:46 Uhr

KLG ab Januar mit Heinlein

Der Chefsessel bei der KLG-Beratungsgesellschaft ist nicht mehr frei. Ab Januar 2011 wird Frank Heinlein (45) darauf Platz nehmen. Den Topmanager, der zuletzt bei der Ketter AG wegen angeblicher sexueller Belästigungen aufgefallen war und das Unternehmen im Mai verlassen hatte, drängt es zurück ins operative Geschäft. «Wer mich kennt, weiß, dass ich mir nichts zuschulden kommen lasse», sagt Heinlein, der vergangene Sünden nicht weiter kommentieren möchte. Bei der KLG wird Heinlein das internationale Private-Equity-Geschäft leiten. Seine Bezüge dürften in der Größenordnung von 10 Millionen Euro pro Jahr liegen.

spiegel.de, 19. November 2010, 18:44 Uhr

Haftstrafe für Rötten

Der frühere TV-Produzent Kai-Uwe Rötten (44) muss für fünf Jahre ins Gefängnis. Das Landgericht Freiburg befand ihn der Nötigung, des Titelmissbrauchs, der Anstiftung zu einer Straftat und des Betruges für schuldig. Rötten hatte als Arzt Dr. Heiner Zens die Mitglieder der sogenannten Drachensaat zur Entführung des Managers Barghausen angestiftet und diese gemeinsam mit den späteren Tätern vorbereitet. Als strafmildernd wirkte sich bei der Strafbemessung der Umstand aus, dass die Entführer ihren vermeintlichen Arzt vor der Tat eingesperrt hatten und er somit keine Chance besaß, die Tat zu verhindern.

buchmarkt.de, 23. Februar 2011, 11:34 Uhr
Drachensaat-Schade schreibt ein Buch
Der Rowohlt Verlag gibt bekannt, dass der Barghausen-Entführer Bernhard Schade (52) seine Memoiren plant. Der erste Teil des Buches mit dem Arbeitstitel «Drachensaat» liegt laut Pressemeldung des Verlages bereits vor. Verleger Alexander Fest (50) äußert sich «total begeistert von der Arbeit, die ein ganz neues Licht auf den Fall werfen wird. Wir sind aufgeregt und stolz, dass die ‹Drachensaat› in unserem Haus erscheint.»

dpa-Meldung, 25. Februar 2011, 9:03 Uhr
Yilmaz verklagt Schade
Das Drachensaat-Mitglied Ünal Yilmaz (40) hat eine Klage gegen seinen früheren Mitstreiter Bernhard Schade (52) für den Fall angekündigt, dass er in dessen Buch «Drachensaat» vorkommt. Die Beschreibung der Vorgänge um die Entführung des früheren Reformbankchefs Martin Barghausen werde mit an Sicherheit grenzender Wahrscheinlichkeit seine Persönlichkeitsrechte verletzen, lässt sich Yilmaz in einer Presseerklärung der psychiatrischen Klinik Dreikirch zitieren. Bernhard Schades Verlag hat die Veröffentlichung des Buches für die Frankfurter Buchmesse im kommenden Oktober angekündigt.

Danke für Hilfe und Inspiration

Michaela und Oliver Mielke, Dr. Joachim Siebenwirth, Dr. Jörg Lohse, Marcel Vega, Daphne Wagner und Tilman Spengler, Leonhard Koppelmann, Ingo Scheelen, Axel Baur, Sandra Limoncini.